AF405104

LES
Masques d'Or,
ROMAN DE MOEURS CONTEMPORAINES,
Par M. Alfred DES ESSARTS.

———◦◦◦———

PREMIÈRE PARTIE.

I. — L'HOTEL DE MONTGLARS.

Il est dans le faubourg Saint-Germain de ces demeures privilégiées qui ont traversé les siècles avec leur caractère de grandeur, sans que la vétusté ait rien enlevé à leur noblesse et à leur grâce. Un mur épais, surmonté d'une balustrade à jour et percé d'une large porte, les isole de la rue. Devant l'hôtel s'étend une vaste cour pavée comme au temps de Louis XIV, et en arrière un jardin dessine sa pelouse et ses allées de tilleuls et d'acacias. Lorsque, pour faire de la place à une population sans cesse croissante, il a fallu multiplier les quartiers et entasser les familles dans d'élégantes petites bonbonnières, on aime à retrouver ces hôtels majestueux, qui reportent l'esprit vers d'imposants souvenirs, écrits dans la pierre et le marbre. C'est ainsi qu'à Venise les palais d'autrefois, veufs de patriciens illustres qui les firent surgir des lagunes de l'Adriatique, mirent encore dans le cristal des canaux leur façade moresque et leurs arcades byzantines.

L'hôtel de Montglars était, il y a une quinzaine d'années, l'un des mieux conservés et des plus animés que complât la rue de Varennes. De plain-pied avec un délicieux salon-régence, son jardin offrait une de ces retraites qui donnent le calme et la fraîcheur au sein du bruit d'une capitale et au milieu même des ardeurs du jour. C'est là que deux jeunes filles se promenaient un matin en se tenant par la main et en échangeant des paroles pleines d'effusion. L'une, Emma de Neuville, était la belle-sœur du marquis Félix de Montglars, un de ces *lions* parisiens pour qui la vie semble être une fête perpétuelle; un de ces héros à la mode, toujours à l'affût des nouveautés, et qui croiraient s'ennuyer s'ilsse permettaient un instant de réfléchir, de se reposer, de se recueillir vis-à-vis d'eux-mêmes; qui, en un mot, seraient épouvantés de la lenteur des heures s'ils ne s'arrangeaient pour les dissiper dans une activité stérile.

Tout en côtoyant cette existence de dissipation et de frivolité, Emma ne paraissait pas en avoir contracté le goût ni subi la déplorable influence. La simplicité même de sa toilette pouvait attester celle de ses manières. Depuis un an, c'est-à-dire depuis sa sortie du couvent, elle était restée presque étrangère au tourbillon qui la sollicitait pour l'entraîner. Telle était aussi son amie Louise d'Orban, nature non moins distinguée, et qui tenait de la violette et de la sensitive.

Elles étaient ravissantes à voir, ces deux jeunes filles, foulant de leur petit pied le sable fin des allées, tantôt se perdant derrière un berceau de lilas, tantôt apparaissant de nouveau comme de blanches ombres. Par une étrange similitude, elles étaient également blondes; les boucles satinées de leurs beaux cheveux formaient un cadre harmonieux à leur visage légèrement allongé en un de ces ovales que cherche la fantaisie des graveurs anglais. On eût cru, à les contempler, qu'un dessin de keepsake venait de s'animer, et que la vision d'un idéal presque impossible était devenue une réalité.

Et quelle expression de joie sur leurs traits!

Était-ce bien de la joie cependant? Doit-on donner ce nom à un mélange de paroles sérieuses, d'espérances et de craintes? car il y avait toutes ces nuances dans l'âme et dans la conversation des deux amies, et plus d'une larme avait mouillé les cils de leurs yeux bleus, en même temps que le sourire entr'ouvrait leurs lèvres.

Mais laissons-les traduire elles-mêmes ces pensées qui, au début d'une vie nouvelle, se pressent si abondantes.

— Enfin! disait Emma, tu m'es rendue, ma bonne Louise!... Que cette année, passée loin de toi, m'a paru longue!... Jamais je n'avais senti mieux qu'après t'avoir perdue, quel prix a l'amitié d'enfance. Chaque matin, tu manquais à mon réveil; chaque soir, tu manquais à ma prière; et souvent je me suis surprise à être négligente, distraite, parce que je songeais à toi, et t'évoquais dans ma mémoire. C'était terrible, sais-tu bien? Enfin, te voici... et je suis heureuse, oh! oui, heureuse!

— Heureuse, mon Emma?... répéta Louise en souriant avec finesse. Et pourquoi ce soupir?

— Ne prends pas garde à cela. Vois-tu, Louise, on s'habitue à tout, à être mélancolique et rêveuse, aussi bien que folâtre et insouciante.

— Tu étais gaie, à notre couvent.

— J'en conviens; mais alors j'avais un an de moins; j'étais en un lieu où l'on n'a pas besoin de penser; je n'avais pas franchi le seuil redoutable du monde.

— Mais la famille où tu es rentrée te chérit et a dû t'offrir tant de satisfactions!...

— Si j'étais assez égoïste pour ne m'occuper que de mes satisfactions personnelles, je pourrais, en effet, mener l'existence la plus douce auprès de mon beau-frère, qui me témoigne tant d'amitié; de ma sœur, si aimable et si affectueuse. La société nombreuse qui passe devant moi me fournirait aussi d'amples distractions. Mais je sens parfois ce qu'il y a de vide dans cette existence de salon où on se prend et se quitte avec une facilité pleine d'indifférence; je me demande où aboutissent tous ces plaisirs qui se succèdent sans relâche, et, bien que je n'aie suivi ma sœur que de loin, car elle est intrépide, dans les fêtes de l'hiver dernier, j'en éprouve déjà une véritable lassitude. Mon Dieu! qu'est-ce donc quand, jusqu'au bout, l'on s'impose comme un devoir ce mouvement perpétuel qui brise le corps et énerve l'esprit?... Franchement, si, comme moi, l'on y réfléchissait, le courage pourrait faillir. Veux-tu que j'achève ma pensée? Les salons sont des champs de bataille où l'on tombe avec des roses au front et des diamants au corsage. Cela m'a frappée; il y avait tant de distance de notre pieuse maison de Blois au brillant et bruyant hôtel de Montglars!... Mais j'ai soin de garder pour moi ces réflexions, qui désobligeraient le marquis et ma sœur.

— En vérité, tu m'effraies, dit Louise en joignant les mains, moi qui me faisais de si belles idées du monde!

— Tu ne tarderas pas à être détrompée.

— Laisse-moi mes illusions. J'en ai besoin, d'ailleurs.

— Pauvre Louise! Si je pouvais avoir jeté du trouble dans ton esprit, je me le reprocherais comme une mauvaise action.

Louise embrassa son amie et répondit:

— Rassure toi. Si j'ai eu quelques pressentiments pénibles, ce n'est pas à toi à te les imputer. Mais, vois-tu, depuis mon arrivée, et c'est bien récent cependant, je me suis aperçue de choses qui m'ont contristée.

— Qu'est-ce donc?... demanda Emma.

M.elle d'Orban regarda avec précaution autour d'elle.

— Tu sais, dit elle, combien mon frère est bon et généreux...

— Oui, la loyauté même; le plus noble caractère, l'âme la plus modeste et la plus dévouée.

— Que tu me fais plaisir en parlant ainsi! Eh bien! ma chère, j'ai peur qu'Alexis ne soit malheureux.

— Que dis-tu?

— Mon frère, n'ayant encore que trente ans, a quitté le service et donné sa démission de son grade de chef d'escadron lorsqu'il s'est marié à M.elle Mathilde Nicart, fille unique d'un maître de forges. C'était un parti considérable; M.elle Nicart était en possession de sa fortune. Mais ce ne fut point une fortune que mon frère songea à épouser: de pareilles idées eussent été au-dessous de lui. Il avait vu Mathilde, dont l'éclatante beauté l'avaient frappé. Pour elle, il refusa une autre alliance plus conforme à son rang. Le mariage se fit.

Pour ma part, bien que très-jeune encore et hors d'état de juger, je n'en avais pas conçu bon augure.

— Le vicomte souffre-t-il? Son ménage est-il divisé ?

— Oh ! je n'irai pas si loin. Rien ne me prouve que mon frère ait à souffrir... beaucoup ; mais, d'abord, il recherche la solitude ; et, enfin, il n'y a pas entre lui et Mathilde cet échange cordial de paroles empressées qui fait supposer une intelligence parfaite. Il se tient volontiers dans son cabinet, parmi ses auteurs favoris, tandis que la vicomtesse a toujours en train soit une affaire d'argent, soit un procès avec un locataire ou un fermier, et qu'elle s'est créé, en dehors du cercle habituel de la vie, une agitation fébrile.

Après quelques moments donnés à la réflexion, Emma se dirigea en silence vers un parterre que le mois de mai venait de parer des plus vives couleurs. Là, elle se baissa et se mit à cueillir des fleurs qu'elle choisit et disposa soigneusement.

— Que fais-tu ? dit Louise, étonnée.

— Ne le devines-tu pas? Je fais un bouquet à ton intention.

— Pauvre Emma !

— Ce bouquet, tu le garderas, n'est-ce pas, en souvenir de notre réunion après une année d'absence?

— Oh ! oui, je le garderai.

— Et si nous devions être séparées encore, ce gage visible te parlerait de moi !

— Emma, pas de ces tristes prédictions, je t'en supplie.

— Est-ce qu'on sait.... Louise, personne n'est moins maître de sa destinée que nous autres femmes. Chacune de nous ignore le nom qu'elle aura à porter. Et puis, il y a dans l'avenir, dans le mariage, tant de chances fâcheuses pour une seule favorable.... Ici, par exemple, j'ai sous les yeux un ménage où, par d'autres causes et par l'effet de caractères opposés, se reproduit ce qui se passe entre ton frère et la vicomtesse.

— Moi qui croyais que le paradis sur terre était à l'hôtel de Montglars !

— Ce n'est pas non plus l'enfer, se hâta d'ajouter Emma. Loin de moi l'idée d'accuser mon beau-frère : il est plein de qualités ; en amitié surtout il est dévoué; pour rendre un service il est empressé au point de compter les minutes. Mais....

— Mais ?

— Chut ! c'est lui.... avec ton frère.

MM. de Montglars et d'Orban venaient de déboucher d'une allée tournante qui conduisait au parterre. Ils paraissaient causer vivement, et l'on eût pu entendre le marquis dire très-haut :

— Morbleu ! mon cher, tu es d'une faiblesse déplorable !...

Louise courut en enfant au devant de son frère. Emma avait salué de loin avec grâce et réserve, après avoir interrogé d'un regard rapide le visage contracté du vicomte.

Si Louise et Emma offraient entre elles une frappante analogie de traits, jetés en quelque sorte dans le même moule par la même éducation, en revanche, il y avait disparité complète entre Félix de Montglars et Alexis d'Orban. Le premier avait cet air dégagé, vif et déterminé, qui indique la fermeté d'esprit et la liberté de position. Il était petit, bien pris dans sa taille souple et élégante, très-recherché dans sa mise, et avait retroussé avec un soin particulier les côtés aigus de sa moustache brune. Déjà prêt pour sortir, il tenait un *stick* à pomme de cornaline, qu'il maniait avec grâce. Tout dans son maintien, dans son allure, indiquait clairement un des héros du *sport*, un de ces gentilshommes modernes greffés d'Anglais ; qui affectent des usages d'outre-Manche et jettent dans leur conversation tant de mots britanniques, qu'ils semblent ne plus parler que une langue hybride. Le second, nous l'avons dit, formait avec son ami une vivante antithèse. Grand et vêtu presque militairement, il avait conservé toutes les apparences de son ancien état ; l'officier paraissait sous l'homme revenu à la vie privée; quelque chose d'austère et de concentré se lisait sur sa physionomie, qui trahissait une certaine lassitude. A la boutonnière de sa redingote, fermant droit, était noué le ruban de la Légion-d'Honneur. Il était ganté de noir, tandis que le marquis avait les mains étroitement emprisonnées dans des gants paille. Ces nuances peuvent servir à distinguer les deux amis, liés par le cœur et par l'habitude de se voir depuis le collége, mais, à tous égards, complètement dissemblables. L'un était l'image de l'indépendance, jalouse de ses mouvements et de son bien-être. L'autre, celle de la déférence craintive, sans abaissement toutefois, mais qui cède par amour de la paix.

— Ah ! vous voici, mes belles demoiselles, dit le marquis avec son sourire froid et familier. Vous vous étiez égarées dans mon grand parc... En vous cherchant, je m'amusais à quereller ce pauvre Alexis.

— Bonjour, frère, dit Emma.

Le vicomte répondit ainsi à ce qui avait précédé :

— Mon cher Félix, j'apprécie trop bien ton intention pour qu'il me soit possible de m'en formaliser. Mais d'abord il s'agit d'un ordre de choses qui ne peut plus, qui ne doit plus changer. Le pli est pris : vouloir le modifier, ce serait créer un état d'antagonisme et de lutte qui me répugne.

— Par ma foi ! la déclaration est étrange de la part d'un ancien chef d'escadron. Tous ces soldats retirés sont les natures les plus débonnaires.

— Que veux-tu? il n'est donné à personne de se refaire. Avant tout, j'aime le calme, la retraite et l'étude.

— Comme moi, le bruit, le mouvement, l'agitation.

— Je laisse donc pleine liberté à la vicomtesse.

— Comme moi à la marquise, mais à condition qu'elle n'attente jamais à la mienne. Oh ! morbleu ! je ne comprends que la vie sans entraves. Mesdemoiselles, écoutez l'oracle de ma sagesse : s'il vous est agréable qu'un mari vous aime, n'essayez pas d'en faire un captif.

Alexis devint d'un rouge marqué en entendant ces mots prononcés sur un ton moitié sérieux, moitié plaisant.

— Tu badines toujours ! dit-il, un peu humilié de l'expression compâtissante d'Emma. Mais je n'ai pas achevé. J'avais à te prier de témoigner plus de déférence envers Mathilde... Elle a été élevée avec une tendresse aveugle par son père; de bonne heure, elle n'a rencontré sur son chemin aucune opposition, aucun obstacle. Sa fortune même l'a éblouie en ne lui montrant aux plupart des hommes que des complaisants et des flatteurs. Rien donc d'étonnant à ce que ses volontés soient parfois impérieuses : j'en suis sûr cependant, son cœur est bon. Or, n'oublie pas, vis-à-vis d'elle, que Mathilde est la femme de ton ancien camarade, qu'elle est l'amie de la marquise. Sois indulgent pour elle, tu m'obligeras beaucoup.

Le marquis pirouetta en répondant :

— Très-volontiers. Ce que j'en ferai sera pour toi, je t'en avertis.

— Mon frère, dit Emma, s'il m'était permis de me mêler à votre conversation...

— Comment donc ! petit docteur. Parle, j'apprécie ta haute logique.

— Et moi, je vous le demande, mademoiselle, dit Alexis.

— Eh bien ! il me semble que monsieur le vicomte a raison de défendre le caractère de la femme à laquelle il a donné son nom. J'ai eu peu d'occasions de voir madame d'Orban; mais j'ai apprécié ses qualités solides, et je crois qu'elle a droit à tous les égards.

— Quoi ! s'écria Félix, elle a droit de rendre Alexis malheureux !

— Je ne suis pas malheureux, répondit vivement M. d'Orban.

— Bien ! bien ! dit le marquis avec insouciance, ne te fâche pas, mon bon. Trève aux confidences et aux conseils. Çà ! que fais-tu aujourd'hui ?

— Je vais ramener Louise. Puis j'ai à déchiffrer une grande carte germanique.

Félix partit d'un éclat de rire.

— Pourquoi ris-tu, mon cher?

— Parce que...

— Mais enfin ?...

— Parce que le choix de tes plaisirs est très-bouffon. Lorsqu'on pourrait partager son temps entre la promenade, les visites et le club, s'enfermer tête-à-tête avec un manuscrit poudreux du temps de Charles-le-Chauve ou d'Henri-l'Oiseleur, ça me semble fabuleux.

Alexis ne releva point cette plaisanterie, et se contenta de dire :

— Tu connais le proverbe populaire : « Chacun prend son plaisir...»

— Les proverbes sont des selles à tous chevaux.

— Allons, viens, Louise. J'espère que tu verras souvent ton amie.

— Certainement, dit le marquis en les reconduisant vers le vestibule. Il est vrai que, dans six semaines au plus, nous partirons pour les eaux d'Aix... Mais vous nous y accompagnerez, n'est-ce pas ?

— Oui, s'il plaît à la vicomtesse.

Ce fut sur ces dernières paroles qu'Alexis s'éloigna avec Louise.

Le marquis, accompagné d'Emma, revint à pas rapides vers le petit salon, où il se jeta sur un divan en croisant ses jambes.

— L'imbécile !... s'écria-t-il. S'il n'y a pas de quoi être en colère ! Tiens, Emma, cette femme-là lui fera faire commettre mille sottises. Elle le sacrifiera à ses caprices absurdes.

— Mon frère !

— C'est une méchante créature. Morbleu ! se laisser conduire ainsi, et vouloir faire respecter sa chaîne !... Il se trompe fort s'il s'imagine que je diviniserai sa vicomtesse. Oh ! je lui ménage, à cette parvenue insolente, quelques lardons qui la feront bondir.

— Mais vous causerez du chagrin à votre ami.

— Ça m'est bien égal ?.. Non, ça ne m'est pas égal, mais enfin il est utile que justice ait lieu, et ce serait trop beau que M.me d'Orban pût à son aise vexer Alexis, lui refuser par exemple la très-innocente récréation d'un voyage, d'un séjour aux eaux, sans qu'il fût permis de lui dire un peu son fait. Quand j'y pense : Alexis était si brillant, si vif dans notre première jeunesse ! Ce mariage l'a enterré. Il faut que je travaille à ressusciter mon pauvre camarade.

— Si vous voulez m'obliger, ne vous mêlez pas de ses affaires.

— Peste ! quel intérêt tu portes à la vicomtesse ! Voyez l'esprit de corps !... Moi, je n'aime pas les mésalliances, et il n'y aura pas de danger que je t'en laisse commettre une !

Emma sourit tristement, mais elle se renferma dans le silence.

Cette réserve favorisait trop le flux de paroles qui venait au marquis pour qu'il ne continuât pas ainsi, après avoir allumé soigneusement un cigare :

— Moi, j'ai suivi un mode opposé, et je m'en trouve parfaitement bien. Dès les premiers jours de notre union, à l'époque où vous étiez encore au couvent, petite sœur, j'ai déclaré à Juliette mes principes d'indépendance ; je lui ai soumis un véritable code complet. Mais, équitable avant tout, je n'ai pas prétendu plus la contraindre que d'être contraint par elle. Ce que je lui demandais, je le lui ai accordé. Je suis libre, elle est libre. J'ai mon appartement, elle a le sien ; et de même que j'ai des amis à moi, de même elle a sa petite cour qui papillonne autour d'elle sans que je m'en formalise. Moi qui détesterais la moindre gêne, je n'en veux imposer aucune. Voilà, chère sœur, la véritable façon de vivre des gens bien nés. Il y a plus : je déclare qu'une autre existence est impossible. Vous aurez beau, mademoiselle, remuer la tête d'un air d'incrédulité et vouloir m'objecter les usages bourgeois des petites gens qui ne se quittent pas une minute... C'est absurde ; c'est sans goût, sans élégance. J'en sais plus que vous, je crois, sur ce chapitre. Pour s'aimer, il ne faut pas se voir sans cesse. On a, si tôt fait de s'être tout dit !... Et quand mon d'Orban s'imagine être agréable à la vicomtesse en se condamnant à une vie régulière, plus encore, à une vie claustrale; il est dans l'erreur la plus profonde, dans la voie la plus funeste ! Mais je ne me rebuterai pas, et, bon gré mal gré, je l'amènerai à se modeler sur mon ménage.

Une femme de chambre parut en ce moment, et épargna à Emma l'embarras à dire ce qu'elle pensait du ménage d'Alexis et de Juliette.

— Qu'est-ce, Fanny ? demanda le marquis.

— Madame prie Monsieur de vouloir bien passer chez elle.

Le marquis fronça les sourcils.

— Pourquoi ?... Est-ce pressé ?

— Je l'ignore, monsieur ; mais probablement.

— Bien ! J'y vais.

Et quand Fanny fut sortie :

— Quel dommage ! jeter un si excellent cigare !... C'est un vrai sacrifice ; mais enfin je l'accomplis avec l'héroïsme d'un vieux Romain. Emma, veux-tu m'accompagner?

— Merci, répondit la jeune fille. Je sais qu'il y a du monde chez ma sœur.

— Qu'importe! Es-tu donc destinée à fuir les visiteurs ? La contagion de l'humeur du vicomte te gagnerait-elle ?

— Le vicomte n'est pour rien là-dedans; mais j'ai en train une petite copie de Scheffer... et je désire l'avancer pour ne pas laisser sécher ma palette.

Elle ajouta d'une voix où il entrait une certaine émotion :

— Notre ami... M. Bénédict Arnaud, a bien voulu me promettre quelques conseils.

— C'est ça, les beaux-arts !... Quel charme tu trouves dans les leçons de Bénédict !... Enfin, va donc, petite, puisque c'est ta fantaisie.

Félix la suivit du regard et se dit en haussant les épaules :

— On ne voit que des gens assez absurdes pour se créer de la besogne et se creuser gratuitement la tête. L'une barbouille, l'autre gratte une vieille Charte... quand c'est si bon de ne rien faire !

Après cet hommage rendu à dame Paresse, il prit lentement la direction de l'appartement de la marquise.

II. — LE PETIT LEVER.

Le boudoir de M.me de Montglars était un de ces musées cosmopolites créés par la fantaisie de la fashion contemporaine. On y voyait le mélange ou plutôt la confusion de tous les styles : le meuble de Boule aux filets d'or, aux veines rouges ; le canapé en bois de rose ; le fauteuil Louis XIII, aux pieds en spirale ; la bergère-Pompadour, offrant ses vastes bras au *nonchaloir* ; les chaises chinoises , le tapis moquette et la tapisserie des Gobelins, masquant la porte avec ses danses de nymphes et de faunes. Quelques petits tableaux de Watteau et de Boucher, et, aux fenêtres, des tentures de soie bleu de ciel complétaient cet ensemble coquet et recherché, où nous laissons de côté une étagère chargée de co rets précieux, buirés, ouvrages d'ivoire , de nacre, statuettes en biscuit et porcelaine de Sèvres et de Saxe. Il avait fallu tous les caprices et toute la volonté d'une femme du monde pour entasser tant d'objets précieux en une place aussi étroite.

Comme les rois du temps jadis, Juliette tenait en ce lieu son petit lever. Rayonnante d'une de ces beautés intellectuelles dont brillent les Parisiennes, elle était assise dans son fauteuil favori, tandis que Fanny achevait de lui réunir ses cheveux en une grosse natte tordue pour qu'ils fussent placés commodément sous un feutre d'amazone.

Ce n'était pas la beauté matérielle qu'il fallait demander aux traits réguliers de la marquise. A vingt ans, cette jeune femme n'avait plus la fraîcheur, le coloris de son âge. Quelque chose de souffrant perçait à travers son sourire, et dans la flamme même de ses grands yeux noirs encadrés de longs cils et protégés par deux sourcils d'une pureté et d'une ténuité parfaites. Les lignes de son visage offraient la délicatesse et la grâce presque surnaturelle que Sanzio sut donner à ses madones, moins la plénitude des contours et la placidité mystique de l'expression. Sa taille fine et admirablement cambrée avait cette sveltesse que les femmes s'ingénient tant à obtenir ; mais n'était-ce pas un peu aux dépens de la santé ? Enfin, Juliette, au moment où le printemps, avec ses brises embaumées, rendait la vie à la création, Juliette semblait porter l'empreinte des fatigues de l'hiver. Sa pâleur mate témoignait assez de combien de soirées et de bals elle avait été, elle avait voulu être l'héroïne. Mais, sauf cet indice qui la trahissait, rien ne disait qu'elle fût lasse d'une existence de plaisirs où il n'est pas une heure qui ne doive apporter à l'élégance riche et désœuvrée son tribut de conquêtes et d'émotions.

Le cercle qui l'entourait faisait assaut de galanterie et de madrigaux. Juliette, en femme exercée, récompensait toutes ces fadeurs : un sourire, un mot, un geste, un rien charmant payait les visiteurs qui cherchaient à se surpasser mutuellement.

Il en était deux surtout qui se disputaient la parole avec une rare persévérance : Albéric de Tirpeine et Ernest de Foncheville.

Albéric était un jeune poète fantaisiste et chevelu, parlant haut, discourant à tort et à travers, lançant les pointes comme les gerbes d'un feu d'artifice, pailletant sa phrase de mots à effet, faisant des cascatelles de concetti et jouant avec l'esprit comme Arlequin avec sa batte. Il n'oubliait pas de se faire valoir aux dépens de tout ce qui s'écrivait. Quiconque n'était pas lui, était impitoyablement rangé dans l'espèce des *crétins*, des *rococos*, des *infirmes*. Il ne voyait au monde que ses rimes étourdissantes, que ses tours de force rhythmiques. Toute œuvre sensée lui paraissait le comble de l'absurde, et, au delà de vingt-cinq ans, on était, de par son arrêt inflexible, classé au nombre des décrépits.

Ernest de Foncheville, secrétaire particulier d'un ministre, le comte de Maubrun, offrait une autre variété de jeune aplomb. C'était l'assurance politique, la gravité mûrie avant l'âge, une gravité factice, il est vrai, contrastant avec la moustache coquette, le frac élégant et les cheveux artistement bouclés. Il avait toujours à la bouche quelque parole profonde et sentencieuse ; des expressions parlementaires qui étaient une note discordante au milieu de ses galanteries les plus fleuries ; s'il voulait être léger par le discours, il était pesant par le calcul. C'était une âme géométrique.

L'un espérait se mettre à la mode en débitant chez la marquise ses sonnets, ses triolets et ses méditations intimes ; l'autre n'aspirait à rien moins qu'à la main d'Emma, et vingt fois déjà, sans déranger l'harmonie raide de sa cravate, il avait tourné les yeux vers la porte pour voir si la charmante jeune fille apparaîtrait enfin. Mais il se gardait bien, en diplomate consommé, de prononcer le nom de M.elle de Neuville, pensant que le plus sûr moyen d'arriver à obtenir la main de cette riche héritière était de commencer par faire une cour assidue à la marquise.

Le poète venait de débiter une de ses tirades favorites sur l'art au XIX.e siècle, et de démolir en passant une assez notable quantité de réputations qui, Dieu merci, ne s'en portaient pas plus mal, quand un gros homme, assis de l'autre côté, et qui, jusque-là, s'était contenté de passer et repasser les doigts dans ses breloques, dit avec la brusquerie familière que peut autoriser la possession de plusieurs millions :

— Ma foi, je vous écoute et je vous admire, mon cher monsieur.

Albéric cligna les yeux et répondit en saluant :

— Je vous remercie infiniment, monsieur. Mais puis-je savoir ce qui me vaut l'*heur* de votre admiration ?

— Oh ! pour ça, rien de plus aisé. J'admire le plaisir que vous éprouvez à discourir sur le chapitre des lettres. On est bien heureux d'avoir ainsi une marotte en tête.

— Marotte !... le mot est incisif ! dit Albéric, rouge de dépit.

La marquise se mit à rire.

— Il paraît, dit-elle, que le coup a porté. Voilà notre poète désarçonné. Gare à vous, Monsieur Colmann, vous êtes menacé d'une satire pour le moins, et d'une satire en rimes riches !

— Qu'est-ce que ça me fait ? dit le banquier. Si monsieur s'amusait à lancer de ses vers à mon adresse, j'en aurais demain dix fois plus à son endroit.

— Il est vrai, répliqua Albéric, qu'on se procure tout avec de l'argent.

— Non, riposta Colmann sans s'émouvoir de cette piqûre de mouche, avec de l'argent on a quelque chose ; mais avec beaucoup d'argent on a tout ce qu'on veut.

— Voilà bien le siècle ! s'écria le poète ; siècle matérialiste, siècle positif,

siècle sans idéal, où l'on sacrifie au veau d'or, où des intérêts grossiers passent avant les besoins de l'intelligence !

— Que voulez-vous ? dit encore son adversaire ; vous voilà, vous, débutant, — car vous débutez, — vous voilà qui prêchez le culte de la poésie, et en même temps vous venez d'abîmer une quantité de gens qui ont fait leurs preuves, et dont je possède, moi, les œuvres très-bien reliées dans ma bibliothèque.

— Très-bien reliées ? Tant pis ! dit Albéric ; on n'ouvre guère les trop beaux livres !

— Charmant ! délicieux !... dit un nouvel interlocuteur en se dandinant sur le sopha.

C'était le chevalier d'Escarrieux, un Anacréon poudré qui avait passé quarante ans de sa vie à pleurer son habit de soie mordoré et ses souliers à talons rouges.

Le chevalier était un de ces vieillards coquets, maigres, élancés, alertes, qui, une fois leurs soixante ans passés, n'ont plus d'âge. Célibataire par goût, émigré par profession, on l'avait vu successivement dans toutes les capitales et dans tous les salons. Pas une femme n'avait brillé par sa beauté et son esprit sans qu'il se déclarât son *esclave*. C'était prodigieux ce qu'il avait fait de visites et de commissions : toujours gai, empressé, bien accueilli partout, d'autant plus qu'il n'allait strictement que chez les gens heureux, et que son absence eût été chose de mauvais augure. Nourri sur les genoux des belles dames, il avait la réputation d'être professeur ès-bonnes traditions de cour. Il pratiquait dans la perfection l'art de dîner en ville, et, — chose caractéristique, — il n'y avait plus que lui en France qui portât du musc.

— Ah ! ah ! dit Albéric, voici une bonne fortune : un auxiliaire qui m'arrive, un auxiliaire d'autant plus précieux, qu'on ne peut le soupçonner d'être plus ami du présent que du passé.

— Oui, les extrêmes se touchent, grommela le banquier, qui affecta de regarder de bas en haut le chevalier.

Ce dernier sentit la faute qu'il avait commise, de mécontenter un homme puissamment riche qui donnait à dîner. Il s'ingénia aussitôt à réparer sa bévue.

— Quand je me suis écrié : « Charmant ! délicieux ! » Cela n'avait pas le sens qu'on paraît prêter à cette exclamation. J'en étais encore à la réponse de M. Colmann, réponse aussi fine que sensée. Et je m'y connais ! Ce n'est pas pour rien que j'ai fréquenté le marquis de Boufflers, M. de Bièvre, le prince de Ligne.

— Vous me faites trop d'honneur, monsieur..., répondit Colmann en s'inclinant.

— Monsieur de Foncheville, demanda la marquise, quelle est votre opinion sur tout ceci ?

Elle pinçait les lèvres avec malignité, à l'idée d'embarrasser le diplomate. Il s'en tira avec ses formes de gravité doctorale.

— Les questions que ces messieurs ont agitées sont hors de ma compétence. Voué à l'étude du droit et de l'économie politique, je ne suis pas familiarisé avec les disputes des écoles littéraires. La Poésie et l'Art sont du domaine de la femme : c'est donc à vous, madame, qu'il appartient de prononcer ; à vous seule, qui savez joindre tant d'imagination à la raison la plus ferme.

— Moi !... Vous êtes un flatteur, monsieur le légiste. Je ne sais rien du tout, sinon un peu de danse, d'équitation et de musique. Sur tout le reste, je suis d'une ignorance... Emma, par exemple, c'est bien différent. Emma est une savante.

— Mademoiselle Emma est un ange !... s'écria Ernest.

Le secrétaire du ministre sentit qu'il s'était trop hâté d'exprimer son admiration, vraie ou supposée, pour la belle-sœur du marquis, lorsqu'il entendit à l'autre extrémité du boudoir, retentir soudain un rire rude et saccadé. Il se retourna vivement, comme s'il eût été atteint par un choc électrique.

Le rieur, sans se laisser intimider par les sourcils froncés de M. de Foncheville, continua à se livrer à la gaîté caustique.

— Ah ! tenez-vous bien, dit Juliette, voilà mon *emporte-pièce*, qui va se ruer sur vous.

Tous les regards se ruèrent à la fois sur un homme d'une physionomie étrange et d'une mise négligée avec affectation ; car il était le seul qui ne fût pas chaussé de bottes vernies et qui eût une cravate de couleur. Ses yeux étaient enfoncés sous la saillie de l'os maxillaire ; des plis profonds labouraient son front dénudé ; son nez en forme de bec de vautour descendait puissant sur ses épaisses moustaches rousses qui s'encadraient dans une barbe touffue et de même couleur.

— Eh bien ! oui, dit-il, j'accepte le surnom que me donne madame la marquise. Qu'on m'appelle Faustin Gournet l'*emporte-pièce*, je le veux bien ; d'autres m'ont appelé *Timon* ; d'autres *Bertram*. Pourquoi ? Parce que je suis sincère, parce que j'ai horreur des petits calculs, des basses complaisances, des mesquines adulations dont on est témoin à chaque pas. Il est si dur d'admettre la vérité, que celui qui l'a fait entendre, qui ose la faire entendre, ne peut passer pour rien moins qu'un misanthrope ou qu'un démon. Etre sincère, quelle audace ! quel mauvais goût ! C'est troubler les relations sociales, c'est déranger l'équilibre d'un salon.

— Monsieur déclame bien, dit Albéric.

— Dans l'opposition, nous avons, dit Ernest, des députés qui ont... ce que je ne sais quoi.

— Fanny, dit la marquise, je suis bien comme ça... Voyez si Tom a sellé les chevaux, et avertissez M. de Montglars que je le prie de venir.

Puis se tournant vers Faustin Gournet :

— On vous a interrompu... Mais songez-y, vous n'en étiez qu'au début de votre discours. C'était fort intéressant.

— Fort intéressant, répéta le chevalier en écho docile.

— Je dis donc, reprit Gournet, que je hais les complaisances de salon. Les rois ont entendu la vérité dans la bouche d'un Bossuet, et dans le monde on n'ose la montrer. Quant à moi, je voudrais la clouer sur le visage des gens. Vous, monsieur de Tirpenne, vous écrivez de petits vers qui courent grand risque de ne pas aller loin. Changez de genre si vous voulez arriver au talent, étudiez quelque peu les modèles, quoi qu'il soit plus commode, il est vrai, de les dénigrer. Vous, monsieur de Foncheville, qui seriez plus adroit si vous suiviez une route moins oblique, apprenez que c'est d'elle-même qu'on peut obtenir une jeune fille qui a du cœur. Vous, monsieur d'Escarrieux... non, vous ne sauriez changer. Vous, monsieur Colmann, si vous vous ennuyez avec six millions, je vous plains de refaire la vieille fable du roi Midas. Quant à vous, madame la marquise, prenez garde de trop sacrifier aux frivolités et aux séductions de la mode. On s'épuise par le plaisir comme d'autres par le travail. La *fashion* a ses martyrs.

En face de cette philippique à brûle-pourpoint, il fallait se fâcher ou se divertir. Ce fut ce dernier parti que choisirent les auditeurs sans s'être concertés. Un rire fou accueillit la péroraison, rire d'autant plus violent que Gournet demeurait plus impassible.

Et alors ces mots se croisèrent :

— Quel feu ! quelle verve !

— C'est du Mirabeau tout pur !

— Albéric, ta muse est condamnée au silence.

— Ernest, tes projets sont éventés !

— Pauvre chevalier, il en veut à vos talons rouges !

— Monsieur Colmann, prenez garde aux roseaux !

— Madame la marquise, l'heure de la dévotion est sonnée pour tous. « *Tircis, il faut songer à faire la retraite.* »

En ce moment, M. de Montglars entra, amenant Bénédict Arnaud, le peintre dont Emma avait parlé.

Tandis que le marquis reste interdit devant cette bourrasque de gaîté, esquissons rapidement le portrait de l'artiste.

Bénédict pouvait bien avoir atteint sa vingt-septième année. Il arrivait de Rome, où l'avait envoyé la grande médaille obtenue dans le concours des Beaux-Arts. Le séjour de la ville éternelle, le commerce familier des morts illustres qui peuplent ce musée historique, cette métropole de la gloire, lui avaient donné une gravité précoce. Nul plus que Bénédict, avec ses longs cheveux et sa barbe d'un noir de jais, avec ses yeux pleins d'un feu doux et d'une rêverie orientale, avec les lignes droites et pures de ses traits et la nuance un peu brune de son teint, ne ressemblait à ces fils de la Calabre, que Léopold Robert a immortalisés. Il y avait à la fois chez lui de l'artiste et du poète, s'il est même possible de distinguer ces deux titres qui devraient toujours être étroitement unis, comme chez Michel-Ange, Raphaël et Léonard de Vinci. A Rome, Bénédict avait employé, jour par jour, ses cinq années d'étude à pénétrer le double secret de l'antiquité et du XVI.e siècle; il avait fait patiemment l'inventaire des richesses du génie, et en même temps qu'il s'efforçait de s'assimiler la forme, il sondait la pensée qui fait palpiter ces statues, ces tableaux et ces fresques. Qu'on ne s'étonne pas donc pas s'il avait contracté de cette méditation continuelle quelque chose de réservé qui n'était pas cependant la pesante mélancolie des êtres inoccupés. Il aimait à se soustraire aux détails mesquins de l'existence et surtout à ces calculs auxquels il voyait avec peine les esprits se livrer à peu près exclusivement ; mais, pour cela, il n'était ni farouche ni misanthrope. Il excusait même bien des passions, parce que, s'il ne les partageait pas, il savait les comprendre. Sans raideur, sans prétentions affectées, il imposait un certain respect naturel, conséquence du respect qu'il savait porter à sa dignité d'homme et d'artiste. Ce sentiment se manifesta d'une manière frappante à l'entrée de Bénédict, car les rires cessèrent aussitôt de se faire entendre, et le calme succéda au bruit.

— Quelle est donc la cause de ce tumulte? demanda le marquis à Juliette. En vérité, madame, j'ai cru d'abord qu'il y avait une émeute dans votre boudoir.

— Une tempête dans un verre d'eau !... dit-elle en souriant. Rassurez-vous. L'explication sera très facile. Ces messieurs me tenaient compagnie, et j'ignore comment leur entretien a tourné à la discussion. On a échangé des traits.

— Tirpenne et de Foncheville n'ont pas été des derniers, je suppose, dit Félix.

— Ce ne serait rien, mais voilà M. Gournet qui nous a livré un assaut en règle. Il n'a ménagé personne dans ses portraits.

— Je le reconnais là, dit le marquis en allant serrer avec une certaine affectation la main de Faustin Gournet, c'est le La Bruyère de l'hôtel de Montglars.

— C'en est l'Alceste, répliqua vivement la marquise.

— Mais, dit Félix, j'espère bien que vous ne voulez pas en être la Célimène. Voyons, arrivons au fait. Voici Bénédict qui vient pour donner des conseils à notre chère Emma ; et comme, d'une part, il a besoin de vous parler; comme, de l'autre, vous m'avez fait demander, je suis monté et je vous amène notre artiste lauréat.

Bénédict avait salué Juliette et les assistants avec sa politesse douce et grave, et il attendit que la marquise lui adressât la parole. Celle-ci s'était inclinée légèrement ; mais ne paraissait s'occuper que de Félix.

— Je vous remercie, dit-elle, de l'empressement que vous avez mis à venir. J'ai quelque chose à vous proposer.

Le marquis se mordit les lèvres ; il prévoyait une corvée maritale.

— Le temps est magnifique aujourd'hui. J'irai au bois à cheval.

— Très bien, très bien. Ce n'est pas pour rien que vous avez à l'écurie votre *Miss Lucy*, qui est si heureuse quand elle sent sa maîtresse. Allez au bois, madame, et amusez-vous. Vous n'avez rien de plus à me dire?...

Il aspirait à s'esquiver. Juliette le retint d'un geste.

— Pardon. Je voulais... solliciter l'honneur de votre compagnie.

Cette simple proposition fit frémir le marquis ; il y voyait une infraction à son plan de liberté sans contrainte.

— Mon Dieu! je serais enchanté... s'empressa-t-il de répondre, si mes affaires, mes occupations me permettaient... Précisément, c'est inouï ce que j'ai de courses aujourd'hui... Vous savez, il y a des jours comme ça...

— Oui, je sais... par expérience.

— Je le regrette; car, en vérité, vous aurez des triomphes au bois. Votre amazone est d'une coupe délicieuse. Mais, j'y songe, parmi nos amis présents, il y en aura bien un qui s'estimera heureux de vous servir de cavalier.

— Malheureusement, je suis brouillé avec le cheval, dit d'Escarrieux.

— Je crois bien, murmura Albéric à l'oreille d'Ernest, il y a de bonnes raisons. A peine s'il tient sur ses jambes.

— Par exemple, ajouta le marquis, s'animant par sa propre fantaisie, ce serait curieux si vous choisissiez le farouche Gournet.

— Je respecte trop les scrupules de M. Gournet, dit Juliette avec un ton de réserve qui touchait au dédain. Un sage tel que lui ne doit pas se mêler au tourbillon des dandies.

— Et je n'en ai pas envie! s'écria brusquement Faustin, tandis que les regards de Colmann, d'Ernest et d'Albéric sollicitaient la faveur précieuse d'escorter une des plus belles dames de Paris.

Sans paraître s'apercevoir de cet empressement, la marquise s'adressa directement à Bénédict, qui n'avait pas encore prononcé une parole :

— Que me vouliez-vous ?

— Ce que je désirais ne peut plus avoir lieu, madame. C'était de profiter de cette belle journée pour vous demander une séance. Votre portrait est loin d'être achevé.

— Oh ! nous avons du temps devant nous. Je ne suis point encore près d'être une vieille femme. Mais, si j'ai bonne mémoire, ce jour-ci avait été convenu.... N'est-il pas vrai !

— C'est vrai.

— Et vous ne le disiez pas !.... En réalité, vous vous êtes dérangé. Eh bien ! avec la permission du marquis et si vous trouvez que ce soit un dérangement, c'est vous que je vais emmener.

— Moi !

— Refusez-vous ?

— J'accepte, madame, dit très-simplement Bénédict, sans montrer en rien cette soumission humble de l'homme qui semble croire qu'on lui fait une faveur.

Le marquis battit des mains.

— Ma foi, ma chère, vous avez bien choisi, à votre insu peut-être. Car Bénédict est un centaure de premier ordre ; il a parcouru à cheval l'Italie entière. Ah çà ! vous allez avoir une sortie triomphante : nous y assisterons tous.

Au bout de quelques instants, la marquise et Bénédict quittaient l'hôtel, suivis de Tom.

On se dispersa. Le chevalier d'Escarrieux s'en alla, rue Saint-Dominique, porter des gimblettes à la petite chienne anglaise de la duchesse douairière de Blignac et un volume de Paul de Kock à la femme de chambre de la duchesse. Ernest de Foncheville se rendit au ministère, après avoir essayé de glisser un mot au marquis sur sa charmante belle-sœur. Albéric de Tirpenne courut à l'Odéon, où, depuis trois ans, on *devait* examiner son grand drame shakspearien.

M. de Montglars, cependant, n'était pas à bout de peine. Deux des visiteurs s'accrochèrent à lui : Faustin Gournet et Colmann.

— Vous restez ? demanda-t-il, un peu inquiet.

— Oui, dit Colmann; cinq minutes.

Cinq minutes, cela signifiait une heure.

— Allons fumer, dit alors le marquis, les ramenant au petit salon, qu'il avait quitté précédemment.

Il lui fallut essuyer un nouveau discours de Faustin.

— Je ne suis pas content de vous, dit ce dernier.

— Je serais curieux de savoir pourquoi.

— C'est tout simple. Vous avez agi imprudemment. Je me pique d'être votre ami, quelque distance qu'il y ait entre votre rang et le mien : car mon père était un laboureur ; mais le laboureur m'a assuré l'indépendance, et je suis en position de parler haut et ferme. D'ailleurs, c'est dans mon caractère. Je n'ai pas été payé ici-bas pour voir les choses en beau. Donc, selon moi, vous avez eu tort. Quand on a une femme jeune et jolie, on doit veiller attentivement sur le trésor. Le livrer au premier venu, c'est une grave imprudence. Je n'ai pas mauvaise opinion de votre ami M. Bénédict Arnaud ; je le crois même homme d'honneur autant qu'on peut l'être à Paris ; mais il faut songer au monde et à ses interprétations malignes. Le monde a bientôt fait de déchirer une réputation. La marquise, toute vertueuse qu'elle est, peut d'ici à demain se trouver en butte à ses propos envenimés. Tant pis pour vous si vous ne me comprenez pas.

— Je vous comprends à merveille, mon cher, répondit le marquis sans s'émouvoir. Mais permettez-moi de ne pas vous suivre dans vos idées tragiques. Ce qui arrive aujourd'hui chez moi arrive tous les jours sans que personne y trouve à redire. Le grand monde n'a pas à calquer la bourgeoisie, et une femme titrée peut vivre avec plus d'indépendance qu'une bouquetière. Au reste, je vous remercie de vos conseils, bien loin de m'en formaliser.

Faustin se leva.

— Vous partez, moraliste? dit le marquis.

— Oui, je persisterais, et cela vous ennuierait sans vous être utile.

— Viendrez-vous dîner avec nous?

— Je vous remercie. Vous savez que je ne dîne jamais en ville.

— O Caton !

Ce fut la direction du bois de Boulogne que Faustin Gournet prit en sortant de l'hôtel.

Le banquier respira, tandis que Félix se demandait avec une certaine inquiétude comment il réussirait à se débarrasser de ce dernier importun.

— Enfin ! dit Colmann, nous voilà délivrés de ce grondeur. Ah çà ! où diable avez-vous pêché cette espèce de malotru, ce fâcheux gourmet?... Est-ce pour servir d'épouvantail, comme les mannequins qui écartent les moineaux?

— Ah ! mon cher, vous lui gardez rancune.

— Moi ! Il faudrait pour cela avoir fait attention à ses propos.

— Si vous le dédaignez, vous êtes injuste. Gournet a du sens; et le bon sens, joint à la droiture, c'est chose rare aujourd'hui. Quant à son humeur farouche, elle doit son origine à des malheurs réels.

— Ce monsieur a eu des malheurs ?...

— Ne riez pas, Colmann. Trompé souvent, trompé partout, en amour, en amitié, en affaires, Gournet s'est retranché dans l'isolement que la vie lui a fait : de ses chagrins il a constitué un mur qu'il a élevé entre le monde et lui; n'ayant plus rien à perdre ni à ménager, il s'est habitué à une sorte de franchise brutale. Au fond, son cœur est bon ; et, pour ma part, bien que la patience ne soit pas ma vertu favorite, je le laisse dire, parce que je sais qu'il souffre.

— Quant à moi, répliqua le banquier, j'avoue n'avoir pas autant de générosité que vous : je ne puis voir les gens qui souffrent ; toujours ils sont très-désagréables.

— Voilà bien le financier qui ne s'est frotté qu'au bonheur !

— Hum ! Si vous trouvez que je nage dans le bonheur !...

— Vous nagez dans les millions, à coup sûr.

— Et dans l'ennui !

— On ne peut pas tout avoir. Le système des compensations sera éternel.

— Oui , mais avec ça, que faire?

— Couronnez des rosières, fondez des prix à la Monthyon.

— Laissez-moi donc tranquille ! On n'a jamais trop d'argent.

— Si, quand on se demande comment on l'emploiera.

———

Extrait de l'*Echo du Nord*.   Lille, imp. de Leleux.

— Ah ! je regrette de m'être retiré des affaires. J'avais des agitations ; je suivais avec sollicitude le mouvement des fonds,... c'était la vie !

— Vous pouvez recommencer.

— Et ma dignité ! et mon nom ! Mes anciens confrères s'imagineraient que je suis ruiné. Tenez, il m'est venu une idée...

— Laquelle ? parlez ! dit impatiemment Félix, qui avait peine à dissimuler un bâillement.

— Je désirerais me procurer la société d'une petite femme aimable et spirituelle, dont on raconte des merveilles.

— Ah ! ah ! votre or serait avantageusement placé.

— Ce serait une distraction, du moins.

— Quelle est cette aimable personne qui a l'honneur d'attirer votre attention ?...

— On la nomme Maria de Rochemore, un nom de guerre, sans doute.

Le marquis ne put réprimer un mouvement saccadé.

— Le connaîtriez-vous ? demanda Collmann.

— Nullement.

— C'est... que vous passiez pour n'être pas étranger au monde des rues Blanche et de Breda. Je ne serais même pas surpris que madame la marquise s'en doutât.

— Dieu m'en garde ! mais, quant à celle-ci, je vous assure....

— Très-bien. Je ne voudrais pas aller sur vos brisées.

— Vous ferez ce qu'il vous plaira. Mais veillez à votre budget. Cette Maria a, dit-on, l'insatiabilité d'un gouffre.

— J'ai le moyen de faire face à une fantaisie. Seulement, quelqu'un de vos amis pourrait-il m'introduire chez M.me de Rochemore ?

— Je ne vois personne.

— Vrai ?

— Personne, répéta sèchement le marquis.

Un domestique entra et remit une carte à son maître. Félix n'y eut pas plus tôt jeté les yeux qu'il s'écria :

— Excellente occasion pour vous, mon cher, de placer le superflu de votre fortune et de vous créer une occupation intéressante ! — Faites entrer, Jobin.

— C'est un industriel éminent, un inventeur des plus ingénieux, un homme qui s'est adressé à moi et à qui il ne manque que des capitaux (la moindre des choses) pour mener à terme des entreprises colossales ; en un mot, c'est M. Saint-Marquet ! — Le voici. Bonjour, monsieur. Tenez, je suis heureux de vous mettre en rapport avec M. Collmann, l'un de mes bons amis, banquier retiré des affaires, et qui, je l'espère, pourra s'entendre avec vous. Pardon de vous quitter... Un rendez-vous pressé... Au revoir !

Le marquis sortit en courant et se jeta dans son léger tilbury, auquel il fit prendre le chemin de la rue Blanche.

L'homme d'argent et l'inventeur étaient restés en face l'un de l'autre, Collmann glacial et disposé d'avance à ne se laisser entamer, Saint-Marquet bien déterminé à profiter de la circonstance.

Saint-Marquet avait des allures d'agent d'affaires. Un énorme portefeuille en maroquin était son inévitable compagnon, portefeuille tout bourré d'actions à placer, de statuts rédigés en forme et de plans merveilleux. Selon le tempérament des gens, il changeait de batteries. Sa faconde coulait de source. Quelque objection qu'on lui fît, il était toujours prêt à y répondre. Il jugea qu'un *client* tel que l'ex-banquier Collmann méritait l'exhibition de ses idées les plus *titanesques*.

— Ah ! monsieur, s'écria-t-il avec une volubilité irrésistible, si c'est pour moi une bonne fortune de vous avoir rencontré, j'ose dire, j'ose affirmer de la manière la plus péremptoire, que ce n'en sera pas moins une pour vous, monsieur. Je m'explique, je vais droit au fait, sans ambages, sans paroles inutiles. En affaires, le positif, rien que le positif. Nous inaugurons un grand siècle, un siècle qui promet des merveilles et qui les accomplira. Les merveilles rêvées, entrevue autrefois, mais qui eussent découragé, effrayé nos pères, sont devenues des faits pratiques, accessibles à la simple intelligence d'un enfant. Archimède demandait un levier pour soulever le monde : nous possédons ce levier, la vapeur. Désormais, pas de difficulté capable d'arrêter un moment, ne fût-ce qu'un moment, un seul, la marche de l'humanité. Nous voguons en plein progrès. Voyez le gaz répandre à flots la lumière dans les rues naguère réduites à la demi-obscurité du réverbère ; voyez les *steamers* joindre, comme des ponts jetés sur l'Océan, le vieux monde au monde nouveau... Voyez...

— Je sais cela, passez, passez.

— Oui, vous le savez, monsieur, je n'en doute pas. Mais, ce que je dois ajouter, monsieur, c'est que ces progrès ne sont qu'en germe, c'est que ces espérances ne font encore que fleurir. L'avenir nous appartient, un avenir immense, incommensurable.

— Si vous êtes certain de l'avenir, qu'avez-vous à demander ? dit Collmann d'un ton narquois.

— Ce que j'ai à demander, monsieur ? le moyen de l'atteindre, de le saisir, de m'associer au mouvement général, d'apporter ma pierre au monument de l'époque !

— A merveille ! Et qu'avez-vous imaginé ?

— Tout, Monsieur, tout ! s'écria Saint-Marquet, en se renversant d'un air inspiré. Je n'abuserai pas de vos instants précieux ; je ne soumettrai pas à votre judicieuse appréciation mon procédé d'embaumement surpris à la science égyptienne ; ni mon mécanisme pour diriger les ballons ; ni mes ailes de condor qui permettront à l'homme d'égaler le vol des plus puissants oiseaux ; ni ma cuisine générale pour laquelle je compte me faire adjuger Montmartre, qu'on creusera à l'effet de le convertir en une marmite qui suffira à l'alimentation de Paris. Non, je vous parlerai seulement de ma société en commandite pour l'extraction des fossiles. Cinq cent mille francs de capital !

— Des fossiles ! Qu'est-ce que c'est que ça ?

— Quoi ! Monsieur, se peut-il que vous n'appréciiez pas la sublime découverte de Cuvier, de Georges Cuvier ?... Les fossiles, c'est-à-dire le monde antédiluvien sortant tout à coup des entrailles de la terre, où, depuis cinquante siècles, il était enfoui :... Les fossiles ! c'est-à-dire des défenses de mammouth auprès desquelles les dents de nos éléphants actuels ne sont que des fétus de paille !

— Et que voulez-vous qu'on fasse de vos défenses de mammouth ?

— L'industrie des tabletiers en tirerait un profit considérable. Je vous ai exposé mon idée, monsieur. Il est impossible que votre esprit généreux n'en soit pas frappé, que vous ne vous empressiez pas de travailler avec moi au progrès. J'ose dire que vous n'aurez pas regret de m'avoir accordé votre confiance. S'il vous plaît de souscrire...

Saint-Marquet, joignant le geste à la parole, se mettait déjà en devoir d'ouvrir son volumineux portefeuille. Collmann l'arrêta en disant avec une froideur dédaigneuse :

— C'est inutile. Quand votre affaire marchera, j'y souscrirai. Je ne mets jamais un sou dans les rêves.

— Mais, monsieur, grâce à votre généreux concours, le rêve d'hier peut devenir la réalité de demain.

— Ce n'est pas impossible. Mais j'attendrai à demain. Mon cher monsieur, je vous souhaite beaucoup de chances.

L'ex-banquier s'inclina et se dirigea vers la porte pour aller retrouver son coupé. Saint-Marquet n'était pas homme à se décourager si facilement. Il le suivait pas à pas, continuant d'exalter son idée ; puis, quand il le vit installé sur le coussin moelleux de sa voiture, il lui présenta par la portière un prospectus que Collmann laissa tomber à ses pieds tout en murmurant :

— Je vous remercie.

— Sac d'écus !... grommela l'inventeur. Il faudra bien que je tire de toi un tribut... capitaliste coriace !... Ah ! par bonheur, la vicomtesse d'Orban n'est pas aussi arriérée.

III. — AU BOIS.

Juliette et Bénédict avaient suivi au pas l'avenue des Champs-Elysées, marchant à peu près en silence jusqu'au moment où ils furent arrivés à l'avenue Dauphine, qui mène directement au bois.

La marquise était ravissante avec sa robe amazone parfaitement ajustée, et ondulant à gros plis, avec son col de guipure et son feutre gris à larges bords, ombragé de plumes noires que retenait une torsade de soie. Rien de comparable à l'habileté qu'elle mettait à manier sa docile jument, qui semblait fière de porter une telle maîtresse. Jamais plus belle lady ne parcourut sur un cheval de prix la fashionable promenade de Regent-street ou de Hyde-Park. Chez la marquise, il y avait une expression d'élévation, de réserve chaste et de finesse, qui forçait l'admiration. Il n'y avait de regards que pour elle. On ne pouvait se lasser de voir quels mouvements gracieux elle imprimait à *Miss-Lucy*, alezan plein de feu et décelant son origine anglo-arabe.

Bénédict, sans s'amuser de cette fantasia coquette, se tenait parfaitement en selle, se contentant d'avancer sur la même ligne. Sa dextérité d'écuyer n'était pas douteuse, et, quant à son maintien, il était parfait. Grave et poli, il avait pour la marquise un respect digne, moins semblable à un dandy galant qu'à un précepteur consciencieux qui a la garde et le soin d'un enfant chéri. Il sentait que Juliette pouvait être reconnue par beaucoup de personnes ; aussi mettait-il dans sa propre physionomie une réserve nécessaire pour déjouer toute interprétation maligne. On a sitôt fait de dénaturer les actions les plus simples ! Une partie de la société passe son temps à déchirer l'autre ; de l'oisiveté sort la médisance ; les Champs-Elysées et le bois ont remplacé les ruelles d'autrefois, et la calomnie au grand air n'est ni moins active ni moins dangereuse que ne l'étaient les propos et les épigrammes colportés, au siècle dernier, de boudoir en boudoir, par les petits marquis, les cadets de Gascogne et les abbés de cour. L'artiste ne se dissimulait pas les plaisanteries déplacées auxquelles sa présence à côté de Juliette pouvait donner lieu, et il était bien déterminé à ne point les encourager. En se fixant par intervalles sur la jeune femme, son regard était rempli d'un intérêt tout fraternel, comme sa parole était mesurée et sobre. Enfin, c'était bien le même homme qu'on avait vu si souvent, à Rome, interroger le passé, converser avec les ruines et demander à la colonne de Trajan et aux arcades du Colysée, le secret de leur grandeur mélancolique.

Cependant Juliette n'était pas disposée à subir davantage ce demi-silence et cette gêne d'étiquette. Un sentiment dont la cause n'eut pu être définie, la poussait, au contraire, à une sorte d'expansion, au mouvement presque fébrile de la pensée qui se dilate comme pour se fuir elle-même. Une fois arrivé au bois, elle rapprocha son cheval de celui de Bénédict et dit en riant :

— On compterait les paroles que nous avons prononcées depuis que nous sommes sortis de l'hôtel. Auriez-vous pris en Italie l'habitude d'être muet ? Ce n'est pourtant pas celle des Italiens.

— C'était celle des artistes romains que j'ai connus, madame, répondit Bénédict. Absorbés comme moi dans la contemplation des chefs-d'œuvre du passé, ils s'affligeaient d'avoir à soutenir une lutte inégale. Ils sentaient qu'il leur manquait ce milieu puissant d'où s'élance le génie, cet air vivifiant qui le féconde et le soutient. Ils avaient deux Rome à pleurer.

— C'est possible ; mais vous, monsieur Bénédict, vous n'avez pas à pleurer notre France, qui, Dieu merci ! ne manque ni de splendeur ni d'hommes de mérite. Et quant à vos amis de là-bas, j'espère que nous ne vous laisserons pas les regretter.

— Votre bonté me confond, madame ; il faut que je m'applique à la justifier.

— Ce n'est pas de la bonté, c'est de la justice. On s'honore des relations qu'on a avec le talent.

Bénédict secoua la tête d'un air d'incrédulité.

— Ne m'accordez pas si vite un tel brevet, dit-il. — J'ai étudié, voilà tout ; je ne sais rien encore.

— Vous savez étudier... c'est beaucoup ; et déjà il y a une auréole autour de votre nom.

— Vraiment, vous me donneriez de l'orgueil, si je n'avais horreur de ce défaut.

— L'orgueil à petite dose n'est pas nuisible.

L'artiste ne répondit pas. Le silence était sa ressource pour éviter d'entrer dans la discussion.

Un peu plus loin, l'entretien recommença.

— Voyez-vous, madame, reprit Bénédict, il ne faut pas vous étonner si je suis très-circonspect pour cette question de la gloire. Plus j'y attache de prix, plus j'envisage, non pas la difficulté qu'il y a à l'obtenir, car elle dépend souvent d'une circonstance imprévue, d'un hasard heureux, mais à en être digne et à la conserver. Il est arrivé à certains hommes de lutter toute la vie contre leur premier ouvrage qu'on leur opposait systématiquement, et d'avoir presque un ennemi dans ceux qui avaient fait leur fortune et leur illustration. Je pourrais ajouter bien des choses ; mais ce chapitre nous mènerait trop loin.

— Parlez, parlez, dit Juliette avec intérêt ; nous avons le temps, à moins que vous ne trouviez que notre promenade a duré assez.

— Je suis à vos ordres, madame.

— Vraiment!... Je ne vous croyais pas si docile.

— On est docile quand on est dévoué.

Il y eut un éclair dans le regard de la marquise ; et elle dit, en sondant la physionomie de Bénédict :

— C'est beau, le dévouement, dans ce siècle où l'on ne croit plus, où les plus saintes affections sont méconnues, où chacun vit pour soi !

— Oh ! vivre uniquement pour soi, est-ce possible ? N'est-ce pas s'enfermer dans l'étroit tombeau de l'égoïsme ?

— Vous demandez si c'est possible ?... Jetez donc les yeux autour de vous, monsieur Bénédict, et que cette expérience vous serve de préservatif. Vous verrez les intérêts personnels inquiets, jaloux, soupçonneux ; vous verrez la moitié de la société en garde contre l'autre ; vous découvrirez la haine sous le sourire, la griffe sous le gant... On ne tue pas aujourd'hui, on déchire. Où est l'amour sincère, l'amitié active ?... Le nom seul en est resté. Le monde moderne a créé l'isolement au milieu de la foule, le silence au sein du bruit.

Ces paroles achevées, Juliette inclina un peu la tête, comme si elle continuait en elle-même un dialogue avec quelque peine secrète.

Ce fut Bénédict qui, à son tour, dirigea son regard sur elle.

— J'ignore, dit le peintre, pourquoi vous m'avez affligé. Savez-vous, madame, qu'il n'est pas naturel de tenir un pareil langage lorsqu'on unit jeunesse, esprit, noblesse, fortune et — ceci n'est pas un compliment, mais une simple appréciation d'artiste — beauté. Permis à un homme qui marche isolé, à un orphelin qui se souvient de son excellent père, à un artiste qui cherche sa voie, permis à lui de sentir de la lassitude, de se poser des doutes, de se défier du monde. Mais vous, madame, qu'est-ce que la vie peut vous refuser ? Votre chemin est jonché de roses. Les hommages épient votre passage ; les sourires sollicitent votre sourire ; chacune de vos paroles fait naître l'admiration ; vos désirs sont des ordres ; vous n'avez pas à prier, mais à commander. L'envie s'arrête devant votre nom, de même que toute rivalité s'efface devant votre supériorité. Dans le rang où le ciel vous a mise, vous exercez une sorte de royauté. Et vous pourriez être triste !...

— Moi ? jamais!... s'écria M.me de Montglars avec un accent enjoué, auquel Bénédict ne se méprit pas. Moi triste, c'est parfait !... N'allez pas vous imaginer cela ; j'en serais très-fâchée.

— J'ai pu le croire... ou le craindre.

— Ne le croyez pas, et n'ayez pas non plus cette crainte charitable.

Ce retour subit déconcerta l'artiste. Juliette ajouta :

— Ce que c'est que de se lancer sur le terrain de la sentimentalité ! On divague alors. L'infortune demande une grande élévation d'esprit, une mesure qu'on sait rarement garder. On ne doit pas l'épancher avec violence, comme le torrent de lave que jette le volcan. Je permettrais à M. Gournet d'être triste, et alors sa main rencontrerait la mienne : je ne lui permets pas d'être dur et aigre. Mais ne parlons que de vous.

— A quoi bon ? j'ai tout dit.

— Non, madame, et je persiste à penser qu'il y avait un sens profond dans le tableau de la société, tel que vous l'avez tracé.

— Vous y tenez donc bien ! Vous-même vous avez dépeint mon bonheur et ce que vous avez appelé ma royauté.

— Les rois de ce monde ont trop souvent en face d'eux les révolutions.

— Taisez-vous, monsieur Bénédict ! vous m'effrayez.

— Le ciel m'en préserve. Mais, que voulez-vous ? l'amitié, — et je suis fier que vous et le marquis m'ayez accordé ce privilége, — l'amitié s'inquiète aisément. Que de fois, dans la campagne de Rome, au milieu des maremmes, quand je rêvais ou dessinais, adossé à un cippe antique, j'ai aperçu tout à coup sur le bleu de l'horizon un point noir qui grandissait insensiblement et prenait les proportions d'un nuage. Peu à peu, l'azur italien était remplacé par une teinte grise ; des vapeurs lourdes et sinistres s'abaissaient vers la terre. Les buffles effarés couraient follement par troupes, soulevant sous leurs sabots des flots de poussière, et allaient se cacher dans les grands roseaux des marécages. Soudain un éclair déchirait le voile de l'obscurité, un roulement de tonnerre répondait au premier signal, et alors un orage bouleversait la solitude de l'Agro romano. Ce point noir, presque imperceptible, ne se dessine que trop dans les existences les plus belles et les plus heureuses.

La marquise avait écouté attentivement.

— C'est toute une peinture, dit-elle avec insouciance. Jusqu'à présent je n'ai pas, pour mon compte, entrevu votre « point noir. »

— Et j'espère qu'il ne vous apparaîtra jamais. Cependant, ne craignez-vous pas que les plaisirs, en vous appelant sans relâche, ne finissent par vous apporter leur fatigue et leur satiété ?

— Ceci est affaire de médecin. Rassurez-vous : chaque année, j'ai, pour me remettre des soirées et des bals, le précieux remède des eaux de Bade ou d'Aix. Vous voyez que je suis sans crainte me laisser solliciter par les plaisirs. D'ailleurs, j'en ai besoin. Cette vie étourdissante, ce tourbillon qui m'emporte, me sont devenus nécessaires ; il me faut le mouvement, cette agitation, ce changement perpétuel ; je ne veux pas être seule !

L'artiste soupira sans se permettre aucune objection.

Comme pour couper court à ce que l'entretien menaçait d'avoir de trop intime, Juliette piqua le flanc de sa jument, qui partit au galop. En rejoignant la marquise, Bénédict dit avec un sourire :

— J'ai eu vraiment de la peine à vous suivre.

— C'est bien fait, vous êtes trop curieux. Mais, tenez, voilà que le monde arrive. Occupons-nous d'autrui. Je vais vous signaler quelques figures inévitables en ce lieu. Et, d'abord, regardez dans cette vaste calèche.

— Un homme sec, jaune, un peu voûté et sombre ?

— Oui, un homme chargé d'honneurs... et de soucis ; le comte de Maubrun.

— Le ministre ?

— Précisément. Son Excellence vient prendre l'air avant de se rendre à la Chambre. Ne croyez que le comte ne s'aperçoit même pas qu'il y a des feuilles aux arbres et de l'herbe dans les fossés. Il songe à la lutte que lui promet la séance ; il apprête sa réponse aux objections qu'il prévoit ; il mesure la résistance à la violence de l'attaque. C'est un commandant de place responsable

du salut de tout le monde, et qui veille, avec la fièvre au cerveau, tandis que la garnison dort.

— Pauvre Excellence!... N'est-ce pas de M. de Maubrun que M. Ernest de Foncheville est le secrétaire particulier ?

— Tout juste ; il doit cette place à la recommandation de mon mari. Aussi, pour nous en témoigner sa reconnaissance, aspire-t-il à la main de ma sœur ; rien que cela, cent mille écus de dot !

— S'il a un mérite réel, sa prétention est légitime.

— Mais c'est qu'il n'en a pas !

— Alors il est à regretter qu'on l'ait fait arriver à un emploi où un homme sérieux pourrait rendre de grands services à son pays.

— Pour ça, de Foncheville est assez occupé déjà de s'en rendre à lui-même.

— Savez-vous s'il plaît à mademoiselle votre sœur ?

— Emma est, comme vous, absorbée par la peinture. Elle nous laissera choisir pour elle. Ah ! tenez, quel hasard étrange !

— Quoi donc ?

— Pressons le pas. Penchez-vous vers ce modeste fiacre.

— J'y vois deux gros hommes vêtus de noir qui causent vivement.

— C'est le baron de Pontessac et M. de Rongrin.

— Ils me sont inconnus.

— Comment ! le bruit de leurs discours et de leurs vertus civiques n'est jamais arrivé jusqu'à vous ?

— Jamais. Ma politique commence au Pérugin et se termine à Greuze.

— Ce que c'est que la gloire !... même la gloire parlementaire ! MM. de Pontessac et Rongrin sont pourtant les coryphées de l'opposition.

— J'entends, et ils se disposent à l'attaque, pendant que M. de Maubrun organise la défense.

— Tout juste. Remarquez bien aussi qu'ils se font, quoique très-riches, cahoter par une voiture de place. C'est la tradition chez les membres de la gauche ; cela rentre dans les accessoires obligés.

— Malheur à ceux que vous frondez, madame ! Voilà deux Brutus que je ne puis m'empêcher de trouver passablement ridicules.

— Oui, mais voici un homme que vous plaindrez certainement. La berline antique où il se trouve va lentement ; vous pourrez bien l'examiner.

— Il n'a rien, ce me semble, de caractéristique.

— Regardez mieux. C'est Alphonse de Lagrange, un ancien camarade de mon mari et du vicomte d'Orban. Alphonse de Lagrange avait, suivant le marquis, de l'esprit naturel, une instruction assez variée ; il était bon musicien. Le monde attendait de lui un cavalier distingué. Son oncle, le vieux conseiller, qui est là, assis, ou plutôt couché au fond de la berline, se voyant sans enfants, veuf et isolé, conçut l'idée de prendre Alphonse auprès de lui. Inflexible et poussant à un degré inouï la dureté de l'égoïsme, il lui posa ces deux conditions : ou être déshérité complétement s'il adoptait une carrière, la diplomatie par exemple, qu'il avait rêvée ; ou devenir, par acte rédigé en bonne et due forme, l'héritier unique de son immense fortune s'il consentait à venir s'établir dans sa maison et à lui tenir compagnie. M. de Lagrange, nature faible, ennemie de la lutte, eut le triste courage d'accepter ce marché, espèce de traite d'une âme. Il se vendit, le mot n'est pas trop dur, il se vendit pour une fortune qui lui viendra Dieu sait quand. Voilà douze ans qu'il a mis en prison son temps, sa liberté, sa dignité, son intelligence ; voilà douze ans qu'il ne se permet plus d'avoir une pensée à lui, qu'il ne peut prononcer une parole sur d'autres sujets que la table et le tric-trac sans être relevé par une apostrophe grondeuse ; douze ans qu'il ne peut ouvrir un livre, douze ans qu'il ne peut faire une visite, douze ans qu'il subit ce supplice d'être, à chaque heure, à chaque minute, en face d'un vieillard atrabilaire, aux yeux durs, au visage de parchemin ; douze ans enfin qu'Alphonse de Lagrange s'étiole, s'éteint, s'abrutit pour une fortune dont il ne saura que faire si le Ciel la lui inflige comme un dernier châtiment.

— Quel supplice, madame ! s'écria Bénédict, plein de pitié. Dante l'a oublié dans son Enfer. Passons vite ; la vue de ce malheureux me cause une émotion douloureuse. Mais qu'avez-vous donc ? vous semblez émue à votre tour...

— Non... ce n'est rien... vous vous trompez...

Tout en faisant cette vague réponse, Juliette avait dirigé ses regards troublés vers une élégante calèche américaine à fond bleu avec filets d'or et livrée amaranthe, où était négligemment renversée une jeune femme d'une éclatante beauté.

Plusieurs voix avaient dit :

— C'est Maria !... la reine de Mabille !... Maria, la lionne des lionnes !

Et un essaim de dandies était accouru, galoppant à droite et à gauche de l'équipage, tandis que Maria leur distribuait de petits saluts avec la main, l'éventail ou la tête, selon qu'ils étaient plus ou moins avancés dans ses bonnes grâces.

Maria de Rochemore offrait le type espagnol dans toute sa pureté ; des yeux longs et fendus à l'orientale, le sourcil prononcé, les lèvres purpurines, le nez fin et très-légèrement arqué. Il était impossible d'avoir plus d'éclat ; et ailleurs, l'art de distribuer en couche imperceptible le carmin et la poudre de riz n'était pas étranger aux dons que cette femme tenait de la nature. Sa toilette, exquise de fraîcheur, contribuait à son triomphe ; une robe de taffetas rose, une capote de dentelle blanche avec un petit mantelet semblable, et pas un seul bijou.

Elle distingua la marquise, et, se relevant comme en sursaut, se pencha à demi hors de sa calèche pour regarder Juliette. Puis elle reprit sa position première en répondant par un rire bruyant et affecté à une observation que lui avait adressée un de ses beaux.

Juliette se sentit rougir et elle porta à ses lèvres la pomme de sa cravache.

Ce mouvement n'avait pas échappé à Bénédict :

— Pourquoi faites-vous attention à une femme de cette espèce ? dit-il gravement. Que peut-il y avoir de commun entre elle et M.me la marquise de Montglars ?

— Rien, assurément. Tout, peut-être, si j'en devais croire des avis anonymes, injurieux pour l'honneur d'un être qui m'est cher...

Bénédict fut frappé de cette demi-confidence qui ouvrait tout un monde à sa pensée. Malgré lui et sans même s'en rendre compte, il entoura Juliette d'un regard d'inexprimable sympathie auquel elle chercha à se soustraire en détournant la tête.

Un moment après, elle demanda :

— Cette femme est bien belle, n'est-ce pas ?

Le peintre répondit tranquillement :
— Vous êtes plus belle.
— Oh ! si le marquis pensait comme vous !
Ces mots étaient une révélation. Et Juliette avait vanté son bonheur !
— Ah ! c'est vous marquise ! Que je suis enchanté de vous voir !... Bonjour, monsieur de Montglars... Pardon, je me trompais. C'est monsieur Arnaud. Quelle bonne fortune pour moi de vous rencontrer, chère madame ! Je vais si rarement au bois !... Veuillez donc vous arrêter pour que nous causions un peu.

C'était la vicomtesse Mathilde d'Orban qui venait de jeter à haute voix ce flux de compliments. Elle avait ouvert la portière de son coupé où Louise se tenait à côté d'elle. Mathilde sortit de sa voiture et pressa la main de la marquise, tandis que son regard inquisiteur se portait presque continuellement sur Bénédict qui restait très-réservé. Juliette éprouva un froid glacial au contact des doigts de cette femme qui était sans pitié à l'égard de son sexe. Cependant sa conscience la raffermit bientôt ; car enfin si l'artiste accompagnait la marquise, c'est que M. de Montglars l'y avait autorisé. Dès lors, qui pouvait blâmer une action tout innocente ?

— Moi aussi, dit Juliette, je suis charmée de vous rencontrer, madame. Vous êtes devenue rare...
— C'est vrai, et j'en gémis ; mais les affaires, les soins de la fortune...
— Ah ! c'est vous qui vous occupez de ces détails ?
— Pourquoi pas ? c'est bien le moins qu'on s'occupe de ce qu'on possède.
— Rien de plus légitime, assurément ; mais, je vous l'avouerai, j'aime mieux pour ma part me conformer à l'usage habituel et laisser au marquis l'administration pleine et entière de nos biens.
— Il se peut, répondit Mathilde en se redressant et en enflant sa voix d'un timbre sonore ; mais la position est différente. M. d'Orban ne possédait rien.

Cette communication d'une nature brutale, indigna Juliette, qui ne put s'empêcher de traduire ainsi sa pensée :
— Je vous demande pardon, Madame, le vicomte possédait quelque chose : son honneur, son beau caractère et son titre.
— Un titre, un titre ! qu'est-ce que cela aujourd'hui ? Avec un titre, on n'obtiendrait pas une action à la Bourse.
— Ce titre, vous n'en faisiez pas fi avant de le porter.

Mathilde devint pâle de colère ; on ne l'avait pas habituée à entendre la vérité.
— J'en fais si peu fi, dit-elle aigrement, que je suis fière de le porter, et je crois, Madame, le porter comme il faut, sans aucune tache. Je sais que noblesse oblige. Excusez-moi si je parle avec une certaine vivacité ; c'est ma manière. Et puis, j'ai la tête si occupée d'affaires ! Que je ne vous empêche pas de poursuivre votre intéressante promenade.... Adieu. Mes amitiés au marquis et à votre Emma qui a fait ce matin une bonne causerie avec Louise !

La vicomtesse rentra dans sa voiture qui se dirigea vers la mare d'Auteuil. De leur côté, Juliette et Bénédict inclinèrent vers Ermenonville pour retourner à Paris. Ils étaient revenus à leur premier silence. Les paroles méchantes de M.me d'Orban avaient produit sur eux une impression également pénible. De ce moment, la marquise, jusque-là vive et étourdie, avait entrevu le sens perfide que le monde pouvait attacher à des actions très-simples en elles-mêmes ; elle avait senti le trait aigu lancé par une main soi-disant amie, et elle se demandait ce qu'il fallait attendre des ménagements de la part des étrangers, quand l'amitié, au moins supposée, témoignait si peu de sympathie. Sans doute la jeune femme n'avait pas toujours échappé à la petite guerre des salons ; mais personne ne lui avait jamais montré comme la vicomtesse ce qu'il peut y avoir de fiel dans un mot et de feu dans un regard. Quant à Bénédict, il avait honte de ce que M.me d'Orban avait craint de lui attribuer et qu'elle avait exprimé si clairement lorsqu'elle avait feint de se méprendre et de saluer M. de Montglars. Lui, trahir la confiance du marquis ! lui, être pour Juliette autre chose qu'un ami dévoué, respectueux ! lui, s'abaisser à des soins furtifs, à des hommages clandestins ! Oh ! cette femme ne le connaissait pas, elle n'avait qu'à ouvrir les pages de sa vie pour y trouver le démenti des insinuations qu'elle n'avait pas craint de se permettre.

— Eh bien ! dit enfin Juliette, lorsqu'ils eurent dépassé l'arc de l'Etoile, vous ne parlez plus ?
— Excusez-moi, Madame ; je réfléchissais.
— A quoi ?... Soyez sincère.
— Sincère, je le serai toujours. Voici ma pensée. Le monde est partagé en deux camps : les oppresseurs et les opprimés. Ce pauvre vicomte d'Orban, qui a la meilleure réputation de douceur et de loyauté, est un opprimé, et j'en gémis.
— Moi aussi ; mais pourquoi a-t-il fait une mésalliance ? La vicomtesse a été mal élevée, elle manque d'usage.
— Je croirais plutôt qu'elle manque de cœur.
— Et je crois, dit Juliette, qu'elle n'a ni cœur ni usage.
— Nous sommes peut-être trop sévères pour elle.
— Soyez sûr qu'elle est impitoyable pour autrui.
— Madame, vous n'avez pas sujet de la craindre.
— Et je ne la crains pas non plus ! s'écria la marquise en relevant la tête et imprimant une courbe gracieuse aux plumes de son chapeau.
— Qu'elle est belle ! pensa Bénédict. Que de femmes lui portent envie en ce moment !... Et cependant qu'il y a déjà d'orages autour d'elle, sans compter ceux que lui réserve l'avenir ! Un monde jaloux, un mari négligent, des séductions, des pièges. Oh ! si je pouvais la protéger, la défendre, fût-ce au prix de tout mon sang !

Il frémit de ce qui se passait dans son esprit et se demanda s'il n'y avait pas quelque chose d'exagéré, de coupable, dans l'intérêt qu'il portait à Juliette. Ce fut donc avec satisfaction qu'il arriva à l'hôtel, où il prit congé de la marquise, qui alla faire une sieste pour se reposer. Intérieurement, il s'était bien promis de ne plus recommencer une épreuve si dangereuse.

Comme il se retirait, il vit passer Emma, par hasard. Ce hasard, elle l'avait sans doute cherché.
— Eh bien ! dit la jeune fille, avez-vous fait une longue promenade ?
— Certainement, mademoiselle, sauf une rencontre qui m'a plu médiocrement.

En quelques mots, il instruisit M.elle de Neuville des paroles aigres de la vicomtesse.

Emma joignit les mains en disant :
— Pauvre monsieur d'Orban ! il méritait d'être plus heureux. Ah ! dès demain, j'irai voir Louise... après notre leçon de peinture, ajouta-t-elle avec un sourire gracieux, où il entrait une certaine timidité.

Bénédict retourna chez lui, se reprochant de n'avoir pas travaillé de la journée. « Est-il nuisible ou utile pour un artiste, pensait-il, d'être en relations suivies avec les gens du monde ? Le vertige ne monte-t-il pas à la tête dans cette atmosphère de serre chaude ? »

Quand il fut devant une grande peinture qu'il avait commencée depuis son arrivée de Rome, il sentit que l'inspiration sereine lui faisait défaut.

L'image de Juliette traversait sans cesse son esprit, comme la blanche apparition d'Hélène vint fasciner les yeux de Faust.

L'artiste eut peur de cette vision ; repoussant l'image et l'enchantement qui s'y attachait, il courut à son piano et joua un morceau de Beethoven.

La musique l'avait calmé et le ramena à la peinture.

— Ce soir ; se dit-il, ce n'est pas à l'hôtel de Montglars que j'irai, mais chez Stéfane Delaunay, chez le confrère pauvre et laborieux que j'aime et qui a grandi dans le même atelier que moi.

IV. — LE NID D'ARTISTE.

Vers les hauteurs de la Chaussée-d'Antin, il est de ces maisons d'un caractère mixte, où le luxe oisif étale ses splendeurs et donne ses fêtes, tandis que le comble de l'édifice, percé de larges et hautes fenêtres, est consacré au labeur des peintres. L'art perdu si longtemps dans la Thébaïde du quartier du Luxembourg, a émigré vers la rue Blanche.

Gravissons les quatre étages d'une jolie maison de cette rue pour pénétrer dans un petit logement contigu à un atelier. Là, point de faste, point de tapis, de bronzes, de cristaux, de meubles en palissandre, rien de ce qu'on appelle le superflu, ce superflu ruineux dont nos goûts modernes se sont fait un besoin. En revanche, le soin, la propreté qui décèlent la présence d'une femme laborieuse. Sur la cheminée, surmontée d'une petite glace à trumeau, une pendule noire très-simple, abritée par un globe ; deux flambeaux de cuivre bien frottés, bien luisants ; deux flacons de porcelaine ; un lit couvert d'une courtine de toile à ramages, une commode en noyer, une armoire de même bois, un fauteuil Voltaire et quelques chaises composent le modeste ameublement d'un jeune ménage. Près de la fenêtre est un métier à broder. Par la porte entr'ouverte, on peut apercevoir l'atelier où, sur le chevalet, se trouve une toile ébauchée, copie du Titien.

La ménagère était assise à son métier et activement occupée à sa besogne. Près d'elle, sur un tabouret, se tenait un petit garçon de cinq ans environ, bouclé, frais, rose, blond, un ange sans ailes. La jeune femme écoutait en apparence avec attention le babil innocent d'Henri, grand questionneur, comme on l'est à cet âge ; mais de temps en temps, elle prêtait l'oreille du côté de la porte. Elle guettait un pas accoutumé, et ce pas tardait à son impatience. La tendresse s'inquiète si aisément !... Célestine s'était levée plus de dix fois pour aller sur le palier et se pencher vers la rampe, afin de voir venir son mari. Puis elle rentrait, reprenait sa tâche, écoutait de nouveau Henri, surveillait le dîner, se multipliait enfin.
— Maman, disait l'enfant, je sais pourquoi papa ne revient pas.
— Tu le sais ?
— Oui. C'est parce que Paris est grand, tout plein.
— Voilà une idée !
— Dam ! s'il va au bout de Paris, il faut qu'il ait des fameuses jambes.
— Tu as raison, dit la mère en soupirant.

Elle s'était représenté la peine que se donnait le pauvre artiste pour trouver des acheteurs, vaincre les résistances des marchands, émouvoir la froide réserve des amateurs et solliciter quelques parcelles de la manne ministérielle. Et elle pensait avec tristesse quels minces résultats il y avait souvent après tant d'efforts, et quelle amertume refluait au cœur de Stéfane. Alors elle évoqua le souvenir du passé, tout en faisant courir l'aiguille dans le tissu de la dentelle ; elle se revit par la mémoire au jour où Stéfane Delaunay l'avait demandée en mariage à sa mère, une humble veuve. En ce temps-là, que de rêves dorés on avait faits ensemble ! Avoir la jeunesse, c'était avoir l'avenir. On se le promettait,— on y comptait. Tout devait réussir ; on était deux ! On croyait aux hommes, à la bienveillance, à l'équité : le travail serait la mine intarissable où sortiraient la gloire et la fortune.

« Nous travaillerons, se disait-on, et nous ne pouvons manquer de réussir. »

Six années s'étaient écoulées ; qu'est-ce qu'elles avaient apporté en se succédant avec une désespérante uniformité ? la ruine des illusions et une brèche sans cesse élargie à cette jeunesse sur laquelle on avait fondé tant d'espérances.

Petit ménage, grandes douleurs.

On n'y songe pas d'ordinaire ; on les voit passer, ces modestes hôtes des mansardes, vivre comme ils peuvent et vieillir à deux dans leur cercle borné, et l'on ne se dit pas à quelle dure résignation en face des splendeurs qui les écrasent, ce qu'il leur a fallu d'efforts presque héroïques pour conserver la bonne tenue, la propreté décente de leurs vêtements, pour se tenir à leur rang, pour élever cet enfant, leur amour et leur consolation !

Petit ménage, vertus sublimes, d'autant plus sublimes qu'elles restent ignorées.
— Maman, tu as du chagrin ! s'écria Henri sautant au cou de la jeune femme.
— Non, tu te trompes, je n'ai rien.
— Mais si, puisque tu pleures. Moi je pleure quand je me fais mal.
— Tranquillise-toi, mon Henri, je te dis que je n'ai rien.

Elle avait porté son mouchoir à ses yeux.

Alors Henri se mit aussi à pleurer.

En ce moment, on frappa, et ces mots retentirent :
— C'est moi !

La jeune femme courut ouvrir. Stéfane Delaunay entra.

C'était un homme d'une taille svelte et élancée ; son visage, amaigri et plein d'expression, se terminait par une belle barbe brune, et ses cheveux épais descendaient sur le collet de sa redingote. Il baisa au front sa femme et prit Henri, qui tendait impatiemment les bras vers lui, en disant :
— Bonsoir, papa ! bonsoir, papa !
— Tiens, dit Stéfane, il a les yeux tout humides... Et toi, Célestine, toi aussi ? Vous avez donc pleuré ?
— Oui, mon ami, répondit-elle en baissant les paupières avec une sorte de timidité.
— Vraiment, vous êtes aussi enfants l'un que l'autre. Pourquoi pleurer ?

— Je ne sais, mon ami. Les larmes viennent quelquefois d'elles-mêmes, et c'est un besoin de les laisser couler.

— Tu me trompes, tu avais un motif d'affliction.

— Aucun. Je pensais : voilà tout.

— Ah! c'est différent; quand on ne veut pas être triste, il ne faut pas penser.

En parlant ainsi, Stéfane échangea sa redingote contre un paletot court, mit ses pieds dans des pantoufles, prit sa pipe, qu'il bourra et alluma, et se jeta dans le fauteuil. Le bien-être physique qu'il éprouvait parut avoir modifié ses dispositions morales. Il attira à lui Henri et le caressa. Célestine souriait.

— Vois-tu, ma bonne, dit l'artiste, ça m'avait fait de la peine de vous trouver en pleurs, parce que j'ai besoin avant tout d'être consolé.

— Tu n'as donc pas réussi, mon pauvre Stéfane?

— Oui et non. Je n'ai pas échoué positivement; mais le succès, oh! c'est long à venir. Pour un résultat souvent presque négatif, que de courses il faut faire!... Monsieur est sorti, Monsieur est indisposé, Monsieur ne reçoit pas, Monsieur est de mauvaise humeur. Ou bien, un rival vous a précédé et desservi. Vous dépendez de mille circonstances, vous qui apportez du superflu. Gare à vous, si l'amateur a perdu la veille à la Bourse, ou s'il a un équipage nouveau à acheter, ou si sa maîtresse a lorgné soit un cachemire, soit un écrin! Vous passez non seulement après toutes les nécessités, mais encore après tous les caprices. O ma Célestine, l'art aujourd'hui se traîne en arrière parmi une génération qui ne l'estime plus. Avec les maisons, les idées et les cadres se sont rétrécis. La fantaisie aux proportions minimes a conservé le droit d'occuper un coin, un panneau; mais la peinture historique, qui exige des études sérieuses...

— Pardon, interrompit Célestine, j'ai hâte de savoir...

— J'entends. Tu as raison, l'ennui des hommes et des choses me rend déclamateur. C'est bête, car ça ne guérit rien. J'ai vu M. Colmann, cet ultra-millionnaire.

— Eh bien?

— Eh bien! il ne veut que des *Pierrots* genre Watteau, ou des *Baigneuses* genre Fragonard. Nous ne pouvions nous entendre.

— C'est juste, dit la jeune femme avec un accent de dignité; pas de lâche complaisance.

— Je ne céderai pas non plus, morbleu!...

— Morbleu! répéta le petit Henri en grossissant sa voix.

— Veux-tu te taire, coquin!... J'ai vu ensuite le sieur Moreau, cet entrepreneur de *Chemins de la Croix*.

— Ah! ceci te convient mieux.

— Attends. On m'avait bien dit que cette sorte de tableaux, qui occupent dans nos églises une place en évidence, se confectionnait aux prix les plus bas et par les procédés les plus expéditifs. Il me répugnait cependant de croire qu'on pût faire aux artistes des conditions presque déshonorantes et les ravaler au rang des vitriers. Il en est ainsi pour cette spécialité, qui rapporte à ses fabricants des sommes considérables.

— Tu ne t'es pas entendu avec M. Moreau?

— Le pouvais-je?... Mais ce qu'il y a de curieux, c'est que mon homme, très-patelin de ton, souple, caressant, et ne disant jamais un mot sans l'accompagner d'un rire béat, n'est que le prête nom, l'agent de notre propriétaire.

— M. Blémont.

— M. Blémont le philanthrope, le président du fourneau économique; M. Blémont, qui fait si bien marcher les huissiers contre tout locataire en retard...

— Que veux-tu, Stéfane, si M. Blémont aime l'argent?... C'est un goût général. Mais persistons, armons-nous de courage, et nous réussirons. Le couvert est mis; viens dîner.

Le repas de famille n'est point compliqué : le potage, le bœuf et des pommes de terre. Le seul luxe que se permit Stéfane, c'était sa demi-tasse. Mais aussi avec quel soin Célestine apprêtait ce café, — ce nectar de l'oubli et du réconfort, — cette boisson presque intellectuelle, qui semble avoir été inventée pour les êtres malheureux!... Ce café était toujours de la meilleure qualité, brûlé, moulu tout exprès; Stéphane le savourait lentement, comme si chaque goutte était un cordial pur une blessure de son esprit abattu. Après ce régal, le peintre prenait son fils sur ses genoux, lui enseignait l'exercice, lui faisait pratiquer des principes de gymnastique, et achevait de se réjouir avec ce printemps.

Pendant le dîner la conversation avait continué.

— Il me reste à te demander, et j'hésite, dit Célestine, si tu as obtenu ton audience de M. de Foncheville.

— Je suis entré sans difficulté dans le cabinet du secrétaire de M. le comte de Maubrun.

La joie mit son étincelle aux yeux de la jeune femme.

— J'avais exposé mon désir d'être admis à peindre une chapelle. Tout semblait aller fort bien, quand M. de Foncheville s'est informé si je pouvais me faire appuyer par quelque artiste connu. J'ai cité mon ancien camarade, Bénédict Arnaud... Aussitôt, je ne sais pourquoi, ce personnage est devenu distrait, réservé... Il m'a opposé la pénurie des fonds, la nécessité pour moi d'arriver avec le patronage de quelques députés de la majorité. Bref, il m'a déroulé bon nombre d'obstacles.

— Mon Dieu!... murmura tristement Célestine.

— Cependant, ajouta Stéphane, ce qui a relevé un peu mon espérance, c'est qu'il m'a dit, au moment où j'allais sortir : «Soyez sûr, monsieur, que votre demande sera prise en sérieuse considération.»

La ménagère ne put s'empêcher de secouer la tête.

— Qu'est-ce donc? Douterais-tu de sa bienveillance?

— Non; mais mon simple instinct m'apprend qu'il t'a donné une fiche de consolation.

Stéphane frappa du pied et plongea sa main dans ses cheveux.

— Oh! les hommes! les hommes! s'écria-t-il. Qu'est-ce que j'attendais d'eux pourtant? Non la fortune, mais le travail. Fournissez-moi donc une occasion de me révéler; accordez-moi donc un vaste espace à couvrir de figures... Faites-moi place!... Corrége était peu payé, mais enfin il peignait, mais enfin il eut des coupoles!... Et moi, moi, un débauché me propose de lui faire une toile de Piron et de Parny, d'inscrire mon nom honnête à l'œuvre de la luxure!.. Il leur faut du plastique à ces millionnaires corrompus!... Un autre grimaçant la prière et spéculant sur la naïve confiance des curés, multiplie des *croûtes* pieuses, et enrôle les artistes comme des manœuvres!.., Un autre enfin!...

Il ne put achever, et, s'endossant à son fauteuil, il pencha le front.

— Mon ami, voilà ton café, dit Célestine.

— Ah! merci, j'en avais besoin.

— Aussi, tu te tourmentes trop. Jusqu'ici Dieu ne nous a pas abandonnés; ce que nous gagnons nous a suffi, bon an mal an.

— Oui, mais le temps se perd et la jeunesse se passe! et nous n'assurons pas d'avenir à notre enfant!

— Elevons-le bien d'abord; le reste lui viendra par surcroît.

— Tu as réponse à tout, Célestine.

— Parce que je ne cesse d'interroger ton cœur et d'en étudier toutes les pensées. Ah! ce soir, Stéfane, je ne suis pas contente de toi, le café n'agit pas... Je l'ai bien soigné, pourtant.

— Bonne créature!

M.me Delaunay prit à son tour Henri qui commençait à s'endormir, et elle vint s'asseoir près de son mari.

Changez les costumes, remplacez le mur de la chambre par une ruine et quelques palmiers, vous aurez une Sainte-Famille.

L'ombre du soir descendait avec des teintes insensibles : c'était l'heure dont parle Dante, heure mélancolique et douce où les cloches invitent à la prière, où le silence enveloppe les champs et les forêts, où tous les êtres animés songent au repos après les ardeurs du jour.

— Maman... murmura l'enfant, veux-tu me dire ta belle chanson?

— Laquelle, mon chéri?

— Le *Lutin*... Oh! je l'aime bien.

— Volontiers, mignon... puisque tu l'aimes bien.

Et, tout en berçant Henri, qui souriait les yeux fermés, la jeune mère se mit à chanter cet air ancien :

> « Il était un' fois, mesdames,
> Un joli lutin des bois
> Qui chantait à pleine voix
> Et jouait parmi les flammes.
>   Holà! holà!
> Osez-vous passer par là? »

> « Un chasseur vint à la chasse,
> Armé de son grand fusil.
> Il vit le lutin gentil
> Qui se changeait en bécasse.
>   Holà! holà!
> Tuerez-vous ce gibier-là? »

> « Puis vint naïve fillette,
> Cherchant au bois des muguets;
> Notre lutin aux aguets
> Soudain se change en fleurette.
>   Holà! holà!
> Prendrez-vous cette fleur-là? »

Cette mélopée rustique avait achevé de déterminer chez l'enfant le besoin du sommeil. Henri entr'ouvrit les yeux et demanda :

— Il ne viendra pas, le lutin?

— Non, mon ange, il ne viendra pas.

Rassuré à cet égard, l'enfant appuya sa tête sur le bras de Célestine. Il s'était endormi.

La conversation fut alors reprise à voix basse par le peintre et sa femme. Avons-nous à retracer cette conversation intime? C'est l'effusion de deux cœurs blessés par la vie, cherchant à se fortifier mutuellement. Dans le tableau trop réel de la souffrance, c'était surtout du côté de Célestine que se trouvait le courage. Tant qu'elle était aimée, elle possédait le premier des biens de ce monde, et elle était forte par l'idée qu'elle pouvait consoler.

— Voilà le petit qui dort profondément, dit-elle, je vais le coucher. Puis j'allumerai la lampe et nous ferons une bonne partie de travail.

— Attends.... Ecoute, dit Delaunay.

Un bruit de voix, de rires, de cristaux, venait de monter jusqu'à eux. Ce bruit redoublait incessamment et prenait les proportions des clameurs d'une orgie Régence. On entendait des vivats, des toasts, des applaudissements, des chants, des chœurs. Stéfane alla regarder par la fenêtre.

— J'en étais sûr! s'écria-t-il avec un accent d'amertume. C'est chez cette Maria! chez cette effrontée!... Elle aura sans doute convoqué à un souper qu'ils paieront cher les imbéciles qu'elle attrape. Les vices dorés, l'impudence hautaine, le faste d'emprunt, les fortunes d'hier, les hontes de la finance et l'avilissement de l'aristocratie siégent autour de cette table garnie de vermeil, de fleurs et de bougies! Ils rient, ils boivent, ils chantent, ils façonnent des madrigaux, ils aiguisent des épigrammes, ils font circuler des anecdotes scandaleuses, ils bafouent tout ce qu'il y a en ce monde d'honorable et de pur!... Les voilà, ces raffinés de notre siècle, ces héros de brelans, ces échappés de la bouillote!... Leurs gants blancs cachent des mains souillées!... Et cette créature, dont le métier consiste à ruiner des fils de famille, à séduire et tromper des vieillards crédules, cette Danaé à qui il faut une pluie d'or, ce démon femme, agent de corruption, elle reçoit des hommages! On s'extasie sur sa beauté, sur son esprit, sur sa grâce; on recueille avidement ses paroles et ses sourires bien distribués!... Infâme temps que le nôtre!...

— Mon ami, je t'en supplie...

— Tu veux que je me modère en face de ces indignités!... Ah! puisque je ne puis les empêcher, laisse-moi du moins la consolation de ma colère.

— Mais que t'importe la conduite de tes voisins?

— En vérité, Célestine, je t'admire avec ta modération. Quoi! ne comprends-tu pas que j'enrage de voir la prospérité du mal; de me dire qu'on sollicite comme une faveur la société d'une courtisane, qu'on s'avilit à plaisir dans son cercle mêlé, tandis qu'on délaisse, bien plus, qu'on repousse l'artiste pauvre et son honnête femme!

— Stéfane, reviens auprès de moi; ferme la fenêtre, et permets-moi de t'exprimer ma pensée.

— Je suis curieux de t'entendre vanter l'orgie.

— Tu m'affliges, mon ami. Rends-moi plus de justice. Moi, grand Dieu! excuser cette vie dissolue!... Non, je ne l'excuse ni ne la vante, mais je la plains.

Tu vois bien, cette Maria avec ses diamants, ses dentelles, son luxe, son cortége d'adorateurs, ses soupers et sa calèche; je la plains.

— Elle est fort à plaindre, en effet!

— Oui, car sa conscience est mauvaise.

— Sa conscience dort parfaitement, je te prie de le croire.

— Qu'en sais-tu? qui le dit qu'il n'y a pas dans son cœur un ver qui le ronge sans relâche? qui te dit que son rire ne cache pas des larmes? qui te dit que la jalousie ardente ne lui fait pas expier ses triomphes, et que parfois même la gêne ne se trouve pas sous son luxe? J'ignore tous ces tourments, moi à qui le bon Dieu a accordé cette immense faveur de suivre mon devoir! mais je les devine. Plus je me recueille dans ma tâche et dans la médiocrité de notre sort, plus je trouve que cette vie d'agitation, de plaisirs, de conquêtes, de chances diverses, doit être une tempête continuelle. Franchement, je plains cette femme.

— Ma foi! tu ne m'as pas converti. Ceux que je plains, ce sont ses dupes.

En ce moment, on frappa vivement. Stéfane alla dans l'ombre ouvrir la porte en demandant :

— Qui est là?

— Moi, répondit le visiteur.

Le peintre s'écria avec l'accent de la joie :

— Bénédict!

V. — UN SOUPER-RÉGENCE.

Célestine s'empressa d'allumer la lampe. Le premier rayon, en éclairant le visage de Bénédict, y trahit une agitation inaccoutumée. Il était rare, en effet, que l'artiste ne sût pas se contenir. Aussi la satisfaction que ses amis éprouvaient à le voir fut-elle un peu mêlée d'inquiétude ou au moins d'étonnement.

— Voilà, dit Stéfane, une bonne surprise! car tu es rare, et je le conçois : tes relations te retiennent dans les salons. Mais qu'est-ce que tu as donc?

— Vous allez le savoir. Bonsoir, madame.

— Tiens, mets toi là, ajouta le maître du logis en lui offrant le fauteuil unique. Veux-tu une pipe?

— Merci, merci.

— C'est vrai, tu ne fumes pas le caporal, toi!

M.me Delaunay montra son fils à Bénédict.

— Comme il dort bien! dit-elle.

— Oh! oui... heureux âge!... Il essaie la vie.

— Avez-vous quelque peine, cher monsieur Arnaud?

— Placez votre charmant Henri dans son berceau; ensuite nous causerons.

Un hourrah de voix et de chants monta de l'appartement de Maria.

Bénédict tressaillit; ses amis lurent clairement l'indignation sur son visage.

— Tiens, dit Stéfane à Célestine, tu vois que je ne suis pas le seul à déplorer ces excès d'insolence. Lui aussi, il comprend la cause de ce bruit; lui aussi, il méprise cette Maria. N'est-il pas vrai, Bénédict?

— Je l'avoue, répondit celui-ci, je serais parfaitement insensible aux désordres de la jeunesse dorée. C'est un abus qu'on ne peut empêcher; et il suffit d'en détourner les yeux. Une autre cause bien plus légitime a produit l'agitation que vous voyez en moi. Je venais me reposer du monde dans les douceurs d'une causerie intime, et voilà qu'au bas de votre maison, presque sur votre seuil, j'ai trouvé un sujet de profonde affliction.

M.me Delaunay joignit les mains en disant, de l'accent le plus sympathique :

— Ne craignez pas de soulager votre cœur. Nous connaissons la souffrance pour notre propre compte, et nos chagrins nous donnent droit à votre confiance.

— Vos chagrins n'auront qu'une courte durée, je l'espère. Stéfane a du talent, il est courageux, il arrivera.

— Tu crois, camarade? dit Stéfane, bourrant sa pipe avec l'ardeur d'un homme qui reprend des illusions.

— Je l'affirme.

— C'est bien, mais parle.

— Il m'en coûte. Voici le fait. Vous savez quel dévouement je porte à la marquise de Montglars : sous les dehors apparents de la frivolité, cette jeune femme est le type achevé des vertus. Bienveillante envers tous, elle ne laisse jamais tomber de ses lèvres un de ces mots qui blessent, qui déchirent et qui même peuvent tuer une réputation. Le bonheur d'autrui lui est sacré. Elle trouve pour chacun l'accueil désiré, la réponse agréable; entre ses discours, sa physionomie souriante, et son maintien à la fois vif et posé, il y a une harmonie parfaite.

— Un joli portrait!! dit Stéfane, échangeant un regard d'intelligence avec Célestine.

— Une telle femme, et je n'ai rien exagéré, est digne de tous les respects, comme elle reçoit tous les hommages. Sans doute, elle aime les plaisirs; mais c'est la conséquence naturelle de son rang, de sa fortune, et, jusqu'à présent, la médisance n'a pu que l'effleurer sans l'atteindre.

— Arrive, arrive, dit le camarade avec une bonhommie impatiente.

— Eh bien! le marquis ne semble pas soupçonner quel trésor Dieu lui a donné à garder. Sa frivolité n'a d'égale que son insouciance. Héritier d'une famille antique, il n'en fait pas remonter les traditions au delà du XVIII.e siècle, de cette époque dissolue que les nobles devraient rayer de leur généalogie et effacer de leur souvenir. Cette espèce d'état libre que créait alors le mariage, cette association sans chaine et sans devoir, cette faculté d'aller et de venir sans rendre compte de ses actions, et de ne rien surveiller pour échapper soi-même à tout contrôle, voilà l'idéal de sa félicité. C'est un marquis contemporain des Richelieu et des Soubise. Il s'est trompé de siècle.

— Pas déjà tant.

Et Stéfane indiqua du doigt l'étage inférieur.

— M'aurais-tu deviné? s'écria Bénédict très ému. Le marquis est là.

— Pas possible!

— Il est là! Maintenant, mes bons amis, l'énigme s'explique.

— Ah! bien! dit Stéfane, c'est ignoble tout de même.

— Figurez-vous que je montais tranquillement pour me rendre chez vous. Dans l'escalier se trouvaient deux hommes qui gravissaient lentement les marches et s'arrêtèrent sur le palier du premier étage. L'un était le marquis de Montglars, l'autre un personnage sinistre, en qui il a une confiance déplorable, et qui se nomme Faustin Gournet.

— Oui, tu nous as parlé de ce vilain oiseau.

— Le marquis disait à Gournet : « Tant pis pour votre sagesse; vous m'avez trop de fois blâmé... Il faut vous convaincre ce soir par vos propres yeux de l'incomparable beauté de ma petite Maria. » Gournet feignait la résistance, et, selon son usage, répondait par des grognements. En ce moment, M. de Montglars m'aperçut. Il frémit d'abord. Il frémit d'abord, car il était pris, — mais il ne tarda pas à recouvrer son aplomb : « Parbleu! dit-il, vous me surprenez, mon cher, en flagrant délit. » — « Ce n'est pas à moi, lui répondis-je, qu'il appartient à juger vos actions. » — « Vous êtes bien gentil, c'est vrai; je vais à un délicieux souper... Il faut que jeunesse se passe... Mais, silence! n'est-ce pas? » J'inclinai la tête, et je me disposais à monter, quand le marquis ajouta : « Où allez-vous donc comme cela, vous? » — « Chez Stéfane Delaunay, mon camarade d'atelier. » — « Bien du plaisir! je compte sur votre discrétion... » Voilà ce qui a eu lieu, et pourquoi je suis troublé.

— Ma foi! tu es trop bon, dit Stéfane. A ta place, je rirais de cette comédie.

— En rire!... dit vivement Bénédict, qui se leva et parcourut la chambre à grands pas. Mais, Stéfane, tu n'y songes point. C'est affreux!... Comment! la marquise est un modèle de douceur, d'amabilité, de grâce décente; elle ne fait rien qui ne soit marqué d'un cachet de distinction et d'honneur.:. Et le marquis, indifférent pour un bien qui ne lui est pas contesté, trompe volontairement cette femme et va demander à un médianoche équivoque des satisfactions pour ses goûts blasés!... Tu parles de comédie : oh! quelle comédie que celle-là! Vois le drame qui peut en sortir. Qu'un éclair déchire l'obscurité de cette nuit impure; qu'une révélation aille droit au cœur de la jeune femme; que la désunion se mette entre les deux époux, c'est le drame d'intérieur avec les larmes, les querelles, la haine; c'est l'enfer sur la terre. M.me de Montglars pourrait encore pardonner; mais oublie-t-on, parce qu'on pardonne, et commande-t-on à sa mémoire, parce qu'on commande à son cœur?... Je tremble de ce qui arriverait.

— Calmez-vous, monsieur Bénédict, calmez-vous, dit Célestine, qui était restée très-attentive à écouter les confidences de l'artiste. Un jour, le marquis deviendra plus raisonnable; l'ascendant des vertus de sa femme finira par le gagner.

— Qui sait s'il sera temps alors?... Permettez-moi de contredire votre raisonnement. On laisse généralement trop de marge à l'avenir; souvent, au contraire, l'avenir ne guérit rien, et le mal devient d'autant plus irrémédiable qu'il a plus duré. En ménage, d'ailleurs, il n'en est pas de même qu'en affaires où l'on répare un échec avec des calculs et du travail : il suffit d'une découverte pour produire une rupture; l'amour-propre s'en mêle; des officieux interviennent; on s'aigrit, on plaide, on se sépare... C'est la vie brisée.

— Moi, j'en crois tout ce que vous avez dit : la marquise pardonnerait.

— Et moi, s'écria Stéfane, je vois autre chose avec inquiétude.

— Quoi donc, s'il te plaît?

— Prends-y garde, Bénédict : tu ressembles à un aveugle qui aurait la prétention d'indiquer leur chemin aux passants. Tandis que tu contrôles M. de Montglars, fais-toi ton petit interrogatoire, et tu sentiras peut-être qu'il faut t'aviser d'une autre méthode.

— Qu'entends-tu par-là?

— Bon! tu me devines, j'en suis sûr. Je veux dire que tu es le seul à ne pas t'apercevoir du danger que tu cours. Ce n'est jamais chose prudente de trop fréquenter des gens d'une sphère très-élevée. Je sais bien que tu as quelque fortune, et tant mieux! car tu es un digne garçon, je sais bien que ton père était conservateur au Musée, et que ses relations nombreuses sont naturellement devenues les tiennes; je sais tout cela. Mais ce que je n'ignore pas non plus c'est qu'on s'étourdit, tranchons le mot qu'on se grise dans la société aristocratique. On y perd son temps, son indépendance, sa pensée. A force de faire des visites, de rendre des soins à de nobles dames, on finit par devenir leur complaisant; on s'habitue au frôlement des robes de satin et de velours : on ne se plaît plus que dans les boudoirs; on n'aime plus que le langage mignard; on est attentif à tous les désirs, à tous les caprices d'une maîtresse de maison, d'une femme titrée; on reçoit d'elle avec soumission la consigne de tous les instants. Et puis, s'il vient un jour où cette femme est négligée par un mari, on s'indigne, on recueille précieusement les larmes, on fait du romantisme à deux, on accuse le mari, et, après avoir invoqué la morale, on passe à l'état de consolateur. Voilà, Bénédict, ce qui m'inquiète plus que les chagrins, réels ou imaginaires, de la marquise de Monglars.

Tour à tour, tandis que son ami débitait cette tirade, Bénédict avait donné des signes manifestes d'effroi, de chagrin, de colère généreuse; son caractère chaleureux lui dicta cette réponse.

— Se peut-il que de pareilles idées te soient venues, à toi, Stéfane, toi qui me connais depuis l'enfance, toi qui peux moins que tout autre douter de la sévérité de mes principes! Non, je ne veux pas être le complaisant d'une grande dame, je rougirais de ce rôle.

— D'accord : mais l'habitude, l'habitude...

— Si je l'aimais, dit l'artiste avec dignité, et en relevant sa noble tête, si je l'aimais, Dieu seul aurait mon secret, me fallût-il en mourir!

— Ta, ta, ta, nous voilà dans le roman; c'est la gamme ordinaire des feuilletons. Voyons, toi, Célestine, madame Sincérité, expose-nous ton avis là-dessus.

— C'est bien délicat, répondit M.me Delaunay en rougissant un peu. Mais si Arnaud le permet...

— Il permet tout : c'est mon camarade.

— L'avis de mon mari est le mien. Ce n'est pas sans péril qu'on se trouve constamment en face d'une femme qu'on croit à plaindre. Dans cette compassion fraternelle il y a un attrait qui entraîne. Les confidences produisent l'intimité. Hier encore, avec votre âme honnête, vous pouviez impunément voir M.me de Monglars : désormais, vous ne le pouvez plus. A vos yeux, c'est une victime et vous vous considérez déjà comme son défenseur...

— Elle n'a pas besoin de moi !

— Qui sait ? Et s'il arrivait que le mari qui vous a demandé le secret vous prît à témoin de son innocence, et vous fît malgré vous son complice, où en serait votre délicatesse, votre honneur ? Il vous faudrait donc ou mentir à votre conscience, ou soutenir la cause de la marquise contre le marquis ? D'autre part, en admettant que rien ne soit ébruité, est-ce que, à votre insu, vos regards et vos paroles n'instruiront pas M.me de Monglars de la sollicitude que vous éprouvez pour elle ?

— Ah ! vous me désespérez.

— Tenez, monsieur Bénédict, je ne suis qu'une simple femme, aussi ignorée qu'ignorante, et renfermée uniquement dans mon ménage ; je n'ai pas même entrevu ce grand monde où vous vous plaisez. Mais il me semble que je comprends ces choses-là ; et je le dis sincèrement : votre position est fausse, car vous ne pouvez plus être l'ami de M. de Montglars, dès que vous ne l'estimez plus.

Bénédict fut frappé de ce raisonnement ; il revint se jeter dans le fauteuil et, après avoir rêvé, demanda :

— Que faire alors ?

— Oui, que faire ? répéta Stéfane, attendant un oracle de la bouche de Célestine.

— C'est bien dur, bien sévère, dit-elle avec une sorte d'hésitation.

— N'importe ! je préfère la franchise aux réticences.

— En ce cas, écoutez. Ce que vous auriez de mieux à faire, ce serait de ne pas attendre une crise qui viendra tôt ou tard ; ce serait d'entreprendre un voyage.

— Partir ! madame... Partir ! laisser la marquise en butte à la froideur et aux mauvais procédés de son mari ! Ignorer son sort, à la distance où je me serais placé moi-même ! Me perdre en conjectures cruelles, prêtant aux événements la teinte sombre de mon esprit !... N'exigez pas cela de moi ; ce serait exiger l'impossible. Je n'en aurais pas la force.

Une seconde fois Delaunay et sa femme se regardèrent ; et ce double regard avait les deux sens que voici :

— Le pauvre garçon, il est pris !

— Mon ami, il y a plus de bonheur dans notre pauvreté que dans la splendeur de certains riches.

Alors, par un sentiment généreux, Stéfane serra la main de son ancien camarade.

— Excuse-nous, dit-il, si nous nous sommes exprimés un peu librement. Entre frères, entre artistes, c'est comme ça : le cœur parle avant les lèvres. Maintenant, tu veux rester ? Reste, mais apprête-toi à combattre. En voilà assez sur ce sujet... Où en est ta grande *Descente de Croix* ?

— A la lutte de l'impuissance contre le sublime.

— C'est bon ! Qu'est-ce que je dirais donc moi, à qui l'on a proposé ce matin de fabriquer quatorze tableaux pour cent cinquante francs ?

— J'espère, Stéfane, que tu n'as pas signé ce marché honteux ?

— Oh ! non, s'écria Célestine ; c'est un triste argent que celui qu'on gagne en perdant son talent.

— Chers amis ! et vous sacrifiez à la dignité les chances du présent !...

— J'aimerais mieux, dit Delaunay avec une énergie comique, j'aimerais mieux avaler mes brosses que de faire de la galette pour cette espèce de sacristain qu'on appelle Moreau et que j'appelle Blémont.

— Blémont ?... N'est-ce pas le nom de ton propriétaire ?

— Oui, de ce dur à cuire.

— Quoi ! M. Blémont s'occupe d'art ?

— A la toise. Il a à son service une troupe de barbouilleurs galériens. Il est vrai, vu la nature des sujets, que ces malheureux travaillent pour le ciel.

— Ecoute, Stéfane, ton jour n'est pas venu encore, mais tu aurais tort de te décourager. Sois ferme, lutte pied à pied, ne sacrifie pas aux nécessités du moment et ne t'amoindris pas dans les procédés expéditifs. Ce que je puis avoir de crédit est à ton service.

— Je n'en doute pas.

— Toutes les fois que tu auras besoin de force nouvelle, regarde ton excellente femme, qui, par parenthèse, prêche si bien morale, contemple le petit chérubin Henri. Quels soutiens ! Va, Delaunay, tu es plus heureux que moi.

— Tu seras heureux, si tu es raisonnable.

— Et quand je pense qu'*il* est là !

— Qui ?... *il* !

— Le marquis !

— Encore !... En voilà une marotte ! Oui, il y est ; ne vaudrait-il pas mieux que la marquise y fût ?... Voyons, laissons ce sujet irritant. Pourrais-tu me corriger un bout d'esquisse dont je ne suis pas satisfait ?

— Très-volontiers.

Les deux amis s'assirent à la table ronde qui avait servi au dîner, et sur laquelle la ménagère jeta préalablement un tapis de serge verte. Les papiers chargés de croquis furent étalés. Bénédict prit un porte-crayon et traça quelques corrections.

La main lui tremblait.

— Tiens, ami, dit Stéfane au bout d'un quart-d'heure, c'en est assez, tu souffres. Retourne chez toi ; ici, tu sembles être en pénitence.

— Oui, je vais regagner ma rue Vanneau.

— Nous nous verrons bientôt, n'est-ce pas ? demanda Célestine.

— Oh ! certainement. Bonsoir, mes amis...

— Bonsoir, et calme-toi.

— Attendez, que je donne tout doucement un baiser à votre petit Henri... Soyez tranquille, madame Delaunay, je ne l'éveillerai pas.

Ecartant le rideau du berceau, Bénédict se pencha vers l'enfant, dont il effleura le front pur ; il croisa ensuite le rideau, prit congé et descendit rapidement l'escalier, comme s'il craignait d'y faire une rencontre nouvelle.

Stéfane resta appuyé contre la rampe jusqu'à ce qu'il eût entendu la porte cochère se refermer sur Bénédict. Presque au même instant, quelques-uns des intimes de Maria sortirent en faisant un tapage qui se sentait des fumées du vin de Champagne.

— Il l'a échappé belle, dit Stéfane. Une minute plus tard, il se fût croisé avec cinq ou six de ces jolis messieurs qui chantent si bien.

— Pauvre monsieur Arnaud !... murmura la jeune femme. Il me laisse une pénible impression. Jusqu'ici j'avais cru à son bonheur.

— C'est sa faute, après tout. On ne s'attelle pas aux marquises !

— Ne plaisante pas, Stéfane ; il ne faut pas jouer avec le cœur. Qui de nous peut répondre de soi ? Sais-tu si, dans l'occasion, tu serais plus fort que lui ?

— Ah ! par exemple ! j'ai fait mes preuves de fidélité... Tromper ma Célestine !...

— Tu te rappellerais notre enfant, n'est-ce pas ?

En parlant ainsi, la jeune femme avait couru au berceau et soulevé le rideau de gaze blanche.

— Tiens ! dit-elle vivement, une lettre aux pieds d'Henri !

— Une lettre ?

— Regarde.

— Oui, et une grosse lettre encore, avec cette suscription : « *A mon cher camarade Stéfane Delaunay.* » C'est de Bénédict. En voilà une idée !... écrire aux gens avec qui l'on va causer toute la soirée... Lisons. C'est probablement la fin de sa confidence.

« Mon bon Stéfane,

» Je ne puis supporter la pensée des luttes que tu es obligé de soutenir pour rester dans les hauteurs de l'art et ne pas te mettre à la solde des brocanteurs. Je sais combien ton goût d'indépendance te coûte d'efforts et t'impose de sacrifices. J'ai vu à côté de toi ta digne femme, demandant à son aiguille quelques ressources pour les besoins du ménage ; et je n'oublie pas non plus le petit Henri, dont j'eusse voulu être le parrain si mon séjour à Rome n'eût été un obstacle à ce désir. Tu ne peux douter de moi ; absent, mon souvenir fraternel t'a suivi toujours. En te retrouvant engagé dans la bataille de la vie, j'ai songé plus d'une fois à t'offrir une partie du superflu que m'a laissé mon père. Je n'osais. Les susceptibilités du talent pauvre sont les plus respectables de toutes. A chaque visite, la proposition expirait sur mes lèvres. Eh bien ! lorsqu'on ne peut se déterminer à parler, le plus sage est d'écrire, et je t'écris, dusses-tu en être bien étonné. A cette petite lettre est joint, sous seconde enveloppe, un billet de cinq cents francs. Accepte ce faible gage d'amitié : je t'en conjure, au nom de ta Célestine et de ton Henri.

» A toi de cœur,

» Bénédict Arnaud. »

Célestine, à cette lecture, n'avait pu retenir des larmes d'attendrissement. Stéfane manifesta bruyamment son émotion. C'était sa manière.

— Le brave garçon ! s'écria-t-il, en jetant négligemment le billet de banque sur la cheminée ; ce n'est pas pour cet argent... parce que l'argent, après tout, c'est une misère, et qu'il suffit d'un peu de chance pour en avoir... Mais ce que j'aime, c'est cette délicatesse. Sapristi ! je l'aurais fait pour lui, mais je suis content qu'il l'ait fait pour moi !

— Est-ce que nous pouvons accepter ce prêt, mon ami ?

— Le refuser, ce serait blesser Bénédict. Il ne reviendrait peut-être plus.

— Tiens, Stéfane, le mieux serait de tâcher de ne pas nous servir de cette somme, de serrer le billet dans le fond de la commode et de le rendre plus tard.

— En ayant l'air de l'avoir regagné ? C'est ça !

L'artiste réfléchit et son visage s'assombrit.

— J'y songe, continua-t-il, aurons-nous le temps ? Cet enragé Blémont ne nous laisse pas respirer, avec son terme échu...

La jeune femme soupira, contempla le billet... puis, remplie de résolution, elle le remit dans l'enveloppe, ouvrit une boîte de palissandre où était sa couronne de mariée et y enfouit le petit trésor.

— Demain, dit-elle, nous n'en aurons que plus de courage pour travailler. Et qui sait ? peut-être obtiendrons-nous un jour fortune et gloire.

Une voix cassée par l'âge dit à travers la porte :

— Voulez-vous bien m'allumer ma chandelle ?

— Ah ! le voisin Jean Morin ! dit Stéfane, qui s'empressa d'ouvrir.

Un vieillard parut sur le seuil. Il avait un habit noir à longue queue, couvert de taches de café et de tabac, un gilet jaune rayé, fort court, une cravate de mousseline mal attachée, des souliers à boucles, des breloques nombreuses, des lunettes bleues, et un chapeau bas de forme avec des bords très-larges et usés. On eût cru voir l'*Almanach des Muses* sorti de sa tombe.

Il présenta au peintre son bougeoir d'une main tremblotante.

— Pardon, mon bon monsieur Delaunay, dit-il ; je vous dérange toujours.

— Jamais. Faites comme chez vous, je vous prie.

— Vous parliez de gloire, n'est-ce pas, au moment où j'arrivais ?

— Oui... Tiens ! vous avez entendu ?

— La gloire ! c'est un mot qui m'a été si familier !... Ah ! voisin, la gloire a des séductions bien charmantes, et je ne m'étonne pas que vous la rêviez... Mais il ne suffit pas de la conquérir, il faut pouvoir la conserver, et c'est chose malaisée ; car les cabales ne manquent pas, et les sifflements des serpents de l'Envie étouffent le son de la trompette de la Renommée !... La gloire ! j'en ai connu les ineffables délices !

— Vous, monsieur Morin !

— Moi-même. Il y a trente ans de cela.... Vous n'existiez pas encore, mon cher monsieur ; et les coryphées du temps présent, les *Romantiques* n'étaient pas venus corrompre le goût, pervertir le bon sens du public, détruire audacieusement les saines traditions et offrir au monde étonné le tableau déplorable d'une nouvelle invasion de barbares !... C'était une belle époque ! On ne voyait pas des écoliers à peine échappés des bancs, rimer des *ballades*, des *méditations* et autres sornettes, ni des écrivains faméliques étaler les peintures licencieuses de ces romans qui déchirent le voile de la vie privée. Les bons modèles de l'antiquité étaient tenus en honneur. Fontanes, Delille planaient sur les sommets du Parnasse... Une épître mettait Paris en émoi. Une ode allait d'un bout de la France à l'autre ; un quatrain circulait avec la rapidité d'un javelot, et une épigramme allumait des incendies. Voilà l'âge des Muses ! Et moi, j'ai bu à l'onde limpide de l'Hippocrène ! J'ai eu mes partisans, mes prôneurs, mes enthousiastes. On a appris de mes vers, on se les récitait, on me les jetait sur mon passage ; les salons m'appelaient pour les faire entendre. Entre deux bulletins de victoire, les journaux de l'Empire enregistraient chacune des poésies légères échappées à mon imagination. J'ai donc connu la gloire et ses délices. Mais, ô décadence ! on s'est habitué peu à peu à me négliger ; mon nom si retentissant s'est éteint comme l'écho lorsqu'on ne lui envoie plus de sons. On m'a bafoué d'abord, et c'était parler de moi encore ! Puis est arrivé le silence, l'oubli... Moi vivant, on a dit que j'étais mort ! Oui, mon cher monsieur, bien des critiques, si on leur demandait : « Qu'est-ce que Jean Morin ? » répondraient sans sourciller : « C'était un brave classique ; il est enterré avec ses œuvres depuis vingt-cinq ans. » Oh ! se survivre ! se survivre ! Quelle poignante extrémité !... Ne pas pouvoir secouer cette poussière qu'on a jetée sur vous !... n'avoir plus de force pour la lutte, et savoir d'ailleurs qu'on ne serait pas écouté!... Tombeau de l'oubli, que d'ombres tu contiens !...

Après ce long dithyrambe déclamé sur le ton du désespoir le plus lyrique, le vieux poète parut se disposer à laisser enfin ses voisins « goûter, selon son expression, les douceurs de Morphée. » Mais il se ravisa, et rentrant dans la chambre :

— C'est au point, dit-il, que, chaque semestre, à l'Instruction publique, ma pension m'est contestée. Sans l'amitié fidèle de deux membres de l'Académie française qui, à toutes les élections, me donnent leur voix, on ne voudrait jamais croire que j'existe. Cependant, j'ai une double consolation...

— Ah! c'est quelque chose, dit Stéfane.

— A mon cher café, le café de Foy! je joue régulièrement tous les soirs aux dominos avec M. Anacharis Mandar, un homme bien fort, un homme qui a sondé tous les systèmes sociaux, qui a traversé toutes les théories et fait passer au creuset de l'analyse toutes les religions!... Il a lu mes livres !

— Et la seconde consolation? demanda vite le peintre, pour précipiter le terme des confidences.

— La seconde... vous la connaissez, cher voisin; c'est l'achèvement et le perfectionnement de mon poème épique des *Atrides*.

— Oui, oui, en effet.

— Je rentre avec un distique qui couronnera merveilleusement mon onzième chant, et je vais l'écrire promptement, de peur de l'oublier. Bonsoir, madame, je vous présente mes humbles civilités.

Il sortit enfin ; mais, à travers la mince cloison, le peintre et sa femme l'entendirent, durant vingt minutes, déclamer ses alexandrins.

Vers une heure du matin, la maison qui, dans la soirée, avait été pleine du mouvement, de l'animation, de l'éclat d'une fête, retentit tout à coup de ce cri déchirant : « Au secours ! au secours ! »

C'était la femme de chambre de Maria qui faisait entendre cet appel d'alarme, tandis que les domestiques couraient éperdus dans tout le quartier pour trouver un médecin.

Ces mots : « Au secours ! » jetés dans l'obscurité et l'ombre de la nuit, ont quelque chose d'effrayant.

M. Blémont, le propriétaire philanthrope, alla préalablement s'assurer si ses verrous étaient bien tirés, et il poussa un gros coffre contre sa porte d'entrée.

Jean Morin, réveillé en sursaut, crut à un incendie, et aussitôt il saisit l'énorme carton où son poème était renfermé.

Au premier bruit, Célestine s'était levée et habillée en un moment.

— Mon ami, dit-elle à Stéfane, qui voulait la retenir, ne comprends-tu pas qu'on invoque assistance?

La femme de chambre montant, descendant comme une folle, continuait de crier :

— Au secours ! au secours !

En trois minutes, Célestine fut près d'elle et demanda :

— Qu'y a-t-il donc? mon Dieu !

— Ah ! venez, Madame, de grâce; moi je perds la tête... C'est ma maîtresse, madame de Rochemore, qui a une attaque de nerfs.

A l'idée que la malade était Maria, l'honnête Célestine frémit, comme si elle eût dû être souillée en passant le seuil d'un lieu perdu, en s'exposant au contact d'une créature flétrie.

C'est ainsi qu'une blanche colombe, voulant se poser à terre, cherche pour ses pattes rosées une place bien propre, un sable bien fin, et fuit les terrains marécageux.

Mais après le premier moment de répugnance, Célestine éprouva cette effusion ardente qui pousse la sœur de charité vers les pestiférés. Se reprochant presque d'avoir pu hésiter lorsqu'il y avait une souffrance à soulager, tout entière à cette infortunée que la mort allait frapper peut-être, la jeune femme du peintre s'élança dans l'appartement où régnait un singulier mélange d'odeurs de parfum, de punch et de tabac. Elle arriva à la chambre à coucher, véritable sanctuaire du luxe le plus raffiné.

Là, sur un divan, la tête renversée sur des oreillers, gisait Maria, pâle comme un suaire, défigurée par les convulsions, les mains raidies, le corps sans mouvement.

Célestine fut épouvantée.

— Voilà donc cette femme si renommée pour sa beauté, cette femme qui, deux heures auparavant, trônait dans une fête et était acclamée par des toasts frénétiques !

Encore une fois, la charité donna des forces et de l'inspiration à Célestine. Épouse et mère, elle savait soigner les malades. Les secours qu'elle apporta ici furent aussi intelligents que rapides. Bientôt Maria put respirer.... Elle poussa un soupir et ouvrit les yeux ; mais, les refermant aussitôt avec une sorte d'effroi, elle murmura en tressaillant et cherchant à détourner son visage :

— Lui ?... lui !... cet homme !... lui toujours !...

Une nouvelle crise nerveuse allait se déclarer ; à force de volonté, Célestine la domina.

Près de cette Madeleine la chaste femme semblait un ange gardien qui, à l'heure de l'agonie, rassurerait un pécheur repentant et lui ouvrirait les voies du ciel.

Maria continua de murmurer :

— Lui !... lui !... lui toujours !...

— Tranquillisez-vous, madame, dit Célestine. Vous êtes en sûreté, personne ne vous menace.

Au son de cette voix, d'une douceur si suave, Maria rouvrit les yeux et elle rencontra le regard de Célestine. Ce fut un étonnement vague et en même temps quelque chose de fortifiant. Elle sentait sans pouvoir se l'expliquer le souffle et l'accent d'une amie. Elle cessa de jeter ces cris de terreur sinistre qui indiquaient chez elle une idée fixe, et reçut docilement les soins qui lui étaient prodigués. M.me Delaunay aida la femme de chambre à la mettre au lit, et elle ne se retira, brisée de fatigue, qu'après s'être assurée que la malade allait jouir d'un sommeil réparateur.

Il était deux heures du matin.

— Voilà une nuit joliment employée! dit Stéfane d'un ton de mauvaise humeur.

— Ah! mon ami ! je remercie le ciel d'avoir pu être utile à cette pauvre femme.

— Cette pauvre femme ! ... Elle est si intéressante !... C'est étonnant comme je plains les indigestions de truffes et de pâté de foie gras !

— Stéfane, tu es cruel !

— Je suis juste. Pas d'indulgence pour le vice.

— Ce n'est pourtant pas la vertu qui a besoin d'indulgence.

— Tu verras ce qui te reviendra de t'être dérangée ainsi. Cette femme continuera de t'éclabousser en passant.

— Il se peut Stéfane; mais je suis déjà récompensée par ma conscience.

VI. — CONTEMPLATION.

Bénédict était rentré chez lui dans un véritable état de prostration morale. Durant tout le chemin, il avait repassé une à une, au fond de sa mémoire, les paroles de Stéfane et de Célestine. Des conseils, venant d'autre part, eussent peut-être effleuré son âme sans y pénétrer ; mais le langage de ses amis partait d'un sentiment de simplicité et d'un fond de logique naturelle qui devaient frapper l'artiste. Par des considérations de délicatesse, de prudence et d'honneur, le jeune ménage avait réussi à ébranler un homme assurément délicat, prudent et honorable, mais qui, peu à peu, se laissait aller, dans l'atmosphère enivrante des salons, à se départir de sa première rigidité. Les choses trop souvent perdent beaucoup de leur caractère, selon le point de vue où l'on se place; et ce qui choquait Célestine et Stéfane aurait bien pu être admis comme convenable par Bénédict. C'est ainsi qu'en gardant une sage réserve, en maîtrisant ses regards et ses actions, il avait donné largement à des gens au-dessus de sa condition le plus précieux des biens, son indépendance. Et quand même les suppositions et les craintes des Delaunay n'eussent pas eu le moindre fondement, n'était-ce pas trop déjà pour Bénédict que de s'être créé, en dehors de ses occupations, de ses études si importantes, une habitude et un penchant impérieux ?

— Oui, pensait-il, oui, ils ont raison. J'ai des devoirs sacrés à remplir envers l'art qui m'a tant encouragé. Je ne m'appartiens pas ; ceux qui m'ont couronné à Paris, ceux qui, à Rome, ont été témoins de mes recherches et de mes essais, attendent maintenant un résultat digne du début. Qu'ai-je fait d'abord, sinon de promettre ? Ces promesses, il faut les tenir; ce n'est pas trop pour cela de toutes mes journées, de toute ma vie. Cher Delaunay ! vraiment il m'a bien tracé la règle à suivre. Quant à sa Célestine, c'est un ange, et quiconque l'écoutera ne s'égarera jamais. Le bon petit ménage ! les admirables mœurs ! On ne voit plus cela qu'en Allemagne ou en Suisse.... Cette mansarde est un chalet. Et moi, lorsque j'assiste à leur lutte pénible et résignée contre les difficultés de la vie, j'oserais me préoccuper d'agitations romanesques, superflu du cœur, et que j'en dois retrancher !... C'est être coupable ; la leçon me profitera.

De résolution en résolution, Bénédict atteignait son joli appartement de la rue du Vanneau, ou son atelier, de plain-pied avec le sol, tirait son jour d'un grand jardin dépendant d'un hôtel voisin. Mais il n'avait pu rentrer chez lui sans traverser la rue de Varennes et sans apercevoir de loin la demeure de la marquise de Monglars. Cette vue commença à ébranler ses déterminations.

Se dire : — C'est là qu'*elle* est !... n'est-ce pas être attiré par l'aimant de la pensée?

L'oubli ne peut dater que de la première étape d'un voyage. Malheur à qui joint le regard des yeux à celui de l'imagination !

Se dire : — C'est là qu'*elle* est !... c'était se dire aussi : — C'est là que demain *je la* reverrai.

Quelle force cependant il eût fallu pour détourner la tête, pour se jurer de ne plus prendre ce chemin tant de fois suivi avec l'impatience du désir! Et puis, si la considération soulevée par Delaunay était impérieuse, si Bénédict avait à se mettre en garde contre lui-même, une seconde considération se présentait, non moins grave peut-être. Quel était le tort de Juliette, quel prétexte avait-elle fourni, quelle imprudence avait-elle faite, pour que Bénédict fût fondé à s'éloigner brusquement de son hôtel ? Interrompre sans motif plausible des visites où jamais il n'y avait eu rien à reprendre, n'eût-ce pas été de la dernière grossièreté? Qu'en penserait le marquis, et quelles ne seraient pas les conjectures du monde?

— Monsieur, lui dit son domestique en allumant les flambeaux, on est venu de la part de M.me la marquise...

— Ah !

— Prier monsieur de vouloir bien passer la soirée avec M.me la marquise et sa sœur, ces dames étant seules.

— Et vous avez répondu ?

— Que monsieur était en ville, et ne rentrerait que pour se coucher.

— Bien, bien. Je regrette... Est-il tard ?

— Monsieur doit savoir qu'il est minuit au moins.

— C'est vrai... je suis revenu lentement; je rêvais... Allez, Baptiste. Est-ce que vous avez autre chose à me dire ?

— Dam, monsieur me grondera peut-être.

— Parlez.

— En l'absence de monsieur, j'ai cru que je ne ferais pas mal d'aller voir Tom, un fameux bon enfant...

— Il n'y a aucun mal à cela.

— Je remercie bien monsieur. V'là, je ne sais pas comment, que M.me la marquise a eu vent que j'étais à l'office et qu'elle m'a fait monter dans son petit salon où elle était avec sa sœur, M.elle Emma. C'est moi *que j'étais* interdit... Avec ça que j'étais debout et qu'il me fallait garder mon aplomb !

— Et alors... on vous a dit?...

— Joliment des choses, mais surtout sur vous, monsieur.

— Sur moi?

— Que monsieur est bon et franc, que monsieur paraît quelquefois triste. J'ai répondu de mon mieux.

— Je vous suis obligé, Baptiste, dit Bénédict, en s'efforçant de surmonter son émotion. Merci; je n'ai plus besoin de rien.

— L'eau est chaude; monsieur prendra-t-il son thé?

— Non, il est trop tard.

Baptiste regagna sa grande chambre. L'artiste était resté sur sa causeuse, l'esprit livré à un redoublement de perplexité. Avec ses paroles naïves, le domestique avait, sans le savoir, profondément modifié les intentions de son maître. Il y avait chez Bénédict toute la douceur d'une surprise et la reconnaissance d'un procédé bienveillant. L'envoyer demander, puis en son absence, s'informer minutieusement de ce qui le concernait, c'était la preuve d'un intérêt réel. Était-ce cependant autre chose que de l'amitié ?

— Assurément, pensa-t-il, cela ne doit pas me surprendre. L'amitié a sa curiosité, comme elle a son dévouement. Ces dames ont pu s'informer de mon caractère, de mes actions.

Un instinct secret lui disait pourtant qu'en cette occasion la limite étroite de l'amitié avait été franchie.

Cette idée suffit pour ranimer en lui le feu qui couvait. Bénédict se leva tout effrayé et courut ouvrir la fenêtre pour aspirer la fraîcheur des brises du jardin. La nuit avait un calme admirable. A travers les branches chargées de leur feuillage printanier passaient des murmures mystérieux ; les lilas répandaient dans les airs leurs émanations balsamiques. Le silence enveloppait la grande ville, dont les dômes et les tours étaient argentés par les rayons de la lune.

Bien loin de recevoir une salutaire impression de cet ensemble harmonieux, Bénédict y trouva, par la loi des contrastes, plus d'ardeur peut-être et de désordre intérieur. C'est qu'il portait l'orage dans son sein, et que la beauté bien réglée des objets qui frappait ses yeux pouvait le distraire un moment sans occuper fortement son esprit. Il est des heures où l'on ne voit qu'au dedans de soi-même.

Et qu'y voyait-il, ce rêveur, penché sur son balcon ?

Son effroi redoubla, car il venait de s'interroger : il aimait !

Après l'aveu qu'il se fit, vint l'enfantement du mirage. Il accepta l'image de la marquise comme une de ces blanches visions, comme une de ces apparitions féeriques dont les ballades de la vieille Allemagne ont conservé le souvenir ; il l'écouta par la pensée, par la pensée il la suivit dans son vol capricieux. Il détacha, il isola comme autant de pierres précieuses, chacune des perfections de la noble femme, espèce de mosaïque tout étincelante de rubis, de topazes et d'émeraudes.

Cette contemplation idéale l'avait distrait de lui-même, elle l'y ramena aussi.

— Je suis un fou !... se dit l'artiste. C'est peu : je suis un misérable. Admis avec pleine confiance chez M.me de Montglars, devais-je jamais éprouver pour elle autre chose que l'amitié du monde ? Elle m'accueillait cordialement : cela n'était-il pas assez ? et combien d'hommes se fussent contentés d'occuper un petit coin dans son salon et d'avoir une petite part de son cœur !... Mais moi, orgueilleux, j'ai suivi complaisamment ce penchant, qui emporte vers tout ce qui est incomparable. J'aime, j'aime une femme qui ne m'appartient pas...

Un peu après, Bénédict, s'étant bien blâmé, s'excusa ainsi :

— Eh bien ! s'il est vrai que je l'aime, et que Stéfane et Célestine aient lu clairement dans mon cœur, s'en suit-il que je veuille agir contre le devoir et rien témoigner de mon agitation et de mes peines ?... Non, je saurai cacher ce que j'éprouve ; je tâcherai même de surmonter cet amour que je ne m'étais pas avoué ; et surtout celle qui l'inspire ne le connaîtra jamais.

Le lendemain, d'assez bonne heure, Baptiste vint prévenir son maître que le marquis le demandait.

— C'est cela ! pensa Bénédict. Et Delaunay s'imagine qu'il est si facile de se soustraire au commerce des gens qui n'ont rien à faire !... Hier au soir, M.me de Montglars ; ce matin, le marquis.

Le souvenir de Maria se présenta alors à son esprit. Bénédict jugea que M. de Montglars voulait colorer sa conduite.

— Qu'il rende Juliette heureuse, se dit-il encore ; que l'union parfaite s'établisse entre eux : je partirai consolé.

Or, Félix n'était nullement contrit, bien qu'au fond il ressentît une certaine inquiétude. Attirant l'artiste vers l'extrémité de son appartement, afin d'échapper à toute oreille indiscrète, il l'accabla d'amitiés, signe certain qu'il avait quelque chose à lui demander.

— Ma foi, mon cher Bénédict, je ne puis mieux commencer la journée qu'en causant avec vous. J'ai tant de plaisir à vous voir !

— Vous êtes vraiment trop bon !...

— Ah ! ceci est de la forme. Tenez, votre rigorisme me tient peut-être rancune...

— Rancune ?... et pourquoi ?

— Cela se devine. Vous m'avez rencontré au seuil de certain temple, et je ne serais pas surpris que mon apparition eût choqué cette réserve janséniste qui, convenez-en, vous est particulière.

— Hélas ? monsieur le marquis, nul de nous n'a le droit de jeter à son prochain la première pierre.

— Ceci est vague. Nous ne sommes pas au sermon. Précisons les faits, et laissez-moi attendre un service de votre amitié.

— Parlez, j'écoute.

— Hier donc, j'allai chez Maria de Rochemore, la plus charmante petite femme qui jamais ait présidé à un souper. Il y avait là plusieurs de mes amis : on a ri, chanté, bu, joué ; enfin, on s'est amusé, et c'est rare dans notre siècle pesant. J'aime à me permettre quelquefois cette distraction badine ; mais je serais désolé que Juliette en eût le moindre soupçon. Personne chez Maria ne me connaissait ; j'ai été présenté comme un prince russe ; elle m'a donné avec un merveilleux aplomb de l'Ivanhowisch et du Bebiskoff. Au lansquenet, mes napoléons ont été très-bien reçus pour des roubles ; j'en ai perdu pas mal. Pendant ce temps, Gournet, qui ne jouait pas, dardait ses yeux farouches, de la façon la plus grotesque.

— Ah ! oui, je m'en souviens, vous aviez amené là M. Gournet. Pour un homme qui désire le secret, ce n'était pas très-prudent.

— Que dites-vous ?... Si vous êtes sage, Gournet est un Caton. Je l'ai surnommé ainsi. En le traînant presque de force chez Maria, j'étais sûr de sa discrétion, et je n'étais pas fâché de me divertir de ses grimaces. Jamais il ne fut plus terrible. Quel délicieux ours ! C'est au point, Dieu me pardonne, qu'il a fait pour à Maria.

Ces détails révoltaient Bénédict. — « Cette nuit, pensa-t-il, tandis qu'il trahissait indignement sa noble femme, tandis qu'il s'associait sans honte à l'orgie d'une douzaine de débauchés qui, pour la plupart, portaient des noms et des titres d'emprunt, moi, je combattais et cherchais à refouler dans mon cœur l'amour respectueux que j'éprouvais pour Juliette... Il la trompe, et moi qui l'adore, je me reproche à l'égal d'un crime ce sentiment qu'elle ne connaîtra jamais ! »

— Vous êtes préoccupé, mon cher, ajouta Félix.

— C'est vrai. Je crains pour le repos de votre ménage.

— Voilà bien des idées bourgeoises ! Mon ménage ? D'abord, reprenez ce mot. En me mariant, j'ai stipulé vis-à-vis de moi même le maintien de ma liberté.

— Vous me l'avez dit ;... mais l'usage de la liberté n'en doit pas être l'excès.

— Eh ! mais vous êtes sévère !

— Voulez-vous que je vous flatte ?

— Je veux que vous me gardiez le secret.

— Douter de moi, ce serait me faire injure.

— Je savais bien ! dit le marquis avec satisfaction.

— Mais si, par une autre voie, M.me de Montglars apprenait ce qui s'est passé ?

— De toute autre part, elle ne s'en occuperait pas... Ah ! c'est que ma femme vous estime...

Bénédict s'inclina presque honteux : cette estime, il ne croyait plus la mériter. Il avait hâte de terminer l'entretien.

— Est-ce là tout ce que vous aviez à me dire ? demanda-t-il.

— Attendez donc... Êtes-vous pressé !... Ne voulez-vous pas déjeuner avec nous ?

— Mille remercîments. J'ai à travailler.

— A travailler !... On a toujours du temps pour ça. Restez-nous, de grâce : sinon je supposerai que votre réserve cache un blâme.

— Vous auriez tort, car si je me permets de blâmer, je le fais en face. Mais réellement, il faut que je vous quitte.

— Allez donc, intraitable.

La porte fut vivement ouverte, et, avant que le marquis put voir quel visiteur lui arrivait ainsi sans façon, Juliette parut, en élégant peignoir du matin.

— Quelle charmante surprise ! s'écria Félix. Vous ne m'avez pas habitué, madame, à vous recevoir ici.

Juliette tendit cordialement la main à Bénédict, qui, en l'apercevant, était devenu très-pâle, et elle répondit à son mari :

— Je ne m'attendais pas à rencontrer M. Arnaud... J'avais à vous faire une communication assez délicate.

L'artiste voulut se retirer.

— Restez donc, dit le marquis.

Par instinct il craignait une explication. M.me de Montglars n'osa rien répliquer, mais elle semblait mal à l'aise, et son sourire habituel s'était effacé.

— Eh bien ! Madame, dit posément Félix, nous attendons.

— C'est que... vraiment !... je ne sais.

Elle avait retourné sa main qui tenait un papier froissé.

— Une lettre ?

— Oui... de la pire espèce... une lettre anonyme.

Le marquis eut besoin de toute son assurance contre cette déclaration.

— Quoi ! dit-il avec le ton de l'indignation, l'on vous écrit des lettres anonymes, à vous qui ne devriez pas avoir un seul ennemi !... Ah ! si je connaissais le misérable !...

— Tenez, mon ami, dit Juliette d'un accent rempli de douceur ; lisez vous-même et jugez. La lettre s'adresse à moi et l'outrage à vous.

— Parbleu ! cela ne m'étonne pas. Jeter la désunion entre des époux, tel est le plan de ces vils coquins qui travaillent dans l'ombre.

Il avait pris la lettre, qu'il parcourut rapidement en donnant les marques de la plus vertueuse colère.

— Vous pouvez lire tout haut, lui dit M.me de Montglars, qui l'avait observé.

— Oh ! je n'en ferai certainement rien.

— Je le désire. Notre confiance est acquise à M. Bénédict.

— C'est donc pour vous obéir. « Madame la marquise, votre crédulité à l'endroit de votre mari amuse beaucoup de gens. Si vous avez du temps de trop, faites-vous conduire rue Blanche, N.° 5. Là, demeure une gentille personne nommée Maria de Rochemore, qui pourra vous édifier sur les petites distractions de M. le marquis. C'est pure charité qui me dicte cette lettre ; en vous éclairant, je pense vous rendre un service d'ami. » — Et pas de nom ! Horrible machination ! Je donnerais mille francs pour avoir au bout de mon épée le calomniateur...

— Arrêtez, mon ami, dit la marquise très-émue ; il est indigne de vous de chercher à vous justifier. Ce serait vous abaisser. D'ailleurs, un accusateur qui ne se fait pas connaître ne mérite pas d'être écouté.

— Votre estime m'honore, madame, et suffit pour me calmer : je pourrai réclamer le témoignage de Bénédict.

— C'est inutile, reprit Juliette. On ne discute pas ces sujets-là.

En s'entendant invoquer comme garant de la bonne foi du mari, l'artiste avait baissé les yeux. Tous ses sentiments de probité s'étaient révoltés. Cependant il comprit qu'il devait intervenir, dans l'intérêt de Juliette.

— Vous avez raison, dit-il, madame la marquise, de dédaigner de lâches avis dont le but n'est pas équivoque.

Puis trouvant tout à coup, dans la gravité même de la situation comme dans son dévouement, la résolution décisive qui lui avait manqué pendant ses combats de la nuit précédente, il ajouta d'un ton pénétré :

— Le meilleur moyen de réfuter les méchants, c'est d'offrir au monde le spectacle de votre union parfaite, c'est de chercher ensemble d'honnêtes distractions, c'est de vous montrer partout en excellente intelligence, c'est de sortir tous deux, d'assister tous deux aux soirées, aux bals, où souvent vous allez chacun de votre côté, c'est de ne plus vous séparer par cette espèce de contrat tacite et facile que les usages autorisent, mais qui offre à l'envie de trop belles occasions de mordre.

Félix, en entendant ces paroles, était sur les épines. Il eût voulu pulvériser l'imprudent qui le compromettait. Déjà il voyait la marquise adopter avec l'ardeur de sa jeunesse et de son caractère mobile le plan de vie régulière et bourgeoise qui lui était proposé, déjà il se voyait forcé de traîner partout sa femme, redoutant comme une corvée ce que Bénédict eût accepté comme un bonheur.

L'artiste lui fournit une diversion en disant encore :

— J'espère que ces idées vous paraîtront raisonnables. Dans ma conviction, il n'y a rien de mieux à faire pour assurer votre repos et désarmer la haine de vos ennemis. Des ennemis à vous ! qui le croirait ?... C'est ainsi pourtant. Ce n'est pas impunément qu'on a reçu du ciel les privilèges de la supériorité sociale. Vous serez bientôt cités en modèles. Quant à moi, ma pensée constante vous suivra religieusement ; de loin comme de près, mon regard sera attaché sur vous.

— De loin ?... répéta Juliette, avec une surprise que sa voix trahit. Quoi ! songez-vous à partir ?

— Oui, madame ; j'y serai obligé sans doute. J'avais à Rome des travaux inachevés...

— Eh bien ! dit vivement le marquis, vous avez dû confier à quelque autre le soin de les terminer...

— Sans doute, mais.

— Mais nous ne permettrons pas que vous partiez ainsi. N'est-ce pas, marquise ?

— M. Arnaud peut seul apprécier la nécessité de ce voyage.

— Voilà bien les femmes ! Vous regretteriez un si excellent ami, et cependant vous n'auriez pas prononcé une parole pour le retenir !...

Juliette garda le silence. Bénédict avait peine à respirer ; car ce silence était éloquent. Mais Félix, s'animant de plus en plus :

— Non, je n'aurai pas reçu docilement vos conseils sans vous donner les miens. Vous éloigner, ce serait une grande faute. Outre que vous laisseriez ici des amis, vous quitteriez votre pays au moment où vous êtes appelé à justifier le choix qui vous a envoyé à Rome il y a près de six ans. S'il vous est resté là-bas des travaux, vous en avez ici auxquels vous ne sauriez manquer sans faire une sorte d'aveu d'impuissance. Si c'est pour nous, qui vous considérons comme un parent, agissez dans l'intérêt bien entendu de votre réputation. La marquise ne dit rien, mais je suis sûr qu'elle partage ma pensée.

Bénédict s'inclina en répondant :

— Vous me pénétrez de reconnaissance. Je verrai, je réfléchirai.

— Fort bien ! dit Juliette avec un sourire gracieux. Voilà monsieur Arnaud à demi-convaincu. Votre discours a fait merveilles.

Enchanté de la tournure que prenait l'esprit de sa femme, le marquis demanda d'un air de sollicitude qui ne lui était pas habituel :

— Avez-vous des projets pour votre journée ?

— Si j'en ai !... Je suis accablée. Ce matin, un sermon de charité pour les crèches. Puis, une vente au profit des Polonais. Ensuite, des visites, en commençant par M.me d'Orban, chez qui je mène Emma qui est impatiente de revoir Louise.

— Désirez-vous que je vous accompagne ?

— Merci, mon ami. Cela vous ennuierait. Ce qui est pour moi une occupation serait pour vous une fatigue.

Un petit rayon de satisfaction parut sur le visage du marquis.

— J'irai, dit-il, à mon club que j'ai fort négligé depuis quelque temps.

— Ma toilette me réclame. Nous nous retrouverons au déjeuner.

L'artiste faisait mine de vouloir sortir.

— Adieu, mon cher, dit Félix ; je passerai à votre atelier. Il faut que je sache où en est votre tableau. N'entrerez-vous pas chez Emma, votre docile élève ?

— Il est de trop bonne heure.

— C'est juste.

Bénédict traversait d'un pas lent les appartements somptueux quand il entendit marcher très-vite derrière lui. Il se retourna en frémissant, car il avait reconnu la marquise. C'était elle. Une expression extraordinaire animait ses traits. Elle lui toucha légèrement le bras pour l'arrêter, et dit en passant devant lui :

— Vous nous feriez bien de la peine si vous partiez !...

Et elle disparut avant que le jeune homme se fût rendu compte de la joie qui inondait son cœur.

Sitôt que M. de Montglars fut libre, il avisa au moyen de courir tout de suite chez Maria pour s'entendre avec elle sur l'incident du matin et conjurer les périls de la situation. Précisément, Bénédict venait de quitter l'hôtel et Gournet d'y entrer.

Gournet fut salué par le marquis comme un sauveur.

— Mon brave ami, je suis enchanté de votre visite. Passons un moment au jardin. J'ai à vous parler.

— Volontiers.

— Imaginez-vous... des choses inouïes !

— Qu'est-ce donc ? Vous m'inquiétez.

— On a eu l'infamie d'écrire à ma femme, sous le voile de l'anonyme, au sujet du souper de Maria.

— Cela ne m'étonne pas, dit Gournet avec calme.

— Quoi ! n'êtes-vous pas révolté ?

— Moi ? le monde n'a plus de surprise à me faire.

— Laissons votre misanthropie. Sans doute, le monde n'est pas beau, mais il y a des nuances dans la perversité, et je ne conçois rien de plus lâche que cette guerre sournoise.

— Je suis de votre avis. Cependant, êtes-vous certain ?...

— J'ai lu la lettre, Juliette me l'a apportée.

— Et vous avez réussi à vous disculper ?

— Parfaitement.

— C'est heureux : bien des femmes eussent été moins confiantes. Mais soupçonnez-vous l'ennemi caché ?

— Peut-être ai-je été reconnu par quelqu'un chez Maria.

— C'est plus que probable. Il y avait là des chevaliers d'industrie qui voient de l'argent au bout d'un secret ; mais j'y songe... Oh ! non, ce serait trop indigne !

— Expliquez-vous, Gournet.

— C'est si grave !

— Je vous en prie, et, au besoin, je l'exige.

— Remarquez bien qu'il ne s'agit que d'une supposition. Vous rappelez-vous la rencontre que nous avons faite, à la porte même de M.me de Rochemore !...

Le marquis recula de deux pas.

— S'il était possible !... s'écria-t-il, d'un accent plein de véhémence.

Un sourire froid plissait les joues maigres de Gournet.

Mais autant Félix avait été d'abord frappé de cette demi-confidence, autant la réflexion le ramena à la modération et à l'équité.

— Gournet, dit-il, je pardonne à votre amitié pour moi et à votre caractère farouche une supposition que, de la part d'un autre, je considérerais comme une mauvaise action. Ah ! vous ne connaissez pas Bénédict... C'est une de ces natures généreuses, sans calcul, sans arrière-pensée, qui se livrent avec abandon, qui peuvent commettre des fautes, mais jamais des crimes. Sa parole a toute la sincérité de la jeunesse : moins rude que la vôtre, elle n'est pas moins franche. Dans toute son existence, il n'y a pas une tâche. Tenez, je le trouve bien meilleur que moi, et je voudrais avoir le courage de sa vertu. Mais il y a des tempéraments comme cela. C'est à tel point que je ne lui eusse pas proposé de le conduire chez Maria....

— Ne m'estimez-vous donc pas autant que lui, moi que vous y avez entraîné, contre ma volonté, il est vrai ?

— Vous, mon cher Gournet, je voulais vous fournir une occasion nouvelle

de déclamer contre le genre humain. Quant à Bénédict, je respecte ses illusions. Et c'est cette âme loyale, ce vrai cœur d'artiste, que vous croiriez capable de la dernière des bassesses !

— Je reprends ce que j'ai dit : n'en parlons plus. Mon zèle pour vous m'avait inspiré cette idée.

— Je sais que vous êtes un ami véritable ; mais il me semble que je ferai sagement d'aller dès ce matin chez Maria pour me concerter avec elle contre toute indiscrétion ultérieure. Voulez-vous m'y accompagner ?

— Moi ?... dit Gournet avec une sorte de frémissement. Vous êtes trop bon. Un paysan du Danube est déplacé chez une aussi brillante personne. C'est assez d'y avoir été une fois.

— En ce cas-là, adieu. J'espère que nous arriverons à la découverte de la vérité, et que l'auteur de la dénonciation aura lieu de s'en repentir.

M. de Montglars ne tarda pas à arriver à la demeure de Maria. Sophie, la camériste, le mit en deux mots au courant de la scène terrible qui avait suivi le souper.

— C'est affreux ! dit Félix. Et votre maîtresse est-elle rétablie ? Est-elle visible ?

— Ah ! Madame est bien remise.... mais elle n'est pas chez elle.

— Sortie.... déjà !

— Non, Monsieur : elle est montée chez M.me Delaunay pour la remercier de ses bons soins.

— Qu'est-ce que c'est que ça, madame Delaunay ?

— Du petit monde.... la femme d'un peintre.... de braves gens, mais qui n'ont pas le sou. Faut-il aller prévenir Madame ?

— Non, j'attendrai ici.

VII. — L'OUTRAGE.

Transportons-nous au premier étage d'une élégante maison moderne du faubourg Saint-Honoré, non loin de la Madeleine, à deux pas du boulevard et du centre des affaires. Nous sommes chez le vicomte Alexis d'Orban.

Tandis que Mathilde, occupée à dresser des colonnes de chiffres, médite le tableau de la dernière Bourse et réfléchit sur les bruits financiers, Alexis, profitant du répit que lui laisse l'esprit de spéculation, se tient avec Louise dans son cabinet. C'est une pièce d'un goût sévère et dont la décoration consiste surtout en livres et en bronzes. Alexis a mis ses soins, son culte, dans ce lieu de refuge ; il s'y est entouré des auteurs favoris. C'est là, là seulement, qu'il trouve le repos du cœur et le calme de la pensée. Sur un vaste bureau, style Louis XIV, sont entassés les papiers, les manuscrits, les brochures. Il règne un peu de confusion dans ce laboratoire intellectuel, mais la confusion est inséparable de l'étude, et les papiers trop bien rangés ne dénotent guère l'application.

Cette accumulation de matériaux était un des griefs habituels de la vicomtesse. — Que de paperasses ! est-ce absurde ! Pouvez-vous donc vous complaire dans ce chaos ? et autres variantes d'un thème uniforme. Mathilde en cela ressemblait à la femme d'Albert Durer, pour qui la rêverie, — ce travail préparatoire, — était un état de nonchalance et une perte de temps. L'activité stérile que Mathilde se donnait en se créant des affaires dont elle eût bien pu se passer, lui faisant considérer comme autant d'automates sans ressort ceux qui vivaient par la pensée, loin de la manie de la *prime*, du *report* et du *dividende*.

Aussi le vicomte savourait-il les moments où il échappait à la conversation des chiffres et pouvait se retrancher dans son monde idéal. Son éloignement pour les affaires et les calculs se fortifiait de l'exagération que Mathilde montrait dans l'autre sens, et jamais la loi des antithèses n'avait plus brillé qu'entre les deux époux.

Louise était venue fortifier les penchants de son frère. Toute remplie encore d'une éducation élevée, elle avait apporté du couvent les idées mêmes qu'avait Alexis. A peine avait-elle franchi le seuil de la maison, après plusieurs années d'absence, qu'elle avait compris qu'en ce lieu un oppresseur et un opprimé se trouvaient en présence. Outre la générosité de son cœur, une tendresse naturelle la portait vers cet opprimé qui était son frère, — le seul être sympathique qui lui restât en ce monde. Silencieuse et recueillie, elle avait assisté à des débats ; cruelle leçon d'expérience. La vie où elle entrait lui révélait tout de suite la guerre. Mais pas un mot de blâme contre Mathilde n'était sorti de ses lèvres. Louise ne se sentait qu'un droit, celui de souffrir pour son frère...

Et cependant, cette réserve neutre irritait la vicomtesse : aux yeux de Mathilde, se taire, c'était condamner, c'était être l'auxiliaire d'Alexis. Donc, au nombre de ses occupations multipliées, cette femme-ouragan avait placé en première ligne un mariage qui la débarrassât d'un importun.

— Mon bon frère, je viens bien vite... Je ne vous dérange pas, j'espère, dans quelque travail ? J'ai tant de plaisir à vous voir, et je vous vois si rarement seul !

— Sois la bienvenue, ma Louise. Le plaisir dont tu parles ne peut être plus grand que le mien. Sais tu que nous avons été séparés trop longtemps pour mon cœur ?...

— Il le fallait. Je n'ai plus de mère. Sans votre affection, la pauvre Louise serait tout-à-fait isolée en ce monde.

— Du moins, avais-tu trouvé un amour vraiment maternel chez les excellentes religieuses.

— Oh ! c'est vrai, et je leur en serai toujours reconnaissante. Mais c'est égal, je pensais sans cesse à mon frère... je l'accusais même quelquefois, injuste que j'étais. — Il ne me vient pas voir, me disais-je ; il m'oublie, moi qui le désire tant ! — Vous savez, Alexis, comme la tête d'une petite pensionnaire fait du chemin. Et la mienne trottait joliment ! Hélas ! j'ignorais alors, — et j'en bénis le ciel, car cela m'eût bien troublée, — j'ignorais que vous n'étiez pas maître de vos volontés.

— Tais-toi, de grâce ! murmura le vicomte en prêtant l'oreille.

— Soyez tranquille, mon-frère.... je viens de souhaiter le bonjour à Mathilde, qui, par parenthèse, m'a reçue avec sa brusquerie accoutumée, et je l'ai laissée penchée sur une table, au milieu de trois ou quatre dossiers.

— Ah !... des dossiers ?... Sans doute un procès qu'elle soutient en ce moment. Elle plaide toujours.

— Et vous ne l'en empêchez pas !...

— Empêche donc l'eau de couler !

— Etre plaideuse, vivre parmi des avocats... triste métier pour une femme titrée !...

— Si ce n'était que cela !

— J'entends : ma belle sœur joue à la Bourse.

— Oui, oui, mais ne lui adresse jamais une observation à ce sujet.

— Dieu m'en garde. Toute remarque de ma part serait inconvenante. Mais vous, mon frère, ne seriez-vous pas fondé à lui faire des représentations ?

— O ma Louise, dit tristement Alexis, en se rapprochant de sa sœur, afin de parler tout bas, plus tu vivras ici, plus tu comprendras la nécessité de la prudence. Ce que tu me conseilles est impossible ! Mathilde n'a jamais rencontré d'opposition à ses volontés : pour continuer d'être libre, complétement libre, elle a voulu épouser un gentilhomme pauvre, de qui elle a reçu la seule chose qui lui manquât, un titre de noblesse. Mathilde ne m'était pas apparue telle qu'elle est. Outre qu'elle est belle, gracieuse lorsqu'il lui plaît, elle avait revêtu d'un séduisant vernis de douceur son esprit hautain et dominateur. Nous fûmes unis ; je ne m'occupai pas du contrat, que le notaire de M.elle Nicart dressa de façon à la laisser maîtresse à peu près absolue de sa fortune. Sans réfléchir aux suites d'un acte imprudent qui achevait de me lier, je donnai ma démission de mon grade. Je ne fus donc plus qu'un mari ordinaire, aux prises avec une femme despote, jeté dans un milieu dont une autre était l'âme, sans droits, sans pouvoir, consulté quelquefois pour la forme, jamais écouté ; essuyant des critiques amères, souvent des reproches indirects, et osant à peine risquer un bon avis ; sentant le poids de sa chaîne sans avoir le courage de la rompre, et s'accoutumant à la servitue par respect pour les dehors. Voilà, ma Louise, le tableau de mon *union*. Tu peux juger maintenant si les représentations me sont permises.

— Vous m'avez profondément affligée, dit la jeune fille en portant la main à son front. Sans doute, depuis mon arrivée, divers indices m'avaient révélé votre situation ; mais je ne la jugeais pas aussi grave. J'hésitais à accuser une personne que je voudrais aimer ; je me défiais de mes appréciations. Vous m'ouvrez les yeux, et j'en gémis. Mon Dieu ! que ce sera long pour vous de souffrir toujours ainsi ! Est-ce que vous ne finirez pas par reprendre de la force, dans votre intérêt, et même dans l'intérêt de Mathilde ?... Songez à votre dignité, à votre nom. Tenez, il me semble qu'à votre place je résisterais, je ferais valoir mon autorité. Je ne connais pas les lois, les usages ; mais quelque chose me dit que vous devez être le maître chez vous, et que tout y serait mieux si vous commandiez.

Alexis sourit tristement.

— Chère petite, voilà bien de la mutinerie de pensionnaire. Tu me méconnais si tu me crois dépourvu de toute énergie. Dans l'accomplissement de mes devoirs, dans ma carrière militaire, dans mes actions, j'en ai montré. Mais ici un mot brise et anéantit ma volonté : c'est le mot *argent*. Ma délicatesse se soulève quand Mathilde s'arme de cet argument pour me montrer à moi-même comme un homme qui aspire à s'arroger la direction de sa fortune. Si je supporte ses inégalités de caractère, si je la laisse se jeter dans les écarts de la spéculation, enfin si je m'efface, c'est de peur qu'elle ne répète que je l'ai épousée uniquement en vue de ses biens. Et certes cela n'est pas ! ajouta-t-il avec fierté.

— Ainsi, pas de remède ?

— Pas de remède.

— C'est désolant !

— Mais toi, Louise, il ne faut pas que tu restes longtemps dans cette atmosphère dévorante. J'espère qu'un honnête homme te donnera bientôt son nom et l'indépendance.

— Vous quitter !... et qui donc vous consolerait ?

— Ma conscience. J'ai causé de toi avec de Montglars : c'est mon meilleur ami ; il m'a promis de s'inquiéter de ton avenir. Tu as d'ailleurs de chauds partisans auprès de lui, la marquise, cette charmante femme, et M.elle Emma.

— Emma ! c'est un ange. Une douceur exquise, une grâce parfaite, une modestie sans égale avec des talents que des artistes envieraient !... Ah ! c'est Emma qui rendra un mari heureux, n'est-ce pas, mon frère ?

— Oui, oui...

— Qu'avez-vous donc ? vous paraissez souffrir.

— Je souffre pour elle ; car j'ai si bien lu dans son cœur, je crois qu'il y est né un amour qui ne saurait recevoir de satisfaction.

— Que voulez-vous dire ?

On ouvrit brusquement la porte sans avoir frappé. C'était Mathilde. Elle était déjà habillée pour sortir.

— Ah ! vous étiez ensemble ? dit-elle de son ton décidé. Bonjour, Louise, mon enfant, songez que le temps est précieux ; vous n'avez pas encore étudié votre *Fantaisie* de Hertz...

— Je croyais que plus tard...

— Plus tard ! plus tard... Est-ce qu'on sait ? Il peut survenir des affaires, des courses pressées, des visites. Les visites ! cela dévore la vie. Allez à votre piano en attendant le déjeuner... Vous avez grand besoin de fortifier votre talent ; le talent, c'est beaucoup sur la dot.

— J'y vais, madame, dit Louise avec dignité.

A peine la jeune fille fut-elle sortie, que la vicomtesse donna libre cours à son humeur critique.

— Je ne suis pas contente de votre sœur, dit-elle.

— Qu'avez-vous à lui reprocher, Madame ?

— Oh ! je n'ai pas précisément de reproches à lui faire. C'est une personne de mérite. Les religieuses chargées de son éducation ont répondu à ma confiance. Mais ce qui ne me plaît pas en elle, c'est une certaine réserve, une certaine roideur. Elle manque d'effusion vis-à-vis de moi.

— Elle n'y est peut-être pas encouragée ?

— Comment ? et de quoi a-t-elle donc à se plaindre ? N'a-t-elle pas trouvé ici sa maison ? ne vit-elle pas dans l'abondance ? Je défie qui que ce soit de rien reprendre dans ma conduite à son égard.

— Je ne prétends pas...

— Alors, sur quels fondements basez-vous vos suppositions ?

— Je trouvais... il me semblait...

— Vous n'avez pas le sens commun. Je me regarde comme une seconde mère pour cette enfant, et je remplirai ma tâche. Ce n'est pas moi qui faillirais à aucun de mes devoirs pour m'adonner uniquement au plaisir, ainsi que le font tant de femmes coquettes et frivoles, votre marquise de Montglars, par exemple.

— Permettez-moi de dire que la marquise est digne de tous les respects.

Mathilde haussa les épaules.

— C'est bon, c'est bon, reprit-elle. J'ai dans l'esprit des sujets plus importants. Ce matin je suis excessivement contrariée.

— Quelque nouvelle affaire qui ne va pas ?...

— J'admire votre flegme. On voit bien que vous vivez dans les nuages.

— Que voulez-vous, madame ? Vous vous êtes réservé de la vie active.

— Il l'a bien fallu ; vous n'entendez rien aux affaires.

— Alors, pourquoi m'en parler ?

— Poussez-vous donc si loin l'indifférence !... Comme me voilà payée de mes peines, de mes insomnies ! Je me brûle le sang, je cours, je m'inquiète horriblement, je me donne un mal effroyable, et monsieur ne veut même pas savoir où j'en suis !

— Si vous écoutiez mes avis....

— Ils sont beaux, en vérité ! Vous êtes brouillé avec les chiffres.

— J'ai donc raison de me taire et de vous laisser agir.

— Me «laisser agir !» Auriez-vous la prétention de m'en empêcher ?

— Je n'ai aucune prétention, madame, dit tristement Alexis.

— Allons ! le drame maintenant ! des airs de victime ! comme si je le tyrannisais. Je ne suis pas injuste pourtant, ni violente. Seulement, j'ai tant de préoccupations !... Tenez, le journal m'apporte des nouvelles désolantes... La rente a baissée d'un franc ! la Banque, les Quatre Canaux, les Obligations de la Ville sont également affectés !... C'est épouvantable !... C'est un cataclysme !

— Calmez-vous. Quel grand mal y a-t-il à cela ?

— Vous le demandez ! Quand j'avais besoin d'une hausse !

— Si vous laissiez dormir vos fonds et vous contentiez du revenu, vous vous épargneriez bien des peines.

— C'est cela ! faire comme vous, m'engourdir dans le repos et la mollesse.

L'énergie revint à Alexis.

— Madame, s'écria-t-il, rappelez-vous que si je ne revendique aucun droit sur votre fortune, j'en ai à vos égards et à votre politesse.

— Mon Dieu ! ne le prenez pas sur ce ton tragique. Ne croirait-on pas que vous êtes insulté ? Vous-même vous avez avoué cent fois que les questions de finances vous sont antipathiques.

— Elles me le sont plus que jamais, dit le vicomte avec un reste d'amertume. Ah ! que n'ai-je suivi ma carrière !... pourquoi ai-je déposé mon épée !

— Encore des plaintes ! Vraiment, c'est à mourir.

— Faisons un compromis : jouez, agiotez, vendez, achetez comme il vous plaira ; mais n'exigez pas que je m'intéresse à des affaires auxquelles je veux et dois demeurer étranger, puisque je les déteste.

Peu s'en fallut que ces derniers mots ne soulevassent une tempête. Mathilde cependant sut se contenir.

— Oui, dit-elle, parlons d'autre chose, ce sera plus sage. Il m'est venu un projet... Oh ! ne prenez pas cet air malheureux... Il ne s'agit pas d'une spéculation, mais de Louise.

— De Louise ?...

— Vous allez juger si je ne me préoccupe pas du sort de votre sœur. Je lui ai trouvé un mari.

— Un mari ?

— Un mari digne d'elle ; un parti très convenable.

— Ce n'est pas votre Saint-Marquet, j'espère ?

— Quelle plaisanterie !... Un Saint-Marquet !... Ces gens-là, ce sont des instruments qu'on emploie, mais voilà tout. L'homme que je vais vous nommer est agréable, spirituel, de bonne naissance, bien posé dans le monde...

— Je vous remercie pour ma sœur. Et c'est ?...

— M. Ernest de Foncheville... le baron de Foncheville, premier secrétaire du comte de Maubrun.

— Ah ! voilà cet admirable parti !...

— Qu'y trouvez-vous à redire ?

— Vous destinez Louise à M. de Foncheville ?...

— Pourquoi pas ?

— Un jeune suffisant, un fat...

— S'il a un peu de vanité, il deviendra modeste en vieillissant.

— Un *homme dont on n'est pas très-sûr.*

— De qui est-on sûr ?... D'ailleurs, il a des ennemis.

— Un homme dont la naissance n'est pas avérée....

— Il la prouvera.

— Qui tomberait avec son ministre.

— Grâce à Dieu, M. de Maubrun est debout.

— Un homme à qui l'on ne connaît pas de fortune...

— Est-ce indispensable pour se marier ?

Cette réponse personnelle fit rougir le vicomte.

— Jamais, dit-il, en ce qui vous concerne, vous ne rencontrerez d'opposition de ma part ; mais je serais un misérable si je ne sauvegardais le bonheur et l'avenir de ma sœur.

— Eh ! qui donc veut nuire à votre sœur ? Ne s'imaginerait-on pas que j'ai dessein de nuire à cette enfant ? Si j'ai songé à M. de Foncheville, c'est qu'il m'a semblé que le baron offrait à Louise la perspective d'un établissement avantageux.

— Qu'il commence par se poser lui-même.

— Il est tout posé. Que diriez-vous si M. de Foncheville m'aidait à pourvoir d'une recette générale mon cousin Isidore, simple receveur des contributions à Douai ?

— Je dirais... Bah ! c'est impossible.

— Vous verrez, nous y arriverons.

— En attendant, madame, soyez assez bonne pour ne rien témoigner à Louise de vos projets. Respectez le calme de ses dix-huit ans.

— Soyez tranquille, on ne m'en remontrera pas sur le chapitre de la discrétion.

Durant tout le déjeûner, Mathilde avait paru fort préoccupée des retards de M. Saint-Marquet, qui eût dû être arrivé déjà depuis plus de deux heures. On entendit une voiture s'arrêter dans la cour, puis repartir presque aussitôt. Au bout quelques minutes, on annonça que M.elle de Neuvil e était au salon.

— Emma ! s'écria Louise avec joie, en frappant ses mains l'une dans l'autre. Vous permettez, n'est-ce pas ?

Et, sans attendre la réponse, elle se leva et courut rejoindre son amie.

La vicomtesse avait retenu son mari, qui, au nom d'Emma, n'avait pu dissimuler sa satisfaction. Un nouveau sujet de mécontentement fermentait dans le cœur de M.me d'Orban.

— Cette visite vous contrarie-t-elle, madame ? demanda Alexis.

— Oui et non. Contre M.elle Emma, je n'ai rien à dire. C'est une jeune personne qui paraît avoir de la raison. Mais il est à craindre, et voilà pourquoi je ne désire pas l'attirer, il est à craindre que, malgré sa droiture, elle ne subisse un jour l'influence de la conduite déplorable de sa sœur.

— Prenez garde, madame !... Osez-vous parler ainsi de la marquise de Montglars, une femme de la plus haute distinction !

— Je sais qu'elle est noble et riche ; mais plus elle est en évidence, plus est choquant le scandale qu'elle commence à donner.

— Le scandale !... ce mot ne s'accorde pas avec le nom de M.me de Montglars.

— Ah ! permettez. Jamais je n'avance rien à la légère. Si je n'avais pas vu de mes propres yeux...

— Quoi enfin ?

— M.me de Montglars au bois de Boulogne, à cheval, ayant à ses côtés, au lieu et place de son mari, ce petit peintre inconnu, ce M. Bénédict Arnaud, qui fait à l'hôtel la pluie et le beau temps !... Si je ne les avais pas vus se promenant ensemble, avec un air d'intimité révoltante, je n'insisterais pas. Mais je les ai vus !

— Eh bien ! après ? Est-ce que cela n'arrive pas tous les jours ?

— Ah ? vous trouvez ! J'admire votre morale élastique.

— Croyez, mon amie, que mes principes sont fermes et irréprochables.

— J'aurais lieu d'en douter.

— Seu'ement, sachant bien que la conduite de M.me de Montglars a toujours été sans tache, je ne me formalise pas comme vous de ce qui, je le répète, à lieu fréquemment.

— Esprit crédule !

Nous ignorons à quel degré de chaleur le débat fût parvenu, si un domestique n'eût annoncé :

— Monsieur Saint-Marquet.

Un : « Ah ! » fortement articulé par Mathilde, répandit à ce nom. La vicomtesse s'élança et entraîna dans son cabinet le grand inventeur, qui était entré muni de son inséparable portefeuille. Alexis respira et alla retrouver Louise et Emma.

Ainsi il y avait à la fois dans un même appartement une double conversation, de nature bien différente :

D'un côté, la poésie, l'affection, la confiance.

De l'autre, le calcul, le mécontentement, les combats.

Ici le cœur, — là la bourse.

Pour reproduire ce double entretien, suivons les interlocuteurs.

Et d'abord, Mathilde et Saint-Marquet.

— Enfin vous voilà !... J'ai cru que vous n'arriveriez pas !

— Mille pardons, madame la vicomtesse ; j'ai beaucoup d'occupations.

— Il se peut, mon cher monsieur, mais j'ai quelque droit à la préférence.

— Ah ! madame, vous me feriez injure si vous doutiez de mon zèle, zèle immense, incommensurable.

— Je n'en doute pas ; mais mon impatience se conçoit aisément : le bulletin de la Bourse m'a jetée dans l'épouvante.

— Quoi ! pour un peu de baisse ?

— N'est-ce donc rien ?... un franc !... et cette baisse est générale.

— Raison de plus pour qu'elle soit momentanée.

— Monsieur Saint-Marquet, vous voyez les choses sous un beau côté.

— Je crois qu'il faut les voir ainsi, surtout quand on est juge de haut. Malheur à quiconque s'attache aux petits détails et n'embrasse pas l'ensemble dans ce qu'il a de majestueux ! Tirons des lignes et ne nous arrêtons pas aux minuties.

— C'est fort bien ; en attendant, je perdrai aujourd'hui vingt-cinq mille francs au moins... J'avais donné des ordres de vente.

— Vous les regagnerez demain par des achats habiles. La hausse finit toujours par répondre à la baisse. Ces négociations de Bourse n'ont d'ailleurs pour vous qu'une demi-importance. Nous avons mieux que cela, madame, mieux que cela !

— Est-ce que nous marchons enfin !... demanda Mathilde avec la fièvre de la curiosité.

— Si nous marchons !... nous volons !... Notre affaire prend des proportions gigantesques... celles que j'aime. Chaque jour amène des souscripteurs, anime les fidèles, ébranle les incrédules et nous attache les indécis. Les listes se couvrent de noms, bien que, selon moi, il ne faille pas admettre trop d'actionnaires à participer aux bénéfices pour un faible apport social.

— Dites-moi positivement...

— Où nous en sommes? Très-bien ! très-bien ! Voici les plans, les devis d'achats de terrains et de maisons. Songez qu'il nous faudra abattre presque tout Montmartre pour la construction de nos cuisines générales alimentaires. Nourrir tout Paris, rendre à tant de milliers de ménagères le temps précieux qu'elles sont forcées d'employer pour la confection du dîner de famille, supprimer les cuisinières, ce fléau du bourses modestes, faire disparaître une légion de restaurateurs et traiteurs de tout étage qui rançonnent le consommateur célibataire, donner, en un mot, à toutes les bouches leurs aliments aux prix les plus modérés et aux heures voulues par des volontés aussi régulières et aussi faciles que celles de la poste aux lettres, tel est notre but. L'admirable, et j'ose dire la philanthropique entreprise ! Ou je me trompe fort, ou l'Académie française en fera l'objet d'un prix Monthyon. Qu'en pensez-vous ?...

— Eh ! vous savez bien ce que j'en pense, puisque je l'appuie par tous les moyens possibles. Alors, selon vous, les résultats ne sont pas éloignés ?

— Ils sont imminents, madame, imminents ! Mais il faut les presser, les hâter, les rapprocher.

— Je ne demande pas mieux.

— Et pour cela, de nouveaux sacrifices sont indispensables.

Ici, le front de la vicomtesse se rembrunit.

— Encore des sacrifices ! J'en ai déjà tant fait !

— Un de plus, et nous arrivons.

— Vous m'avez dit cela trois ou quatre fois.

— Ce sera la dernière. De grâce, madame la vicomtesse, daignez y songer. De même que si une poutre est enlevée, tout un édifice solide en apparence peut s'écrouler, de même il suffit d'un effort de moins pour qu'une entreprise jusque-là conduite échoue misérablement ; ce n'est pas de la puissance des ressorts, c'est de leur harmonie que résulte l'effet. Un grain bien semé rapporte plus, au jour de la moisson, que dix autres jetés aux hasard dans une terre mal labourée. L'issue dépend du début ; qui commence sans habileté finit sans prospérité. Telles sont mes maximes : ne lésinons pas si nous voulons récolter largement. Ma grande affaire de la vente générale du lait d'ânesse n'a réussi qu'à ce prix.

— De combien avez-vous besoin ? dit impatiemment la vicomtesse.

— Oh ! de dix mille francs seulement !

— Dix mille francs ! Où voulez-vous que je les prenne? Vous me ruinerez !

— Madame, dit Saint-Marquet avec l'accent de la dignité blessée et de l'innocence méconnue, je croyais être plus haut dans votre estime.

— Mon estime vous est acquise certainement, monsieur, mais je n'ai pas d'argent.

— Alors j'en suis désolé, mais l'affaire va être arrêtée.

Ces paroles, prononcées du ton lent et solennel d'un juge, produisirent sur M.me d'Orban l'impression d'un coup de foudre. Avoir entrevu de si merveilleux résultats et s'entendre prédire une catastrophe, c'était une épreuve au-dessus des forces de Mathilde. Un moment de réflexion la détermina ; elle courut à son secrétaire, ouvrit un tiroir et y prit dix billets de Banque.

— Écrivez votre reçu, dit-elle vivement ; voici votre argent.

Sans se départir de sa gravité magistrale, Saint-Marquet compta un à un les billets, comme un homme qui est sûr de les rendre un jour ; puis, extrayant de son portefeuille un papier timbré, il y traça le reçu demandé, indiquant l'intérêt et la prime que la somme rapporterait, comme aussi l'époque où elle serait scrupuleusement rendue. Saint-Marquet n'oublia rien, et il serra les billets avec un soin minutieux.

— Madame la vicomtesse, dit-il ensuite, votre confiance ne sera pas trompée. Vos sacrifices seront amplement récompensés. Bientôt, oui bientôt, vous aurez de mes nouvelles. L'horizon s'élargit ; la voie du progrès est infinie ; l'humanité a traversé la phase de l'incubation.

— Peu importe l'humanité ! ce qu'il me faut, c'est que notre affaire marche.

— Elle marchera à la vapeur !... Madame la vicomtesse. J'ai l'honneur de vous saluer.

Une conversation parallèle à celle-ci avait eu lieu, dans le salon, durant le même temps, entre Louise, Emma et Alexis. Ces trois êtres étaient au diapason de la noblesse des idées ; leurs aspirations étaient également pures. Seulement, tandis que les jeunes filles s'unissaient dans l'espérance du plaisir de se revoir souvent, de se communiquer leurs pensées et leurs rêves, Alexis, plus réservé, — car il savait le malheur par expérience, — ne s'associait pas à ces charmants échafaudages d'avenir. Il écoutait, le sourire aux lèvres, — si le sourire peut s'accorder avec la tristesse du regard, — et il demeurait silencieux. Il eût craint en quelque sorte d'altérer ce cristal limpide de deux âmes juvéniles par le trouble de sa parole. Il écoutait, mais avec cette suavité de mélancolie qui élève un homme au-dessus de la foule. Et s'il n'ignorait pas que, pour détruire les plus belles visions, il suffit d'un souffle, du moins ne le disait-il pas. Tour à tour ses yeux se portaient attendris sur Louise, respectueux sur Emma. *Toujours*, tel est le mot qui revenait incessamment aux jeunes filles. — « Nous nous aimerons toujours, n'est-ce pas? nous nous aimerons toujours ! » Et le vicomte n'osait leur apprendre que les événements viennent le plus souvent déranger les projets et faire tourner les résolutions en fumée. Il acceptait et leur laissait accepter le présent comme une réalité. Mais, quant à lui, il n'allait pas au-delà, sachant trop bien qu'il ne faut pas mesurer la vie et assigner des dates fixes au bonheur. Il fut ému surtout lorsque Louise s'avisa de s'écrier : — « Tiens, Emma, je ne forme qu'un souhait.

— Lequel, mon cher cœur ? — Ce serait de pouvoir reprendre nos bonnes habitudes d'autrefois, de vivre l'une auprès de l'autre, sans nous quitter un instant, travaillant ensemble, toi à ta peinture, moi à mon piano... Que ce serait bon ! »

Emma, plus âgée que son ancienne compagne, savait mieux le fond des choses. Elle secoua cordialement la tête, signe qui s'accordait avec l'expression des traits d'Alexis.

— C'est cela, dit-elle, le couvent dans le monde. Ah ! pauvre Louise ! j'aimerais à respecter tes illusions ; mais c'est impossible. D'ordinaire, en se séparant, l'on se promet de se rejoindre... à peu près comme deux courants d'eau qui sortiraient de la même source et franchiraient une plaine en sens contraire. On ne se rejoint pas. Les devoirs arrivent avec le cortège des convenances. Va, ce qu'il y a de meilleur et ce qu'on doit bien savourer, c'est la première jeunesse ; ensuite, il n'est plus rien de certain. On ne dépend plus de soi ; on marche d'après des volontés souvent impérieuses.

Cette allusion involontaire à la nature violente de la vicomtesse saisit les trois amis ; tous trois se taisaient, lorsque Mathilde parut avec cette allure de bombe qui tout à coup tombe et éclate au milieu des gens. Elle avait le visage enflammé, à la pensée du lourd sacrifice que lui avait tiré le prestidigitateur Saint-Marquet, partagée qu'elle était entre la certitude d'avoir vu partir ses dix billets de mille francs, et la crainte d'un terme éloigné pour le succès.

A son entrée, les assistants prirent ce sourire officiel que la politesse impose, mais ils avaient le cœur serré.

— Bonjour, mademoiselle, dit M.me d'Orban à Emma. C'est fort aimable à vous de venir nous voir de si bonne heure. J'apprécie les personnes matinales ; Louise aura à faire sous ce rapport. Elle ne s'est pas encore mise à son piano aujourd'hui.

Emma sentit la portée du trait.

— Je crains tant de vous déranger, madame, dit-elle avec mesure et dignité, que je serais partie déjà si ma sœur ne devait venir me chercher.

— Ah ! madame votre sœur !

Précisément on annonça.

— Madame la marquise de Monglars.

Juliette entra du pas léger et comme glissant, qui lui était particulier. Elle était pâle des émotions de la matinée, mais charmante de grâce dans sa toilette d'avant midi. Son rire frais et vif, en découvrant ses dents admirables de blancheur et ses gencives purpurines, répandait comme un rayon autour d'elle. Elle alla droit à Mathilde en lui présentant sa petite main gantée de lilas. Après les préliminaires d'usage, elle dit vivement :

— Vous ne sauriez vous imager tout ce que j'ai fait en deux heures. J'ai entendu un sermon de charité prêché avec une rare éloquence par le père P. Estève, un jésuite. Puis j'ai visité trois familles pauvres... Il me reste une vente de tableaux ; et comme M.elle Louise ne s'intéresse pas moins à l'art que mon Emma, je viens vous l'enlever pour l'emmener avec nous ; de là, nous irons faire un tour de bois, et avant cinq heures M.elle d'Orban vous sera rendue. Est-ce entendu, ma chère vicomtesse ?

Après un moment de silence, qu'Alexis jugea de mauvais augure, Mathilde affubla sa physionomie de cette expression dure qu'elle croyait être un grand air, et, voulant paraître en même temps polie, elle répondit :

— Je vous remercie infiniment, madame, au nom de Louise ; mais trouvez bon, je vous prie, que je n'accepte pas pour elle votre aimable invitation.

— Comment, madame? dit Juliette sans déposer son sourire, y a-t-il quelque obstable? Vous-même avez-vous affaire? Autrement, je ne vois pas...

— Sans doute, murmura le vicomte, qu'un regard foudroyant réduisit au silence.

— Je regrette d'être forcée d'avouer que Louise a besoin de travailler, et qu'une vie de dissipation ne saurait convenir à une jeune fille pauvre.

Des larmes vinrent aux yeux de Louise.

— Je ne l'ai pas oublié, dit-elle.

— Et ce serait difficile, ajouta Juliette d'un ton légèrement railleur. La tendresse prévoyante de M.me la vicomtesse ne vous en a pas fait mystère.

— Qu'entendez-vous par-là, s'il vous plaît, madame ? dit aigrement Mathilde.

— Ah ! je vous supplie... s'écria Alexis.

— Ai-je tort d'être franche avec cette enfant, qui ne me donne, du reste, que des sujets de satisfaction ? Je lui dois la vérité, et non l'illusion : elle n'a pas de fortune ; son mérite, surtout, sera sa dot.

Emma intervint dans le débat avec une fermeté modeste.

— Je suis sûr que ma sœur ne me désavouera pas si je dis que la moitié de ma dot composera celle de Louise.

À ces mots, Louise, pénétrée d'émotion, se jeta dans les bras d'Emma, tandis que la marquise disait :

— Moi te désavouer, mon Emma!... Jamais tu n'as mieux parlé.

Tous les traits de la colère fermentaient dans le sein de la vicomtesse.

— Ce serait fort bien si vous aviez autorité ici, mademoiselle ; mais, grâce à Dieu, nous n'avons que faire de recourir au crédit d'autrui. Sans savoir ce qu'est votre fortune, j'estime que la mienne ne lui est pas inférieure.

— Alors, Madame, dit Juliette, je vous félicite ; car il vous sera possible de donner libre cours à votre dévoûment maternel pour Louise.

— Je commence dès aujourd'hui, Madame, en la gardant auprès de moi.

— Dans l'intérêt de son travail?

— Dans l'intérêt de sa réputation.

Alexis jeta un cri d'épouvante; Louise et Emma frémirent. M.me de Montglars demeura impassible et demanda :

— Vous plairait-il d'expliquer ces paroles?

— Ne m'y contraignez pas... Elles s'expliquent d'elles-mêmes.

— Mais encore?...

— C'est vous qui m'y forcez.

— Oui, c'est moi.

— Certaine rencontre que j'ai faite hier au bois ne permet plus à Louise de vous y accompagner.

Le vicomte tendit vers sa femme des mains suppliantes. Celle-ci se drapait dans son triomphe. Mais la marquise ne parut pas le moins du monde émue.

— Il faut croire, dit-elle, que la nouveauté de votre anoblissement ne vous a pas permis encore de connaître les usages de la haute société. Sinon, vous sauriez, madame, que ce qui vous a choqué a lieu tous les jours.

— Tant pis, car mon instinct *bourgeois* se révolte à l'idée de ce que j'ai vu.

— C'en est trop, reprit Juliette ; je quitte la partie ; je ne suis pas de force à soutenir une lutte de ce genre. Mes enfants, échangez vos adieux.

Emma et Louise comprirent la triste portée de ce mot ; elles se pressèrent les mains avec effusion.

Bientôt après, la calèche de M.me de Montglars l'emportait rapidement avec Emma dans la direction de l'hôtel.

M. d'Orban et sa sœur étaient restés consternés.

— Allons, Louise, mettez-vous à votre piano, dit rudement la vicomtesse, et ne songeons plus à cette insolente.

— Mais je ne puis jouer... mes mains tremblent...

— Enfantillage !

— Vous êtes vraiment cruelle, madame, s'écria M. d'Orban.

— Qu'est-ce? qu'avez-vous à me reprocher? D'être trop honnête femme, de veiller sur la réputation de votre sœur !

— Vous me brouillez avec mon plus ancien ami.

— Des amis ! on en a toujours assez !

— Tenez, je ne réplique pas... Je me bornerai à dire que cette scène m'a profondément affligé, et quant aux suites qu'elle peut avoir...

— Bah ! bah ! ces suites n'existent que dans votre imagination. Voyons, voilà assez de temps perdu : Voulez-vous m'accompagner?

— En ce moment, madame ?

— Pourquoi pas? J'ai à aller au ministère, chez M. de Foncheville.

— Ne pouvez-vous remettre cela à un autre jour?

— Impossible ; et si la recette était donnée !... Vous ne savez pas le prix des instants. On ne vit pas dans les livres et les manuscrits, on y végète. Il faut absolument que je presse M. de Foncheville, et vous ne me ferez pas l'injure de croire que je puisse, à mon âge, me présenter seule chez un jeune homme... Vous me désobligeriez beaucoup en hésitant à m'accorder votre compagnie.

— J'y consens, mais il m'en coûte.

Mathilde, sans accorder un regard à Louise qu'elle laissait les larmes aux yeux, entraîna son mari en disant avec l'orgueil de sa vertu revêche :

— Si vous vous imaginiez que je sois femme à me faire escorter par des *rapins!*

VIII. — REGARD JETÉ DANS L'ÉDEN.

Tandis que le marquis attendait Maria avec l'impatience d'un homme qui croit avoir quelque droit d'agir en maître, celle-ci, comme on sait, avait gravi l'escalier pour monter chez Delaunay.

Grande fut la surprise du peintre et de sa femme, à la vue de leur voisine qui, du reste, avait pris soin de se vêtir très simplement, afin de ne pas faire un contraste choquant avec l'humble logis où elle allait se présenter.

Maria, d'ordinaire si vive et si folle, était grave et ressentait une certaine émotion. Célestine la reconnut tout de suite, et Henri courut vers l'atelier en criant :

— Papa, papa, une belle madame !

— Pardonnez-moi de vous déranger, dit Maria.

— Du tout, madame, vous ne me dérangez pas. Asseyez-vous donc, je vous prie.

Le fauteuil fut encore offert. Maria s'installa sur une chaise et respira.

— Nous demeurons bien haut, dit Célestine, avec un sourire cordial ; vous n'êtes pas habituée à nos cent marches.

— Elles ne m'ont pas semblé si nombreuses ; j'avais hâte de vous voir.

— Vous êtes vraiment trop bonne ; je ne sais pourquoi...

— Ah ! permettez-moi d'être reconnaissante. Vous m'avez témoigné tant d'obligeance !

— N'est-ce que cela ? J'ai rempli un devoir.

— Vous voulez bien appeler ainsi un empressement des plus touchants. N'essayez pas d'amoindrir ce que vous avez fait, madame.

— Vraiment, vous me rendez confuse, dit M.me Delaunay, presque embarrassée en effet de ce qu'elle entendait, et un peu mal à l'aise en face d'une femme de réputation équivoque.

La présence de Stéfane fut une diversion utile. L'artiste s'était empressé de réparer le désordre de son costume de travail ; il avait noué une cravate, passé un paletot, et il sortit de l'atelier avec Henri, qui s'attachait à lui.

M.me de Rochemore se leva, en souriant à Henri, qui vint à plusieurs reprises toucher du bout du doigt la robe de soie de la brillante voisine.

— Mon ami, dit Célestine, madame est la personne à laquelle j'ai donné quelques soins la nuit dernière ; je suis confuse de ses remerciements.

— Ah ! ce n'est pas la peine, madame, dit vivement Stéfane. Ici bas, on se doit aide et assistance...

Ce fut tout ce qu'il trouva : jamais il n'avait aperçu Maria, et il était demeuré ébloui devant elle. Maria jugea tout de suite qu'il serait moins réservé que Célestine. Elle reprit ainsi :

— Vous êtes tous deux d'une bonté rare ; puisque vous repoussez mes remercîments, je ne vous en adresserai plus. Et cependant, sans vous, madame, je serais peut-être bien malade à l'heure qu'il est. Mais n'en parlons pas. Permettez-moi d'embrasser ce charmant enfant. Comment vous appelez-vous, mon ami?

— Je m'appelle Henri Delaunay, répondit le petit homme en grossissant sa voix.

Maria le prit par sa tête bouclée et l'inonda de baisers. L'impétuosité de son cœur éclatait dans tous ses mouvements. Le peintre la suivait d'un regard vague.

— Monsieur Henri, aimez-vous les polichinelles?

L'enfant hésita.

— Réponds donc ! dit Stéfane.

— Oui, madame, j'aime bien les polichinelles... et aussi les *bonshommes* de plomb.

— Ah ! les soldats!... je m'en souviendrai.

— Je vous en prie, madame... dit vivement Célestine.

Sans paraître avoir entendu, Maria fit une question plus directe, et s'adressant à l'artiste :

— On m'a beaucoup parlé de vous, monsieur Delaunay.

— Vous êtes trop bonne, car jusqu'ici...

Célestine lui fit signe de ne pas se plaindre. Mais Maria avait saisi au vol la réplique.

— Jusqu'ici, n'est-ce pas? l'on ne vous a guère rendu justice. Cela ne me surprend pas. Vous êtes sans doute trop modeste.

— Nous ne nous plaignons pas de notre sort, dit M.me Delaunay. Contentement passe richesse.

— C'est juste. Je vous parle avec sincérité, j'envie cette simplicité, ce calme, cet intérieur uni. L'existence, dans ces conditions, doit être douce.

— Elle l'est réellement; nous nous le répétons souvent, mon mari et moi. Veux-tu te taire, Henri, et ne pas tirer ainsi la manche de madame.

— Laissez-le faire. Quel amour d'enfant!...

Célestine sourit légèrement à cette exclamation qui sentait un peu son terroir.

Mais Maria, qui avait sa visée, ajouta :

— Vous n'avez qu'à persévérer, monsieur Delaunay ; vous êtes dans les conditions de travail qui déterminent le succès.

Et comme Stéfane se récriait sur son indulgence :

— J'espère que vous m'admettrez à voir vos ouvrages.

— Très volontiers; mais je n'ai presque rien ici.

Il l'introduisit dans l'atelier où Célestine et Henri les suivirent.

— Comment! vous n'avez rien ?... s'écria M.me de Rochemore avec un enthousiasme un trop subit pour n'être pas exagéré ; quel nom donnerez-vous à ces deux toiles parfaitement achevées?

— Ah ! je conviens qu'elles ne sont pas trop mal, et cependant elles n'ont pas été remarquées au Salon.

— Que voulez-vous? au Salon comme au Bois, on va regarder des toilettes plutôt que des tableaux et des arbres.

— C'est diablement vrai, ma foi !

— Ce sont des scènes de *Jocelyn ?*... C'est le poème des femmes. Je ne puis dire combien vos tableaux me plaisent ; si ce n'était pas une indiscrétion, je vous prierais de me les céder.

— Oh! par exemple, madame!... murmura Célestine.

— Mais, dit le peintre, je ne sais pas, moi... Ça ne vaut peut-être rien, puisqu'il ne s'était pas présenté d'acquéreur.

— Ceci n'est nullement une preuve, décidément, je raffole de ces tableaux... Il me les faut.

— On frappe à la porte! dit le petit garçon.

Célestine ouvrit ; c'était la femme de chambre de Maria.

— Que voulez-vous, Sophie? pourquoi me déranger?

— Madame... pardon... une visite pressée...

Maria se retourna vers Stéfane, et lui dit gracieusement :

— Sans adieu, monsieur Delaunay, et si vous voulez bien vernir mes tableaux et me les descendre, vous m'obligerez.

Elle prit congé de Célestine, qui jusqu'au bout était demeurée réservée, tout en étant douce et polie ; puis elle retourna chez elle où elle trouva le marquis.

— Enfin ! s'écria M. de Montglars en laissant tomber les *Modes parisiennes* qu'il avait prises par désœuvrement. Ce n'est pas malheureux !... Voilà trois heures que je vous attends.

— Dites donc quatre, afin d'exagérer un peu plus.

— Non, mais il y a une demi-heure.

— Ah ! nous approchons de la vérité. Eh bien ! quoi? êtes-vous si pressé, vous qui n'avez rien à faire?

— Rien à faire !... et mes plaisirs !

— C'est juste, dit Maria d'un ton sérieux et pensif, vous ne sauriez venir ici que pour me parler de ce sujet...

— Il en est un autre cependant qui m'inquiète bien autrement ce matin !

— Lequel ?

— Oh ! mais c'est atroce. Imaginez-vous qu'un misérable s'est avisé d'écrire à la marquise une lettre anonyme pour lui révéler les bontés dont vous m'honorez.

— Une lettre anonyme !... aujourd'hui même ?

— Ce matin. Comme, Dieu merci ! la marquise est confiante à l'excès et a de moi une opinion parfaite...

— Bien justifiée, n'est-ce pas ?

— Elle s'est empressée de m'apporter cette lettre infernale et de me la faire lire. Vous devez penser si j'ai rassuré son esprit. Franchement, j'étais honteux de mentir avec tant d'aplomb.

— Une lettre anonyme ! répétait Maria.

— Cela vous indigne, ma chère ?

— Non, je n'en suis pas surprise.

— Voilà le motif qui m'amène chez vous de si bonne heure. Cherchons ensemble d'où le coup peut être parti. Avez-vous des idées ?

Maria parut réfléchir.

— Aucune, répondit-elle. Je crois être sûre des gens qui étaient hier chez moi.

— C'est pourtant notre souper qu'on a clairement désigné. Et qui en eût été instruit, sinon un de ceux qui y assistaient ? Or, je n'y étais connu de personne, sauf de Gournet... Et Gournet, qui, par parenthèse, faisait avec son rigorisme singulière figure parmi nous, Gournet est le plus honnête homme du monde. Notre secret ne risque rien avec lui. Vous vous taisez ? n'avez-vous pas la même opinion à son sujet ?

— Votre opinion est la mienne. Seulement, votre M. Gournet a une figure tellement sinistre...

— Il vous a effrayée, je le conçois, avec sa barbe de Hun. Mais tranquillisez-vous, il ne tient pas à revenir ici.

— Oh ! peu m'importe, dit Maria d'un air insouciant.

— Avec tout cela, nous n'avons pas trouvé notre délateur.

— Je ne soupçonne qui que ce soit.

— Vraiment, je suis très-contrarié.

— Je vous croyais de l'énergie, mon cher marquis.

— Parbleu ! je n'en manque pas. Cependant, je serais au regret de causer du déplaisir à ma femme.

— C'est très-bien, dit Maria en balançant sa jolie tête. Vous autres, messieurs les dissipés, vous voulez agir à votre guise, sans autre souci que de dépenser un peu d'argent.

— Vous ne me comprenez pas ! dit Félix avec humeur.

— Si fait, je vous comprends à merveille.

En disant cela, Maria avait posé sa main sur le velours de la cheminée, et, du bout du doigt, elle touchait un billet à demi-ouvert. La jalousie du marquis s'éveilla.

— Des vers galants ? demanda-t-il ; un billet doux ?

— Non, une simple prière d'être admis ici.

— Quelque étranger, sans doute ?

— Vous vous trompez, mon cher. Ce n'est pas même un prince russe.

— C'est...

— Quelle impatience ! Tenez, c'est à peine si je l'ai lu. Vous voyez que je n'attache pas d'importance au billet.

Félix jeta les yeux sur la lettre et s'écria, d'un accent de dépit :

— Colmann ! Comment, ce fastueux imbécile ose vous écrire ?

— Que voulez vous ! Il se sent soutenu par ses millions.

— Vous ne lui répondrez pas, j'imagine ?

— Est-ce que je réponds jamais ?

— Vous êtes délicieuse.

— Et vous... j'en dirais trop. Mais, j'y pense, vous allez vous ranger. Vous n'oserez plus venir.

— Par exemple !

— Peut-être serait-ce prudent.

— Maria, vos paroles ressemblent à un congé.

— Nullement ; mais vous aviez l'air si effrayé...

— Pour vous prouver que je ne crains rien, allons ce soir à l'Opéra.

— Si j'y tiens !... Ah ! je vous aime trop !

— Et vous faites bien ; car, c'est drôle, mais je vous le rends.

M. de Montglars était ravi ; un grain d'encens avait fait tourner sa tête légère. Maria trouva le moyen de le renvoyer le plus tôt possible. Il n'était que temps ; elle prévoyait que l'ex-banquier suivrait sa lettre, et c'est ce qui eut lieu. Le petit coupé de Colmann s'arrêta à la place où, un quart d'heure auparavant, avait stationné le tilbury de Félix.

M. Colmann, en faisant son entrée, s'efforça de prendre une désinvolture anacréontique. Il fut très-étonné de trouver une femme d'un extérieur simple, et dont l'abord froid et réservé le déconcerta...

— Vous m'avez écrit, monsieur, dit Maria, et je vous en remercie. Mais j'en suis encore à comprendre votre but.

— Mon but ?... Mais... il me semble... je croyais...

— Non, en vérité. Si cependant je puis vous être utile, je m'empresserai...

— Hein ? quoi ? Est-ce que vous pensez, madame, que je viens vous demander quelque service ? Un homme comme moi !...

— C'est bien M. Colmann que j'ai le plaisir de voir ?

— Oui, Colmann en personne, ancien banquier et capitaliste.

— Voilà une qualité précieuse ; je vous en félicite, monsieur.

— Tenez, arrivons au fait. Madame, je suis célibataire, fort riche et très ennuyé.

— Absolument comme moi... sous ce dernier rapport.

— Serait-il possible ! une aussi charmante personne que vous ! Lorsque tant d'hommages sont déposés à vos pieds !

— Ce sont peut-être ces hommages-là qui me fatiguent : des compliments, des flatteries, du luxe, des plaisirs, toujours la même chose !

— Mais c'est votre élément. Vous faudrait-il par hasard une mansarde ou une chaumière ?

Colmann rit bruyamment de sa propre idée.

— A vrai dire, je m'y trouverais malheureuse.

— Pardieu ! je savais bien... La splendeur de l'entourage devient un besoin aussi impérieux que le boire et le manger. Ennui pour ennui, il vaut mieux bâiller sous des lambris dorés que sous des solives en pente. Voulez-vous écouter une proposition franche ? Si nous unissions nos deux ennuis ?

M.me de Rochemore partit d'un éclat de rire.

— Est-ce que cette proposition est bouffonne ? dit Colmann un peu mortifié.

— Nullement. Elle est très-flatteuse pour mon amour-propre. Mais....

— Mais ?

— Je ne sais pas prendre des partis si prompts et si décisifs.

— Vous n'êtes pas comme moi, madame, je suis expéditif en affaires.

— En affaires de banque, soit. Ici la réflexion est au moins nécessaire.

— C'est cela, réfléchissez. Mais ayez soin de mettre sur le bordereau de vos réflexions, une maison de campagne meublée dans le dernier goût, un petit hôtel artistique, une calèche...

— J'en ai déjà une.

— On n'en a jamais trop. Enfin le chapitre des fantaisies.

— Prenez-y garde, celui-là n'a pas de limites.

— Je ne crains rien.

— Décidément, vous êtes archi-millionnaire. Mais...

— Encore !

— J'ai un faible pour le marquis de Montglars.

— Fi donc ! un insuffisant ! un aristocrate ! un niais !

— N'est-il pas votre ami ?

— Oui, ce qui ne m'empêche pas d'être véridique à son égard.

— En effet, vous avez une sincérité amicale... que j'admire.

— Ah ! madame, agréez-moi, et je sens que mon ennui s'envolera bien vite.

— On verra. Connaissez vous le préfet de police ?

— Il est de mes intimes. Pourquoi cette question ?

— Parce que.

— Mais enfin ?

— J'aurai peut-être besoin de sa protection contre un homme...

— Vous frissonnez....

— Rien.... un souvenir.

— Mettez moi à l'épreuve, dit Colmann, d'un ton chaleureux ; mon temps, ma personne, ma fortune, mon crédit, tout est à vous. Voilà mon programme.

— Il est séduisant.

— Que décidez-vous ?

— On verra.

La négociation en était à ce point lorsque, au grand déplaisir de M. Colmann, on annonça M. Blémont. L'ex-banquier voulut se lever.

— Restez donc, dit à demi-voix Maria ; ce n'est que mon propriétaire.

M. Blémont s'avança du pas magistral qu'on lui avait toujours connu. C'était un homme de cinquante ans environ, au visage haut en couleur, entièrement rasé, cravate blanche comme un avocat, redingote noire boutonnant droit, chapeau en mérinos, gants de filoselle, quelque chose qui tenait le milieu entre le clerc et le laïque, entre le marguillier et l'agent d'affaires. En saluant Maria, M. Blémont dirigea de côté sur M. Colmann ses gros yeux investigateurs. Il flairait un mécène.

— Puis-je savoir, dit M.me de Rochemore, ce qui me vaut l'honneur de votre visite ? Auriez-vous une réparation à me proposer ?

— Dieu merci, madame, s'empressa de répondre le propriétaire en s'installant dans un fauteuil qui lui était indiqué d'un geste gracieux, ma maison est en excellent état. Depuis les caves jusqu'aux combles, rien n'y souffre, et je crois que peu de propriétaires veillent aussi soigneusement que moi à l'entretien.

— Oh ! je vous rends justice, monsieur Blémont.

— Je suis comme cela, moi ! ma conscience avant tout. J'aime mieux que cette maison me rapporte à peine ce qu'elle me coûte par an.

— Cependant, il ne faut pas y mettre du vôtre. Ce serait faire la guerre à vos dépens.

Notre homme sentit le trait ; il se mordit les lèvres et dit, après avoir légèrement toussé par manière d'exorde :

— Il est des nécessités rigoureuses qu'on doit subir lorsqu'on ne peut les conjurer. De ce nombre sont les charges qui pèsent sur moi ; ces charges sont très-lourdes ; chaque jour, je suis obligé d'étendre mes aumônes, et mon revenu n'est plus en proportion avec les distributions charitables que j'ai à faire. Vous ne serez donc pas surprise, madame, si, dans l'intérêt de mes pauvres, je viens vous proposer une petite augmentation sur votre loyer.

— Ah ! une augmentation ?... Si elle est petite...

— Presque rien, douze cents francs.

— C'est quelque chose, dit M. Colmann.

— Pour un autre, mais pour madame !

— Pour moi aussi ; je ne me suis pas encore découvert un oncle d'Amérique.

— Veuillez songer, madame, qu'il est peu de propriétaires aussi tolérants que moi ; on n'accorde point partout le droit de donner des soupers bruyants, comme celui d'hier..., lequel souper a été suivi d'une crise qui a mis toute ma maison en révolution...

— C'est-à-dire que ce souper me coûtera un bon prix.

— Vous ne connaissez pas mon esprit de tolérance. Je sais que la jeunesse aime le plaisir... J'ai été jeune avant d'avoir compris les vanités de ce monde. Mais enfin, pour revenir à ma proposition, je la crois légitime et vous prie d'y réfléchir.

— Madame, dit M. Colmann, peut réfléchir également à certain hôtel où elle est attendue. Je suis propriétaire comme vous, monsieur, et tout à l'heure, je traitais avec madame d'un appartement complet.

M. Blémont se redressa, piqué au vif.

— Il se peut, monsieur, que le vôtre soit moins cher. Permettez-moi de ne pas entrer dans ces sortes de marchés.

— Ne vous fâchez pas, dit Maria en l'apaisant du geste ; je suis bien chez vous et j'y resterai avec l'augmentation.

Ce fut au tour du banquier à faire une grimace.

— Peut-être, ajouta Maria en se tournant vers lui, irons-nous voir bientôt votre cottage.

M. Colmann redevint radieux. M. Blémont n'était pas moins satisfait.

— Je savais bien que ma demande trouverait accès auprès de vous. Il est consolant pour un propriétaire raisonnable d'avoir des locataires qui allègent le poids de ses sacrifices. Ah ! s'il en était toujours ainsi !... Mais on a des non-valeurs, et c'est terrible !... Là-haut, par exemple, ce misérable peintre qui me doit son dernier terme échu et m'occupe un atelier magnifique dont Gu din ou Horace Vernet se contenterait !

Maria sonna vivement.

— Sophie, dit-elle, allez tout de suite voir si M. Delaunay a achevé de vernir mes deux tableaux, et prie-le de les descendre.

Cet ordre stupéfia le propriétaire. Avant que M. Blémont fût remis du coup de théâtre, Stéfano apparaissait, tenant ses toiles toutes brillantes dans leurs cadres neufs. Colmann le reconnut pour l'artiste qui lui avait été recommandé et qu'il avait éconduit.

— Mon cher voisin, dit affectueusement Maria, je vous suis obligée de votre empressement. J'étais impatiente de posséder vos deux scènes de *Jocelyn*... Elles sont ravissantes : voyez donc, Messieurs ! Je trouve que cela fait du bien de contempler d'aussi bonne peinture. Donnez-nous votre avis, monsieur Blémont...

— C'est parfait, parfait ; malheureusement, *Jocelyn* est à l'*index*...

— Il n'y sera pas ici. Et vous, monsieur Colmann, vous qui protégez les arts...

L'ex-banquier jugea à propos de s'extasier.

— C'est admirable ! répondit-il ; mais déjà j'avais apprécié M. Delaunay : il ne tient qu'à lui de faire immédiatement pour moi deux portraits...

— Monsieur, vous êtes trop bon.

— Oui, le portrait de mon superbe terre-neuve *Croc-d'Airain* et de mon alezan favori *Mac-Farlane*.

— Du tout, du tout, s'écria M.me de Rochemore, ses pinceaux sont dignes d'un meilleur emploi... M. Delaunay fera mon portrait.

— Ah ! madame !... balbutia Stéfano, qui, depuis son arrivée, s'était senti ébloui.

— Nous commencerons dès aujourd'hui, ajouta celle-ci. Cela m'occupera ; je ne sortirai pas. La proposition vous convient-elle, mon voisin ?

— Je suis à vos ordres.

— Bien parlé. Vous m'excuserez, j'espère, si je paie d'une manière indigne d'eux vos jolis tableaux. L'amitié entrera en compensation.

Elle plaça un billet de mille francs dans un magnifique porte-monnaie, en disant :

— Gardez le contenant et le contenu.

Et comme Stéfano hésitait, elle lui prit la main avec une vivacité gracieuse et y mit le porte-monnaie.

L'artiste remercia noblement ; il y avait en lui une émotion étrangère à la question d'argent.

— Allons, messieurs, dit alors Maria, je vais vous congédier. Il faut que je songe à ma toilette de portrait. C'est une grande affaire. Nous nous reverrons, monsieur Colmann. Je vous attends, monsieur Delaunay.

Le propriétaire s'arrangea pour sortir avec Stéfano, et l'arrêtant par le bras :

— Je suis heureux, dit-il, de ce qui vous arrive. Les arts ont besoin d'être encouragés. J'ai toujours pensé que vous réussiriez. Et comme on a l'esprit tranquille et l'inspiration facile lorsqu'on sent qu'on ne doit rien à personne ! J'entre chez moi un instant prendre la monnaie de mille francs, et de là je monterai chez vous, n'est-ce pas ? avec la quittance de loyer. Excusez-moi de saisir la balle au bond, selon l'expression proverbiale ; mais, que voulez-vous ? J'ai tant de pauvres !...

IX. — LE CARTEL.

Au sortir de chez Maria, le premier soin du marquis avait été de se rendre au bureau de l'Opéra ; il y fit choix d'une petite loge bien discrète d'où l'on pût voir sans être vu. Il se promettait une soirée délicieuse, et capitulait tout bas avec sa conscience qui disait bien quelque chose. Le souvenir de la lettre anonyme ne quittait pas sa pensée, non que M. de Montglars eût précisément des remords de trahir sa femme ; mais il était, comme tant d'autres pécheurs impénitents, qui ont moins le regret de commettre une faute que le dépit d'être pris en flagrant délit. Il lui semblait donc qu'il suffisait que Juliette fût en repos, et que le reste importait peu.

C'est le thème favori de la société moderne : le respect des apparences, dernier hommage à la vertu.

Le marchand qui surfait ses clients, — le juge prévaricateur, — le publiciste qui se drape dans un revirement d'opinion, — le haut fonctionnaire qui méconnaît des droits modestes, — et enfin l'époux infidèle, tous s'efforcent de dissimuler ce que leur conduite a de répréhensible, tous sacrifient aux apparences. Le devoir, même méconnu, leur crie donc bien haut sa sainteté ! Chacun veut revêtir une livrée d'honneur, chacun veut blanchir son âme à l'extérieur. Aujourd'hui, l'on ne dépense plus effrontément ses vices ; on les hypothèque sur le silence.

Un sentiment de convenance ramena chez lui le marquis. Il se disait que, s'il devait passer la soirée dehors, il était juste qu'il consacrât une partie de la journée à Juliette. Et puis, il avait une certaine impatience de revoir la marquise pour s'assurer si elle n'avait conservé aucune impression fâcheuse de la lettre anonyme.

Juliette venait de rentrer. Assez surpris de ce brusque retour, M. de Montglars monta chez sa femme, qu'il trouva en compagnie d'Emma. La marquise avait les traits altérés, malgré les efforts qu'elle s'imposait pour conserver une sorte de sérénité et ménager le chagrin de sa sœur. Quant à Emma, moins maîtresse d'elle-même, et ne se dissimulant pas qu'elle perdait son amie d'enfance, elle était penchée sur le bras de son fauteuil, et tenait son mouchoir sur ses yeux.

Félix jeta un cri.

— Mon Dieu ! qu'y a-t-il ?... Vous avez du chagrin !

— Ce n'est rien, répondit Juliette. Je ne vous attendais pas si tôt, et je regrette vivement que vous nous surpreniez ainsi.

— Suis-je indigne de votre confiance, madame, et ne voudrez-vous pas m'instruire ?

— Ce n'est rien, je vous le répète.

— Madame, vous me désobligeriez beaucoup si vous persistiez à vous taire. Quelqu'un vous a-t-il offensée ?

La marquise fit un geste d'effroi. Ces derniers mots promettaient des violences.

— Je parlerai, dit-elle, parce que je ne veux jamais avoir de secrets pour vous. Promettez-moi d'accueillir mon récit avec modération.

— Oui, oui...

— Vous me le promettez ?

— Sans doute... mais parlez.

— Eh bien ! nous arrivons de chez M.me d'Orban.

— Ah ! ah !

— J'y avais conduit Emma, qui était impatiente de passer la matinée avec Louise. Après le sermon, j'ai été chercher Emma et prier en même temps Louise de nous accompagner dans nos courses. Alors...

— Alors..., murmura le marquis d'un ton concentré.

— Alors, M.me d'Orban s'est permis contre moi un langage que, je l'avoue, je n'ai jamais entendu. Elle m'a traitée ainsi qu'une femme de mauvaise vie, m'a reproché en face ma promenade au bois avec M. Arnaud comme un acte de la dernière inconvenance, et m'a littéralement mise à la porte.

Jusque-là Juliette s'était contenue ; mais ici des larmes jaillirent de ses yeux. Félix était profondément ému. Mari inconstant, il était cependant jaloux de la dignité de sa femme ; et, s'il avait des torts envers elle, il n'eût permis à personne de l'insulter. C'était un bien qu'il pouvait négliger sans vouloir qu'il fût profané. Tout ce qu'il y avait de fierté, de noblesse en lui, se révolta contre la grossièreté brutale de la vicomtesse. Cependant, il se souvint qu'il était gentilhomme et qu'il devait garder des ménagements envers la marquise, dont les nerfs n'étaient déjà que trop affectés. Aussi, dit-il avec une mesure qui étonna Juliette et Emma :

— Ce que vous venez de me raconter, mon amie, n'a pas lieu de me surprendre. J'ai toujours jugé M.me d'Orban une personne mal élevée ; gâtée dans sa jeunesse, elle s'est habituée à voir tout plier devant ses caprices. En épousant un homme de qualité, elle n'a pas su se mettre au niveau de sa position nouvelle. Nous ne l'avions accueillie que pour obliger le vicomte. J'ose espérer, du moins, qu'Alexis aura trouvé un peu de force pour vous défendre.

La marquise se tut, ne pouvant se résoudre à altérer la vérité. Mais Emma s'écria avec sa générosité habituelle :

— Certainement, oui... il est si bon !

— Et si faible ! dit amèrement Félix.

— Maintenant, mon ami, ajouta Juliette, rappelez-vous votre promesse. Vous laisserez tomber cette affaire ; nous cesserons d'aller chez M.me d'Orban. Et qui sait ? peut-être la vicomtesse, qui était dans un accès de mauvaise humeur, ne tardera-t-elle pas à reconnaître qu'elle a mal agi.

— C'est probable.

— Par conséquent, ne vous mettez pas en peine de ce qui est arrivé. Où allez-vous ?

— Je rentre chez moi. Remettez-vous, mon amie. La vicomtesse serait trop heureuse de vous avoir ait pu vous causer du chagrin.

— Oh ! je vous le déclare, ses traits ne m'ont pas atteinte. Si je me suis affligée, ça été pour notre Emma.

— Comme vous l'avez dit, cela s'arrangera.

Dès qu'il fut dans son appartement, le marquis envoya deux domestiques prier l'un Bénédict, l'autre Gournet, de venir, *toute affaire cessante*. Bénédict arriva le premier. M. de Montglars achevait d'écrire une lettre.

— Qu'y a-t-il donc ? dit vivement l'artiste.

— C'est vous, mon cher ? je vous suis très-obligé de votre diligence. Il y a, que je vais me battre avec le vicomte d'Orban, et que j'ai à vous demander de vouloir bien me servir de témoin.

— Un duel... avec le vicomte d'Orban.... votre ami d'enfance.... Ce n'est pas possible... Je rêve...

— Ce n'est que trop possible. Je connais Alexis. Il aimera mieux risquer sa vie que de s'exposer à donner tort à sa femme. Il faudra donc que l'affaire se poursuive.

— Vous m'épouvantez. Mais qu'est-ce qui a eu lieu ? Ce matin encore, il n'était question de rien.

— Oui, ce matin ; mais la marquise ayant fait, en compagnie de sa sœur, une visite à la vicomtesse, a été outragée par cette femme acariâtre.

— Est-ce un motif pour défier le vicomte ?

— Le vicomte est solidaire de ce qui se passe chez lui, de même que je suis le défenseur naturel de la marquise.

— Au moins faudrait-il examiner mûrement les choses et voir s'il ne suffirait pas d'une rupture....

— Comme vous y allez, mon cher ! Vous imaginez-vous que les questions d'honneur souffrent des ménagements et des délais ? En fait d'honneur, il faut agir carrément.

— Je ne dis pas le contraire ; cependant....

— Voulez-vous, oui ou non, me servir de témoin ?

— Douter de moi serait me faire injure. Mais, du moins, ai-je besoin de connaître la portée du débat...

— C'est très-simple. La vicomtesse vous ayant rencontré au bois avec ma femme a tiré de cette promenade des conclusions injurieuses pour la réputation de M.me de Montglars.

— O ciel !.... s'écria Bénédict, mais c'est la vertu elle-même qui est offensée !

— Eh bien ! avais-je tort ?... Il lui sied bien, à cette parvenue, de critiquer ce que j'ai permis, ce que je permettrais encore !...

Bénédict frissonna.

— Ainsi, dit-il avec douleur, c'est à cause de moi que s'est engagé ce déplorable démêlé ?

— Vous ou un autre, qu'importe !... C'eût été aussi bien Albéric de Tirpenne ou Ernest de Foncheville, ou le rustique Gournet, ou ce vieux pompadour d'Escarrieux, que la vicomtesse eût tenu le même langage. Ne vous imputez rien et laissez-moi agir. J'attends Gournet, sur qui je compte aussi pour mon second. Vous avez froncé les sourcils ! Gournet vous déplaît donc bien !

— Franchement, cet homme ne m'est pas sympathique ; je crains qu'il n'envenime l'affaire.

— Que de craintes !

— Mais au moins, avant tout, laissez-moi interroger M.elle Emma et savoir d'elle si réellement le débat a eu assez de gravité pour que vous ayez à exiger une réparation.

— Vraiment, vous êtes enfant ! Allez, si vous y tenez. Mais Emma est très-émue, plus émue encore que la marquise, et j'ignore si elle pourra vous recevoir.

— J'essaierai.

Au moment où l'on annonça Bénédict, Emma était étendue pensive dans un fauteuil qu'elle avait roulé près d'une fenêtre. Ses yeux étaient levés au ciel. Elle tressaillit, sourit mélancoliquement et se souleva à demi.

— Venez, dit-elle. Je suis bien contente de vous voir... cela me soulagera.

— Qu'ai-je appris, mademoiselle ?... Cette scène chez M.me d'Orban...

— On vous en a instruit ?

— Le marquis m'a tout raconté.

— Tant mieux ; car il m'en coûterait de faire ce récit, et je veux oublier ce qui s'est passé.

— L'oublier ! quand ce débat doit produire une rupture.

— Je ne me le dissimule pas, et c'est à quoi je songeais avec chagrin. Il m'était si doux de revoir Louise, Louise que j'aime tant ! Depuis un an, nous étions séparées ; mais son frère me donnait de ses nouvelles : il me montrait ses lettres ; et moi, de mon côté, je lui lisais celle que Louise m'adressait. Elle revient ; à peine nous sommes-nous revues, et tout est brisé ! Oh ! c'est cruel !

— N'espérez-vous pas une réconciliation ?

— M.me d'Orban l'a rendue impossible.

— Réellement, la vicomtesse a donc été violente ? demanda Bénédict, cherchant la vérité entière dans les regards de la jeune fille.

— Oui... dit Emma avec effort et en soupirant.

Bénédict devint sombre ; il avait compris que le marquis, s'il exigeait une réparation, était dans son droit. Ce fut au tour d'Emma à s'inquiéter du silence de l'artiste.

— J'espérais, dit-elle, que cette affaire se terminerait ainsi ; et, je ne sais pourquoi, je tremble maintenant.

— Mademoiselle, calmez-vous, de grâce... Je n'ai rien à ajouter. Permettez-moi de prendre congé de vous.

Emma se leva comme en sursaut et retint vivement Bénédict.

— Non, vous ne partirez pas avant de m'avoir avoué...

— Qu'ai-je à vous avouer ?

— Je l'ignore, moi !... mais je pressens un mystère. Oh ! si vous avez de l'amitié pour moi, monsieur Bénédict, ne craignez pas de m'instruire. Est-ce que le marquis voudrait ?...

Elle s'arrêta, n'ayant pas le courage d'achever sa pensée.

— Vous l'exigez ?... Serez-vous ferme de cette révélation ?

— Serait-il question d'un duel !

L'artiste inclina la tête. Emma s'était trop engagée en promettant de la fermeté. Elle s'écria, d'une voix déchirante :

— Courez, courez... empêchez ce malheur. C'est horrible !... Je ne le veux pas !...

— Ni moi non plus ! s'écria-t-il. J'aimerais mieux périr.

— Vous !... N'entendrai-je plus parler que de choses sinistres !...

Bénédict la contempla avec stupéfaction. Mais se remettant aussitôt :

— Rassurez-vous, mademoiselle : autant qu'il dépendra de moi, j'empêcherai cette rencontre.

En rentrant chez le marquis, il le trouva avec Faustin Gournet, dont le visage exprimait une affreuse satisfaction.

— J'ai vu M.elle Emma, dit-il ; ma conviction est que l'affaire peut s'arranger.

— Elle est arrangée, répondit avec calme M. de Montglars. J'ai envoyé le cartel.

— Qu'avez-vous fait !

— Mon devoir.

— Mais ne pouviez-vous attendre ?...

— Tout délai était une lâcheté ! Voici notre brave Gournet qui veut bien me servir de témoin avec vous.

— C'est, dit Gournet, un office trop honorable pour que je ne m'empresse pas de l'accepter.

En parlant ainsi il dirigeait un regard ironique sur l'artiste, auquel répugnait une solidarité avec cet homme ténébreux.

— Je compte sur vous deux, reprit le marquis. Je vous donnerai avis du lieu et de l'heure. Maintenant, je vais m'occuper de quelques dispositions.... On ne sait pas ce qui peut arriver.

Gournet et Bénédict sortirent ensemble. Mais, à la porte même de l'hôtel, Bénédict salua froidement ce compagnon de hasard, puis il s'éloigna à grands pas, regagna son logis avec la mort dans le cœur. Un moment après, Gournet, qui était resté imperturbable, avisa M. d'Escarrieux qui s'acheminait vers l'hôtel sur la pointe de ses escarpins, en fredonnant une ariette de Grétry et tenant à la main un énorme bouquet destiné à la marquise.

— Holà ! dit-il, chevalier, où allez-vous de ce pas ?

— Présenter mes hommages à la divinité de céans.

— Je me félicite de vous empêcher de commettre cette faute.

— Qu'y a-t-il donc ?

— Vous ignorez que la consternation règne dans l'hôtel.

— Se peut-il ?

— Vous en serez pour vos frais de bouquet.

— Expliquez-vous, mon cher monsieur. Vous me donnez la chair de poule !

— C'est tout simple : demain matin, le marquis doit se battre avec son meilleur ami, le vicomte d'Orban.

— Impossible !

— Ah ! ce n'est pas impunément qu'une femme se promène au bois, en compagnie d'un élégant artiste. Cela se répand, on en cause, le scandale éclate, les querelles s'engagent, et les maris vont sur le terrain !

— Je n'ai plus une goutte de sang dans les veines.

— Voilà, voilà la vie mondaine, ajouta Gournet, s'échauffant du bruit même de sa voix ; telle est la société avec ses splendeurs apparentes et ses misères cachées !... Le faste et les larmes... le plaisir et le sang... Ils rient, ils s'amusent, ils s'enivrent de leur rang et de leur fortune jusqu'au jour où une balle de pistolet brise cette glace qui ne réfléchissait que des visages heureux, ou plutôt des masques d'or. J'admire ces justices du ciel. Adieu, mon cher chevalier.

Il laissa là M. d'Escarrieux tout ébahi.

— Allons chez ma respectable amie, M.me la duchesse de Blignac, se dit le chevalier. Elle accueillera sans doute favorablement l'hommage de mon bouquet et me retiendra à dîner. Un duel, grand Dieu ! un duel entre deux maris pour une querelle de femmes !... Où en sommes-nous !... Autrefois on ne se fût pas battu pour si peu de chose. Oh ! comme les mœurs sont tombées depuis la Révolution !...

FIN DE LA PREMIÈRE PARTIE.

DEUXIÈME PARTIE.

I. — LE SECRÉTAIRE INTIME.

Dans la matinée même où s'étaient passées la plupart des scènes précédentes, c'est-à-dire vers le moment où la vicomtesse, entraînant son mari, l'avait contraint à la conduire chez Ernest de Foncheville, un homme à l'extérieur sévère, aux traits caractérisés, était assis devant un large et riche bureau qui formait le centre d'une grande pièce très-simplement décorée. Il avait sous les yeux divers journaux qu'il parcourait rapidement, puis jetait de côté avec une impatience fébrile. Des mots confus, sans suite, s'échappaient de ses lèvres. Parfois il s'appuyait sur une de ses mains et se laissait aller à rêver. Mais il ne tardait pas à reprendre l'énergie qui le consumait, et alors tantôt il relisait plus attentivement ces journaux, aliment de sa colère, tantôt il se levait, marchant à grands pas les bras croisés derrière le dos.

C'était le comte de Maubrun.

Il finit par se lasser de la violence de sa passion — ou peut-être de s'effrayer de la solitude ; il sonna.

Un huissier se montra aussitôt.

— Mon secrétaire est-il là ?

— Oui, monsieur le ministre, M. de Foncheville vient d'arriver.

— Dites-lui que je l'attends.

— Le voici, monsieur le ministre.

De Foncheville entra, chargés de dossiers contenant les affaires urgentes.

A la vue de ces paperasses bureaucratiques, M. de Maubrun fit un mouvement de dégoût ; et tandis que le secrétaire intime lui présentait ses respects et s'informait de la santé de Son Excellence, le comte l'interrompit en disant :

— Posez-là ces dossiers. Je n'ai pas le temps de m'occuper d'affaires. Mon esprit est ailleurs. Je suis inquiet, très-inquiet. La séance d'hier a été mauvaise ; la majorité a faibli. C'est pitoyable comme on écoute ces orateurs de l'opposition ! Pourquoi ? tout simplement parce qu'ils font de l'opposition, et que la masse du public s'intéresse toujours à la lutte contre le pouvoir. Être ministre, c'est avoir tous les torts ; outre des adversaires acharnés, on a à combattre les préventions aveugles et les sots préjugés. Un cabinet n'existât-il que depuis une heure, de petits folliculaires prétendent savoir déjà son programme ; on l'attaque sur ce qu'il fera : c'est de la calomnie basée sur le vent. Dès qu'il a agi, c'est bien pis encore. De tous les points de l'horizon, arrivent les clameurs ; il n'est personne qui ne désire sa chute, et jusqu'à ses amis qui y travaillent, car ils ont entre les mains les gages qu'ils attendaient de lui, et l'espérance escompte toujours un avénement. En ai-je gorgé de ces ingrats, que je ne revois plus au moment décisif !

Le ministre, fatigué, fit une pause. Ernest jugea qu'il était bon de parler, de conjurer les alarmes du maître. Il prit l'air confiant d'un homme bien informé :

— Que Votre Excellence, dit-il, me permette de m'exprimer franchement.

— Non-seulement je vous le permets, monsieur, mais je vous en prie. La franchise est une vertu que les hommes d'État devraient tous cultiver.

Ernest avait bien envie de rire ; aussi n'eut-il jamais l'air plus sérieux.

— Je ne me dissimule pas que la séance d'hier a pu causer des alarmes à Votre Excellence. J'y étais, et j'ai admiré avec quelle intrépidité M. de Pontessac s'est élancé à la tribune pour y débiter ses lieux-communs.

— On l'a applaudi ! monsieur, on l'a applaudi !

— Du bruit, et pas autre chose.

— Mais n'est-ce que du bruit, cet accord des journaux à lui faire une ovation ?...

— Quoi ! n'avez-vous pas vingt fois été témoin de ces ligues que venait dissoudre un vote de la majorité ? Non, non, M. de Pontessac n'est pas destiné à vous remplacer de sitôt. Votre fermeté contiendra les vaines rumeurs des coteries...

— Vraiment, monsieur de Foncheville, vous avez un sang-froid que j'apprécie. Je vous sais bon gré de votre dévouement à ma personne.

— Mon dévouement est sans limites.

— Aussi aimerais-je à faire quelque chose pour vous.

— Oh ! je ne suis pas de ceux qui ne songent qu'à eux.

— Sans doute ; mais enfin, si vous aviez un parent à placer...

En parlant ainsi, le ministre froissait, avec une colère machinale, le *Constitutionnel*, le *Courrier français* et la *Quotidienne*.

Le secrétaire jugea le moment venu de tirer de sa poche quelques feuillets qu'il présenta au comte d'un air de modestie.

— Qu'est-ce que cela ?. dit M. de Maubrun.

— Des projets de réponse aux diatribes de ces journaux. Je les ai écrits rapidement ce matin dans la chaleur de l'indignation.

— Donnez.

Le comte, à mesure qu'il lisait, paraissait enchanté.

— C'est à merveille ; excellente rédaction, des idées, du nerf, vous seriez un habile polémiste. Mais pouvons nous mettre à profit ces articles ? en est-il temps encore ?

— Dans mon opinion, il en est encore temps.

— Occupez-vous alors de ce soin, envoyez des estafettes de tous côtés.

Ernest s'inclina. Tout prêt à sortir, il jeta ces mots sans affectation :

— Votre Excellence daignera-t-elle se rappeler cette recette générale ?

— Je n'ai pas oublié le nom de votre protégé, M. Isidore Nicart.

— Vous avez la mémoire de la bonté !

— Ce sera difficile, très difficile... Mais on verra. Allez vite.

Lorsque de Foncheville rentra dans son cabinet, il était transporté de joie. Son camarade Albéric de Tirpenne l'y avait précédé et l'attendait.

— Tiens, dit le poète, tu sembles content. C'est chose mirobolante que cette expression hilare sur tes traits diplomatiques. Le ministre t'aurait-il gratifié de la croix ?

— Mieux que cela, mon petit. Tu le sauras bientôt. Laisse-moi d'abord vaquer aux soins de ma charge. Nous causerons après.

Il plaça chacun de ses articles dans une large enveloppe, fit couler à flots la cire, apposa sur chaque pli le cachet du ministre, puis sonna l'huissier et lui donna ses instructions pour la distribution immédiate de ses lettres.

— Maintenant, dit-il en revenant vers Albéric, mon siége est fait. Causons. Tu es bien gentil d'être venu me voir.

— Parbleu ! c'est un plaisir pour moi. L'amitié a son égoïsme et tourne en satisfaction personnelle son empressement. A propos, tu sais que mon sonnet sur Alighieri a paru hier dans le *Papillon des Salons*. Tu l'as lu, n'est-ce pas ?

— Comment donc !... trois fois.

— Et tu l'as trouvé?...

— Dantesque, répondit Ernest à tout hasard.

— C'est le sentiment de plusieurs belles dames.

— Mauvais sujet ! tu vis dans un champ de roses !

— Je serais bien allé le montrer à la petite marquise de Montglars ; mais je lui en veux depuis qu'elle a eu l'idée abracadabrante de me préférer, pour l'escorter au bois, ce peintre de deux sous, ce barbouilleur de l'école du bon sens !

— Halte-là ! un prix de Rome !

— La belle affaire !... C'est comme si je disais un prix de poésie ou d'éloquence à l'Académie française !...

— Enfin que veux-tu, mon cher ? La marquise a eu un caprice ; elle n'est pas femme pour rien.

— C'est inouï !... ce monsieur !...

— Moi j'apprécie beaucoup M.me de Montglars. Sa fortune est considérable, ses fêtes sont magnifiques, elle a une sœur ravissante.

— Ah ! ah ! j'entends. Tu n'es pas dégoûté.

— Eh bien ! tu te trompes. Il est une jeune... héritière qui me plaîrait davantage.

— Son nom, Joconde ?

— M.elle Louise d'Orban.

— M.elle d'Orban a toutes les qualités du monde, moins le titre d'héritière que tu lui donnes fort gratuitement.

— Il est vrai ; mais sa belle-sœur s'est engagée à la doter si, de mon côté, je réussissais à obtenir une recette générale en faveur d'un sien cousin. Le ministre m'a permis d'espérer la place...

— Et la place te fait espérer la dot.

— Tu l'as dit.

— De là cette satisfaction que tu rapportais de chez M. de Maubrun. Je te vois déjà conduisant à l'autel M.elle Louise.

— J'avais bien un certain penchant pour Emma de Neuville.

— Ernest, depuis *Monsieur de Pourceaugnac*, « la polygamie est un cas pendable. »

— Enfin je me déciderai. Le plus sûr est de commencer par obliger la vicomtesse.

— Tandis que tu as l'oreille du ministre, si tu voulais bien penser un peu à ma mission en Italie ?

— Vraiment, Albéric ? Aurais-tu une vocation sérieuse pour la science ?

— J'en ai une pour les voyages. L'Italie ! dis-moi donc ce qu'a de prestige aux yeux d'un poète cette terre des grandeurs, du génie, de l'inspiration, cette mère-patrie des arts !...

— Abrège, Dupaty, Byron, Valory ont chanté cette gamme.

— Dieu ! que tu es impatient !

— Je suis affairé. Dix personnes, j'en suis sûr, attendent déjà mon audience.

— Des solliciteurs... dit Albéric, d'un ton de mépris.

Son ami ne put s'empêcher de lui rire au nez.

— Ah çà ! toi, que crois-tu donc être en ce moment, sinon un solliciteur ?

— Je suis un homme de lettres qui propose à l'État son temps et sa peine, en échange de quelques frais de voyage, pour aller examiner de près les sociétés savantes de l'Italie.

— Et pour aller se prélasser à San-Carlo, à la Scala, à la Fenice, assister au carnaval de Venise, prendre des sorbets dans les cafés de la place Saint-Marc, et se promener en gondole *colla biondina ragazza*....

— M. Ernest, vous ignorez ce qu'il y a d'aspirations dans mon âme de vingt ans, vous étendez le brouillard de votre ironie sur le soleil de mon enthousiasme.

— Albéric, entre nous, tu n'es qu'un farceur.

— Et toi, un *Philistin !*

— C'est égal, si le ministère reste, tu auras ta mission, et j'ose dire que la science sera bien représentée au delà des monts.

— Si ce n'est pas positivement la science, s'écria de Tirpenne en se redressant et passant les doigts dans sa chevelure olympienne, j'ose dire que ce sera l'Art !... Tu ris, malheureux !

— Oui, malgré moi, mon cher aruspice.

Un huissier entra et remit respectueusement plusieurs cartes à Ernest en disant :

— Monsieur, ces personnes attendent depuis longtemps.

— J'étais en affaires, répondit le secrétaire.

Il parcourut les cartes et les rendant à l'huissier :

— Appelez ces visiteurs. Mon audience sera de peu de durée ; il faut que j'aille à la Chambre.

— Je me sauve, dit Albéric.

— Non, reste ; ces visages patelins t'amuseront. Mets-toi dans un coin et aie l'air d'écrire. Je t'emmènerai ensuite et te ferai placer dans la tribune diplomatique.

— Merci. J'aime mieux en te quittant retourner chez moi pour parachever le cinquante-cinquième chapitre du troisième volume de mon grand roman de passion intitulé : *Homme et Femme*, ou *Cœur sans amour, et Amour sans cœur !*

— Le titre promet.

— Le livre tiendra, si j'en crois mon rayonnement interne.

On annonça :

— Monsieur Blémont.

C'était bien le propriétaire du n.° 5 de la rue Blanche. Il avait échangé la redingote noire que nous lui avons vue, contre un habit de même couleur. Au reste, il ne sortait ni du drap noir, ni de la cravate blanche, afin d'être toujours prêt à toute chance de baptême, de mariage ou d'enterrement. Aussi personne n'avait été plus fréquemment témoin dans n'importe quelle cérémonie.

— Puis-je savoir, monsieur ?... demanda Ernest, en s'asseyant dans sa chaise curule, et indiquant un siège au visiteur.

— Monsieur, répondit celui-ci d'une voix flûtée et en arrondissant le geste, quelques mots me suffiront ; je n'abuserai pas de vos précieux instants.

— En effet, j'en ai très-peu.

— Je serai bref. Je me nomme Blémont, électeur éligible, n'ayant jamais fait que de *bons* choix ; sergent-major dans la garde nationale, 2.e compagnie 1.er bataillon 1.re légion, d'une exactitude scrupuleuse dans le service ; mar-

guillier de la paroisse Notre-Dame-de-Lorette ; propriétaire d'un immeuble sis rue Blanche, sans compter divers autres biens sis en autres lieux.

— Pardon, monsieur ; vous me semblez parfaitement *posé*, et je ne vois pas trop ce que vous pouvez avoir à demander.

— Vous ne le voyez pas, monsieur ! s'écria Blémont d'un accent pathétique. Ayez la bonté de diriger votre regard perspicace sur ma boutonnière, veuve du ruban de l'honneur... qui n'y a jamais figuré !

— Vous désirez la croix?

— Depuis dix ans, monsieur, je la sollicite.

— Avez-vous exposé vos titres dans une note ?

— Trente fois au moins. Et non-seulement les titres que je viens de vous énumérer, mais encore ceux que m'assigne ma coopération active à toutes les institutions charitables, lavoirs, écoles d'adultes, ouvroirs, fourneaux économiques...

— Vraiment? C'est très beau. Cela a dû vous coûter cher.

— Oui, beaucoup de démarches et de courses.

— Voulez-vous me remettre une note ?

— Certainement, monsieur, certainement. C'est là trente-et-unième. Puisse-t-elle être décisive !

— Je l'espère, dit Ernest qui se leva. En tout cas, monsieur, soyez certain que votre demande sera prise en très sérieuse considération.

M. Blémont sortit en décrivant trois révérences et laissant derrière lui un fou rire.

L'huissier annonça :

— Monsieur Saint-Marquet.

L'inventeur parut. Il portait le front haut et marchait en homme inspiré, toujours avec son portefeuille sous le bras, cette arche sainte qu'il était prêt à ouvrir, selon la tournure plus ou moins favorable que prendrait la conversation.

— Puisse-je savoir?... dit Ernest en s'asseyant et en l'invitant à s'asseoir.

— Monsieur, vous voyez en moi un de ces *trouveurs* infatigables qui ont recueilli la triste succession des Bernard de Palissy, des Jacquart, des....

— Oui, des génies méconnus. Cela n'est pas une nouveauté : comment voulez-vous qu'on connaisse le génie d'avance ?

— En attendant, dit Saint-Marquet avec sa voix sonore et sa note déclamatoire, on est étouffé, paralysé, on succombe !

— J'ignore, monsieur, quels reproches vous avez à faire à la société, au pouvoir. Vous plairait-il de m'apprendre d'abord quels services vous avez rendus ou désirez rendre ?

— Vous m'enchantez, monsieur, en me permettant de vous signaler mes idées.

— Vos idées ?... répéta Ernest effrayé, combien en avez-vous donc ?

— Je ne pourrais les énumérer, je ne pourrais en circonscrire le cercle. Je serais tenté d'en comparer le nombre à celui des étoiles. Une idée en entraîne une autre ; en cherchant le corps simple, on arrive au composé ; on va d'une expérience à une découverte.

Albéric dit en se retournant un peu, le lorgnon dans l'œil :

— Monsieur aurait-il retrouvé le Grand-Œuvre, d'après maître Nicolas Flamel ?

Sans se laisser déconcerter, Saint-Marquet répondit :

— Pas encore... Mais je compte y arriver.

— Alors, dit Ernest en souriant, je vous enverrai au ministre des finances.

— Mais, d'ici là, souffrez que je vous communique mon plan pour la colonisation générale de l'Algérie par les forçats.

— Ceci concerne le ministre de la guerre.

— Pour un canal pouvant porter des vaisseaux de haut bord et joignant l'Océan à la Méditerranée en traversant la France.

— Ceci incombe au ministre de la marine.

— Pour la diffusion générale et nationale des vers à soie sur la moitié au moins du territoire de notre belle patrie.

— Au ministre des travaux publics.

— Si vous me permettez de vous laisser copie de mes projets principaux...

— Comment donc? Mais vous m'honorez infiniment.

— Puis-je espérer que vous voudrez bien appuyer auprès des ministres compétents ces idées si utiles pour le progrès de l'humanité?

Ernest se leva.

— Soyez certain, monsieur, dit-il, que votre demande sera prise en très-sérieuse considération.

Et quand Saint-Marquet fut sorti, le secrétaire et son ami se livrèrent à un nouvel accès d'hilarité.

— Donne-moi ces prospectus grandioses, dit Albéric ; ils figureront avantageusement dans mon roman social.

On annonça :

— Monsieur Jean Morin, M. Anarcharsis Mandar.

Le secrétaire ne s'assit pas. Son visage s'était rembruni.

Le vieux poète entra lentement, au bras de son compagnon de visite, lequel avait à la main un chapeau gris pointu et au cou une cravate en foulard cramoisi.

— C'est vous encore, monsieur Morin, dit Ernest d'un ton impatient. Vous êtes venu déjà...

— Il y a un an, monsieur. Si je me présente de nouveau, c'est qu'il y a urgence.

— Puis-je savoir?... Pardon, je suis extrêmement pressé.

— Mon Dieu ! souffrez que je me recueille... Il m'en coûte tant de vous importuner !

— Retirez ce mot, Monsieur Morin. Vous ne m'importunez pas. Mais en quoi puis-je vous être utile?

— Vous pouvez me sauver ! dit le vieillard dont les yeux affaiblis et presque éteints se mouillèrent de larmes. Après m'avoir souvent contesté ma pension, cette unique ressource de mes derniers jours, on veut maintenant la diminuer de quatre cents francs. Quatre cents francs ! c'est énorme pour moi. Que ferais-je si je les perdais?... Me faudrait-il aller, comme Homère, mon glorieux patron, solliciter mon pain de la charité des passants?... Ah ! plutôt mourir ! Et quand je songe qu'autrefois mon nom était dans toutes les bouches, ma poésie dans toutes les mémoires, qu'il n'y avait pas un cours de littérature où l'on ne citât de mes épîtres et de mes pièces badines... J'ai eu de la gloire, monsieur ! J'ai été nommé à côté d'Esménard, de Castel, de Parseval

Grandmaison !... Ils feignent de l'ignorer, les barbares !... O décadence ! la dépravation du goût moderne devait entraîner l'injustice et l'oubli.

Albéric, incapable de se maitriser et bouillant de l'ardeur d'un néophyte, s'élança furieux :

— Monsieur, hurla-t-il en agitant la forêt de sa chevelure, votre situation de fortune mérite compassion, votre âge est digne de respect. Mais le malheur et la vieillesse ne donnent pas le privilège d'insulter l'Art : l'Art rajeuni ; l'Art à la fois éternel et contemporain ; l'Art retrempé aux sources de Williams, de René, de Schiller et de Gœthe ; l'Art qui vit de la forme ciselée, sculptée, ouvrée, fouillée ; l'Art qui a trouvé le drame et balayé la tragédie ; l'Art qui a proscrit le poncis, chassé le rococo et renversé la perruque de Boileau avec celle de Racine !...

Jean Morin se redressa. Cette apostrophe l'avait rajeuni de vingt ans.

— Qu'ai-je entendu, grand Dieu !... Dans un lieu officiel, chez le ministre, il s'est glissé un romantique !... Ce n'est pas assez que des ennemis cachés me desservent dans mes intérêts pécuniaires, il faut encore qu'on vienne ici m'outrager dans mes convictions littéraires !

— Convictions pour convictions, répliqua de Tirpenne, je préfère les miennes. Le passé a bien assez régné ! la place à l'avenir !

— L'avenir ! répéta le vieux poète en souriant avec tristesse ; j'y avais compté aussi... Vous voyez, jeune homme, quelle est la valeur de ses promesses.

Choqué d'avoir été appelé « jeune homme, » Albéric regagna sa place et laissa tomber la discussion.

Quant à Anacharsis Mandar, il n'avait pas prononcé une seule parole. Ernest s'adressa directement à lui, désireux qu'il était de se débarrasser au plus tôt de ces deux intrus.

— Et vous, monsieur, puis-je savoir ?

— Moi ! Je n'ai rien à solliciter, je ne veux rien, je n'attends rien.

— Alors ?...

— J'ai servi seulement de béquille à M. Morin, et je le plains, le pauvre cher homme, d'avoir besoin de quelque chose.

— Vous avez donc le talent de n'avoir aucun besoin ?

— Précisément. J'existe au sein de la nature, libre comme l'aigle dans ses glaciers. Fait-il beau ? Je hume le soleil et l'air. Pour ma promenade, je trouve des champs et des bois ; cela vaut mieux qu'un parc encadré de murs. L'eau suffit à ma soif, le pain à mon appétit. S'il pleut, je me renferme dans ma pensée et j'y crée un Orient. L'espace m'appartient ; l'infini s'ouvre devant mon regard. Je ne m'arrête pas aux babioles de la société, aux petites lois du jour, aux règles mesquines, ces barrières fragiles qui durent si peu de temps. Je mesure les siècles. Les religions, ces symboles de chacune des civilisations, m'ont dit leur mot les unes après les autres ; je les ai comparées, analysées, fondues ensemble. Quand le monde sera devenu un, il ne lui faudra qu'un culte ; et moi, quand j'aurai laissé ma dépouille aux éléments, je léguerai la vérité aux hommes !... Vous m'avez interrogé, j'ai dit.

— Monsieur est un prophète ? demanda Ernest avec une pointe d'ironie.

— Je suis un organe, répondit Mandar avec son imperturbable sang-froid.

— Monsieur a dû être saint-simonien ?

— Je l'ai été.

— Peut-être fouriériste ?

— Je n'y ai pas manqué.

— Et maintenant ?...

— Je suis égalitaire — niveleur — fusioniste — humanitaire. Mais c'est trop vous occuper de moi, qui n'aspire qu'à posséder la place de mon ombre. Songez à mon vieux poète ; honorez-vous en défendant ses droits, car vous pouvez vieillir aussi, et, comme lui, avoir besoin de soutien.

— Fort bien parlé ! s'écria Jean Morin attendri.

« Belle péroraison et digne de l'exorde. »

— Mon cher monsieur Morin, dit alors Ernest, soyez certain que votre requête sera prise en très-sérieuse considération.

Dès qu'il jugea que le poète classique s'était éloigné avec son étrange guide, Albéric voulut absolument partir.

— J'en ai assez, mon bon ; il n'aurait qu'à survenir d'autres momies de la même espèce...

— Sois tranquille ; est-ce qu'il existe deux Morin dans le monde ?... Voilà mon audience finie. Tu vois si j'ai eu de la patience. Nous allons sortir ensemble.

On annonça :

— Monsieur le vicomte et madame la vicomtesse d'Orban.

— Est-il possible !... Va-t-en, Albéric, il s'agit d'une haute négociation.

Alexis et Mathilde parurent. La vicomtesse avait arboré un éclatant chapeau couleur cerise orné de marabouts ; autour de sa belle taille elle drapait un cachemire traînant sur le sol ; une ferronnière d'or bordait ses cheveux. Chez cette grande femme il y avait de la Velléda. Le vicomte était en habit noir boutonné, avec un ruban composé, indiquant plusieurs décorations.

Ce fut Mathilde, qui, la première, prit la parole.

— Eh ! bonjour, mon cher monsieur de Foncheville. C'est fort aimable à vous de nous recevoir au milieu de vos nombreuses occupations ; nous avons voulu vous surprendre. Vous êtes vraiment très-bien ici, presqu'un ministre. A votre âge, c'est magnifique une partie du pouvoir !

Le vicomte commençait à être embarrassé ; car Mathilde commettait autant de gaucheries qu'elle prononçait de mots. Mais c'est ainsi : son orgueil ne lui avait jamais permis d'écouter, et les bienséances ne s'apprennent pas autrement.

— Madame la vicomtesse, dit à son tour Ernest, je ne sais comment vous remercier de l'agréable surprise que vous avez daigné me ménager. Votre extrême indulgence me rend confus. Dans la position que je dois à la faveur paternelle de M. le comte de Maubrun, je m'efforce de me rendre un peu utile. Voilà mon seul mérite.

— Vous êtes modeste, monsieur, dit Alexis sans que de Foncheville pût démêler si cet éloge était un persiflage.

Au fond, Ernest n'aimait pas le vicomte. Son instinct l'éloignait de cette figure noblement austère.

Il remercia. Mais déjà Mathilde avait hâte de ressaisir la parole.

— Ce qui me prouve combien vous êtes occupé, dit-elle, c'est que vous n'êtes pas venu nous voir depuis quelques jours. Louise l'a remarqué.

— Vraiment, madame ?... Vous me donneriez trop d'orgueil.

Alexis avait rougi de la pensée prêtée gratuitement à sa sœur.

— Si je n'ai pas eu l'honneur de vous faire ma visite, ajouta Ernest, en revanche, je n'ai point négligé votre demande.

— Ah ! vous m'enchantez !

— Ce matin même, j'ai parlé au ministre de la recette générale que vous désirez pour monsieur votre cousin.

— Le ministre vous l'a promise ?...

— Il m'a permis de l'espérer.

— Bravo !

— Je vais essayer de le revoir et de lui rappeler notre affaire.

— C'est à merveille. Voilà de l'activité, vicomte ; il faut être ainsi pour réussir.

— J'avoue, dit Alexis, que je n'ai pas autant d'initiative.

— Çà, continua Mathilde, promettez-nous, mon cher monsieur Ernest, de venir ce soir chez nous prendre une tasse de thé. Nous serons seuls... avec Louise.

Elle appuya sur ces deux derniers mots et sortit bruyamment en emportant l'engagement formel de M. de Foncheville.

Celui-ci, radieux, s'empressa d'aller retrouver le ministre. Il était déterminé à lui avouer la vérité, et ne doutait pas que son illustre protecteur ne voulût faciliter son mariage en obtenant pour M. Isidore Nicart cette recette, objet des vœux de la vicomtesse. Le chemin de son cabinet à celui du comte était en quelque sorte celui de la fortune.

Mais tout-à-coup, il s'arrêta frissonnant d'effroi. Il venait d'entendre un huissier annoncer M. de Pontessac, qui entrait grave et solennel.

Par quel hasard le chef de l'opposition se présentait-il chez son adversaire, presque au moment où la lutte décisive allait s'engager ? Voulait-il épargner à M. de Maubrun une défaite et lui soumettre un compromis ? Etait ce un défi ou bien un acte de générosité ?

Dévoré d'inquiétude, Ernest revint sur ses pas et s'enferma, en disant à l'huissier d'un ton de maître :

— Veillez à ce que personne ne me dérange, et avertissez-moi aussitôt que M. de Pontessac sera parti.

II. — L'ORAGE AU SALON.

En revenant du ministère, M.me d'Orban était triomphante. Déjà elle entrevoyait le succès au bout de ses efforts, et elle se réjouissait à l'idée d'unir Louise à un homme dont le crédit était si grand.

— Vous-même, disait-elle à son mari, malgré votre répugnance pour tout ce qui n'est pas vieux bouquins, il faudra bien que vous vous décidiez à entrer dans la haute administration et à utiliser votre temps et vos connaissances. On doit s'occuper. Voyez : moi, j'ai toujours la tête au travail, et la gestion de notre fortune me donne beaucoup de mal. De votre côté, vous pouvez devenir chef de division ; cela vaut la peine d'y songer.

Alexis ne répondait que par monosyllabes. Ces atteintes à sa liberté et à ses goûts lui plaisaient médiocrement. Mais, par dessus tout, il redoutait la fougue de Mathilde, qui était capable de marier Louise avec autant de précipitation qu'elle en mettait à accueillir les utopies de l'inventeur breveté Saint-Marquet.

La première chose qu'ils trouvèrent chez eux, ce fut la lettre du marquis. Elle était ainsi conçue :

« Monsieur,

» J'ai appris la scène inqualifiable que M.me la vicomtesse n'a pas craint de faire à ma femme et à ma belle-sœur. L'interprétation la plus noire comme la plus fausse a été donnée à un acte dont seul j'étais juge, et que j'avais parfaitement approuvé. Il n'appartient à personne d'outrager M.me de Montglars, et je ne suis pas homme à laisser cet affront impuni. Vous me mépriseriez, vous de qui les sentiments honorables me sont bien connus, si j'hésitais à exiger une réparation. Ou vous désavouerez hautement la conduite de M.me la vicomtesse, ou vous me rendrez raison.

» J'attends votre réponse et vous prie d'agréer, etc.

» FÉLIX DE MONTGLARS. »

— Vous voyez, madame !... dit froidement le vicomte : la violence porte toujours ses fruits. Non-seulement je perds mon meilleur ami, mais encore il s'agit de la pire des choses, un duel !... et j'ai la douleur d'être provoqué par celui qui fut mon compagnon d'enfance, mon camarade de collège, et qui tant de fois m'a pressé la main !... Voilà les conséquences de ce caractère altier qui s'imagine pouvoir dominer le monde comme un mari.

L'étonnement et la colère de Mathilde éclatèrent en cris désordonnés.

— Une provocation !... un duel !... parce que j'ai articulé la vérité !... c'est trop fort ! A-t-on idée d'un fait pareil ?... Je le demande : Quoi ! il ne sera pas permis à une honnête femme, jalouse de ses devoirs et scrupuleuse à les remplir, il ne lui sera pas permis de laisser tomber un blâme mérité sur le plus flagrant oubli des convenances !... Il ne lui sera pas permis de s'indigner à l'aspect d'une femme mariée appartenant au grand monde, et devant, par conséquent, donner l'exemple, qui se montre publiquement avec un sigisbé !...

— Madame, songez à la gravité de vos paroles.

— Prétendez-vous que j'invente par hasard ? Le témoignage de mes yeux ne m'a-t-il pas suffisamment instruite ? Je les ai vus ensemble, monsieur, je les ai vus !

— Eh ! qui en doute ? Mais d'une présomption à une affirmation, il y a loin. On doit se défier des apparences.

— Voilà bien la morale commode de notre époque !

— Comprenez donc, madame, que vous avez accusé en face la marquise d'un crime probablement imaginaire. Je ne m'étonne point qu'elle se soit révoltée contre cette imputation.

— Et moi, je n'en suis pas surprise. Personne ne crie plus haut à l'innocence que les coupables.

— Vraiment, Mathilde, vous me comblez de chagrin. Lorsque la lettre de M. de Montglars devrait vous convaincre...

— Un mari trompé et aveugle, cela se rencontre tous les jours.

— Lorsque je tiens dans mes mains une provocation formelle...

— J'espère que vous vous contenterez de la déchirer.

— Vous l'espérez ?... dit le vicomte avec une douloureuse ironie. Ai-je à vous apprendre qu'entre gens de qualité les choses sont loin de se passer ainsi, et qu'on n'est gentilhomme qu'à la condition de savoir se servir d'une épée ?

— C'était bon autrefois, quand pour une épigramme on allait ferrailler sous le réverbère. Dieu merci, cet usage absurde est aboli. Les lois contre le duel sont très sévères.

— Les principes d'honneur sont éternels ; ils planent au-dessus des lois.

— Chansons que tout cela !... s'écria Mathilde, de plus en plus animée et s'irritant de la résistance inaccoutumée qu'elle rencontrait chez Alexis. Je vous dis qu'il y a des peines rigoureuses contre les duellistes et même contre leurs témoins. J'ai exprimé ma façon de penser à M.me de Montglars et je persiste à soutenir que j'étais dans le vrai. Admettons que j'aie eu tort dans la forme, s'ensuit-il qu'une rencontre entre vous et ce fou de marquis soit indispensable ? On cessera de se voir et tout sera fini par-là.

L'air triomphant de Mathilde eut pour effet d'affermir plus que jamais les résolutions d'Alexis.

— Tout ne serait pas fini : M.me la marquise resterait sous le poids de votre accusation ; et, quant à moi, je serais considéré comme un lâche.

— Ah bah ! vous avez fait vos preuves au service.

— Une seule hésitation détruit le lustre d'une vie entière.

— Nous différons totalement d'opinion, monsieur.

— Il se peut que dans votre famille...

— Ma famille !... répéta M.me d'Orban, dont les joues s'empourprèrent. Ma famille ! Prétendez-vous l'amoindrir ? Il n'y a pas un mot à dire sur ma famille. Le travail, l'intégrité y sont héréditaires ; mon père fut le propre artisan de sa fortune... il commença par être simple contre-maître... Je m'en fais gloire! Et quand je vois tant de vos prétendus gentilshommes, — de vos tireurs d'épée, — qui étalent leur faste, dépensent dix fois plus qu'ils ne reçoivent, comblent le déficit avec des dettes, ne s'occupent que de chevaux — ou de maîtresses, et se pavanent de leurs titres...

— Respectez ces titres, madame, vous qui en portez un.

— Il me coûte assez cher ! repartit brusquement Mathilde.

Le vicomte avait déjà bien souffert durant cette altercation. La conviction où il était qu'une rencontre devait nécessairement avoir lieu ; la douleur d'avoir à combattre un homme qu'il aimait malgré la différence de leur caractère; le deuil qu'il causerait à Louise et à M.elle de Neuville, que le premier débat avait si péniblement affectées, tout s'était réuni pour l'accabler. Et cependant il avait su conserver cette modération, sa règle de conduite, en face d'une femme violente; il était resté fort de cette dignité, qui est la meilleure cuirasse contre les injures. Mais, quoiqu'il se fût juré de ne se départir jamais de ses habitudes de patience, il ne put se contenir davantage en entendant l'odieux reproche qui lui était jeté au visage. Il bondit comme un lion blessé.

— Qu'est-ce à dire, madame ? Mon titre vous coûte cher !... je serais curieux de savoir ce qu'il vous a coûté, à quels sacrifices il vous a entraînée, si j'ai manifesté le moindre désir de luxe. Osez produire un fait, un seul !... Vous ne le pourriez pas; car ce serait joindre le mensonge à l'insulte. Mon titre vous coûte cher !... C'est à moi qu'il a coûté. En vous le livrant, madame, j'ai perdu l'indépendance, j'ai perdu le calme. J'avais des épaulettes ; vous m'avez contraint de les déposer. D'homme utile que je pouvais être, je suis descendu à être comme un automate dont vous faites mouvoir les fils à votre gré; j'ai abdiqué ma pensée, ma dignité, ma force; je me suis habitué à ne plus agir par moi-même; et encore, lorsque je me réfugiais dans l'étude, vos cris venaient m'y troubler. Jamais cependant je n'avais ouvert mon cœur malade, jamais je n'en avais montré les plaies. J'avais la patience que commande une position sans remède; l'honneur exigeait mon silence, et quand j'essuyais tant de plaintes non fondées, je ne voulais pas, par quelque violence désespérée, vous fournir un sujet de plainte légitime. Pour ma conscience, il y avait une sorte de consolation à être, non l'oppresseur, mais la victime dans cette lutte incessante engagée entre votre caractère dominateur et ma nature pacifique. Cela a duré deux ans, madame. Voilà deux ans que je supporte cette torture, deux ans que je me tais. Il est probable que je n'eusse jamais rompu ce silence, si les circonstances ne venaient parler d'elles-mêmes. Vous avez fait à une personne distinguée une grave offense que vous maintenez; l'époux indigné réclame un désaveu ou refuse ou une réparation de moi... Ce désaveu, vous refusez de le faire; cette réparation, je dois l'accorder. Et au moment où, pour des paroles échappées à votre humeur hautaine, je perds un ami — presque un frère — et vais où le frapper pour être frappé par lui, vous venez dire que mon alliance vous a coûté cher !... J'avais tout pardonné, madame; mais, cela, je ne le pardonnerai jamais !...

En entendant ces paroles véhémentes, Mathilde était demeurée interdite. Ce premier acte d'émancipation lui révélait que son despotisme devait avoir des limites, de même que la faiblesse pouvait avoir des bornes. Contre son usage, elle essaya de tourner la position.

— Vous vous êtes mépris, mon ami, dit-elle. Dieu me garde de songer à vous blesser. Je voulais seulement...

— Vous vouliez m'écraser sous votre fortune, cette fortune dont vous êtes si fière. Ah ! pensez-y bien ! que vous resterait-il le jour où vous l'auriez perdue !... et vos absurdes spéculations vous mettent sur cette route.

— Il me reproche mes spéculations, quand c'est pour lui.

— C'est assez; rompons ce débat, qui n'a que trop duré. Il est temps que je réponde au marquis : cette réponse doit lui paraître bien lente à venir.

— O ciel ! s'écria la vicomtesse jouant des nerfs, Lucy ! Lucy ! mes sels ! mon vinaigre !...

Louise accourut.

— Mon Dieu ! qu'y a-t-il donc ? J'étais là, j'entendais du bruit... Je n'osais entrer.

— Assistez moi, Louise; je me trouve mal.

— Est-il possible ?... mon frère, comme vous paraissez agité... Chère Mathilde, respirez ce sel anglais.

— Ma sœur, dit Alexis, tiens compagnie à madame. J'ai à écrire une lettre très-pressée.

Il fit mine de sortir.

Soudain Mathilde oublia son spasme nerveux pour s'élancer devant le vicomte, en criant :

— Vous n'irez pas, je vous le défends !...

— Hier, madame, répondit il avec une douceur calme et ferme, vous pouviez me *défendre* quelque chose; j'étais soumis par amour de la paix. Aujourd'hui, tout est changé, car vous avez exigé la guerre.

— Eh bien ! monsieur, je vous en prie.

Alexis s'arrêta ému. C'était la première bonne parole que depuis longtemps la vicomtesse eût tirée de son cœur.

— Rétractez-vous, madame, votre accusation contre la marquise de Montglars ?

Mathilde crispa ses lèvres. L'orgueil lui était revenu.

— Non ! dit-elle vivement, non, non !

— En ce cas, je vais écrire.

Il sortit, laissant la vicomtesse hors d'elle-même, et Louise en proie à la plus vive affliction. Des éclairs de rage passaient dans les yeux de Mathilde.

— C'est une indignité ! c'est une horreur ! risquer sa vie pour des propos ; et quand je lui affirmé la vérité, ne pas me croire !... car enfin j'ai vu ce que j'ai vu !... Vous étiez avec moi, Louise, et vous avez été témoin aussi de ce scandale !... De quoi s'agissait-il, après tout? de dédaigner les provocations du marquis. Avons-nous besoin d'aller chez ces gens-là, et ne connaissons-nous pas assez de monde ? Pour ma part, je ne tenais pas du tout à leur société. Et voilà que monsieur votre frère, qui m'accuse parce que je l'aime trop, l'ingrat ! va se battre, au lieu de me laisser arranger l'affaire...

— Mon Dieu ! mon Dieu ! murmura Louise, toujours du chagrin !

— Comment ! dit aigrement Mathilde, satisfaite de saisir une occasion de décharger sa mauvaise humeur, vous avez bien des peines, n'est-ce pas !

— Oui, j'en ai, madame, répondit noblement la jeune fille, j'ai les plus grandes de toutes, car je souffre chaque jour dans l'être que j'aime le plus au monde.

— Ne croirait-on pas que je les tyrannise !... Que vous ai-je fait, à vous, mademoiselle, sinon de vous porter le plus vif intérêt, de m'occuper de votre éducation et de songer à votre établissement.

— Je ne me plains pas non plus.

— Cependant on s'y tromperait, à vous entendre.

— Celui que je plains, c'est mon excellent frère.

— C'est trop fort !

— Depuis mon arrivée du couvent, n'ai-je pas remarqué sa tristesse, ses humiliations ? Lui dont le caractère était si élevé, n'a-t-il pas subi le poids de la dépendance ?

— J'admire la liberté de vos paroles ; on vous a fait la leçon probablement ?

— Vous vous trompez, madame. Je suis sincère, et Louise d'Orban dit en face des gens ce qu'elle pense...

— A merveille !... voilà toute la maison en révolution ! Je ne rencontre plus chez moi que des contradicteurs !

— Je ne demande pas à rester chez vous, madame. L'hospitalité y coûte trop cher. Quelque pénible qu'il me soit de quitter Alexis, je puis retourner auprès de mes bonnes mères du couvent.

— Retournez-y donc, mademoiselle, et que cela finisse !

Cette seconde querelle était arrivée à son paroxisme, lorsque Lucy, entr'ouvrant timidement la porte du salon, annonça : «M. Bénédict Arnaud.»

La vicomtesse eut un mouvement de joie ; elle s'empressa de répondre :

— Faites entrer.

Elle trouvait donc enfin une revanche !

III. — AMBASSADE PERDUE.

Les émotions cruelles de la journée avaient imprimé la pâleur sur le front de Bénédict.

L'artiste s'avança d'un pas lent avec une sorte d'hésitation, salua respectueusement la vicomtesse, et dit :

— Mille pardons, madame, de vous déranger. C'est à M. d'Orban que je désire parler.

— Mon mari est occupé en ce moment, répondit Mathilde, s'efforçant de surmonter son irritation. Il ne pourrait vous recevoir; mais si, en son absence, vous voulez bien, monsieur, me communiquer le sujet de votre visite...

— J'eusse voulu n'avoir affaire qu'à lui; car le motif qui m'amène est de la plus haute gravité.

— Le vicomte ou moi, c'est la même chose. Il n'y a pas de secrets pour moi, et déjà je sais que M. de Montglars a adressé une provocation à mon mari.

— Vous le savez, madame !... Eh bien ! vous devez comprendre aisément la position délicate où je me trouve et la nécessité qu'il y a pour moi d'empêcher cette rencontre dont l'idée seule me fait frémir. Une longue amitié a uni jusqu'à ce jour le marquis et le vicomte : jugez de ce qu'aurait d'affreux un duel entre eux. Ce serait presque un fratricide. La société tout entière en serait émue; et il y aurait peut-être plus de blâme pour leur démence que de sympathie pour leur courage. Ce duel ne peut avoir lieu, c'est impossible.

Mathilde avait écouté avec le plus grand plaisir la déclaration de l'artiste.

— C'est fort bien, monsieur, dit-elle, et vos sentiments sont les miens. Votre visite me permet d'augurer un arrangement à l'amiable. Vous êtes sans doute autorisé par M. de Montglars à nous apporter des propositions de paix ?

— Hélas! non, madame.

— Comment ?... que signifient alors vos paroles précédentes ?

— Daignez attendre, je vais m'expliquer.

— Encore des explications !... murmura Mathilde, reprenant son impatience fébrile.

— Pouvez-vous supposer que le marquis, outragé dans l'honneur de sa femme, s'abaisserait à des excuses, lorsqu'il a droit à une réparation ?

— Outragé !... il ne l'est pas.

— Il ne l'est pas, madame, quand vous n'avez pas craint de dire !...

— J'ai dit ce que j'avais vu. C'était clair.

— Ce que vous avez vu... ou cru voir.

— Il se peut ; mais ce n'est pas envers vous que j'ai à justifier mes paroles.

— Excusez-moi, madame ; car vos paroles me concernaient directement : et si M. d'Orban se constitue le défenseur d'une action que je ne veux pas qualifier, ce n'est pas au marquis, mais à moi, à moi seul, qu'il doit en rendre raison.

— A vous ?... Ah ! voilà qui est fort !

— Ecoutez-moi sans emportement, madame.

— Je ne m'emporte pas ; j'admire seulement que vous veniez provoquer mon mari.

— Il saura me comprendre... Aussi, mon intention est-elle de l'attendre ici.

— C'est inutile, c'est inutile ! Vous ne le verrez pas !

— Pardon, madame, car le voici.

Mathilde, qui tournait le dos à la porte, n'avait pas aperçu Alexis, debout sur le seuil du salon.

— Monsieur Arnaud, n'est-ce pas ?... dit le vicomte d'un ton plein d'urbanité.

— Oui, monsieur le vicomte. Voudriez-vous m'accorder la faveur d'un moment d'entretien ?

Alexis ayant invité du geste l'étranger à le suivre, cette muette réponse fut accompagnée d'une exclamation de M.me d'Orban :

— Mon ami... si je vous suis chère...

Cet élan de cœur devait impressionner le vicomte, qui n'y avait pas été habitué. Alexis ressentit de la compassion pour le désordre d'esprit où il voyait Mathilde.

— Pouvez-vous, dit-il à l'artiste, parler librement devant madame?

— Je le puis; mais non devant mademoiselle votre sœur. C'est déjà trop que mademoiselle ait été présente à la scène qui a eu lieu.

Louise s'inclina en silence, et se retira, emportant les plus sinistres appréhensions.

Bénédict, Alexis et Mathilde s'assirent. Cet acte, d'ordinaire si simple, avait déjà quelque chose de solennel.

— Monsieur, dit alors Bénédict, ce matin, dans ce même salon, il s'est passé un fait que vous devez déplorer tout bas. Une femme appartenant au grand monde, aimée, estimée généralement, et digne de cette estime et de cette affection, M.me la marquise de Montglars, étant venue faire visite à M.me la vicomtesse, et lui ayant proposé d'emmener avec elle sa belle-sœur, M.elle Louise d'Orban, a été traitée par M.me la vicomtesse de la façon la plus outrageante. Le motif de cet affront, c'est qu'on a vu hier au bois la marquise escortée par un autre que son mari. Or, il est de notoriété que M.me de Montglars a eu souvent pour cavalier tel ou tel ami de la maison, sans qu'il soit venu jamais à l'idée de qui que ce fût de soupçonner pour cela la pureté de ses mœurs. D'ailleurs, c'était le marquis lui-même qui l'y engageait et s'amusait souvent à lui désigner un compagnon de promenade, M. de Montglars,

— que je n'accuse pas, — étant un de ces hommes qui chérissent par-dessus tout leur liberté. Quoi qu'on puisse dire de lui, il a prouvé en cette occasion qu'il est jaloux de l'honneur et de la dignité de sa femme : car il s'est empressé, et j'en gémis, de demander une réparation.

Alexis s'inclina en répondant :

— J'ai reçu sa lettre.

— Eh bien! monsieur?...

— La vicomtesse ayant maintenu ses allégations, je ne pouvais lui donner un démenti, et quelque douloureuse que soit pour moi la nécessité d'un combat, j'y cède.

Mathilde jeta un cri et faillit appeler une seconde fois Lucy avec les sels, et le vinaigre.

— Quoi! monsieur, avez-vous écrit! dit Bénédict.

— Ma lettre vient de partir.

— J'en étais sûre!... aujourd'hui il n'agit qu'à sa tête.

— Rien n'est fait encore, reprit l'artiste recouvrant son calme, et me voici arrivé au but de ma visite. Le marquis s'est jugé offensé, mais il ne l'est qu'indirectement, et ce n'est vraiment pas lui qui doit parler de réparation. Celui qui a été mortellement offensé par madame et traité avec ignominie, c'est moi !

— Vous, monsieur! s'écrièrent à la fois le vicomte et la vicomtesse.

Celle-ci ajouta d'un air superbe :

— Allons donc! c'est une mauvaise querelle. Je ne vous connais seulement pas. N'avons-nous pas assez d'un duel sur les bras?

— Permettez, madame : j'ai le plus grand intérêt à m'expliquer, et l'on me doit attention.

— Je vous écoute, monsieur Arnaud, dit gravement Alexis.

— Oui, j'ai été offensé, je le répète. Vous m'avez représenté, madame, comme un de ces lâches suborneurs qui se glissent dans la confiance des maris pour séduire les femmes, comme un de vils faméliques, de ces parasites dégradés qui se font un revenu commode de la beauté de leurs traits. Vous avez oublié, madame, que, moi aussi, j'ai de la fortune, que je suis un artiste connu, que je porte un nom respecté, et que jamais je n'ai manqué à aucun de mes devoirs.

— Vous prêtez à mes paroles un sens qu'elles n'avaient pas.

— Je n'exagère rien. Pour me résumer, si la marquise de Montglars a été insultée, moi j'ai été incriminé et traité avec mépris ; en conséquence, j'ose espérer, monsieur, que vous ne donnerez pas suite à votre querelle avec le marquis, et que c'est moi que vous agréerez pour votre adversaire.

— Monsieur, répondit Alexis avec le calme qu'il avait conservé depuis le commencement de l'entretien, je vous ai appris déjà que si j'ai accepté le cartel de M. de Montglars, c'a été pour ne pas infliger un démenti à M.me la vicomtesse. Le marquis défend sa femme; je dois le même appui à la mienne. S'ensuit-il que j'approuve ce qui s'est passé? Nullement. Je le déplore; je fais à mon cœur une cruelle violence, je perds mon meilleur ami, mais je me battrai avec le marquis, parce que je l'ai promis. Le principal pour moi, c'était de ne pas condamner madame, dès qu'elle n'avait pas la première reconnu son tort. On ne saura jamais ce que me coûte ce duel; cependant, il faut qu'il ait lieu. Quant à vous, monsieur, je vous connais, je sais qui vous êtes, je vous tiens pour homme de cœur, homme d'honneur, et je suis persuadé que, dans vos relations avec la famille de Montglars comme avec vos amis, vous n'avez été animé que des plus nobles sentiments. Puissiez-vous être satisfait de cette déclaration qu'au besoin je rendrais publique ! C'est bien assez de l'affaire douloureuse qui aura lieu demain. Ne me contraignez pas à me trouver de nouveau l'épée à la main en face d'un homme que j'estime et à qui je ne souhaite que du bonheur.

— Je n'insiste pas, monsieur, dit Bénédict en se levant, mais je pars contristé. J'avais fait espérer à la marquise et à M.elle de Neuville un arrangement : cet arrangement, c'était, dans ma pensée, la substitution d'un duel à l'autre. Puis-je vous contraindre lorsque vous rendez si bon témoignage de mon honneur?

— Je vous remercie de ne pas me presser davantage, mon cher monsieur Arnaud, car c'est à peine si j'aurai assez de force pour...

Alexis ne put achever. L'émotion lui avait brisé la voix.

Bénédict se hâta de sortir, se jeta dans le cabriolet de régie qui l'avait amené, et se fit conduire en toute hâte à l'hôtel de Montglars.

IV. — RÉVÉLATION.

C'était avec un sentiment de profonde anxiété que Bénédict voyait décroître la distance qui le séparait de l'hôtel. Il se savait attendu impatiemment par Juliette et Emma. Qu'allait-il leur apprendre, après leur avoir promis de tout mettre en œuvre pour arranger l'affaire? Triste ambassadeur qui était allé chercher la paix, et rapportait la guerre !

Sa pensée dévorante devançait le moment de l'arrivée. Il composait ses paroles, il préparait ses réponses, comme si tout cela ne devait pas dépendre de la première impression qu'il trouverait. Impatient d'arriver, il eût voulu être loin encore, au moment où le cabriolet entra dans la cour.

Bénédict leva les yeux et aperçut, à une fenêtre du premier étage, la marquise et sa sœur qui écartaient un rideau, signe manifeste de leur ardente sollicitude.

Il monta quatre à quatre le grand escalier de marbre à rampe de velours. Dès la seconde pièce, il trouva M.me de Montglars et M.elle de Neuville.

— Eh bien? demanda Juliette.

— Le vicomte a répondu à la lettre de votre mari.

— Je le sais, mais dans quel sens?

— Apprêtez votre courage, madame ; le vicomte accepte le cartel.

— Je m'en doutais et je ne suis pas étonnée. M. Gournet est en ce moment enfermé avec le marquis : ils lisent ensemble la lettre de M. d'Orban.

— Gournet!... répéta douloureusement Bénédict.

Cet homme était pour lui comme un de ces fantômes sinistres qui apparaissent aux jours d'affliction.

— Vous, du moins, qu'avez-vous fait?

— J'ai tenté de lui arracher une rétractation, au nom de sa femme : il ne l'a pas refusée.

— J'en étais sûre : c'est un noble cœur.

— Mais, en même temps qu'il vous rendait un juste hommage, madame, en même temps qu'il repoussait pour vous des imputations odieuses, il déclarait que, dans sa conscience, il se croyait obligé de soutenir la vicomtesse, du moment où il n'était pas elle qui retirait l'accusation.

— Mon Dieu !... alors le duel subsiste ! murmura Juliette.

— Courage, ma sœur, dit Emma, qui eût eu besoin d'être fortifiée elle-même.

— J'ai tenté un dernier moyen. Il me semblait le meilleur ; mais il n'a pas abouti. J'ai revendiqué l'outrage comme n'ayant été fait personnellement, et invité M. d'Orban à m'accepter en qualité d'unique adversaire.

— Vous aussi, dit vivement la marquise, vous vouliez vous battre ! Mais on ne parle plus que de duels ! C'est affreux !

Un coloris prononcé avait couvert ses joues, et sa voix était entrecoupée. Bénédict s'en aperçut et baissa les yeux, condamnant son propre regard à ne pas se satisfaire.

— Plût au ciel, reprit-il, que cette proposition eût été accueillie ! Je n'aurais pas le chagrin de penser que j'ai échoué dans mon œuvre, et que deux amis se rencontreront le fer à la main. Moi, d'ailleurs, je pouvais risquer ma vie : je suis seul en ce monde; aucun lien ne me rattache à une famille ; en disparaissant, je ne laisserais pas un vide... tandis que le marquis et le vicomte ont chacun des affections autour d'eux... Ils sont aimés !

Emma détourna la tête, comme si elle craignait de laisser lire son trouble à l'artiste.

Juliette, non moins émue peut-être, resta forte et presque souriante. Plus que jamais elle s'attachait à cette tactique de toutes ses actions : cacher les peines sous la grâce et le charme des manières, jeter une gaze d'or par-dessus les crêpes du deuil, fouler le sol, parfois inégal, avec un soulier de satin comme le tapis le plus moelleux.

Pour la femme titrée, l'existence, soit avec ses fêtes nombreuses, soit avec ses orages mystérieux et ses drames intimes, était comme un théâtre où il faut composer son visage et son maintien sous le rayon concentrique de mille lorgnons, binocles et jumelles.

Que se passait-il dans le cœur de Juliette, quand Bénédict annonçait qu'il avait cherché, sollicité le péril, qui sait? la mort, et que ce même péril, cette même mort, menaçait le marquis?

— Je vous suis très-reconnaissante, dit-elle, monsieur, des soins que vous venez de prendre. Je reconnais là votre bonne amitié, j'ajouterais : votre dévouement, si je pouvais avoir droit à en entendre de vous. Mais certainement vous avez été plus loin que ne va d'ordinaire l'amitié, fort empressée aux jours de la joie et assez tiède aux jours de crise. Encore une fois je vous remercie. Quant à la proposition que vous avez faite à M. d'Orban, je l'eusse désapprouvée, et je ne regrette pas qu'elle ait été repoussée.

— Comment, madame, s'écria Bénédict, surpris et attristé.

— Elle était généreuse, mais imprudente ; car elle pouvait jusqu'à un certain point confirmer en apparence les méchants discours de la vicomtesse.

— Mon honneur n'avait-il pas été mis en jeu?

— C'était le mien surtout monsieur Arnaud, ne vous y trompez pas, et dès que M. de Montglars déclare qu'il veut le défendre, nul ne peut intervenir et se mettre à sa place sans donner lieu, par cette conduite, quelque noble qu'elle soit, à de fâcheuses interprétations. J'ignore ce qui arrivera, je n'ose y arrêter ma pensée ; mais je suis certaine que mon mari soutiendra dignement l'éclat de son nom. Adieu, monsieur ; si, comme je l'espère, les choses tournent bien, — et vous vous y emploierez, n'est-ce pas? vous qui êtes témoin, — nous partirons immédiatement pour la campagne. Il faudra nécessairement laisser le temps fuir son œuvre en apaisant les rumeurs que cette affaire aura soulevée. Ce départ sera utile, indispensable même. L'hiver prochain, nous nous reverrons sous de meilleurs auspices ; vous nous apporterez votre bonne amitié, et nous aurons toujours le plus grand plaisir à vous recevoir.

La marquise laissa l'artiste sur ces paroles qui l'avaient frappé au cœur comme autant de coups de poignard. Quelle résistance opposer à une déclaration honorable, amicale, et qui cependant indiquait un adieu, une séparation imminente, presque une rupture? Bénédict n'avait pas la ressource de se plaindre : on lui annonçait poliment un départ prochain, en exprimant le désir de se revoir, à un terme éloigné sans doute, mais non indéfini. Il acheva rapidement dans sa pensée ce discours de regret, et en conclut que M.me de Montglars s'était effrayée de la rapidité avec laquelle se répandait un bruit calomnieux. Ainsi on le mettait de côté, on le sacrifiait, et il lui était impossible de s'attacher avec l'énergie du désespoir aux relations charmantes qui allaient se briser !... En ce moment, rapide comme tous les moments de crise, Bénédict entrevit l'avenir tel qu'un abîme sans fond... Il eut peur du vide et de la solitude des jours qu'il aurait à subir dans son isolement; et, semblable au voyageur perdu qui glisse et va tomber dans un ravin, il ferma les yeux...

La douce voix d'Emma le rappela à lui-même. M.elle de Neuville était restée près de lui, attentive, compatissante. Devinait-elle l'impression cruelle qu'il éprouvait? Ne semblait-elle pas épier l'instant où elle pourrait verser un peu de baume sur cette blessure toute récente? Ce qu'elle ressentait personnellement d'angoisse, elle le refoulait dans son âme pour ne songer qu'à un ami frappé injustement ; ainsi qu'on voit, sur un champ de bataille, le soldat qui n'est que blessé assister de ses soins fraternels un camarade moribond.

— Je suis bien affligée, dit-elle, monsieur Bénédict, de ce que ma sœur vient de vous annoncer. Vous avez compris, je le lis sur vos traits. Oui, Juliette sent la nécessité de mettre fin à des bruits injurieux pour sa réputation, et en s'éloignant, elle vous éloigne. Mais vous auriez tort d'en concevoir du ressentiment. Ne croyez pas non plus que ma sœur ait cessé de vous estimer. Je puis vous affirmer qu'à ses yeux vous serez toujours un ami véritable, de même qu'elle vous conservera une amitié dévouée. Les bonnes affections ne changent pas brusquement. Mais le monde a tant de méchanceté !...

— Vous avez raison, mademoiselle, répondit Bénédict, reprenant soudain de la force par cette énergique volonté qu'il puisait dans l'élévation de ses sentiments, vous avez raison, le monde est méchant, et il ne faut pas lui fournir la moindre prise. Il ne m'appartient pas de me plaindre lorsque je suis atteint par le contre-coup des propos envenimés de la vicomtesse. Il est bien naturel que M.me de Montglars cherche à s'épargner la répétition d'une scène qui ne l'a que trop affligée. Loin donc de résister, de murmurer, lorsque je vais cesser un commerce d'amitié auquel j'attachais tant de prix, je m'incline sous la main qui me frappe.

— Vous êtes un honnête homme, monsieur Bénédict.

— Ah! du moins, reprit-il avec chaleur, se berçant d'une dernière illusion, daignez quelquefois, pendant l'absence, l'absence éternelle peut-être, lui parler de moi; daignez lui dire combien je lui étais dévoué, et que ce dévouement n'aura pas de fin. J'aime à me figurer qu'au milieu des plaisirs, des fêtes, elle ne m'oubliera pas complétement.

Emma interrogea d'un regard profond le visage bouleversé de l'artiste.

— Etre séparés !... s'écria-t-il; si vous saviez ce que c'est que ce supplice!

Un sanglot lui coupa la voix. Mais à ses larmes répondaient d'autres larmes. Emma saurait aussi ce que c'est que la séparation... Mais Bénédict ne s'occupait pas d'Emma. La jeune fille s'était promis de garder éternellement son secret. Et comme Bénédict paraissait s'inquiéter de l'émotion qu'elle éprouvait, Emma, pour se soustraire à un examen dangereux, se leva et fit quelques pas vers la porte. Un sentiment généreux la ramena vers Bénédict, qui était resté immobile.

— Adieu !... nous ne vous oublierons pas. Ma sœur et moi, nous parlerons souvent de vous.

— Bon ange!

Ces deux êtres éprouvés se contemplèrent en silence. Puis Emma ajouta rapidement :

— Ecoutez-moi et ne me répondez pas, car une objection me serait pénible. Il m'est venu une résolution... Il faut que je tente un moyen d'empêcher ce duel... Peut-être mon projet réussira-t-il. Quoi qu'il arrive, j'aurai du moins rempli mon devoir. Adieu, monsieur Bénédict, adieu !... comptez sur mon amitié.

Le peintre n'essaya pas de voir M. de Montglars. C'était tout au plus s'il ne lui en voulait pas de son bonheur. Il eût eu d'ailleurs à essuyer la société de Gournet, et, dans le désordre de son esprit, il avait besoin de se soustraire à tous les regards.

Emma, avant de rentrer dans sa chambre, dit à Tom qu'elle rencontra :

— Avertisez M. Gournet que j'ai à lui parler.

Dès qu'elle fut chez elle, M.elle de Neuville écrivit rapidement la lettre suivante :

« Ma chère Louise,

»C'est à toi que j'ai recours dans le chagrin qui m'accable. J'ignore s'il me sera donné de te revoir, moi qui m'en faisais une si douce espérance, moi qui avais rêvé la continuation dans le monde de nos bonnes relations du couvent. La déplorable altercation qui a eu lieu entre M.me d'Orban et ma sœur ne m'avait déjà que trop affligée, quand j'ai appris qu'elle devait avoir des suites terribles. Mon Dieu! Louise, il faut pourtant empêcher cela! Il est impossible que ce duel se consomme! L'idée seule d'un pareil événement me glace le sang. Ecoute, ma Louise, notre intérêt est le même; unissons-nous dans la supplication, c'est notre arme à nous, et nous serions coupables de ne pas l'employer. Toutes deux nous avons un frère à sauver; car je considère M. de Montglars comme un frère véritable, moi qui n'ai reçu de lui que des marques d'amitié. Quant à toi, je n'ai pas besoin de dire combien tu dois aimer M. d'Orban... C'est le plus généreux, c'est le meilleur des hommes. Le danger qui le menace m'affecte, pour ainsi dire, autant que celui qui menace M. de Montglars. Je ne sépare ni l'un ni l'autre de nos frères dans mon estime, dans mon amitié. Aussi, ma chère Louise, si tu m'aimes, entends ma prière; montre-toi forte et courageuse; parle à M. d'Orban; dissuade-le de ce duel... Qu'à ta voix, sinon à la mienne, il reprenne des dispositions conciliantes... il faudra bien qu'il t'écoute. Le vœu que je forme pourrait le blesser, venant de moi, qui suis une étrangère. Mais toi, tu auras de l'autorité sur lui. C'est le moment de lui donner la plus grande preuve de tendresse qu'il puisse jamais recevoir de toi. Parle, supplie, vois enfin s'il résistera à tes larmes... Les miennes coulent et mouillent ce papier, je ne puis plus écrire... A toi, ma Louise, à toi toujours!

»Ta triste

»EMMA DE NEUVILLE. »

La lettre venait d'être cachetée lorsque deux coups secs retentirent à la porte.

— Entrez! dit Emma.

Le bouton fut tourné. Faustin Gournet parut, avec cette physionomie à la fois glaciale, mystérieuse et sarcastique que nous lui connaissons. Il s'inclina en demandant :

— Est-il vrai, mademoiselle, que vous m'ayez fait appeler?

— C'est la vérité, monsieur, et je vous remercie de vous être dérangé.

— J'étais trop fier de votre confiance pour ne pas me hâter d'y répondre.

— Mais, entrez donc, monsieur.

— De quoi s'agit-il, mademoiselle?

— Vous quittez le marquis?

— A l'instant même.

— Vous avez sans doute réglé ensemble les conditions de.... ce duel?

— Précisément.

— Vous ne croyez donc pas que l'affaire puisse s'arranger?

— L'honneur s'y oppose.

Emma frémit; ce ton glacial lui faisait mal. Cependant, elle invoqua tout son courage.

— En sortant d'ici, mademoiselle, je vais me rendre chez le vicomte pour lui faire connaître les dispositions prises par M. de Montglars.

— Je l'avais pensé. Eh bien! monsieur, pouvez-vous m'obliger?

— Parlez.

— Pouvez-vous, monsieur, remettre à M.elle d'Orban cette lettre, qui, je l'espère, produira un bon effet?

— Très volontiers.

— Mais il ne faudrait pas que la vicomtesse s'en doutât. Vous n'ignorez pas combien M.me d'Orban est violente.

Gournet sourit étrangement.

— Croyez, dit-il, que je saurai justifier votre confiance. Je m'éloigne, car je n'ai pas un moment à perdre... A propos, n'avez-vous pas vu M. Arnaud?

— Oui; il est venu et reparti.

— Il eût bien dû prendre la peine d'entrer chez M. de Montglars.

— Vous y étiez !...

— Il ne me fuit pas, je pense !...

— Non, certes.

— En sa qualité de témoin, il a besoin plus que personne d'être instruit de ce qui se passe. Or, il ne sait seulement pas que le vicomte a répondu.

— Il le sait !... dit étourdiment Emma.

— Ah!... Il a donc été chez le vicomte?

Nier était impossible; Emma, d'ailleurs, n'avait jamais commis un mensonge.

— Il y a été.

— C'est grave... Et je me demande si le marquis le remercierait de cette démarche qui ressemble fort à une reculade.

La jeune fille rougit pour le noble Bénédict de l'intention que Gournet lui prêtait; aussi dit-elle avec une énergie qui surprit cet homme :

— Vous êtes dans l'erreur; monsieur Arnaud n'a rien fait, je l'atteste, que l'honneur ne puisse avouer. Il a même donné, en cette occasion, à mon beau-frère, la preuve d'un admirable dévouement.

— Enfin, qu'a-t-il fait?

— Permettez-moi de garder un secret qui ne m'appartient pas. Qu'il vous suffise d'apprendre que, loin de blâmer M. Arnaud, Félix lui doit de la reconnaissance.

Gournet fit une nouvelle grimace, mais il se contint.

— Je n'insiste pas, dit-il; du moment où vous approuvez la conduite de M. Arnaud, c'est qu'elle est digne d'estime; car vous êtes bon juge, mademoiselle. Je suis votre humble serviteur, comptez sur mon zèle et ma discrétion.

Il s'éloigna emportant la lettre.

— Mon Dieu! se dit M.elle de Neuville, vous lisez dans mon cœur. Vous savez quel a été le but de mon action. J'ai fait tout ce que je pouvais faire. Maintenant, c'est à vous que j'adresse ma prière... Sauvez le marquis de Montglars... et daignez regarder en pitié les âmes malades qui ne s'interrogent qu'en tremblant.

Emma n'osa prolonger cette invocation. Elle avait embrassé dans une même pensée sa sœur, Bénédict, elle-même... Et cette pensée l'épouvantait.

V. — LA LETTRE D'EMMA.

Gournet attendit jusqu'au soir pour se rendre chez M. d'Orban, comme s'il voulait prolonger les perplexités que celui-ci devait éprouver. Il semblait avoir pris ainsi ses mesures afin de se trouver en face de la vicomtesse, lorsqu'il demanderait à parler au vicomte seul. Ce fut ce qui eut lieu. M. et M.me d'Orban étaient au salon, en compagnie de Louise, qui brodait auprès de la table, à la clarté de la lampe, tandis que les deux époux, assis à une notable distance l'un de l'autre, suivaient le cours d'un entretien où Mathilde passait par toutes les nuances de l'irritation, de la crainte, du murmure, cherchant principalement à se donner raison, comme une femme qui ne se trompait jamais. En vérité, Gournet, s'il aimait à attiser le feu de la discorde, n'eût pu saisir un moment plus favorable. Son arrivée fit sensation. Il se nomma et s'annonça en qualité d'ami et de témoin du marquis de Montglars. Puis il sollicita du vicomte quelques instants d'entretien particulier. Aussitôt Mathilde ne manqua pas de se récrier :

— Encore des mystères! cela finit par devenir déplorable. Que peut vous vouloir le marquis? N'avons-nous pas assez souffert à cause de lui? Je ne puis plus vivre comme cela.

Alexis la supplia du geste de se contraindre devant un étranger.

— Je n'ai rien de caché pour madame, dit-il. Quelle que soit la communication que vous m'apportez, monsieur, n'hésitez pas à la faire ici. Madame d'Orban est au courant de tout ce qui est arrivé. Elle a su ma réponse au marquis.

— En ce cas, monsieur le vicomte, je vous obéis. Vous avez accepté le cartel; il ne restait donc plus que les dispositions à régler : les armes, le lieu du rendez-vous et l'heure.

Mathilde et Louise se levèrent par un mouvement instinctif d'effroi.

— J'avais raison, dit Gournet avec son flegme imperturbable, de désirer que cet entretien se passât sans témoins.

— Continuez, monsieur, répondit Alexis; j'espère que ces dames sauront réprimer en elles toute autre émotion. Quelle arme a choisie M. de Montglars?

— Le pistolet.

— Où se rencontrera-t-on?

— Au bois de Vincennes, porte de Saint-Mandé.

— A quelle heure?

— Sept heures du matin.

— C'est bien. Vous êtes le second témoin du marquis?

— Oui, monsieur. L'autre, vous le savez, est M. Bénédict Arnaud. Il vous l'a appris lui-même, n'est-il pas vrai?

— En effet, j'ai eu l'honneur de le voir dans la journée.

— C'est ce qu'il a dit à mademoiselle de Neuville. Il lui a tout conté.

— Vous croyez, monsieur? s'écria Alexis, cependant, permettez-moi d'en douter. Il est des sujets d'une délicatesse....

— Monsieur, quand Faustin Gournet, bien connu pour sa franchise âpre et rude, affirme une chose, c'est qu'il en est sûr.

Ce ton tranchant blessa vivement M. d'Orban, dont le regard chercha Mathilde comme pour lui dire : « A quelles pénibles extrémités m'avez-vous réduit! » Mais Mathilde s'empressa de calmer le différend avec ces paroles conciliantes :

— Mon ami, il est probable que monsieur, qui se trouvait à l'hôtel de Montglars, sait parfaitement ce qui s'y est passé.

— Je l'accorde, dit le vicomte, tout en réservant mon opinion sur M. Arnaud dont j'estime assez la discrétion et la mesure pour penser qu'il n'aura exposé qu'en partie notre conversation. N'avez-vous rien de plus à ajouter, monsieur?

— Rien. Pardon ; j'ai été chargé par mademoiselle de Neuville de remettre à mademoiselle votre sœur la lettre que voici. N'agissant jamais en cachette, je ne devais pas faire un mystère de ce message.

Il tira la lettre de sa poche, et voyant que personne n'avançait la main pour la prendre il la posa sur la table.

— Monsieur, dit le vicomte, je serai exact.

L'ambassadeur partit, charmé de la manière dont il avait rempli sa mission et persuadé qu'il laissait un orage derrière lui.

Dès que Gournet fut dehors, les regards des trois personnes présentes se portèrent simultanément sur la lettre.

— Bonne Emma ! pensait Louise. C'est un souvenir, un regret, un adieu qu'elle m'envoie !

— Pauvre Emma ! pensait Alexis. Elle tremble pour son beau-frère... Ah ! le plus qu'il me sera possible, j'épargnerai l'homme auquel elle s'intéresse.

— Cette petite Emma ! pensait la vicomtesse, de quoi vient-elle encore se mêler?... Sans doute elle se plaint de moi, elle m'accuse.

Mathilde, la première, rompit ces à-parte.

— Je suis curieuse de savoir ce que M.elle de Neuville a pu vous écrire. Aux termes où nous en sommes, il me semble...

— J'ignore, répondit fermement Louise, ce qu'il y a dans cette lettre ; mais j'affirme d'avance qu'il ne s'y trouve rien de contraire à mon devoir et à mes sentiments de soumission envers vous.

— Je l'espère bien ! Ces Montglars ne nous ont déjà causé que trop de peine.

— Eh ! madame, dit le vicomte, vous oubliez toujours celles que vous leur avez causées.

— Je ne me reproche pas un iota.

— Vraiment, vous êtes d'une ténacité?

— Et vous, d'une faiblesse !... Depuis la visite du peintre, je ne vous reconnais plus : vous me donnez tous les torts.

Alexis se tut.

— Là ! je disais bien, s'écria Mathilde ; vous voyez, Louise ! c'est moi qui suis une calomniatrice !... c'est moi qui suis un brandon de discorde !... Peut-on être jugée ainsi quand on n'a eu que les plus honorables intentions ? Mais je saurai ce qu'a écrit M.elle de Neuville, et si elle a l'audace de déchirer une femme comme moi !

M.me d'Orban saisit la lettre et en fit sauter le cachet, sans qu'Alexis ni Louise se fussent opposés à ce mouvement. Puis elle lut tout haut la lettre en l'entrecoupant de réflexions amères.

— Comme c'est touchant ! « Le chagrin qui l'accable ! » Le mien n'est-il donc rien? — « Ses relations avec Louise ! »... C'est donc bien nécessaire ? — « La déplorable altercation ! » Je ne l'ai pas cherchée, j'ai parlé au nom de la vertu offensée. — « Il est impossible que ce duel ait lieu »... Elle a raison, et si vous n'aviez pas tenu avec tant d'obstination au point d'honneur... — « La supplication ! » — Comment ! elle suppose à un autre plus de crédit qu'à moi sur votre cœur, Alexis ? c'est quelque chose d'inouï ! Voilà bien la lettre d'une pensionnaire romanesque, et il ne manquait plus que cet outrage après tous ceux dont j'ai été abreuvée aujourd'hui !...

Le vicomte n'avait entendu que la lettre, et c'est à peine si les commentaires dont Mathilde l'accompagnait étaient arrivés jusqu'à lui. Le peu qu'il en recueillit lui fit pitié. Aussi sa conscience lui dicta-t-elle cette réponse animée :

— Madame, madame, par grâce, achevez la lecture de cette lettre sans y mêler des paroles amères. Je m'étonne qu'elle excite en vous tant d'indignation, lorsque, au contraire, elle devrait vous causer l'admiration la plus vive.

— En vérité ! l'admiration !

— Certainement. Ne voyez-vous pas que c'est une œuvre angélique ?

— J'apprécie l'épithète.

— Qui obligeait M.elle de Neuville à écrire à Louise ? Pourquoi l'a-t-elle fait? Comment l'a-t-elle fait ? Toute sa conduite n'a-t-elle pas été inspirée par le sentiment de la plus pure, de la plus louable charité ? Elle parle de moi, c'est vrai, et me traite mieux que je ne vaux ; mais ce qu'il lui importe avant tout, c'est le salut du mari de sa sœur, de M. de Montglars, son protecteur naturel. M.elle de Neuville est dans la position d'une fille qui voit son père en danger. Et vous lui reprochez ses craintes, qui sont à mes yeux son mérite ! Ah ! jugez mieux ce noble cœur ; car vous, madame, qui venez me parler de vertu, vous outrageriez la vertu dans la personne de M.elle de Neuville !

Mathilde, exaspérée, laissa tomber la lettre que Louise ramassa sur le tapis et replia soigneusement.

Une philippique de premier ordre allait s'échapper des lèvres de la vicomtesse, lorsqu'on annonça :

— Monsieur Saint-Marquet.

L'inventeur parut aussitôt.

Tandis que Mathilde, un peu surprise, faisait quelques pas au-devant de son commanditaire, Alexis dit tout bas à Louise :

— Sœur, donne-moi cette lettre. Elle soutiendra mon courage.

Louise la lui glissa en le regardant avec émotion.

— Bonsoir, madame la vicomtesse, dit l'inventeur ; monsieur le vicomte, mademoiselle, j'ai l'honneur de vous saluer. J'espère que ma visite ne vous semblera pas importune.

— Monsieur, dit Mathilde, le mérite a toujours droit à un bon accueil.

— Si je me permets de venir ce soir dans votre cercle de famille, c'est que je vous apporte une excellente nouvelle.

— Parlez, parlez... mais d'abord, asseyez-vous donc, monsieur Saint-Marquet. Vous prendrez le thé avec nous, n'est-ce pas ?

Saint-Marquet s'inclina.

— Voyons votre nouvelle.

— La rente a monté d'un franc.

— Miracle ! je ne perds plus rien !

— Et demain, sans doute, vous gagnerez, madame.

— Mais il s'est donc passé un événement?

— Un très-grand événement : le ministère est tombé.

La consternation éclata dans les regards de la vicomtesse.

— Le ministère est tombé !

— Et c'est fort heureux.

— Comment, monsieur ?

— L'opposition arrive au pouvoir. M. de Pontessac, l'homme intègre, le

cœur droit, est chargé de présenter au roi une combinaison. Il aura pour sa part le portefeuille des affaires étrangères. On pense qu'il s'entourera de MM. Rongrin, Brugnot et Gorlieu, autres hommes intègres. Ah ! je suis enchanté de ce changement.

— Mais en quoi y trouvez-vous un sujet de satisfaction ?

— C'est tout simple, madame la vicomtesse. Les ministres déchus étaient des routiniers qui jamais n'avaient honoré d'un moment d'attention une seule de mes découvertes.

— En cela, ils avaient tort.

— Mes plans, mes lettres, mes pétitions, tout restait sans réponse.

— C'était mal, dit machinalement Mathilde, dont la pensée était à son espoir déçu d'une recette générale.

— Quoi ! ne s'occuper ni de mon projet de canal atlantico-méditerranéen, ni de mon système de marche aérienne, ni de mon acclimatation universelle des vers à soie, ni de mon alimentation parisienne, qui a pourtant obtenu votre suffrage, madame !

— C'est égal, je suis contrariée.

— Oh ! je le conçois : l'appui du pouvoir nous eût fait tant de bien ! Mais nous l'aurons, madame, nous l'aurons. Le jour de la justice n'est pas éloigné : est-ce que la marche de l'humanité vers le progrès peut être arrêtée ?... Dès demain je me remets en course, et il est à espérer que je ne trouverai pas chez le nouveau ministre, comme chez M. de Maubrun, un fat de secrétaire intime pour me barrer la porte.

On annonça en ce moment :

— Monsieur Ernest de Foncheville.

Louise et le vicomte, malgré leurs émotions précédentes, ne purent s'empêcher de sourire.

Saint-Marquet avait répété avec stupéfaction :

— Monsieur de Foncheville !

Ce dernier s'avança, saluant à droite et à gauche. Il avait perdu son aplomb superbe et paraissait quelque peu abattu. À la vue de l'inventeur, il resta stupéfait ; mais il se remit promptement. La comtesse l'accueillit avec une certaine froideur.

— Bonsoir, monsieur. Je vous remercie de votre exactitude. Vous avez pensé sans doute, et vous ne vous êtes pas trompé, que nous serions jaloux de vous donner des consolations dans votre disgrâce...

— J'en ai grand besoin, madame... et vous voyez que je suis venu les chercher. N'ai-je pas eu le plaisir de recevoir ce matin monsieur dans mon cabinet ?

— Précisément, monsieur, répondit Saint-Marquet, d'un ton sec, vous m'avez fait l'honneur de m'accorder une audience.

— Où vous m'avez soumis des plans admirables !

— Ah ! j'ignorais qu'ils eussent produit sur vous cet effet.

— Cela redouble mes regrets. J'eusse été heureux de vous faire rendre justice ; et si j'avais su que vous fussiez des amis de M. et M.me d'Orban...

— Vous êtes trop bon. Votre successeur me continuera peut-être la même estime... d'une manière plus efficace.

— Est-il bien sûr, demanda le vicomte, que vous ayez perdu vos fonctions ?

— Ce n'est que trop sûr. On ne veut que des hommes nouveaux.

— Croyez que je prends sincèrement part à vos peines.

— Et moi, monsieur, je vous reconnais là. Ce revirement, d'ailleurs, ne sera pas de longue durée ; nous allons battre en brèche le cabinet Pontessac ; avant peu, mon illustre protecteur reviendra au pouvoir.

— Avant peu ! dit Mathilde avec humeur. Il faut toujours du temps ; ce ne sera pas avant six mois au moins.

— Six mois, ce n'est rien.

— C'est énorme ; et moi qui, sur votre promesse, avais écrit à mon cousin...

— J'en suis désolé, madame. Je n'ai plus de recettes à donner. J'ose espérer néanmoins, poursuivit Ernest en dirigeant son regard vers Louise qui avait repris sa broderie, j'ose espérer que vous daignerez me conserver votre bienveillance.

— Certainement... certainement...

Pour échapper à de plus amples explications, la vicomtesse sonna et dit à Lucy :

— Qu'on apporte le thé.

Ernest avait parfaitement compris qu'il ne devait plus compter sur la main de Louise ; sa pensée se reporta sur M.elle de Neuville.

Mathilde étant occupée du soin de remplir les tasses, Alexis profita de ce répit pour prendre les deux visiteurs dans un coin du salon et leur exposer brièvement son affaire avec le marquis. Il ajouta :

— Cette cruelle nécessité d'aller sur le terrain avec un ancien ami m'avait si péniblement affecté, que je n'ai pas eu assez de loisir d'esprit pour chercher mes témoins. Cependant, c'est demain matin à sept heures qu'aura lieu la rencontre. Je n'ai donc pas de temps à perdre. En vous voyant ici, messieurs, j'ai pensé que vous voudriez bien me rendre ce service signalé. Excusez cette demande pressante ; mais en pareil cas, je me mettrais de même à votre disposition.

Ernest entendit cette proposition avec une joie secrète ; il jugeait que ce bon office raffermirait son crédit chez les d'Orban.

— Ne doutez pas de moi, s'écria-t-il, cher vicomte. Je suis à vous.

— Je ne veux point vous surprendre : vous savez que la loi sur le duel atteint, dans sa sévérité, les témoins eux-mêmes ?

— Je le sais, et je ne m'en effraie pas.

— Et vous, monsieur Saint-Marquet ?

— Mon Dieu ! je ne demande pas mieux. Mais, s'il y a une forte amende, vous concevez qu'un inventeur méconnu....

— Eh ! soyez donc tranquille, dit Mathilde en lui présentant une assiette de petit-four, on la paiera !

— Madame, vos paroles sont des ordres pour moi.

Quand de Foncheville et Saint-Marquet sortirent vers minuit, le premier se disait :

— Voilà un duel venu bien à propos. Il faudra tâcher de me montrer avec éclat. Si j'empêche l'effusion du sang, j'obtiens Louise et sa dot.

Le second se disait de son côté :

— Cette *affaire* sera excellente pour moi. Désormais je tiens M.me d'Orban et sa fortune !.....

La nuit s'avançait. Alexis s'était retiré dans son cabinet pour y mettre en ordre ses affaires, à la veille d'un combat où il pouvait succomber. Il avait classé ses papiers, écrit à quelques-uns de ses amis, fait ses dispositions au sujet de Louise qu'il renvoyait à son couvent. Libre enfin de ces soins, il prit la lettre d'Emma, l'ouvrit et se mit à la relire, puis traça rapidement un billet à la jeune fille. C'était pour son cœur un devoir de reconnaissance. Il remerciait M.elle de Neuville de sa bonne amitié, et lui témoignait la plus sincère sollicitude. «Au moment où je vais peut-être disparaître de ce monde, lui disait-il, permettez-moi de songer à votre avenir.

»Vos goûts sont simples; vous aimez l'étude, la retraite, la vie paisible. Eh bien ! s'il m'était permis de former un vœu pour vous et de vous l'exprimer, ce serait celui de vous voir unie à cet homme, à ce cœur loyal qui s'appelle Bénédict Arnaud. Rappelez-vous mon conseil, à l'heure où il s'agira d'un choix d'où dépendra le bonheur de votre vie. On ne saurait, en semblable matière, mettre trop de prudence ; car le pire des malheurs, c'est le mariage sans sympathie.... »

Accablé de fatigue après avoir passé par tant d'émotions, Alexis laissa sa tête appesantie tomber sur ses mains. Le sommeil le surprit. Sa lampe ne jetait plus qu'une faible clarté.

En ce moment, la vicomtesse entra sur la pointe du pied. De sa chambre, elle avait vu la lumière veiller dans le cabinet. Inquiète et curieuse comme une femme dominatrice, elle voulait savoir ce que pouvait faire Alexis à une pareille heure.

Le plus profond silence régnait dans l'appartement, et le cabinet n'étant fermé que par une portière en damas, Mathilde y pénétra sans bruit. Elle resta stupéfaite à l'aspect du vicomte endormi, et voulut d'abord se retirer ; mais un autre sentiment la poussa à s'approcher. De quoi s'était occupé M. d'Orban?

S'appuyant légèrement au dossier du fauteuil, Mathilde se pencha et aperçut sous les mains d'Alexis la lettre d'Emma et le billet du vicomte.

Cette âme altière, qui jusqu'alors avait mis toutes ses satisfactions et trouvé aussi toutes ses agitations dans la richesse, éprouva une torture qu'elle n'avait jamais connue.

La lettre d'Emma ! la lettre d'Emma!... il l'a emportée, il l'a relue !

Ce n'était donc pas pour Louise, c'était pour le vicomte que M.elle de Neuville avait écrit ! Mathilde ne comprenait pas la sainteté du plus beau, du plus grand peut-être des sentiments sociaux, de l'amitié; de l'amitié qui avait dicté les deux lettres.

Mathilde, à force d'enfermer sa pensée dans des calculs, en était arrivée à ce malheur de ne plus croire qu'à l'or et de mettre en doute les plus pures effusions de l'âme. Une rage indicible s'alluma dans son sein. Cependant, quelque aveuglée qu'elle fût, elle ne pouvait méconnaître les vertus d'Emma, et ce fut contre Alexis que son indignation se tourna.

— L'ingrat! pensa-t-elle, moi qui l'ai enrichi !

Soudain elle se souvint de la lourde domination qu'elle avait fait peser sur son mari, et, moitié accusant le vicomte, moitié s'accusant elle-même, elle sortit du cabinet, ployée sous le désespoir.

Alexis, en rêvant, venait de murmurer :
— Bonne Emma!

VI. — LA ROSÉE SUR LE SABLE.

Rétrogradons de quelques heures pour nous transporter chez Stéfane Delaunay.

L'artiste, après une première séance consacrée au portrait de Maria, venait de remonter chez lui, tout ébloui encore du luxe dont il s'était vu entouré et des regards de feu dont il avait eu à soutenir l'éclat. En rentrant, il avait une gaîté expansive et bruyante que Célestine ne lui avait jamais connue. Il embrassa Henri avec une sorte de distraction et courut d'abord au tiroir où était le reste des mille francs, un peu ébréchés par M. Blémont.

— Ça va bien, ça va bien ! dit-il en se frottant les mains et contemplant son petit trésor; les chances donnent fièrement depuis vingt-quatre heures!

— Oui et non, mon ami, dit doucement Célestine d'un ton qui n'était pas sans mélancolie.

— Comment? comment? Nous n'avons pas eu de chances?...

— Ne te fâche pas; je ne veux pas te contredire.

Stéfane alla prendre sa pipe et la bourra d'un air de mauvaise humeur. C'était la première fois qu'il avait cette contenance.

— Les femmes ne sont jamais contentes ! dit-il en se jetant dans le fauteuil qui craqua sous son poids.

Il se releva et donna un coup de pied au fauteuil.

— Ce *Voltaire* est tout délabré.... demain il faudra en acheter un autre.

— Comme tu voudras, mon ami.

— Nous aurons besoin aussi d'une glace plus grande que celle-ci et d'une pendule moins *rococo*.

— Comme il te plaira. Mais ces dépenses....

— Ces dépenses ne sont plus au dessus de nos moyens. Nous avons de l'argent !

— De l'argent !

— Encore !... on croirait que ça te vexe.

Il écarta Henri qui voulait jouer, et qui le regarda tout interdit, avec une larme aux yeux.

La mère s'en aperçut, embrassa l'enfant et lui glissa un morceau de sucre. Puis, tout en mettant le couvert, elle dit à son mari :

— Je serais désolée, mon ami, si tu me prêtais des pensées que je n'ai pas. Dès que tu es content, je dois être contente, et je le suis. Mais franchement, j'eus désiré plutôt que l'Etat te commandât des travaux.

— Ecoute donc, on ne fait pas toujours ce qu'on veut. Si je n'ai pas obtenu de commande, ce n'a pas été ma faute.

— Je le sais; tu as assez couru pour rien.

— Or, si je trouve aujourd'hui de l'argent à gagner facilement, je ne vois pas pourquoi tu t'en affligerais.

— Cet argent vient d'une source....

— Eh ! mon Dieu! c'est selon l'opinion qu'on a. Je suis artiste et je place mes tableaux comme je le puis.

— Stéfane, je t'ai connu plus rigoriste.

— Il ne faut pas non plus l'être trop, Célestine. On ne réussit guère en ce monde avec la grande morale. C'est tout au plus si l'on ne vous montre pas au doigt. Vous ennuyez les gens, et ils vous tournent les talons. Après ce portrait, on m'en commandera bien d'autres, va !

— Oui, des amies de...

— De M.me de Rochemore? Quel mal à cela ! N'en resterai-je pas moins un honnête homme parce que je commencerai à me répandre !

— Tu as raison, dit Célestine, en allant essuyer quelques larmes dans sa petite cuisine.

Delaunay ne s'était pas aperçu de ce mouvement. Il continua de s'extasier sur ses chances, sans comprendre quelle peine il causait à sa femme.

— Cette Maria, reprit-il, est une personne qui mérité d'être connue. Elle a beaucoup de grâce dans la conversation ; de la simplicité, une distinction, une décence même qu'on est loin de trouver chez ses semblables.... Et puis, si tu savais, quelle exquise élégance règne autour d'elle ! quel luxe princier !...

— Je conçois, dit Célestine, que cela t'ait charmé ; jusqu'ici, dans notre petit ménage, tu n'avais connu que le luxe de la propreté.

— Ne t'afflige pas sans motif. C'est une comparaison naturelle.

— Non, mon ami, je ne m'afflige pas. Seulement, je voudrais que tu eusses ce luxe qui te plaît. Jusqu'à présent tu n'en avais pas eu besoin.

— C'est vrai ; mais peut-être notre simplicité forcée nous était-elle nuisible; les hommes jugent toujours sur les apparences.

Célestine avait grande envie de répliquer : «A commencer par toi pour cette Maria...» Mais elle garda cette réflexion, résolue qu'elle était à ne heurter en rien son mari.

Après le dîner, Stéfane parut rêveur, soucieux, il ne songeait plus à badiner avec Henri, ni à tailler ses crayons pour faire quelques croquis. Il avait une pensée qui lui venait sans cesse sur les lèvres, et qu'il retenait par un reste d'égards. La jeune femme s'aperçut aisément de cette disposition d'esprit.

— Mon ami, dit-elle, si tu es las d'avoir tant travaillé, ne te gêne pas pour nous, et va faire une promenade. Il serait bon d'aller voir ton ami, M. Arnaud, et de lui rapporter son billet avec tous nos remerciements.

Cette proposition, qui naguère l'eût charmé, plut médiocrement à Stéfane. Il garda un moment le silence, puis répondit :

— Non, ce n'est pas cela que je voudrais. D'abord Bénédict est très-rarement chez lui le soir. J'aurais un autre désir, mais je n'ose te l'exprimer. C'est de l'égoïsme.

— N'hésite pas, si j'ai ta confiance.

— O ma bonne Célestine !... s'écria Delaunay, attendri. C'était mal.... Je resterai.

Il courut prendre ses crayons et son carton d'esquisses. Célestine l'arrêta.

— Je tiens absolument à savoir ce que tu désirais. Mon Stéfane ne peut rien vouloir que d'honorable.

Stéfane la regarda comme dans leurs beaux jours. Il lui retrouva son auréole d'ange et la baisa au front.

— Excellente créature !... murmura-t-il.

Et il soupira, comme si ce soupir chassait une mauvaise pensée.

— Eh bien ! mon ami, j'attends ton aveu.

— C'était une fantaisie... d'artiste. Je songeais à aller à l'Opéra, où l'on joue *Robert*. Je ne connais pas ce chef-d'œuvre.

— Ce n'est que cela !... Tu m'avais fait peur. Vas-y, Stéfane, et amuse-toi bien.

— Mais toi, Célestine, est-ce que tu ne m'y accompagneras pas ?

Célestine lui montra du doigt Henri.

— Voilà mon spectacle à moi, dit-elle.

— Mais tu t'ennuieras ?

— Avec mon petit compagnon, je ne m'ennuie jamais.

— Vraiment, tu es ingénieuse à lever toutes les difficultés. J'accepte, mais ce sera pour une fois, je te le promets.

— Ecoute bien, Stéfane. Lorsque tu m'as épousée, moi, pauvre fille d'un capitaine retraité, je n'avais pas d'autre dot que ma soumission et mon dévoûment. Ce jour-là, à l'autel, devant Dieu qui entendait mon serment, je me suis promis de ne jamais te contrarier en rien, de ne te faire aucune opposition, de ne te causer aucun chagrin. Ce n'est pas ce soir que je commencerai. Je me fie à ton honneur, tu es juge et maître de tes actions. Si tu continues de m'aimer, ce sera volontaire. Je ne t'impose pas plus l'affection que la dépendance. Quoi qu'il arrive, toujours je serai la même. Maintenant, mon ami, agis sans crainte. Ton désir te poussait à assister à cette représentation; tu fais bien : un artiste se retrempe au milieu du mouvement et de l'éclat du monde.

Il y eut chez Stéfane un vague remords, qui fut près de le retenir; mais l'irrésistible tentation prit le dessus et l'entraîna. Dans la journée, il avait entendu Maria parler de l'Opéra, et c'était Maria qu'il voulait entrevoir au milieu de ce nimbe de beauté que donne l'animation du soir.

L'artiste mit son habit noir, qui sortait de l'armoire deux ou trois fois seulement chaque année, et il partit, le cœur palpitant.

Neuf heures étaient sonnées sans que le marquis fût venu chercher Maria. A la veille d'un duel, ayant bien des dispositions à prendre, Félix ne pouvait décemment s'éloigner de l'hôtel où M.me de Montglars était restée avec Emma, afin de lui tenir compagnie.

Tandis qu'à l'hôtel on causait avec cette inquiétude, cette anxiété qui précède les grandes crises, Maria s'impatientait d'attendre. On ne l'y avait pas habituée. Un moment elle fut tentée de faire atteler et de se rendre seule, soit à l'Opéra, soit à quelque autre théâtre. Mais elle était lasse de spectacle, et elle bâilla à la pensée du plaisir qu'elle subirait.

Tout à coup une idée lui vint, une de ces idées qui illuminent l'esprit. Sans se donner le temps de changer de toilette, elle prit sous le bras une grosse boîte qu'elle avait fait acheter dans la matinée, et traversa son appartement, en disant à Sophie :

— Si le marquis arrive, vous lui répondrez que je suis sortie.

Elle monta d'un trait les trois étages qui la séparaient du logis de l'artiste. Au deuxième, elle avait rencontré M. Blémont, qui lui dit avec son sourire en dessous:

— Où allez-vous ainsi, charmante dame ?

— Chez M. Delaunay.

— Tiens, tiens. Il a de la chance, notre petite peintre. Vous lui trouvez du talent?

— Beaucoup.

— C'est prodigieux, je ne l'aurais pas cru.

— Oh ! il faudra bien que je le lance !... C'est un idéal que sa femme !

— Tiens, tiens, vous vous intéressez à sa femme !

— Comme vous, sans doute, monsieur, qui avez si bon cœur !

M. Blémont accepta le compliment en saluant; mais il en sentit l'ironie.

— Que je ne vous arrête pas, dit-il; je rentre enchanté...

— Vous aurez probablement gagné à la Bourse ?
— Je n'y mets jamais les pieds, par principes et par prudence. Ma joie vient de la chute du ministère. Le ministère est tombé ! C'est bien consolant.
— Ça m'est fort égal !
— Ça ne m'est pas égal, à moi. Des gens indignes, corrupteurs, des hommes sans discernement, qui me refusaient la croix !...
— Ah ! je conçois. Bonsoir, monsieur. Bonne chance avec les nouveaux ministres !
— Je ne négligerai rien. Quand on a des droits, c'est une duperie de ne pas les faire valoir.
Délivré de cet importun, Maria avait repris sa course aérienne. En un instant, elle fut arrivée devant la porte de Delaunay. Elle frappa vivement.
— Qui est là ? demanda Célestine, étonnée, et croyant d'abord que son mari revenait avant la fin de la représentation.
— C'est moi, ma chère voisine, M.me de Rochemore.
— Entrez, madame, dit Célestine en ouvrant la porte.
La jeune femme recula stupéfaite à la vue de Maria en costume de bal, robe de gaze rose pardessus une robe de taffetas d'Italie, bracelet serpent aux yeux de rubis, fil de perles avec agrafes de diamants, gants blancs et souliers de satin.
— Est-ce que je rêve ? demanda-t-elle. Vous, madame, en si brillante toilette ! ici, à cette heure !
— Oui, c'est moi, ma chère madame Delaunay. Vous aurez bientôt l'explication de ma visite. Mais, d'abord, permettez-moi d'embrasser votre petit mignon.
— J'allais le coucher.
— J'en aurais eu du regret, car j'ai songé à lui. Bonsoir, monsieur Henri. L'enfant, qui s'était caché derrière sa mère, disait, en montrant Maria :
— La belle madame !...
— Mon ami, voilà des soldats dans cette boîte qui sont jolis comme vous.
En même temps, Maria fit sauter le couvercle et posa la boîte sur la table.
Henri jeta des cris de joie, et aussitôt, sans penser au sommeil, il se mit à extraire un à un ses soldats de leur enveloppe, à les considérer, les retourner, les montrer successivement à Célestine qui souriait, puis à les ranger avec une certaine symétrie. La table en était couverte. Les bataillons de Français, d'Anglais et de Prussiens se suivaient tant bien que mal, officiers avec soldats, cavaliers avec fantassins. Il y avait jusqu'à des canons et des tentes, et il fallut que Célestine donnât force explication au petit général, qui était infatigable dans le rangement de ses troupes.
— Vous êtes vraiment trop bonne... dit M.me Delaunay. C'est le gâter. Ses autres jouets seront abandonnés.
— J'espère bien que vous me permettrez de m'occuper de ses plaisirs.
Célestine hésita. Opposer un refus eût été chose dure. Et cependant il lui répugnait d'accepter des cadeaux. Mais elle avait la tolérance de la véritable vertu, et elle se promit en ce moment de ne pas faire sentir à sa visiteuse la distance énorme qui sépare la courtisane luxueuse de la mère de famille pauvre.
— Je vous ai promis une explication, reprit Maria. La voici. Je vais aller ce soir à l'Opéra...
— A l'Opéra ?... Mon mari y est.
— Ah !
Les deux femmes eurent peut-être la même pensée.
— Y serait-il allé pour elle ?
— Y serait-il allé pour moi ?
Mais Célestine rougit d'avoir pu soupçonner Stéfane, et Maria, qui ne cessait de contempler Célestine avec attendrissement, repoussa une idée désagréable pour elle, qui, précisément, lasse d'hommages, était venue chercher auprès de la paisible ménagère une oasis de calme et d'oubli.
— S'il ne connaît pas Robert, dit M.me de Rochemore, je conçois sa curiosité : Robert est une œuvre admirable. La personne qui devait me conduire au théâtre m'a manqué de parole. Après avoir attendu vainement, j'ai eu l'inspiration de monter chez vous. Je n'ai même pas pris le temps de me déshabiller, et je vous serai reconnaissante de vouloir bien me recevoir ainsi.
— Mon Dieu ! vous vous ennuierez avec moi, madame. Je ne sais pas causer. Mon mari regrettera d'avoir été absent.
— Et moi je ne regrette pas qu'il soit dehors. J'en serai plus libre pour vous parler...
Démêlant une certaine crainte dans les regards de Célestine, Maria s'empressa d'ajouter :
— Oh ! rassurez-vous, chère madame. Mes confidences ne seraient pas de celles qui pourraient offenser votre esprit chaste et réservé.
— J'y compte, dit Célestine ; mais déjà je vous ai appréciée sous ce rapport.
— Maman, maman, s'écria Henri, les bonshommes sont tous tombés !
— Ramasse-les.
— Oui, dit-il gravement, je vais les ramasser.
— Tu n'as pas envie de dormir ?
— Non ! non !... pas dormir !
— Laissez-le... pour moi... une fois par hasard.
— Vous ne regretterez pas votre soirée d'Opéra ?
Maria leva les mains.
— La regretter ? Je suis heureuse, au contraire, d'en être débarrassée. On finit par se fatiguer de cette vie de faste et d'agitation. J'ai voulu la connaître, j'ai voulu échanger le calme, qui me semblait monotone, contre le mouvement et les aventures. Et souvent je me suis prise à jeter un regard en arrière avec regret, un avant avec effroi. Je me demandais où j'allais ainsi. Je calculais tant d'heures données à des désœuvrés, à des sots, et perdues dans des plaisirs qui finissent par produire la satiété. Je tentais de résister à cet entraînement, de sortir d'un cercle bruyant et de me recueillir. Les amis revenaient avec leurs paroles banales, avec leurs propositions pressantes ; le luxe, avec toutes ses séductions enivrantes. Ah ! qu'il est difficile de quitter une voie où l'on s'est lancé sans réflexion ! On va, on va toujours, jusqu'à ce qu'on tombe. Arrêtez-vous donc lorsque tant de voix vous appellent, vous sollicitent, vous flattent, lorsqu'on a aussi un combat à soutenir contre tant de rivalités !... Mais croyez-moi, chère madame Delaunay, et accordez-moi un peu de pitié : le bonheur m'est inconnu. J'ai commencé la vie dans les orages ; je n'ai pas trouvé d'abord la sympathie tendre et indulgente dont j'avais besoin. Qui sait ! si j'avais eu pour me diriger et me soutenir un bon Stéfane, j'eusse peut-être évité bien des fautes. J'ai été en butte aux soupçons quand j'étais pure, aux duretés quand j'étais douce, aux amertumes quand j'étais sans fiel ; je me suis révoltée, et la révolte m'a perdue. Ah ! j'avais besoin de vous faire ces confidences, de me relever ainsi un peu à vos yeux. Et quel bien j'éprouverais si vous me disiez que... vous ne me méprisez pas.
En achevant de parler ainsi, Maria baissa la tête. Ses cils noirs étaient humides. Une main vint presser cordialement les siennes. Maria se leva vivement et se jeta dans les bras de Célestine.
Celle-ci éprouvait une compassion profonde !
— Oh ! je me doutais, dit-elle, que vous viviez sans bonheur, et déjà je vous plaignais, même avant de vous connaître. A présent, je gémis pour vous ; car vous n'avez pas cet enivrement qui impose silence à la pensée. Oui, si vous êtes lasse de cette existence, il y a des moments où vous devez cruellement souffrir...
— Tiens, dit Henri, qui s'était retourné, tiens, la belle madame qui pleure !...
— Tais-toi et joue, dit la mère.
— Ce cher petit ! Il a raison. Mais ces larmes me rafraîchissent... Avec vous je n'ai pas honte de les verser.
— Voyons, reprit Célestine, je ne veux pas non plus que vous vous attristiez trop en ma compagnie. Je vous l'avouerai, — et ma franchise en cela égalera la vôtre, — j'avais des préventions contre vous... Notre vie, nos habitudes sont si différentes ! A présent que vous m'avez forcée de vous plaindre, à présent que vous avez gagné ma confiance, je sens qu'il y a en vous, madame, de nobles qualités, et je me dis que, peut-être, avec un effort, vous réussiriez à rompre la chaîne dorée qui vous retient.
— Est-ce possible ? hélas !
— Selon moi, c'est toujours possible.
Maria fit un geste d'incrédulité. Célestine comprit que l'épreuve avait été assez forte pour cette fois, et qu'il serait indiscret de la pousser plus loin.
— Vous devez, dit-elle, prendre le thé tous les soirs ?
— Mais oui. Voulez-vous descendre chez moi ? On nous le servira.
— Non ; si vous y consentez, il me serait plus agréable de vous l'offrir.
— Vous ! chère madame...
— Certainement. J'ai tout ce qu'il me faut. Vous verrez si je suis habile.
— Oh ! je sais que vous êtes une excellente femme de ménage. Mais je n'accepte votre thé qu'à la condition de vous aider à le faire.
— Par exemple !
— J'y tiens.
Et aussitôt Maria se mit en devoir de retirer ses gants. On alla chercher la théière, le sucrier, les tasses ; on disputa à Henri la moitié de la table pour y placer tout l'attirail nécessaire. Mais Henri ne se plaignait pas, alléché qu'il était par l'attrait du régal.
Tandis que l'eau chauffait, Célestine dit, pensant à son mari :
— Il sera bientôt onze heures. Stéfane ne tardera sans doute pas à rentrer.
— Eh bien ! attendons-le... Il trouvera son thé tout prêt. Quels yeux il va ouvrir !
— Il me grondera pour n'avoir pas fait coucher Henri.
— Je rejetterai tout le tort sur moi. Mais écoutez !... N'est-ce pas lui qui revient ?
On entendait un pas lourd et une voix animée.
— Non, dit Célestine, c'est notre voisin, M. Jean Morin.
— Qu'est-ce que c'est que ça, M. Jean Morin ?
— Un vieillard qui compose des vers.
— La poésie et la vieillesse !... s'écria M.me de Rochemore. Ce sont deux ennemis que M. Morin aura bien de la peine à réconcilier.
— Aussi le pauvre homme le sait-il. Figurez-vous....
M.me Delaunay s'interrompit dans sa confidence. Le vieux poète était en train de se réciter au moins un chant de son épopée des Atrides, et l'écho de sa voix tragiquement caverneuse faisait vibrer les murs. De temps en temps, il se donnait des marques de la plus vive satisfaction.
— Voilà un voisin assez incommode, dit Maria.
— Il aime à déclamer ses vers, et nous nous gardons bien de l'en empêcher ; il a été célèbre, et maintenant on ne parle plus de lui ; il a eu quelque fortune, et maintenant il est pauvre.
— Laissez donc ; il n'est pas si malheureux puisqu'il rime. Ah ! pour le coup, voilà bien votre mari !
L'escalier retentissait de l'air si connu : Des chevaliers de ma patrie ! chanté à pleine poitrine.
Célestine n'attendit pas que Stéfane fût sur le palier. Elle s'élança au devant de lui en disant :
— Bonsoir, mon ami. Tu t'es bien amusé, j'espère ? Nous avons une visite.... Madame de Rochemore.
— Ah bah !...
Stéfane entra avec cette exclamation à la bouche. Maria ne put s'empêcher de rire.
— Oui, c'est moi, en personne.
La stupéfaction de l'artiste n'avait pas encore cessé. Il promenait ses regards autour de lui, comme s'il eût rêvé. La lampe allumée, Henri debout dans la chambre, un thé tout disposé, Maria installée dans le fauteuil, c'était un ensemble étourdissant pour lui.
— Comment, c'est vous, madame !... Vous ici !... avec ma femme !...
— Tout juste, pas de cérémonie, je vous prie, monsieur Delaunay. Continuez donc de fumer votre cigare. Je devais aller au spectacle...
— A l'Opéra... dit Célestine jetant un coup-d'œil furtif sur son mari, qui parut un peu troublé.
Ce fut la seule vengeance qu'elle tira de Stéfane.
— Comme ça se rencontre !... s'écria ce dernier. J'en viens, moi. J'ai entendu Robert, admirable partition !... Et vous alors, madame, vous étiez ici ?
— J'ai passé avec M.me Delaunay une des meilleures soirées de ma vie. Ah ! que votre femme est bonne !... Et votre Henri, qu'il est gentil !
— Le coquin ! vous l'avez mis à la tête d'une armée...
— Mon papa, dit l'enfant, regarde donc mes beaux bonshommes. Il y en a des rouges, des bleus, des verts.
— Oui, de toutes les couleurs ! Vraiment, madame, je ne sais comment vous remercier. Vous nous comblez. Nous n'avons rien à donner, nous.
— Si fait, un grain d'amitié ! dit Maria.
Et comme pour ne pas leur laisser le temps de répondre, elle ajouta :
— Le thé est parfait.
Célestine servit Maria, Stéfane et Henri, qui n'avait garde de se laisser oublier.
A bout d'un quart-d'heure de causerie affectueuse, on se séparait en disant :
— Au revoir !

Maria descendit, le cœur soulagé.

Cette nuit-là, Stéfane vit dans un long cauchemar passer *Bertram* féminisé avec les traits de Maria, *Alice* avec le visage de Célestine... Lui-même, il apparut à sa propre pensée sous l'extérieur de *Robert*.

Les deux principes étaient là : de quel côté Stéfane inclinerait-il ?

VII. — LA RENCONTRE.

Sept heures du matin.

Le ciel est gris et couvert, l'atmosphère lourde; un orage se prépare.

Une voiture de place vient de s'arrêter à la porte Saint-Mandé.

Il en descend quatre hommes : le marquis de Montglars, accompagné de son médecin, de Bénédict Arnaud et de Faustin Gournet. Ce dernier tient une boîte à pistolets.

Sur les traits du marquis, on eût pu lire cette détermination calme et froide d'un gentilhomme qui a fait d'avance à son honneur le sacrifice de sa vie. Il n'avait pas prononcé une parole depuis le départ de l'hôtel. Sa pensée s'attachait tour à tour à cette charmante Juliette, qu'il allait défendre, à cet excellent Alexis, contre qui il lui fallait combattre. Pour un esprit léger par nature, c'était une de ces circonstances graves qui accablent. Aussi Félix, malgré la sérénité qu'il s'efforçait d'imprimer à son visage, était-il en proie à une émotion intérieure que trahissaient quelques crispations des lèvres et des joues. Bénédict, désolé de n'avoir pu donner à l'affaire une autre issue, ne cherchait pas à dissimuler son chagrin. En réalité, c'était moins M. de Montglars que son témoin qui semblait être le combattant. En approchant du lieu désigné pour le rendez-vous, Bénédict, de plus en plus triste, penchait sa tête vers sa poitrine, les bras croisés, les yeux fixés sur la terre. Quant à Gournet, il était d'un calme inaltérable; lui seul parlait sans obtenir, il est vrai, de réponse, sinon du médecin, auquel il s'accrochait. Il avait développé une grande théorie du point d'honneur, exposé sa doctrine, défini la nécessité sociale du duel, versé enfin tout ce qu'il y avait dans son âme d'amertume contre le monde tel qu'il est constitué avec ses vices, ses lâches complaisances et ses débordements.

Sept heures cinq minutes.

Un second fiacre arriva. Il amenait le vicomte d'Orban, Ernest de Foncheville et Saint-Marquet.

On se salua silencieusement.

Les deux groupes s'acheminèrent vers un fourré épais du bois de Vincennes.

Là on s'arrêta. Gournet tira les pistolets de la boîte et les chargea avec un soin minutieux en présence des trois autres témoins.

— Vous voyez, dit-il, messieurs, que tout est bien en règle. Maintenant, nous allons compter les pas.

— Attendez! dit vivement Bénédict, je crois que M. de Montglars veut adresser la parole à M. d'Orban.

— C'est inutile, s'écria Gournet en fronçant le sourcil. Les explications ont été échangées ; le tour de l'action est venu. Tout discours serait superflu.

— Permettez, permettez. Le rôle des témoins n'est pas de précipiter la lutte, mais de la retarder. Monsieur le marquis, que désirez-vous ?

— Poser une question à mon adversaire.

Sur l'invitation de Bénédict, le vicomte s'approcha, ayant ses témoins à sa droite et à sa gauche.

Félix et Alexis étaient en face l'un de l'autre. Ces deux hommes que l'amitié d'enfance avait étroitement unis, que la parité de rang avait tenus dans le même monde, qui n'avaient cessé de se voir comme des frères malgré la différence de leurs caractères, ne purent se regarder mutuellement sans éprouver une violente secousse. Ils devinrent tous deux pâles, et leurs yeux se remplirent de larmes. Bénédict comprit cette double angoisse ; il soutint le marquis en lui prenant le bras, il fit signe à Ernest de l'imiter à l'égard du vicomte.

Cependant M. de Montglars devait parler. Il surmonta son trouble pour dire à Alexis :

— Monsieur, je vous ai appelé sur le terrain afin d'obtenir la réparation due à M.me la marquise, insultée par M.me la vicomtesse d'Orban. Veuillez déclarer si vous désavouez les accusations portées par M.me la vicomtesse. Dans le cas contraire, il ne me restera plus que la triste ressource des armes, et Dieu jugera entre nous.

— Monsieur, répondit Alexis d'une voix toute tremblante, après ce qui s'est passé, je ne crois pas qu'il y ait lieu à d'autres explications. Vous m'obligerez en n'exigeant rien de plus. Placé entre mes amis les plus chers et ma femme, qui avait été si loin, trop loin, hélas! j'ai dû, quand vous m'avez provoqué, accepter le combat. Un gentilhomme, un ancien officier, ne saurait hésiter en face d'un cartel. N'interrogez pas mon cœur... Mais hâtons-nous, hâtons-nous.

— C'est bien! dit triomphalement Gournet.

Il compta les pas, remit un pistolet à Félix, qui le donna à Alexis, et présenta l'autre au marquis.

— Tirez le premier, monsieur, dit le vicomte; vous êtes l'offensé.

Et il se tint immobile sans s'effacer.

Saint-Marquet frappa dans ses mains :

— Un !... deux! trois!

Le marquis avait abaissé l'arme à la hauteur du visage de son adversaire. Il la releva.

— Tirez donc, monsieur ! cria Gournet avec une sorte de colère sauvage.

— Non !... dit M. de Montglars, non ! cela m'est impossible !... jamais, jamais je ne pourrai !... Alexis ! Alexis !

— Félix !... répondit M. d'Orban.

Tous deux remirent les pistolets aux témoins, et, courant l'un vers l'autre, ils s'embrassèrent en pleurant et s'appelant du nom de frères.

— O mon Dieu ! je vous remercie ! dit Bénédict, pénétré de joie.

Un seul homme semblait avoir vu avec regret cette réconciliation inespérée : c'était Gournet. Son habileté à dissimuler ses impressions lui fit défaut en cette circonstance. Il ne put réprimer les reproches qui lui venaient à la bouche.

— En vérité, dit-il, j'admire ce dénoûment. C'était bien la peine de nous déranger! Autant valait nous avertir qu'il s'agissait d'un déjeuner chez Véfour. On aurait mis des gants paille.

— Taisez-vous, monsieur ! dit très-vivement Bénédict.

— Hein? répliqua Gournet avec un regard de haine.

— Taisez-vous ! Votre conduite est infâme !

— C'est à moi que vous parlez, mon petit monsieur ?

— A vous-même.

— Bénédict !... Gournet !... dirent à la fois le marquis et le vicomte.

Mais Gournet, saisissant l'artiste au collet, dit avec véhémence :

— Vous ne savez pas ce que vous risquez. On ne m'a jamais bravé en face, moi !

— Eh bien ! on vous aura corrigé ! Mettez que je vous ai souffleté d'un revers de mon gant.

Gournet rugit. Il s'élança vers Saint-Marquet, qui tenait encore les pistolets, en saisit un et cria à Bénédict :

— Insolent! défendez-vous ; car si vous refusez le combat, je vous tue comme un chien !...

— Je veux bien vous faire cet honneur, répondit Bénédict, quoique, par instinct, je vous aie toujours méprisé.

Il prit le second pistolet et alla se placer à la distance déterminée.

Gournet tira le premier; sa balle porta trop haut et effleura Bénédict à l'épaule gauche en le blessant légèrement.

Bénédict tira à son tour.

Un cri général retentit... Gournet était tombé, frappé en pleine poitrine.

Ce fut parmi les assistants un désordre inexprimable. Le médecin du marquis donna au blessé les soins les plus urgents ; puis il le fit placer dans un des fiacres pour le conduire à la maison de santé la plus proche.

— C'est un homme perdu, avait-il dit tout bas à M. de Montglars.

Quant à Bénédict, vivement affligé, il dit après le combat :

— Dieu m'est témoin que je ne prévoyais ni ne désirais ce qui vient d'arriver. M. Gournet est assez puni, il ne m'appartient pas de l'accuser.

— Ah ! Bénédict, qu'avez vous fait !... dit le marquis avec chagrin. Il n'y a pas un moment à perdre : il faut que j'empêche qu'on ne vous arrête préventivement. Retournons vite à Paris. Dès ce soir, mon pauvre ami, si vous tenez à votre liberté, vous partirez pour la frontière ?...

VIII. — DERRIÈRE LA TAPISSERIE.

Chez le marquis, — à la vue de Félix ; — chez le vicomte, — à la vue d'Alexis, la joie fut également vive. Le premier soin de Félix avait été de rassurer sa femme et sa belle-sœur sur le compte d'Alexis. Il passa avec Juliette et Emma dans l'appartement de la marquise. On avait défendu la porte pour tout le monde ; et ni M. d'Escarrieux, ni M. de Tirpenne, ni vingt autres empressés ne purent faire lever la consigne.

— Ah çà! dit Félix, je vais vite vous raconter ce qui a eu lieu ; puis, je déjeunerai à la hâte et je sortirai dans l'intérêt de notre ami Bénédict, dont la position pourrait être très grave d'ici à demain.

— Mon Dieu ! qu'y a-t-il donc? demanda Juliette s'efforçant de maîtriser son émotion. Mais laissez-nous nous réjouir de vous revoir, cher Félix. Je vous serai éternellement reconnaissante de votre dévouement.

— Ma bonne amie, j'ai rempli mon devoir, voilà tout. Mais franchement, je n'ai pu aller jusqu'au bout... Lorsque le pauvre Alexis et moi nous sommes trouvés face à face, il nous a pris un trouble, un trouble... Tenez, presque de l'enfantillage !... Nous avons senti l'un et l'autre qu'il nous était impossible d'engager ce combat; et, ma foi! nous n'avons pas tiré.

— Le ciel soit loué!... dit la marquise. Quelle triste affaire ! j'ai bien regretté de vous avoir rapporté les paroles de M.me d'Orban.

— N'y songeons plus, ma chère. Ces paroles sont effacées maintenant. Ah ! ce pauvre Alexis, quel excellent garçon !

— Achevez-nous donc votre récit, dit Juliette avec une certaine impatience.

— Ici l'affaire tourne au tragique. Gournet que, malgré sa violence et ses façons brutales, j'hésite à croire aussi noir qu'on l'a représenté, Gournet s'est fâché, emporté. Il s'est plaint de l'issue du duel.

— Je vous le disais bien : c'est un homme dangereux.

— Ne le chargez pas, car il est fort à plaindre.

— Lui ?

— Sans doute. Une querelle s'est engagée entre lui et Bénédict ; ils ont sauté sur les pistolets, et...

— Et M. Arnaud?... s'écrièrent à la fois Juliette et Emma.

— Ne vous effrayez donc pas tant! Notre peintre a eu la main heureuse. Ah ! ce gaillard-là tire très bien. Il a atteint Gournet un peu au-dessus du cœur, et je ne crois pas que Gournet en revienne.

— Quelle chose horrible! murmura Juliette.

— Assurément, je déplore comme vous ce malheur. Mais ce n'est pas une raison pour s'engourdir. Il faut que Bénédict quitte Paris dès ce soir. Le vicomte doit aller lui chercher un passeport; de mon côté, je vais courir chez quelques amis puissants, afin de réussir à ce qu'on suspende aux ordres qui seraient donnés pour son arrestation. Bénédict pourra aisément supporter la route. Il n'est blessé que très légèrement.

— Ah! il est blessé?... dit Emma très émue, tandis que Juliette baissait les yeux.

— Presque rien, à l'épaule. Son domestique le soigne en ce moment.

Comme il l'avait annoncé, Félix partit aussitôt après le déjeuner. Il avait repris sa gaîté ordinaire en pensant que son ami de collège lui était rendu. Quant à Bénédict, bien qu'il lui portât une certaine affection, ce n'était pas un homme indispensable pour lui.

Il n'en était pas de même de Juliette. — Pendant que son mari lui retraçait les événements de la matinée, elle avait conservé le mieux possible son voile de sérénité. Mais aucune circonstance n'avait glissé sur son esprit, et ce fut sous les couleurs du dévoûment le plus héroïque qu'elle se représenta la conduite de Bénédict. A ses yeux, Bénédict était un véritable défenseur; s'il avait repoussé les paroles violentes et essuyé le feu de Gournet, c'était pour elle, pour elle qu'on avait odieusement accusée. Oui, Bénédict, après avoir déjà offert au vicomte de se substituer au marquis dans la rencontre qui devait avoir lieu, avait, au dernier moment, complété ce rôle si généreux en faisant le sacrifice de sa vie dans un duel improvisé.

Une seconde pensée s'offrit à l'esprit de la marquise.

— Ce soir, ce soir même, Bénédict partira !... Il s'en ira seul, exilé, sans consolation ; peut-être emportera-t-il le souvenir de cette espèce de congé cruel que je lui avais donné hier... J'avais été bien dure... Au fond du cœur il m'accuserait; il me jugerait ingrate... Il me confondrait avec tant d'autres femmes du monde qui ne ressentent rien et ne vivent que de flatteries... Ce serait affreux... Je veux qu'il apprenne combien je lui suis reconnaissante... Mais comment l'apprendrait-il ?... Lui écrire, oh! non, je ne ferai pas cela... Si je pouvais le voir, ne fût-ce qu'un instant, le consoler, lui souhaiter le bonheur qu'il mérite !... C'est impossible !...

La marquise resta sur cette dernière idée, et peu à peu l'impossibilité diminua à ses yeux. En même temps, Juliette se trouvait des excuses dans ce sentiment de reconnaissance, le seul qu'elle crut éprouver.

Dès-lors sa résolution fût prise : aller chez Bénédict.

Elle jeta un châle sur ses épaules, mit un chapeau fort simple avec un voile de gaze, prit un livre de prières, et dit, en passant dans l'antichambre, qu'elle se rendait à Sainte-Valère, et qu'elle serait bientôt de retour.

Bénédict était rentré chez lui dans une disposition d'esprit qu'il est aisé de concevoir. D'une part, il songeait avec regret au sang qu'il avait versé, et plaignait, mort, l'ennemi qu'il avait haï vivant ; d'autre part, il avait à subir les conséquences de ce duel, à s'exiler pour longtemps peut-être ; et lui qui avait gémi tout bas en apprenant de la marquise elle-même ses projets de départ pour la campagne, c'était un départ bien plus cruel qu'il devait subir. Ce n'était plus la marquise, mais lui, Bénédict, qui s'éloignerait. Ah ! dans ce moment où son cœur se brisait, l'artiste sentait qu'il allait tout perdre, et que la véritable patrie, c'est l'amour....

C'était avec nonchalance, avec ennui qu'il réunissait dans une malle les objets que lui apportait Baptiste, qui pleurait à chaudes larmes, à l'idée de se séparer d'un si bon maître. Baptiste, dans son regret, n'avait à son service que ces mots : «Quel *guignon !* Coquin de sort!» Et s'il ne les variait pas, il se soulageait en les répétant sans cesse.

— Consolez-vous, Baptiste, lui disait doucement Bénédict, je reviendrai un jour : vous rentrerez chez moi.

— Je l'espère bien, monsieur. Mais c'est égal, on sait quand on part, on ne sait pas quand on reviendra.

— On sonne... Allez ouvrir.

— Ah ! mon Dieu ! si l'on venait arrêter monsieur !

C'était Stéfane Delaunay. Lui qui n'était instruit de rien, il arrivait joyeux, la tête remplie de choses à raconter. Il demeura stupéfait en voyant la figure longue du domestique.

— Qu'y a-t-il donc, mon garçon ? vous avez une face de carême !

— Ce n'est pas moi... c'est mon cher maître... Quel guignon !... coquin de sort !... Entrez, monsieur.

— Eh bien ! qu'est-ce qu'on me dit, Bénédict ?... Serais-tu malade ? Tiens, ta redingote est fendue à l'épaule ?...

— Bonjour, Stéfane. Deux mots t'apprendront tout.

Stéfane, en effet, fut bientôt mis au courant des événements qui s'étaient accomplis depuis la veille.

Il était confondu.

— Que de choses en quelques heures ! Mais tu vois, ami, que tu accusais à tort le marquis. Si ce n'est pas un époux très-fidèle, du moins a-t-il souci de l'honneur de sa femme. Quant à toi, je te le demande, quelle idée d'aller t'embarquer dans cette querelle !

— Ah ! Stéfane, les conseils tardifs ne sont pas de saison. Si je déplore le malheur qui est arrivé, je crois que ma conduite n'a été que ce qu'elle devait être. Je puis avoir des regrets, je n'ai pas de remords ; et, faut-il l'avouer ? si c'était à recommencer, je recommencerais.

— Malheureux ! songe donc que tu es obligé de fuir !

— Fuir ! il est vrai. Mais toi, songe que j'emporte un souvenir à la fois amer et doux, un fantôme charmant qui m'accompagnera...

— Oui, une illusion qui finira par s'envoler, un rêve qui se dissipera.

— Tais-toi, tais-toi , Stéfane. Ne comprends-tu pas que j'ai besoin de courage pour entreprendre ma route ? Si tu m'enlevais cette suprême espérance, que me resterait-il ? L'ennui, le dégoût, la lassitude de vivre.

— Tu m'effraies, Bénédict. Ah ! que j'avais raison, avant-hier, de m'élever contre le danger, pour un artiste, d'un commerce trop intime avec les gens de la haute volée ! Et tes tableaux en train ?

— J'en ferai d'autres.

— Et tes modèles ? tes études ?

— J'ai le monde devant moi... Malheureusement il ne sera que trop grand.

— Dis donc, Bénédict, tout à coup tu me permettre de te parler de certaine lettre trouvée l'autre soir sur le lit de mon petit Henri ?

— Tu m'obligerais en ne m'en parlant pas.

— Du tout, du tout ; ma Célestine entend bien que tu reprennes ton généreux présent. Ce que nous conservons, c'est une éternelle reconnaissance.

— Quoi ! Stéfane, me jugez-vous ainsi et avez-vous eu de moi cette mauvaise opinion...

— Comment ?

— Si je vous ai porté cet argent destiné à te permettre de travailler avec moins de préoccupations, c'est que je pouvais le faire. Je ne me privais pas et je t'étais un peu utile. Et voilà que tu veux marchander à ton ancien camarade le plaisir de te rendre un léger service ! Dis de ma part à M.me Delaunay qu'elle a bien compris ni mon intention, ni ma position, et que, si elle persiste à ne pas accepter ces cinq cents francs pour le jeune ménage, du moins elle les garde pour le petit Henri.

— Si tu m'y contrains, je les remporterai. Après cela, vois-tu ? je crois que tu as détruis ma mauvaise chance.

— Vrai ? Oh ! ce serait pour moi une consolation.

Delaunay, qui avait précédemment écouté les confidences de Bénédict, lui fit les siennes à son tour. Il n'oublia dans son tableau poétique aucun des charmes, aucune des grâces de Maria.

Au nom de Maria, Bénédict était devenu sombre, et quand le récit fut achevé :

— Pauvre, pauvre Stéfano, dit-il, toi qui me conseillais si bien, toi qui me mettais en garde contre un amour que je ne veux pas m'avouer, tu me révèles une passion bien autrement dangereuse, une passion qui gaspillera ton temps, éteindra ton talent, abaissera ton caractère, désespérera ta femme, bouleversera ton ménage et ta vie comme ton âme, une passion enfin qui te tuera... une passion pour une Aspasia de rencontre !

— Il n'en est rien, absolument rien ! s'écria Stéfane. Où as-tu rêvé ça ? Je te décris comme artiste une jolie femme ; je te raconte le bien qu'elle m'a fait, et tu t'imagines que je suis amoureux d'elle !

— Écoute, ami. Où cette Maria, qui déjà est funeste pour le marquis, a-t-elle senti de bons instincts à la vue de ton ménage, et alors elle te repoussera ; ou bien, c'est une misérable qui joue la comédie de l'attendrissement, et alors elle te tend un piége infernal. Dans le premier cas, tu y laisseras ta raison ;

dans le second, ton honneur. Éloigne-toi de cette femme.

— Ah ! ma foi, il n'est plus temps, elle nous accable d'amitiés ; et d'ailleurs, je commence à peine son portrait.

— Crois-en ma prédiction : tu ne finiras pas plus le portrait de ta Maria que je n'ai achevé celui de la marquise.

On avait sonné de nouveau. Au bout de quelques moments, Baptiste entr'ouvrit la porte de la chambre en disant d'un ton mystérieux :

— Monsieur !... monsieur !...

— Qu'est-ce ?

— On vous demande...

— Fais entrer.

— Pas possible...

— Vraiment, je ne comprends pas... Attends-moi, je te prie, Stéfane...Tiens, voilà une bonne pipe turque.

Bénédict passa dans le vestibule. Là était une femme toute tremblante... Il demeura muet de stupéfaction et de joie. Elle se pencha et dit d'une voix presque éteinte :

— Est-ce que vous avez du monde ?

— Un camarade, un ami sûr. Mais venez dans mon atelier ; personne ne vous y verra.

— Personne, n'est-ce pas ?

Il lui prit légèrement la main et la conduisait. Elle avait peine à se soutenir. Arrivé dans l'atelier, elle se laissa tomber sur le divan.

Il se tenait respectueusement debout à quelque distance.

Aucun d'eux ne pouvait parler.

Et Bénédict, voyant déjà le doux fantôme, compagnon futur de sa route, n'osait ajouter foi à tant de bonheur ; il avait peur de son enivrement.

La marquise chez lui ! près de lui ! la marquise dont il entendait encore la voix, dont il aspirait presque le souffle !

Cette vision avait un corps ! cette ombre adorée avait une pensée de bienveillance suprême, et, en venant, elle avait obéi à cette pensée !

— Oh ! dit-il enfin, pourrai-je partir, maintenant, que je vous ai revue ?

— Oui, vous pourrez partir, parce qu'une voix amie vous aura dit : « Courage ! » Vous pourrez partir, parce que l'estime générale vous suivra ; vous pourrez partir, parce que vous reviendrez.

— Mais qui m'attendra ?

— Moi.

— Vous, madame ! C'est vous qui me dites : « Courage ! » C'est vous qui daignez m'accorder votre estime ! c'est vous qui m'accueillerez si jamais je reviens ! Et je me plaignais !

— Vous êtes surpris, monsieur Bénédict ? Mais je serais bien ingrate si j'hésitais à vous avouer combien j'ai de reconnaissance.

— Oh ! vous ne m'en devez pas, madame.

— Ce matin, n'est-ce pas pour moi, pour défendre ma réputation, mon nom, que vous avez bravé la mort ?

— On vous a appris !...

— Je sais tout, et j'ai su aussi que vous étiez obligé de fuir à la hâte. Alors je me suis rappelé avec regret, oh oui ! avec bien du regret, mes paroles d'hier... J'ai voulu les reprendre, les effacer par l'adieu d'une amie dévouée, d'une amie qui attachera à votre bonheur sa pensée et ses vœux !

— Le bonheur ? je n'ai plus à le désirer, je l'aurai connu...

Juliette tressaillit et essaya de se lever. Bénédict la retint d'un geste suppliant :

— Encore un moment, un seul, afin que ce bonheur ne m'échappe pas trop vite.

— Mon Dieu ! mon Dieu ! dit-elle, regardant de tous côtés avec effroi, mais n'osant regarder Bénédict ; mon Dieu ! si quelqu'un venait !... Je serais perdue !... Et cependant je l'écoute, je reste là... Je suis venue, je ne puis partir... Qu'avez-vous donc ? il pleure !... Enfant que vous êtes ! ne pleurez pas ainsi... Cela me brise le cœur... Je ne veux pas, moi... Que dites-vous ? Je n'entends pas... Vous me tendez votre main ? Voici la mienne... Nous sommes , nous resterons amis !...

Tout à coup une voix haute retentit dans la pièce voisine. Cette voix disait à Delaunay et à Baptiste :

— Laissez-moi donc tranquille... Il doit être dans son atelier.

La marquise se leva terrifiée :

— Mon mari !

L'artiste l'entraîna derrière une tapisserie des Gobelins, qui lui servait à masquer les vieilles toiles et les esquisses rangées contre le mur. Il était temps : M. de Montglars parut. Il se jeta sur le divan, à la place même que sa femme venait d'occuper, et dit en décrivant un cercle avec son regard curieux qui aboutit au visage bouleversé de Bénédict :

— Victoire, mon cher !... J'ai fièrement couru pour vous ! J'ai été à la justice, au parquet, à la préfecture, partout où j'ai, soit des cousins, soit des amis, — et j'en ai beaucoup ; — j'ai obtenu non pas positivement qu'on vous laissât tranquille, mais qu'on fermât les yeux sur votre fuite. Vous n'avez donc pas d'inquiétude à concevoir ; vous traverserez le territoire aussi tranquillement que si vous n'aviez pas maille à partir avec les lois pour la mort de ce pauvre diable de Gournet... Quand je dis la mort, ce n'est pas tout à fait exact. Mais mon docteur, qui l'a escorté jusqu'à la maison de santé où on l'a reçu, pense que notre homme ne passera pas la nuit. Vous figurez-vous un gredin comme ce Gournet ?... A peine est-il revenu à lui, que, plein de rage, il s'est mis à vociférer contre vous ; — je le conçois parfaitement, — et même contre moi. Comprenez-vous cela ? il a attaqué mes mœurs, je vous le demande, à cause de Maria..., comme si Maria n'empêchait pas d'avoir pour ma femme une profonde estime ! Enfin, il a eu l'audace de se vanter, — cet homme infernal, — d'être l'auteur de la lettre anonyme qu'a reçue la marquise... Tiens, quelque chose a remué de ce côté... Pardon, mon cher, je vous ai dérangé ; vous aviez une visite..., une visite intéressante, sans doute. Ce n'est pas étonnant, au moment d'un départ.

— Monsieur le marquis, je vous assure... Ne croyez pas...

— Bon ! le voilà tout rouge !... Y a-t-il donc de quoi être honteux ? Des adieux touchants, rien de plus naturel.

— Vous me désobligeriez beaucoup en insistant sur ce sujet.

— Il se fâche, en vérité ! Vous savez bien, mon cher, que je ne suis pas un rigoriste à outrance ; je n'en aurais pas le droit. Vous m'avez gardé le secret, depuis notre rencontre sur l'escalier de la belle Maria ; je ne vois donc pas pourquoi vous ne vous fieriez pas aussi à ma discrétion.

— Je ne vois pas, monsieur le marquis, pourquoi vous continueriez à supposer...

— Ce qui est. La tapisserie est vivante. Ah çà ! votre *innamorata* est-elle blonde ou brune, fille ou veuve, ou mariée ?

Bénédict fit un geste de supplication qui provoqua chez Félix un rire bruyant.

— Tenez, je ne veux pas vous tourmenter davantage, et surtout je ne vous presserai pas de me présenter à cette charmante personne, bien que vous ayez tort; car, en votre absence, je me fusse très-volontiers chargé de vos petites commissions pour elle. Dites-moi seulement, à titre d'ami sincère, si c'est une grisette ou une femme de qualité.

L'artiste répondit presque machinalement :

— C'est une femme de qualité.

— Ah ! vraiment?

Le marquis devint sérieux : il se reporta au souvenir des accusations de la vicomtesse. Qui sait? peut-être y avait-il quelque chose de fondé dans les méchants propos de M.me d'Orban. Et puis, si la marquise avait conservé un ressentiment de la lettre anonyme...

Il fut facile à Bénédict de comprendre qu'il se formait un nuage dans l'esprit de M. de Montglars. En un instant, il calcula les conséquences terribles d'un soupçon ; heureusement, le marquis eut de lui-même une idée qui détourna l'orage. Il attira Bénédict à l'autre extrémité de l'atelier et lui dit à demi-voix :

— Mon cher, les violences de la vicomtesse n'étaient pas naturelles. Je suis persuadé, c'est une révélation, que cette belle prude était tout simplement jalouse de vous, et que c'est elle peut-être qui est venue vous faire ses adieux.

— Oh ! de grâce, ne supposez pas...

— Laissez donc, ce serait ravissant.

Félix accompagna ces paroles d'un nouvel éclat de rire, et ajouta :

— Admirable !... admirable !... Cette vertu supérieure !... cette puritaine !... Je suis aux anges !... mais je dois respecter ce sage incognito. En conséquence, mon cher, je me retire.

Il fit quelques pas vers la porte de l'atelier. Déjà la moitié de l'embarras disparaissait ; bien que Bénédict eût à craindre que, dans sa curiosité de désœuvré, le marquis ne s'embusquât dehors, à un angle, pour voir sortir la prétendue vicomtesse.

— Oui, c'est moi, monsieur d'Orban, dit alors une voix.

Alexis parut, jetant par sa présence, Bénédict dans la stupéfaction, et Félix dans un troisième accès d'hilarité.

Le vicomte embrassa tendrement l'artiste...

— Ah ! que je suis heureux de vous rencontrer, dit-il. J'avais hâte de vous exprimer toute mon estime. Entre nous désormais, c'est pour la vie. Considérez-moi comme l'un de vos meilleurs amis. Voici votre passeport.

— Ce bon Alexis !... murmura le marquis...

M. d'Orban qui était loin de saisir la portée de ces mots, s'approcha de Félix et lui pressa cordialement la main.

— Mon ami, dit-il, combien j'ai regretté et regrette encore ce qui s'est passé !

— Ce n'est plus la peine, va ! Je ne suis pas le plus à plaindre.

— Mes regrets, du reste, sont complétement partagés par la vicomtesse. Elle est désolée d'avoir, même momentanément, jeté la division entre nous. Mathilde, malgré sa violence, a des qualités réelles. Ainsi, mettant de côté toute fausse honte, elle a fait atteler pour se rendre chez toi et présenter ses excuses à M.me la marquise.

— Ne parlons plus de cela ! s'écria Bénédict, qui était sur les épines.

Mais, par malheur, le vicomte ajouta :

— Nous n'avons pas rencontré chez elle M.me de Montglars.

— Juliette n'était pas chez elle? dit vivement Félix.

— Non. Mais Mathilde s'y est installée en compagnie de M.elle Emma ; je l'ai laissée à l'hôtel, attendant la marquise.

Félix frémit et regarda fixement l'artiste qui baissa les yeux. Alors, ne pouvant résister au besoin de savoir la vérité, le marquis se précipita vers la tapisserie qu'il écarta légèrement. Il revint, l'air froid et hautain, saisit par la main le vicomte stupéfait qu'il entraîna, et, se tournant vers Bénédict, il lui jeta ces mots :

— Adieu, monsieur... je ne vous dois plus rien !

FIN DE LA DEUXIÈME PARTIE.

— · —

TROISIÈME PARTIE.

I. — FRÈRE ET SŒUR.

Le mois de juillet avait ramené à Aix, en Savoie, cette foule élégante que la renommée des eaux attire de tous les coins de l'Europe. Nulle part il n'y avait plus abondamment d'Anglais, de Russes, de Français et d'Allemands, sans compter les Italiens et les Espagnols. Chaque hôtel était devenu une sorte de tour de Babel où l'on entendait se croiser les idiomes divers produits par la diffusion des langues. Les rues de la petite ville, les promenades d'alentour, les rives délicieuses du lac du Bourget, avec les monts du Chat et du Diable, le banc Lamartine et le village de Tresserve, étaient incessamment sillonnés par de brillants équipages armoriés ; on ne voyait que valets, chasseurs, femmes de chambre, grooms. En un mot, c'était Saint-Pétersbourg, Londres, Berlin, Vienne, Paris et Madrid, réunis au pied des Alpes.

Avec sa majestueuse et éternelle grandeur, la chaîne isérienne dominait, calme et sévère, ce tableau mouvant de la mode. Il y avait un contraste éloquent entre les plaisirs frivoles des baigneurs, leurs promenades, leurs bals, leurs concerts, leurs parties de jeu, et cette nature si simple et si forte qui unit la fécondité au caractère divin de l'élévation et à la mélancolie de la solitude. Les naïfs habitants du pays contemplaient sans émotion leurs hôtes d'été, comme le voyageur suit de l'œil, sur la route, un essaim d'oiseaux rapides qu'il n'est pas destiné à revoir. Mais ils se disaient aussi : « C'est grand bien pour la pauvre Savoie ! » et ils bénissaient les eaux thermales.

Depuis quelques jours, une petite maison presque isolée, entre cour et jardin, située à l'extrémité de la ville, près des bains, avait reçu des locataires, qui, servis par une seule domestique d'Aix, vivaient à peu près constamment

chez eux. C'était un homme à la figure grave, à la tournure militaire, et une jeune fille pleine d'attraits et de grâce, qu'il appelait sa sœur.

On a reconnu déjà le vicomte et Louise.

Qui eût vu Alexis à Aix eût eu peine à le nommer, tant le chagrin avait altéré ses traits; le chagrin qui produit la vieillesse, non des années, mais des heures, et qui écrit sur le front sa présence en traces ineffaçables. Autrefois, Alexis portait en lui cette tristesse vague qui n'exclut pas le repos de la conscience et l'habitude d'un travail régulier; autrefois, s'il souffrait dans son ménage, il pouvait se réfugier au sein de ses livres, se retrancher dans l'étude, dans le sanctuaire inviolable de la pensée. Maintenant, abattu, inerte, livré à cette rêverie sans but qui affaiblit l'esprit, loin de le fortifier et de l'étendre, il n'avait plus même le courage d'ouvrir ses livres, de prendre des notes, de transcrire des manuscrits. Le bagage de l'intelligence et de l'érudition était resté dans la caisse qui l'avait apporté. Pas une fois Alexis n'avait été tenté de retirer de leur enveloppe ces trésors, jadis sa consolation.

Il semblait ne pas vouloir être consolé, ni parler de ses peines, ce qui pourtant en diminue le poids. Tantôt il prescrivait un changement dans la disposition intérieure de l'habitation, puis, sans attendre que ses ordres fussent accomplis, et sans en surveiller l'exécution, il prenait son chapeau et s'en allait ; tantôt il marchait au hasard dans le jardin, suivant machinalement les détours des allées et finissant par s'asseoir sur un banc qu'ombrageait un vieux figuier. Il y restait immobile, la tête penchée, indifférent à ce qui l'entourait et ne vivant plus que dans ses douloureux souvenirs.

C'est encore là qu'il était lorsqu'un matin Louise vint l'y trouver. Elle s'efforçait de donner à sa physionomie de l'enjouement pour prêcher d'exemple son frère ; mais, elle aussi, elle souffrait de ne pas réussir à être plus utile, d'échouer dans son œuvre de consolation. Toutefois elle essaya de nouveau et, se plaçant auprès d'Alexis :

— Me voici ! dit-elle en agitant son ombrelle verte. Ah ! méchant ! vous me fuyez.... C'est mal à vous, car vous savez combien j'aime votre société dont vous me privez sans cesse.

Alexis tourna lentement la tête et regarda doucement sa sœur.

— Pauvre petite ! je t'afflige. Son sourire cache des larmes, j'en suis sûr. Oh ! j'ai tort, et toi tu as raison. Mais, si je te fuis, ce n'est pas que je t'aime moins; c'est que je crains de te communiquer la contagion de ma tristesse... Le spleen est épidémique.

— Le spleen ! quel vilain mot ! ne l'employez jamais, je vous en conjure. Relevez-vous donc, mon frère, redevenez digne de vous-même, de votre rang, de votre nom; si ne n'est pour moi dont vous avez promis à notre père mourant d'être le protecteur et le soutien, que ce soit pour vous.

Ces paroles, énergiquement prononcées, ne pouvaient en ce moment produire leur effet, car il n'était pas temps encore ; du moins décidèrent-elles le vicomte à sortir de son déplorable mutisme et à soulager ses peines en les épanchant.

— Crois-moi, dit-il ; au besoin je ne manque pas de force d'âme. Je l'ai prouvé en plusieurs occasions. Ce qui m'est le plus difficile, c'est de lutter contre de misérables obstacles, c'est de m'abaisser dans un combat de détail. Voilà ce qui m'est arrivé à-vis de Mathilde. Au bout de peu de temps, j'ai été douloureusement frappé de la dissemblance de nos caractères; en prenant tout de suite l'autorité, je pouvais rester le maître; je ne l'ai pas voulu, je ne l'ai pas même tenté; ça été une imprudence; sans assurer le bonheur de la vicomtesse, j'ai nui au mien. Un antagonisme, que j'évitais pourtant avec soin, s'est élevé; ma patience servait à l'augmenter; car, cette patience, Mathilde l'attribuait à de l'indifférence, à de la froideur, et elle me faisait un crime de ce qui eût dû exciter sa reconnaissance. Heureusement pour toi, ma Louise, tu étais au couvent, et tu n'as assisté qu'à la fin de ces déplorables querelles. Mais tu n'en as que trop vu ! Tu peux dire si je n'ai pas travaillé durant deux années avec une rare persévérance à adoucir, par les plus grands ménagements, un caractère altier, absolu, auquel avait manqué l'épreuve d'une bonne éducation.

— Je vous rends justice, Alexis; et, comme je ne suis pas la seule, vous devez trouver une consolation dans l'estime générale.

— L'estime des hommes ne remplace pas le bonheur perdu.

— Reprenez vos travaux; ils vous distrairont.

— C'est une erreur; le travail intellectuel exige la sérénité de l'esprit. Je souffre, mais ce n'est pas positivement pour moi : c'est pour toi d'abord qui viens d'accuser mon peu de sollicitude.

— Moi ! s'écria Louise en embrassant Alexis. Je serais bien injuste. N'êtes-vous pas le meilleur des frères !...

— Chère Louise... je souffre en outre pour la vicomtesse.

— Ah ! par exemple, c'est trop de générosité.

— Ecoute donc : je serais le dernier des hommes si je n'éprouvais à son égard un reste d'affection, à laquelle la compassion est venue se joindre. Le serment prononcé devant Dieu enchaîne l'honneur pour la vie entière; on ne saurait être indifférent au sort d'une femme qu'on s'était associée par un contrat indissoluble.

— Mathilde a rompu ce contrat.

— Non, ce sont les circonstances qui ont produit la rupture dont tu parles. Assurément Mathilde ne la désirait pas, et j'aime à penser qu'elle la regrette actuellement.

— Si l'orgueil lui permet d'écouter la voix de son cœur.

— Mais tout s'est précipité en bien peu de temps. La vicomtesse, dominée aveuglément par les plans absurdes et les obsessions adroites de Saint-Marquet, livrée aussi avec une passion effrénée au jeu terrible de la Bourse, a presque achevé d'engloutir dans ces deux abîmes cette fortune paternelle dont elle était si vaine autrefois. Une irritation constante s'est emparée d'elle; à l'amertume des mauvaises affaires, elle a joint le déchaînement d'une jalousie absurde. La vie entre nous n'était plus supportable ; j'ai dû, pour ma dignité, demander à l'absence le répit qui ne m'était plus accordé un seul instant. Au moins, ma modération, qu'on pourra, si l'on veut, taxer de faiblesse, a-t-elle prévenu le scandale d'une séparation judiciaire, triste conséquence des mariages tels que le mien. Mathilde est à Paris, et moi je suis à Aix !...

— Vous y êtes avec votre Louise qui s'est promis de vous consacrer sa vie ; vous y êtes près de vos meilleurs amis, M. de Montglars, la marquise et ma bonne Emma.

— Ah ! reprit-il en frôlant du bout de sa canne la pointe de quelques herbes, Mathilde me cause une pitié profonde, et je ne puis m'empêcher de la trouver très-malheureuse.

— Certes, mon frère, je ne manque pas de charité ; mais la vôtre va vraiment trop loin.

— Comment, Louise, n'es-tu pas frappée de ce qu'il y a pour ainsi dire de fatal dans cette destinée ? Voilà une femme qui, presque dès son enfance, s'était complue à mesurer du regard l'héritage paternel ; on lui avait répété mille fois qu'avec sa fortune elle pouvait s'élever au-dessus de sa classe et entrer, la tête haute, dans les rangs de la noblesse. Elle y entre, non modestement, et comme se trouvant chez elle, à sa place, mais avec ostentation et fracas ; non contente de ses revenus où elle trouve sa supériorité, elle aspire à les accroître démesurément ; elle se jette dans toutes les aventures de la spéculation, elle s'accroche à tous les caprices du hasard, et elle ne s'aperçoit pas qu'une chute la mène à une autre chute. Chaque jour lui enlève quelque lambeau de cette fortune, chaque jour la replace au point de départ infime de son grand-père. Son esprit, sa beauté, son instruction, mon nom, nos relations, rien de tout cela n'existe plus pour elle : ardente, avide, folle de rage, il faut qu'elle spécule, qu'elle spécule encore. Ses revenus, elle les aliène ; ses terres, ses maisons, elle les vend ; d'abord elle avait prodigué l'argent, ensuite elle l'engloutit. C'est de la démence !...

— Non, mon frère ; car maintenant son sort me fait frémir et je m'associe à votre pensée. Mais je me demande quel remède il peut y avoir à un pareil malheur.

— Il n'y en a pas Louise.

— Oh ! c'est affreux !

— Le jeu, quand on s'y abandonne, est une sorte de pente rapide qu'il n'est plus permis de remonter.

— Quoi ! la vicomtesse serait-elle ruinée sans ressource ?

— Si elle ne l'est pas aujourd'hui, elle le sera demain. Je n'avais d'autre arme contre sa folie que mes avis : elle les a repoussés avec dédain. Je n'ai pas voulu assister à la fin du désastre, mais c'est comme si j'étais à Paris.

— Puisque vous n'y pouvez rien, la prudence et la raison vous ordonnent de n'y pas songer.

— Ah ! la prudence et la raison sont des conseillères qu'on n'écoute pas lorsque l'esprit est dominé par des préoccupations impérieuses. Je me demande souvent ce que je pourrais faire pour Mathilde.

— Et vous, mon frère, vous vous oubliez pendant ce temps.

— J'ai si peu de besoins !... D'ailleurs, je me suis pourvu auprès du ministre de la guerre, et j'espère qu'il m'accordera de reprendre mon grade.

— Ce ne sera pas la fortune.

— Pour toi, ma pauvre Louise, et j'en gémis. Adieu les chances d'un mariage convenable !

— Soyez tranquille à cet égard ; je n'ai nullement envie de me marier.

— A moins cependant que je ne réussisse enfin à obtenir l'indemnité à laquelle j'ai droit du côté de notre grand-oncle, ancien colon de Saint-Domingue.

— Illusions ! dit Louise en souriant. Tenons-nous-en aux réalités ; il suffira à mes vœux que votre grade vous soit rendu. L'activité de la vie militaire vous fera du bien en vous apportant des distractions continuelles. Voulez-vous rentrer maintenant ! Nous avons encore beaucoup de choses à ranger.

— Quelle heure est-il ?

— Midi.

— Déjà midi !... Non, je vais sortir. J'ai une affaire... un rendez-vous.

Au moment où il parlait ainsi, le vicomte aperçut Emma qui arrivait d'un pas lent.

Il se leva, fit un salut empressé et respectueux, puis gagna en toute hâte l'extrémité du jardin, d'où il sortit par une petite porte, dont il avait toujours la clef sur lui.

M.elle de Neuville resta immobile à le considérer et le suivre du regard dans sa fuite ; elle s'avança ensuite vers son amie, l'embrassa en silence et regagna la maison en tenant Louise par la main.

Lorsqu'elles furent dans le salon, modeste pièce décorée de quelques gravures anciennes, Emma dit, du ton le plus affectueux :

— Décidément, ton frère nous fuit tous.

Louise mit la plus grande chaleur à justifier son frère.

— Non, ma bonne Emma, il ne te fuit pas plus que Juliette ni le marquis. Ce qu'il fuit, c'est lui-même. Il a été si rudement frappé, qu'il n'a pu se remettre encore de ce coup cruel. Il en a conservé une mélancolie sauvage : l'idée seule d'avoir à soutenir une conversation lui répugne. C'est à tel point, que souvent nous sommes nous deux ensemble durant des heures entières sans échanger une parole. Je respecte son silence, et il sait qu'il peut compter sur ma discrétion.

Dis mieux, Louise, sur ton dévouement.

— Ne donne pas un si beau nom à ce qui est si naturel. Pour qui vivrais-je, si ce n'était pour ce frère chéri ? Je ne crois pas qu'il existe un seul homme aussi parfait qu'Alexis. Ne penses-tu pas comme moi ?

— Je le pense comme toi, à moins que ce ne soit...

Mademoiselle de Neuville s'arrêta, les joues colorées.

— Que ce ne soit... qui donc ?

— M. Bénédict Arnaud.

— Tu as raison. Mon frère dit de lui tout le bien possible.

— Ton frère n'exagère rien.

— Mais ne reverrez-vous plus cet artiste.... ?

— Oh ! c'est fini. Depuis le jour où il a quitté Paris, à la suite de sa malheureuse affaire avec M. Gournet...

— Ce méchant homme !

— Oui. Depuis ce jour, on n'a pas eu de ses nouvelles ; et d'ailleurs, mon beau-frère n'eût sans doute pas voulu qu'on sonnât. Ou bien il ne prononce pas le nom de M. Bénédict, ou, si cela lui arrive devant nous, c'est avec une voix sombre et en regardant ma sœur d'une manière étrange. Ce même jour dont je te parlais, il est resté enfermé une heure avec Juliette. J'étais dans la pièce voisine, effrayée, j'ignore pourquoi. De temps en temps j'entendais le marquis élever le ton, frapper du pied... A la suite de cet entretien, Juliette a eu la fièvre et a ressenti de fortes douleurs de poitrine. Tu sais combien sa santé est délicate.

— C'est précisément pour cela que je déplore son genre de vie. Toujours des fêtes ! jamais de repos !

— Je lui en ai souvent fait l'observation.

— Et que répond-elle à cela ?

— Elle répond qu'elle ne veut pas penser.

— C'est singulier ! dit Louise.

— Oh ! je la comprends bien, reprit tristement Emma. Si l'on pouvait ne pas penser, ne pas se souvenir, ce serait quelquefois un soulagement.

— Vas-tu faire comme ta sœur ?

— Moi ? Louise ! Non, non, son exemple m'effraie trop pour que je l'imite. Sa vie agitée m'a donné le goût de la vie paisible. Depuis que nous sommes à Aix, Juliette a redoublé d'activité... pour s'amuser.

— Mais le marquis ?

— Il est retombé dans son indifférence à l'égard de Juliette, et même il y a un degré de plus. En ma présence, il lui adresse quelquefois la parole, mais sur des sujets sans importance. Il affecte de lui laisser une liberté complète, et d'en garder tout autant pour lui. Jamais il ne sort avec elle, ou bien il ne l'accompagne que si la bienséance l'exige absolument. Pas la moindre observation sur ce qu'elle fait, pas une question sur les endroits d'où elle revient, sur les gens qu'elle a vus. Il ne raconte rien non plus de ce qui peut lui arriver. Ce sont plutôt deux associés que deux époux.

— Et la marquise s'accommode de ce régime ?

— Elle a repris toute sa vivacité. Elle est entièrement au plaisir. A propos, j'allais oublier... Elle m'a donné rendez-vous au concert qui a lieu à une heure au Casino ; il y a plus : elle compte que tu y viendras avec moi.

— Oh ! c'est impossible...

— Tu m'exposerais donc à entrer seule ? car Juliette n'a pas voulu attendre mon retour. Elle avait hâte de sortir.

— Si c'est pour t'obliger, j'y consens. Bien que mon frère me presse souvent de prendre quelques distractions auprès de toi, cela m'est pénible, quand je songe qu'il n'en accepte pas pour lui-même.

— Il t'excusera en apprenant que c'est moi qui t'ai enlevée. Allons, partons vite, ma bonne Louise.

— Tu me permettras de garder cette toilette modeste ?

— C'est une parure, va !

Louise mit une capote blanche, des gants, couvrit ses épaules d'un mantelet de soie noire, et appelant sa servante :

— Mariette, si, en mon absence, M. d'Orbau revient, vous lui direz que j'ai accompagné M.elle de Neuville au concert.

— Oui, mam'zelle, je lui dirai ça.

— Je te suis, dit Louise à Emma, mais ce n'est pas sans me faire des reproches.

— J'espère bien que tu n'en auras jamais de plus grands à te faire.

II. — L'IDIOT.

La salle de concert du Casino était décorée avec le luxe particulier à une fête de jour. On avait suspendu, d'une arcade à l'autre, des guirlandes de fleurs naturelles, qui répandaient dans l'air une senteur exquise. En outre, sur l'estrade, des jardinières disposées avec goût étaient placées au pied de statues allégoriques représentant des nymphes et des muses. Un magnifique piano d'Érard était destiné aux virtuoses qui devaient en tirer de puissants accords. En outre, un violoncelle était posé de côté sur une table. Au-dessous de l'estrade s'arrondissait l'orchestre, composé, moitié d'artistes, moitié d'amateurs habiles.

Selon l'usage, le concert annoncé pour une heure, n'était commencé à deux. D'ailleurs, le beau monde est toujours en retard. Pour ne pas attendre, — ce qui serait déplorable, — il vaut bien mieux être attendu.

Peu à peu, cependant, la salle se trouva remplie ; et quand elle fut remplie, elle fut comble : ce qui s'explique aisément, puisqu'on avait à entendre Prudent et Batta. En femme prévoyante et qui tenait à se mettre en évidence, la marquise de Montglars était arrivée de bonne heure, avec un cortège d'empressés, au nombre desquels il faut ranger Albéric de Tirpenne, le chevalier d'Escarrieux, Ernest de Foncheville, sans compter deux autres attentifs qu'elle avait recrutés à Aix, le comte italien Edouard des Lugardi et le gros général d'Arbrissac, qui avait toujours l'air de passer une revue. Grâce à cette phalange dont elle était entourée, Juliette avait pu réserver deux places pour Louise et Emma.

Juliette était en costume de ville. Rien de plus frais que sa toilette d'été, combinaison exquise d'élégance et de simplicité. Sauf sa pâleur habituelle et un peu d'amaigrissement, la marquise était plus belle que jamais. Chacun de ses regards lançait un éclair, chacune de ses paroles un trait. Quand elle se taisait un sourire bienveillant habitait le coin de ses lèvres fines. Dans le moindre de ses mouvements, dans son attitude vive et posée à la fois, dans tout son être enfin, il y avait une séduction qui attirait forcément, en même temps qu'une dignité qui commandait le respect. Ceux qui l'entouraient semblaient fiers d'être admis à composer son cortège ; elle leur distribuait les mots comme autant de récompenses, dans une équitable proportion. Aussi chacun d'eux, en la voyant toute à tous, s'efforçait-il d'arriver à la parade de l'esprit et de la gaîté.

Albéric de Tirpenne semait les anecdotes avec l'ap'omb d'un Tallemant des Réaux.

Ernest de Foncheville, quoique déchu des grandeurs, avait conservé son ancienne importance et jetait du haut de sa cravate des maximes graves.

Le chevalier d'Escarrieux continuait le badinage qu'il avait commencé à Versailles, au siècle passé.

Le comte des Lugardi baragouinait le français et répondait de son mieux à ce qu'il ne comprenait pas.

Enfin, le général d'Arbrissac suait sang et eau à trouver des reparties heureuses, et il les diaprait de longs adverbes, usage militaire.

— Eh bien ! monsieur de Foncheville, disait la marquise, vous n'avez donc pas réussi à vous maintenir au ministère ?

— Ne m'en parlez pas, madame ; les hommes d'Etat sont d'une ingratitude ! Croiriez-vous que M. de Maubrun, en quittant le pouvoir, n'a pas eu seulement l'attention de me recommander à son successeur ! Servez donc les gouvernements ! Usez-vous donc dans la lutte ardente ! Voilà comme vous en êtes récompensé !

— M. de Pontessac ne vous a-t-il offert aucune compensation ?

— Bah ! il est arrivé avec une foule d'a'amés. Il manque de discernement.

— Cependant, dit Albéric, je n'ai pas à me plaindre de lui, et je lui trouve du goût.

— Belle merveille ! s'écria Ernest d'un ton jaloux, il t'a accordé ta mission en Italie !

— Ah ! vous avez une mission en Italie ? demanda la marquise.

— Oui, madame, une mission scientifique, répondit Albéric, singulièrement flatté de son importance.

— Monsieur est de l'Institut ? dit le général.

— Oh ! pas encore, s'il vous plaît. Je n'ai que l'âge des espérances ; les fleurs précèdent les fruits.

— Toujours le même, dit Juliette. La poésie vivante !

— Madame, songez-y, vous me sacrez poète, comme les rois par un mot faisaient un gentilhomme. Mais puisque nous parlons de poésie, je vous déclare que je crois pour quelque temps l'art compromis en France.

— O mon Dieu ! aurions-nous perdu Hugo, Théophile Gautier, Lamartine ?

— Ce ne serait rien.

— Comment ! rien !

— Imaginez-vous quelque chose de monstrueux, d'horripilant, de renversant !...

— Quoi donc enfin ?

— Il y avait de par le monde, dans je ne sais quel grenier, un classique invétéré, un fossile ratatiné, un bonhomme répondant au nom de Jean Morin. ce Jean Morin avait brillé au temps fabuleux du Directoire.

— Par si fabuleux ! grommela le chevalier, que cette façon de parler faisait remonter au déluge.

— Eh bien ! voilà qu'une coalition d'académiciens a eu l'idée incroyable d'aller chercher ce vieux Marius sur ses ruines de Carthage et de le planter dans un fauteuil !...

— Qu'est-ce que cela vous fait, mon cher monsieur, dit brusquement le général, puisque vous n'en êtes qu'à l'âge des fleurs ?

— Ce que cela me fait ?... Ne voyez-vous pas que, par ce choix inqualifiable, les classiques réveillés menacent l'art moderne, l'art à la fois éternel et contemporain, l'art retrempé aux sources de Williams, de René, de Schiller et de Gœthe, l'art qui...

La marquise interrompit cette tirade devenue une monomanie.

— Ah ! voilà ma sœur venue chère Louise. C'est bien aimable à vous, mademoiselle, d'être sortie de votre solitude.

Mais Albéric, s'accrochant au comte des Lugardi, lui débita la suite de la phrase.

— L'art, qui vit de la forme ciselée, sulptée, ouvrée, fouillée...

— Je ne comprends pas.

— L'art, qui a trouvé le drame et balayé la tragédie, l'art, qui a proscrit le poncif, chassé le rococo et renversé la perruque de Boileau avec celle de Racine !

— Je ne comprends pas, répéta le comte italien, tout en souriant, comme s'il comprenait.

— A présent, monsieur Albéric, dit Juliette, respirez un peu : vous devez en avoir besoin.

— J'avais besoin de fuir un pays où il se commet de pareilles énormités.

— Mais vous y reviendrez, n'est-ce pas ?

— Certainement... quand j'aurai dépensé les fonds alloués pour mon voyage. J'y reviendrai lancer mon roman d'*Homme et Femme*.

— Mademoiselle Louise, dit la marquise, asseyez-vous donc près de moi.

Ernest avait eu soin de s'éloigner de M.elle d'Orban qu'il n'aimait pas trop à rencontrer, et il avait manœuvré de façon à se trouver derrière le fauteuil d'Emma. Alors il essaya son cours de galanterie ; mais les réponses de M.elle de Neuville furent d'une froideur polie à ne lui laisser aucune illusion.

Ah ! si j'étais encore en place ! pensait-il. Quelle différence !

Il se trompait complétement.

Les musiciens se rangeaient dans l'orchestre ; on entendait déjà ces accords ou plutôt ces sons discordants par lesquels les violons, les altos et les basses préludent toujours ; les trompettes et les cors jetaient leur souffle rauque, et la flûte sa gamme chromatique, lorsqu'un murmure confus s'éleva dans l'assemblée devenue très compacte.

Un homme vêtu avec toute la recherche de la richesse, mais dont le visage avait quelque chose de hagard et la voix un timbre étrange, cherchait une place. Evidemment il n'avait pas su trouver tout d'abord celle qui lui appartenait. Il errait au hasard, sollicitant du geste pour obtenir un petit coin. On ne le rudoyait pas, mais on lui refusait asile avec une urbanité impitoyable, et le rire féminin, la plus cruelle de toutes les flèches, le poursuivait dans la retraite qu'il était obligé de faire de banquette en banquette.

Il était arrivé tout près de Louise. M.elle d'Orban le reconnut pour un ancien ami de son frère.

— Ce pauvre monsieur Alphonse de Lagrange ! dit-elle à Emma, il est bien embarrassé...

Le général avait grossi sa voix en disant :

— Monsieur, on ne dérange pas ainsi le monde !... C'est inconvenant !

Et Alphonse l'avait regardé sans paraître saisir le sens de son apostrophe.

Alors Louise appela le pauvre errant :

— Venez, monsieur de Lagrange, venez vite !... En nous serrant, Emma et moi, nous vous ferons une place.

Alphonse l'entendit ; sur ses traits fixes il y eut presque un sourire. Il s'approcha et s'assit à côté de Louise.

— Je suis bien !... Vous êtes M.elle d'Orban? Vous n'avez pas beaucoup veilli. — Je suis bien !

L'introduction commença. C'était un morceau de *Fidelio* de Beethoven. Aux premières mesures, Alphonse se mit à tambouriner sur son chapeau. Le général fronça le sourcil et lança un : « Taisez-vous donc, morbleu ! » Louise eut pitié de l'idiot ; elle lui prit la main pour l'arrêter... M. de Lagrange éprouva un charme mystérieux au contact des doigts de la jeune fille. C'était pour lui, non une simple communication matérielle, mais comme le passage fluidique d'une intelligence se servant d'un organe visible et faisant vibrer un peu sa pensée endormie.

— Il ne faut pas, dit tout bas Louise, frapper ainsi sur votre chapeau ; vos voisins ne pourraient jouir de la musique.

— Qu'est-ce qu'elle chante, cette musique ?... demanda-t-il.

— N'entendez-vous pas, monsieur de Lagrange ?

Il ne répondit rien, mais prêta l'oreille avec une attention docile. Puis il dit :

— J'entends un bruit sourd... N'y a-t-il pas ici des gens qui forgent du fer ?

Un moment, Louise le considéra avec une tristesse profonde. Cet homme en était donc venu à ce point d'affaiblissement mental de ne plus saisir la nature des sons, de ne plus se rendre compte de ce qui l'entourait !... Cet être que M. d'Orban avait connu distingué, il vivait maintenant dans une sorte d'abstraction inerte et grossière ; sa vivacité d'autrefois avait été remplacée par une lenteur automatique ; la pensée semblait s'être envolée de cette tête, belle encore, bien que contractée, et en apparence aussi compacte que la tête de mar-

bre d'une statue. Quels ravages avait produits la société despotique d'un vieillard sans cœur sur l'écorce tendre et impressionnable d'un jeune homme rongé par l'oisiveté et l'ennui !... Jour par jour, le mal avait creusé son empreinte, comme ces liqueurs corrosives qui mordent les métaux les plus durs. Une plaie morale s'était formée, agrandie, étendue sans limites. A présent, Alphonse de Lagrange possédait quatre-vingt mille francs de rente... et il ne possédait plus une idée !

M.elle d'Orban n'eut pas d'abord le courage de lui répondre ; cependant elle comprit qu'il valait mieux s'associer, jusqu'à un certain degré, à ses illusions vertigineuses, et que vouloir le détromper serait prendre un soin inutile.

— Oui, dit-elle, ce sont des forgerons. Mais il y a beaucoup de monde ici ; il faut vous tenir bien tranquille ; sinon, ce général que vous voyez se fâcherait.

— Oh ! je n'ai peur de personne, moi ! D'ailleurs, j'ai toujours de l'or plein ma poche. Quand on me tourmente, je donne de l'or, et on me fait des amitiés. Je n'ai peur que de Pierre !

— Pierre ?...

— Oui, le domestique de mon oncle le conseiller. Vous ne savez pas ? mon oncle est mort, et j'ai hérité !... Oh ! j'ai peur de Pierre...

— Silence donc, morbleu ! dit M. d'Arbrissac, roulant des yeux colères.

Alphonse rencontra le regard du général, et, comme un enfant, il se pressa contre Louise, qui n'osa l'en empêcher.

Durant une heure il se tut. Il avait pris dans sa poche une poignée de napoléons et il s'amusait à considérer chacune des pièces, bien qu'elle se ressemblassent toutes exactement.

Le concert se poursuivait. Entre la première et la seconde partie, il y eut une suspension. Le brouhaha des voix recommença. On causait vivement, on riait, on se montrait sans pitié M. de Lagrange, qui avait le triste honneur d'exciter l'attention générale. Et bien des langues plus ou moins charitables racontaient à leur façon l'histoire de ce pauvre millionnaire. Belle occasion de moraliser, de s'élever contre la manie *déplorable* des richesses.

— C'est la plaie de l'époque ! disait très-haut Ernest de Foncheville, l'un des plus âpres pourtant à la curée, Ernest qui ne respirait que pour les jouissances de la fortune et courait les dots avec une infatigable persévérance. Cette fièvre, ajouta-t-il en prenant son air d'autorité dogmatique, a tué les nobles instincts, le goût du travail. Un lingot s'est mis à la place du cœur.

— Vous êtes sévère ! dit la marquise en souriant !

Elle se rappelait les ouvertures assez précises faites par Ernest au sujet de la dot d'Emma, et elle savait parfaitement que si M.elle de Neuville eût été pauvre, l'ex-secrétaire du ministre ne lui eût pas accordé la moindre pensée.

— Je suis juste, madame. N'ai-je pas raison, Albéric ?

— Oui et non. L'or a son utilité ; je conçois le *steeple-chase* de l'opulence. Mais, d'ailleurs, ce monsieur m'intéresse ; je suis comme les Turcs, je professe pour les *innocents* un certain respect. Tel qu'il est, je préfère cent fois M. de Lagrange au Jean Morin !

Cette boutade égaya Juliette.

— Encore votre vieux classique ! Décidément, vous lui en voulez autant qu'à M. Colmann que vous devriez, ce me semble, accabler de vos satires.

— Je l'eusse tué sous la violence de mes ïambes ; mais un homme qui a, comme moi, une position officielle, est tenu à des ménagements.

Cependant, les commentaires se poursuivaient sur le compte d'Alphonse, toujours insensible à ce bruit dont il ne soupçonnait pas même la cause. Louise souffrait pour lui ; et tandis qu'Emma l'entretenait à demi-voix, elle ne prêtait à son amie qu'une oreille distraite.

Se penchant vers Louise, Alphonse parut vouloir lui confier un secret. Il roula ses yeux autour de lui, comme pour voir si personne ne l'écoutait.

— Vous ne savez pas... mon oncle est mort et j'hérite !... Mais j'ai peur de Pierre !

En ce moment, Albéric venait de demander étourdiment :

— A propos, qu'est donc devenu cette espèce d'artiste fashionable à qui vous aviez accordé l'heur d'entreprendre votre portrait, madame la marquise ; vous ne vous rappelez pas ? Ce M. Bénédict Arnaud ?

M.me de Montglars, que de Foncheville observait du coin de l'œil, répondit sans le moindre trouble :

— Il a quitté la France, à la suite d'un duel. Il voyage paisiblement.

— Eh oui ! dit Ernest, j'y étais, moi, en qualité de témoin. M. Arnaud a tué cet ours de Gournet qui...

Le général s'était aperçu que l'entretien plaisait médiocrement à la marquise, et, avec sa franchise rude, il l'interrompit ainsi :

— C'est bon, c'est bon. Laissons là les duels ; nous sommes au concert. Justement, on recommence. Voici Batta.

— Il n'est pas commode, le vétéran ! dit tout bas Albéric à Ernest.

— Tiens ! fit Alphonse, dès les premières mesures jouées par le violoncelliste, les forgerons se remettent à la besogne !

Et vingt fois, pendant cette seconde partie de la matinée musicale, il répéta à la patiente Louise son invariable refrain :

— Vous ne savez pas ?... Mon oncle est mort, et j'hérite ! mais j'ai peur de Pierre !

Il était temps que le concert s'achevât, car l'irritation du général, excitée par l'éternelle redite d'Alphonse, allait arriver à son comble.

Au départ, la marquise voulut prendre le bras de M.elle d'Orban.

— Venez, ma chère enfant ; vous nous accompagnerez bien aux bords du lac du Bourget ?

— Mille remerciements, madame ; il faut que je retourne auprès de mon frère. Il s'ennuie tant en mon absence !

— Je n'insiste pas ; mais donnez-moi donc votre bras.

— Il vaut mieux que vous preniez celui d'Emma ; si je ne conduisais pas M. de Lagrange jusqu'à la porte, qu'est-ce qu'il deviendrait ?

— Ah ! belle et bonne !...

Des groupes curieux et railleurs s'étaient formés sur le chemin qu'Alphonse devait suivre. On s'apprêtait à l'observer de près, à l'étudier, à le piquer de sarcasmes. Lui seul ne s'était pas levé encore.

Louise le toucha légèrement. Il tressaillit et dirigea vers elle son visage dénué d'expression.

— Monsieur de Lagrange, dit-elle, le concert est achevé.

Il resta immobile.

— Monsieur de Lagrange, tout le monde sort. Voulez-vous venir ?

<hr>

Il ne paraissait pas se mettre en devoir de bouger, elle le tira un peu. Alors, il obéit et se leva, comme poussé par un ressort. Louise le prit par la main et l'emmena, ainsi que fait un enfant pour l'infirme qu'il conduit. Ils traversèrent ainsi la double haie qui s'était formée aux abords de la porte principale. En présence de l'acte charitable de Louise, la stupéfaction fut générale : du rire, on passa au respect et à l'attendrissement. Chacun savait ce que c'était que M.elle d'Orban, et quelle simplicité il y avait dans sa bienveillance toute volontaire.

A l'entrée, se trouvait Pierre, ce domestique dont Alphonse avait plusieurs fois prononcé le nom avec appréhension. Ses traits étaient durs, ses sourcils épais; de gros favoris encadraient ses joues osseuses. Il se présenta à son maître, que son aspect intimida.

— Ah bien ! c'est bon ! grommela-t-il ; vous trouvez des demoiselles pour vous reconduire! Allons, partons, il faut rentrer.

— Oui, Pierre, dit docilement M. de Lagrange.

Et se retournant vers Louise, il essaya un adieu et un remerciement. Les mots n'arrivèrent pas à son esprit, ni par conséquent à ses lèvres.

Louise le suivit du regard avec compassion, puis elle rejoignit le groupe qui l'attendait. La marquise et Emma l'embrassèrent : il n'y avait que Louise qui ne mesurât point la portée de sa bonne action.

— Ah çà ! dit M.me de Montglars, il nous reste quelques heures d'ici au dîner. Ce soir, nous avons bal au Casino; puis chez la princesse de Kaunitz ; je suis d'avis qu'on ne se prépare jamais mieux à danser qu'en se promenant. Ma calèche peut contenir six personnes : Louise, je vous enlève ; avec Emma et moi, une banquette. L'autre recevra le général, le comte et le chevalier. Quant à MM. de Tirpenne et de Foncheville, je suis obligée de les condamner à marcher; ce qui, à leur âge, n'est pas si désagréable. Rendez-vous au bord du lac, près du banc Lamartine, site admirable, d'où le regard embrasse la splendide décoration de l'abbaye de Haute-Combe.

— Je vous ai prévenue déjà, madame, dit Louise, que je suis obligée de retourner le plus tôt possible auprès de mon frère. Il est si triste en mon absence!

— Vous croyez, mon enfant !... Peut-être le marquis est-il avec lui.

— Si j'en étais certaine !... Mais dans le doute je vais regagner à pied notre maison.

— Comment! seule ?... Je ne souffrirai pas...

— Laissez! M. de Foncheville me reconduira bien.

— Et moi aussi, j'espère, mademoiselle! s'écria de Tirpenne.

La commission flattait médiocrement Ernest, qui avait sur le cœur les refus de la vicomtesse et savait bien que Louise en était réduite désormais pour dot à ses talents et à ses vertus. Il était d'autant plus mal à l'aise, qu'il lui avait semblé voir certaine expression ironique sur les traits d'Emma. Aussi, en route, se borna-t-il à dire juste autant de paroles que la courtoisie en exigeait, tandis qu'Albéric, gonflé de son importance et ruminant déjà des rimes, jetait au vent toutes les quintessences que pouvait lui fournir sa verve, du reste intarissable. Nous serions même assez tenté de croire qu'il demanda, en cette occurrence, à sa mémoire quelques fragments de son roman social.

Au détour de la rue qui menait à la petite maison du vicomte, ils rencontrèrent M. de Montglars. Celui-ci s'empressa d'arrêter son tilbury.

— Mademoiselle, je viens de chez vous, dit-il; vous me voyez contrarié : votre frère n'y était pas.

— Quoi ! pas encore !... dit Louise avec une certaine émotion.

— Quel marcheur! On ne peut jamais mettre la main sur lui. Et moi, particulièrement, je le regrette, car je ne commence bien la journée qu'avec Alexis. Je vais faire un tour... plus tard, je reviendrai.

Il ajouta d'un air insouciant :

— Mais d'où venez-vous donc ainsi?

— M.me la marquise ou plutôt Emma m'a entraînée au concert de Batta et Prudent.

— Fort bien. J'admire les patients qui se résignent au plaisir des concerts. Ma femme n'en manque pas un... Elle est d'une intrépidité !... Et sans doute Juliette est allée se promener.

— Oui, dit Albéric, en compagnie du général, du comte et du chevalier.

Peut-être espérait-il causer quelque ennui à Félix. Celui-ci demeura parfaitement impassible.

— Ma femme est venue ici pour prendre de l'exercice, et elle a raison de profiter du beau temps. Au revoir, mademoiselle Louise. Bonjour, messieurs.

Il fouetta son cheval, qui partit au trot allongé.

Après avoir laissé Louise à sa porte, Ernest et Albéric s'en allèrent lentement, devisant de tout ce qui avait fait le sujet de leurs observations.

— Je le demande, mon cher, dit le poète, peut-on, sans être révolté, imaginer un mari aussi indifférent que M. de Montglars? Pitoyable! pitoyable ! Avoir une femme ravissante qu'on lui envie avec raison, et ne pas plus s'en occuper que si elle lui était étrangère ! S'en aller d'un côté, laissant madame aller de l'autre ! C'est de la Régence toute pure. Il mériterait...

— Halte-là! Albéric, je le défends.

— Et pourquoi? tu es célibataire.

— Oui, mais j'aspire à perdre ce titre. Or, le marquis peut beaucoup pour moi auprès de sa belle-sœur, et j'ai intérêt à le ménager.

— Tu espères donc toujours arriver à tes fins?

— Le meilleur moyen, c'est de ne pas se décourager.

— J'entends : tu ferais un mariage de persévérance... Mais il faut d'abord redevenir quelque chose.

— Ah ! voilà le difficile.

— Gagne du temps, cultive le marquis, mais tâche aussi d'obtenir la faveur de la marquise. L'influence d'une femme est puissante.

— L'influence d'une femme aimée; mais M.me de Montglars n'a plus rien à donner sous ce rapport. Son crédit n'existe plus.

— Quoi qu'il en soit, combine bien ton plan. J'ai huit jours encore à rester ici avant de m'envoler vers l'Italie : il faut que tu aies emporté la place.

— Huit jours, c'est un court délai.

— Ernest, tu avais autrefois plus d'aplomb.

— C'est vrai, mais j'étais alors le secrétaire du comte de Maubruu. Enfin, je veux être à la hauteur de tes conseils, et, pour commencer, je vais me mettre à la piste de nos promeneurs.

— Va! dit Albéric. Moi qui ne suis ni un amoureux, ni un prétendant, je me contenterai d'entrer au cercle pour lire les journaux.

Les deux amis se séparèrent.

Cependant, M. de Montglars était arrivé à un bois de châtaigniers et de mélèzes, qui se distribuait en longues allées, et, par une pente douce, descendait jusqu'au lac. En le voyant passer, on eût pu remarquer sur sa physionomie cette altération et cette gravité qui dénotent les orages intérieurs. Il penchait la tête, et avait remis les guides au groom pour conduire.

A quoi pensait-il, cet homme si léger en apparence? Quels étaient les soucis qui lui creusaient le front et dessinaient sous ses yeux le cercle de bistre qui accuse la fatigue? Était-ce bien cet insouciant gentilhomme, ce héros du sport, ce brillant cavalier qui naguère semblait ne vivre que pour le plaisir, ne se complaire que dans les mêlées de la mode, et qui surtout se faisait sans façon auprès des femmes équivoques une trop large part de liberté? Maintenant il inclinait à rêver, lui qui eût raillé impitoyablement les rêveurs; il suivait machinalement des allées désertes, lui qui jadis ne comprenait la promenade que sous les regards féminins.

Arrivé à un carrefour auquel aboutissaient plusieurs routes ombreuses, il vit une légère calèche américaine arrêtée sous un gros chêne. Deux personnes y étaient assises, attendant que le cocher eût rajusté les harnais embarrassés. Une double exclamation leur dicta le nom du marquis de Montglars. Celui-ci s'arrêta, car il lui était impossible d'agir autrement, bien qu'une vive contrariété se fût peinte sur ses traits. Il avait reconnu Maria de Rochemore, en compagnie de M. Colmann.

— Eh ! bonjour, monsieur le marquis, dit ce dernier. Quelle heureuse rencontre !

— En effet, je suis très flatté...

— Nous sommes à Aix depuis hier seulement.

— Comptez-vous y séjourner ? demanda Félix d'une voix un peu troublée. Maria comprit cet accent. Elle répondit gracieusement :

— Oh ! nous n'y serons que des oiseaux de passage. Huit jours pour les bains ; puis nous partons pour Gênes.

— Je vous souhaite un agréable voyage, madame.

Colmann, fier de sa conquête, jouissait du dépit de M. de Montglars. Il cherchait dans sa tête un moyen de prolonger l'entretien.

— Un charmant voyage! dit-il, et que j'entreprends sous les auspices de M.me de Rochemore. Croiriez-vous qu'avec ma fortune je n'ai pas encore été en Italie!

— Rien d'étonnant à cela, répartit le marquis ; cette fortune, vous avez dû la gagner d'abord.

L'ex-banquier rougit de colère. Il feignit un sourire, en disant :

— C'est très fin, c'est très fin !

Félix, s'adressant directement à Maria, lui demanda :

— N'aviez-vous pas des dispositions à la retraite?

— Que voulez-vous? dit-elle en soupirant, la vie entraîne. Si on a une larme, on n'ose la montrer.

— Eh bien ! Tony, cria Colmann d'un air bourru, peut-on marcher?

— Oui, monsieur.

Au moment où le cocher revenait vers son siége et où Félix se disposait à saluer pour s'éloigner, la calèche de la marquise vint à passer. Ses roues frôlèrent presque celles de l'américaine. Juliette n'eut pas de peine à reconnaître Maria; elle se pencha vers le général, et avec un geste rapide qui traduisait une expression de dédain, elle lui montra M.me de Rochemore, Colmann et le marquis.

Ce dernier fit un mouvement qui ressemblait à du désespoir. Il salua en silence et reprit au grand trot de son cheval la route d'Aix.

La rencontre de Maria lui avait porté un de ces coups inattendus qui bouleversent une existence. De quel droit pourrait-il continuer vis-à-vis de la marquise son rôle de mari indifférent par jalousie? comment placer entre elle et lui le nom détesté de Bénédict, lorsque Juliette pouvait de nouveau placer entre elle et Félix le nom méprisé de Maria? La partie était égale désormais. Si M. de Montglars avait surpris sa femme chez l'artiste, M.me de Montglars n'aurait-elle pas le droit de supposer que Maria était venue à Aix pour le marquis?

Et c'est alors que ce gentilhomme, autrefois si vain, si léger, si inconstant, sentit avec amertume le vide de son cœur ; c'est alors qu'il se replongea avec douleur dans le souvenir de ses fautes et que, aimant sa femme d'un amour qu'il n'avait jamais éprouvé, il se dit qu'un mur infranchissable le séparait de cette femme. S'il la jugeait coupable, il mesurait aussi ses propres torts. Qui avait donné l'exemple? Qui avait semé le scandale? Lui, lui seul. Le reproche lui était défendu; et cet amour qui le martyrisait, il devait le refouler au fond de son âme !

Félix n'avait pas aperçu un homme assis dans un taillis et voilé par un fourré épais de verdure.

Cet homme était resté immobile, contemplant successivement Maria avec Colmann, — le marquis, — puis M.me de Montglars avec ses amis. Lorsque le silence et la solitude se furent refaits, l'homme se leva en agitant les bras et se frottant les mains.

— Je les tiens ! s'écria-t-il, je les tiens tous !... O bonheur ! suavité de la vengeance !... J'ai voulu guérir, et j'y ai réussi. Les voilà tous, Maria, — Maria ! — le marquis, cet imbécile de Colmann ! Il ne me manque plus que Bénédict. Mais qu'est-il devenu?... S'il existe encore, il faudra bien que je le trouve !... Tiens, un bon vent m'amène un autre niais... Oh ! pour celui-ci, je vais le harponner. Hé ! monsieur de Foncheville !...

Ernest arrivait d'un pas lent, un cigaro à la bouche. Etonné d'entendre prononcer son nom, il tourna la tête. Sa stupéfaction tint de l'épouvante.

Gournet parut devant lui ! Gournet ressuscité !

Au moyen-âge, en pareil cas, le plus brave eût demandé le salut à ses jambes; mais Ernest était trop voltairien pour se laisser intimider par l'aspect d'un fantôme. Dans sa pensée, ce fantôme fut tout de suite un homme.

— Comment ! dit-il, c'est vous, monsieur Gournet !

— Moi-même. En doutez-vous?

— C'est évident ; mais il y a cinq minutes, j'aurais juré que c'était impossible.

— Il n'y a rien d'impossible en fait de guérison, dès que le cœur n'est pas atteint. Ah ! je sais quelle figure à la mort... Mais on m'a si bien soigné, que le mal a dû céder, et j'ai refait un bail avec la vie.

— Recevez-en mes compliments. Je ne vous affirmerais pas, par exemple, que cette nouvelle sera très-agréable à tout le monde.

— Oh ! l'on ne m'a pas ménagé. Mais que m'importe ? Sont-ils heureux déjà ceux qui se sont déclarés mes ennemis? Non, croyez-le, ils portent tous leur plaie, et si je voulais sonder ces poitrines, j'y trouverais autant de désordre et de souffrance qu'il y en avait dans a mienne après le duel que vous savez. Ils ont beaucoup parlé de moi; le bruit de ma mort avait couru ; certaines gens s'en réjouissaient : riront-ils longtemps encore ?

Le feu sombre de la menace brillait dans le regard de Gournet.

— Ils vont et viennent, ajouta-t-il ; leurs évolutions fascinent les yeux de la foule; on admire leur luxe, on s'associe à leurs fêtes ; chacun s'empresse pour eux et autour d'eux. Ah ! misère ! misère !

— Toujours le même! toujours misanthrope !

— Moi, misanthrope? Erreur ; je ne me donne pas la peine de haïr, je me borne à mépriser. Ou plutôt non : je m'amuse, je laisse ces marionnettes dorées et pailletées jouer pour moi la comédie. De mon coin obscur, je siffle ou j'applaudis à mon gré ; et quand le spectacle ne va plus à ma convenance, je brise les marionnettes. A propos, comment se fait-il que vous soyez ici ? Je vous supposais en place.

— Je suis tombé avec M. de Maubrun.

— Tombé? un homme comme vous !

— Doutez-vous de mes principes, par hasard ?

— Loin de là, on conserve ses principes, mais on tâche aussi de conserver son poste.

— C'est bien ce que j'ai tenté de faire.

— Sans y réussir?

— Oui, puisque je suis à Aix.

— Vous m'étonnez : je vous supposais plus d'habileté.

— J'aurais bien voulu vous y voir, vous, avec un puritain tel que M. de Pontessac ?

— Il fallait être plus puritain que lui.

— L'idée est ingénieuse; mais il n'est plus temps.

— Avez-vous conservé des papiers... utiles, qui puissent compromettre le nouveau ministre ?

— Ceux que j'ai gardés ne pourraient nuire qu'à M. de Maubrun.

— Parfait !

— Que voulez-vous que j'en fasse ?

— Un marche-pied. Menacez M. de Maubrun d'une petite publication anonyme s'il ne vous sert de son reste d'influence.

— Et s'il refuse ?

— Vendez les papiers au successeur.

— C'est encore une idée. Vous avez quelque diplomatie, monsieur Gournet.

— Fiez-vous à moi.

— Oui, mais en attendant, je vous l'avouerai, mes ressources commencent à s'épuiser. La vie coûte cher dans les villes de la fashion.

— Cela vous embarrasse?

— Il y a de quoi. Si je montre le bout de la corde, j'échouerai dans mon mariage avec M.elle de Neuville.

— Ah ! vous prétendez épouser M.elle de Neuville?

— Ce mariage est ma dernière espérance, mon billet de loterie.

Gournet avait eu un sourire qui eût pu être interprété ainsi : « Quelle aubaine, si ce mariage se faisait ! »

— Mon cher monsieur, dit il, apprenez qu'on ne manque jamais d'argent dans une ville où le jeu se pratique sur une grande échelle. Le tapis vert est semé de millions.

— Moi, jouer ! s'écria de Foncheville. Savez-vous que ceci demande réflexion? Jamais je ne me suis approché de la roulette, et franchement je redoute la première impression.

— Vous n'êtes donc pas un homme politique !

— Je suis...

— Allons donc! des scrupules de conscience devant des monceaux d'or ! Demain, avec quelque chance vous pouvez devenir aussi riche que le marquis, vous pouvez solliciter la main de sa belle-sœur sans qu'il ait le droit de vous répondre avec son insolence accoutumée : « Je suis fâché, monsieur, vous n'avez rien.» Songez-y... *rouge* ou *noire*, c'est bientôt fait... véritable roue de la fortune !

— Vous me décidez.

— Bravo!... Il comprend enfin ses intérêts. Venez ce soir au Casino; j'y serai ; mes conseils ne vous seront pas inutiles, j'espère. Il y aura grand raout, grand bal, une mêlée...

— Mais si l'on vous apercevait, monsieur Gournet?... Précisément les gens que je tiens à ménager ne vous aiment pas.

— Soyez tranquille, dit Gournet, tirant de sa poche des lunettes bleues ; ceci me change la physionomie. Et d'ailleurs, ajouta-t-il d'une voix vibrante d'amertume, est-ce que je n'ai pas le droit de vivre, parce que leurs vœux m'avaient tué?... J'ai survécu, et j'en fournirai la preuve quand le moment sera venu. Tenez, monsieur de Foncheville, prenons garde ; il arrive encore des équipages : séparons-nous. Jusqu'à nouvel ordre, j'ai besoin de conserver l'incognito.

— A ce soir !... dit Ernest. Le sort en est jeté !

Ils prirent chacun une direction opposée.

Gournet s'éloigna avec une joie profonde.

— Le pauvre diable !... pensait-il. Je le tiens... encore un pilier de plus pour les maisons de jeu ! Dès que ses doigts auront touché au feu de cet enfer, ils en conserveront à jamais l'empreinte... Quiconque a joué jouera !

III. — PÉLERINAGE D'AMITIÉ.

On a vu que le vicomte était sorti à la hâte par la petite porte du jardin. Il se mit à marcher à grands pas, tournant la tête de temps en temps avec inquiétude, comme s'il craignait d'être observé ou suivi. Il se rassura cependant en remarquant qu'il rencontrait peu de monde ; et d'ailleurs, sauf les de Montglars et Alphonse de Lagrange, personne ne le connaissait à Aix, où il vivait retiré. S'étant dirigé vers l'extrémité de la ville, du côté où aboutit la route de Chambéry, il s'arrêta à l'auberge du Plat d'Argent, et s'assit sous un berceau de vigne. Son regard s'attachait fixément sur tous les véhicules qui se succédaient ; or, peu de minutes s'écoulaient sans qu'une voiture vînt à passer.

Durant trois heures, Alexis resta dans la même attitude, n'osant détourner ses yeux de cette route poudreuse qui semblait lui promettre une grande joie. Mais s'il conservait son immobilité, du moins la pensée active fermentait en lui avec son cortège de regrets, de déceptions et aussi de rêves.... car il n'est pas de naufragé, si désespérée que soit sa position, qui ne s'accroche à une pointe de rocher.

Enfin une carriole de paysan parut. Sur le devant était un homme qui agitait un mouchoir blanc.

C'était le signal convenu.

Le vicomte poussa un cri de joie et s'élança au devant de la voiture. L'homme qui était dans la carriole se jeta lestement à bas et courut vers Alexis qui lui tendait les bras :

— Bénédict ! Bénédict !...

— Cher monsieur d'Orban !

— Oh ! pas de cérémonie... Appelez-moi Alexis, comme je vous en ai souvent prié dans mes lettres.

— Eh bien... cher Alexis !

Ils s'embrassèrent de nouveau ; leur satisfaction et leurs larmes s'étaient confondues.

Et puis, ces paroles se croisaient, s'échappant à flots du cœur :

— Que je suis heureux !... Cet excellent Bénédict !... Enfin, enfin, la séparation est terminée !..., Pauvre ami, a-t-il souffert !... Oh ! les tristes événements !... C'est qu'il est changé !... Mon brave Bénédict, nous vous soignerons bien, allez. Ma Louise est une vraie femme de ménage. Vous verrez comme elle sera attentive sur vous. Il y a longtemps que je n'ai ressenti autant de bonheur ! Mais venez sous le berceau où j'étais. Causons là tranquillement, avant d'entrer en ville.

— C'est cela ; nous avons tant de choses à nous dire !

Les deux amis s'établirent l'un en face de l'autre, après avoir renvoyé la carriole et demandé du café à l'aubergiste.

— J'y pense, fit observer le vicomte, vous arrivez sans bagages ?

— J'ai tout laissé à Chambéry.

— Vous nous resterez quelque temps cependant, n'est-ce pas?

— Je l'ignore, l'avenir est si voilé pour moi !

— Ah ! je n'accepte pas de pressentiments fâcheux. Mon cher Bénédict, il faudra forcer vos résolutions et sacrifier en ma faveur votre besoin de locomotion.

— Vous avez mal compris, cher Alexis, répondit l'artiste, si vous pensez qu'une vie de mouvement continuel puisse me convenir. C'est, au contraire, le supplice le plus cruel pour moi. On change de pays, on ne change pas de tourment. Rien ne gagne ces relations avec des indifférents qui ne vous connaissent pas, et qui ne se souviendront pas de vous le lendemain. On a tellement besoin de vivre dans la mémoire des hommes, que la mort elle-même s'inscrit en grandes lettres sur les tombeaux.

— Si vous êtes fatigué d'errer ainsi, seul dans la foule, raison de plus pour que vous nous demeuriez désormais.

— Ne me pressez pas à cet égard. Je serais obligé de vous dire que j'ai un secret même vis-à-vis de vous... Qu'il me soit permis de rejeter au moins un instant le poids de ma pensée. J'ai tant souffert !

— Et moi donc, Bénédict !

— C'est vrai. Pardonnez à mon égoisme. J'ai pu souffrir du manque de bonheur, tandis que vous, Alexis, vous souffriez du bonheur brisé. Que de fois, dans vos lettres, j'ai suivi, ligne par ligne, ces phases douloureuses de la mésintelligence intérieure; ces querelles qui humilient et dégradent, ces explications qui enveniment le mal, ces éclats qui scandalisent !... Puis la rupture, la séparation, l'éloignement !...

— Ajoutez à cela, pour Mathilde, la perspective de la ruine sans remède et le regret qu'elle doit éprouver de ses folies.

— Ainsi, dit Bénédict, toujours le regret ! Chacun de nous voudrait pouvoir revenir sur la veille. On a obéi à un mouvement que dictait son cœur; on s'est compromis par un regard, on s'est perdu par un mot. Une minute détruit le plan des années. Vous avez rencontré cette minute mortelle quand vous avez uni votre main à celle de la vicomtesse; c'était fini; et vous sera-t-il jamais possible de ressaisir la paix après tant d'orages? Quant à moi...

— Eh bien ! mon ami?

L'artiste s'arrêta, posa ses coudes sur la table et cacha son visage entre ses mains amaigries, où se dessinaient distinctement des veines bleues.

Alexis respecta ce silence pesant. Il attendait.

Sans changer d'attitude, Bénédict reprit ainsi :

— J'ai eu un jour de bonheur, celui où j'arrivai de Rome. La vie me semblait si facile ! On m'entourait, on me saluait comme un astre nouveau, l'amitié me faisait un cortège, mon pinceau était impatient de se poser sur la toile... Des circonstances fatales ont tout détruit. Il m'a fallu errer parmi les hommes, emportant partout l'ennui qui me rongeait. Successivement depuis deux mois j'ai visité l'Angleterre, l'Allemagne et la Suisse. Tenez, Alexis, pour celui qui vit isolé, le monde est un sépulcre.

— Vous chargez trop ce tableau, mon ami. Moins qu'aucun autre, je n'ai de raisons pour vanter la vie avec ses épreuves multipliées; mais je crois encore au rayon de soleil qui éclaire soudain un paysage assombri. Le moment où nous sommes m'en fournit une preuve.

— Pauvre Alexis ! vous êtes de ceux qui s'attachent aux illusions. Cependant, je n'étais pas équitable envers le sort, continua Bénédict. Me voici près de vous... Tout à l'heure je reverrai votre bonne Louise... et enfin je pourrai apercevoir de loin cette famille de Montglars à laquelle j'avais voué tant d'attachement et d'où j'ai été banni si injustement, je puis le dire.

— Vous regrettez bien ces relations, n'est-ce pas ?...

— Oui, je les regrette, pourquoi m'en cacherais-je ? mais ce que je devrais regretter surtout, c'est qu'elles aient existé. On me l'avait affirmé, et j'étais incrédule : il y a un grave danger pour l'artiste à se trouver en rapports suivis avec des personnes trop au-dessus de sa condition.

— Nul, dit gravement le vicomte, n'est au-dessus d'un artiste éminent.

— Ah ! j'aimais tant cette peinture, qui aujourd'hui me laisse sans inspiration !... J'ai sacrifié l'art, et il m'en a puni.

— Voyons, voyons, s'écria le vicomte avec bonhomie, trève aux soupirs ! Nous travaillerons côte à côte, mon cher Bénédict; cela nous consolera de nos peines mutuelles ; vous entreprendrez une œuvre bien soignée, et moi je reviendrai à mes manuscrits. Est-ce entendu ?

— J'essaierai.

C'était beaucoup d'avoir obtenu cette réponse. Alexis n'insista pas.

Les deux amis se levèrent et gagnèrent la ville, où ils prirent les rues les plus écartées.

Chemin faisant, le vicomte se disait :

— L'amour seul a pu produire tant de ravages dans ce cœur éprouvé. Or, cet amour est nécessairement digne de Bénédict, et c'est Emma qui doit l'inspirer. Jamais je ne croirai que Bénédict ait porté sur la marquise un regard coupable. Si Félix a été jaloux de notre ami, il s'est trompé. Maintenant, permettrai-je, moi qui ai reconquis mon ancienne influence sur Félix, permettrai-je qu'il continue de repousser l'homme honorable qu'autrefois il recherchait?... Non, je ne le permettrai pas... Mais aussi, je le sens, la prudence est nécessaire. Rien ne demande plus de ménagements que les préventions.

En arrivant chez lui, la première personne qu'Alexis aperçut, ce fut Louise. Elle demeura stupéfaite à la vue de Bénédict.

— Ce n'est pas possible !... Monsieur Arnaud ici !

— Oui, ma Louise, oui, ma petite compagne, c'est un pauvre blessé qui vient à nous. La vie l'a meurtri, et j'espère que nous réussirons à le guérir.

— Comment se fait-il, mon frère, que vous ne m'ayez pas avertie ?

— J'ai voulu te ménager le plaisir de la surprise.

— C'en est une, en effet, bien agréable. Mais j'étais si loin de m'attendre...

— Il en est toujours ainsi des surprises. Bénédict a besoin de se retremper auprès de vrais amis. C'est te dire que je compte sur toi pour lui rendre le plus possible agréable le séjour de cette ville.

— M. Arnaud sait que je partage tous les sentiments de mon frère.

— Ah ! mademoiselle, on ne m'avait pas trop vanté votre bonté parfaite. Quant au séjour que je ferai à Aix, c'est surtout ici qu'il se passera. J'ai des raisons de la plus haute importance pour désirer que mon arrivée ne soit connue de personne, hors vous et le vicomte.

— Tu entends, Louise? dit Alexis. Soyez tranquille, mon cher ami ; ma sœur a autant de discrétion que de fermeté ; votre secret entre ses mains ne risque rien.

— Vous pouvez en être certain, monsieur, dit la jeune fille.

— Et, ajouta d'Orban, pour vous cacher, notre maison est merveilleusement disposée.

Il ouvrit une petite porte dissimulée par la boiserie.

— Venez, dit-il, nous allons procéder à votre installation.

Ils pénétrèrent dans un assez long couloir donnant sur un appartement isolé, qui se composait de deux pièces. La prévoyance d'Alexis avait déjà tout réglé. Sur une table se trouvaient les livres dont Bénédict faisait sa lecture favorite : Shakspeare, Dante, Chateaubriand, les poésies de Michel-Ange, celles de Théophile Gautier, d'Émile Deschamps, d'Alfred de Vigny, d'Arsène Houssaye. Sur un chevalet était posée une toile, attendant le crayon et la couleur. C'était un véritable nid d'artiste, et il y avait d'autant moins de danger d'y être surpris, que les fenêtres donnaient sur le jardin.

Bénédict, rempli de reconnaissance, pressa la main d'Alexis.

— J'espère, dit ce dernier, que vous ne vous ennuierez pas trop en ce lieu où, si vous le permettez, ma sœur et moi nous irons de temps en temps vous rejoindre, moi avec mes vieux parchemins, — selon l'expression de la pauvre vicomtesse, — Louise avec sa broderie.

— Oh ! je n'y serai bien qu'avec vous deux.

— Pour commencer, cachez-vous !... s'écria M. d'Orban. Il me semble que j'entends parler.

Alexis et sa sœur franchirent à la hâte le couloir ; en rentrant dans le salon, ils se trouvèrent en présence d'Emma.

— C'est encore moi, dit gracieusement M.elle de Neuville ; suis-je assez importune !

— Vous êtes et serez toujours la bienvenue, répliqua le vicomte. Que fait notre marquis?

— Le sais-je, en vérité? Aujourd'hui, il a déjeuné seul, à la hâte ; puis il est parti et nous l'avons rencontré pendant la promenade sans qu'il se soit arrêté un moment pour causer avec nous.

— Il est bizarre, vous savez...

— Oui, mais cette bizarrerie dure depuis deux mois, et je ne puis m'empêcher d'en ressentir quelque affliction pour ma sœur et d'en être moi-même un peu blessée.

— Mademoiselle Emma, permettez-moi de vous donner un conseil.

— Très volontiers, monsieur le vicomte, dit la jeune fille avec une certaine émotion.

— Eh bien ! vous avez tout ce qui peut rendre la vie heureuse. Je ne détaillerai aucune de vos qualités, parce qu'il est absurde et hors de mon caractère de faire des portraits en face des personnes; mais je vous dirai : Ne vous troublez pas ainsi et gardez le calme qui convient à votre âge et à votre position.

— Je vous remercie, répondit tristement Emma. Il en est des conseils de l'amitié comme des ordonnances du médecin : quelquefois ils arrivent trop tard.

Alexis sentit ce que ces mots contenaient de mystérieux. Sa pensée s'envola vers Bénédict.

M.elle de Neuville ne voulut pas le laisser sous l'impression pénible des dernières paroles qu'elle avait prononcées.

— J'ai, dit-elle, pour Louise une commission de ma sœur, et je dois rapporter une décision que vous seul pouvez donner. Juliette, qui est infatigable pour le plaisir, s'apprête à aller ce soir d'abord au Casino où l'on dansera, puis chez la princesse de Kaunitz où il y a un bal presque diplomatique : elle m'y entraîne, et je ne puis m'en dispenser ; mais elle s'est mise en tête de vous enlever une seconde fois Louise, malgré son éloignement pour la foule et le bruit.

Le vicomte fronça le sourcil. Qu'allait devenir la bonne soirée qu'il projetait déjà, en tiers avec Louise et Bénédict, la soirée d'intime causerie.

— Si cela plaît à ma sœur...

— Oh ! moi, dit M.elle d'Orban , je suis devenue , sinon d'un éloignement, du moins d'une indifférence lorsqu'il s'agit de fêtes.,

— Vous le voyez, dit Alexis, je n'ai pas dicté sa réponse.

— Non, mais sans le vouloir, peut-être, l'inspirez-vous. Je n'aurai pas ma Louise et je serai bien seule. Il est vrai que vous aurez votre sœur... Tenez, je vous paraîtrai égoïste, mais j'insisterai, et si vous avez de l'amitié pour moi...

— Louise ira au bal ! Louise ira au bal !

Il souffrait visiblement. Emma eut pitié de lui.

— Je crains, dit-elle, que ce sacrifice ne vous soit pénible. Vous n'avez, hélas ! que trop de raisons de fuir le monde !

Cette allusion compatissante rendit à Alexis son énergie.

— Il est certain que, personnellement, je n'ai pas à me louer du monde. Je le vois sans amertume et sans haine, mais aussi sans empressement, et la retraite m'est devenue nécessaire. Il faudra qu'un long temps s'écoule avant que mes chagrins soient calmés. Et même, le seront-ils jamais?... Loin de moi-

pendant l'idée de faire à ma bonne Louise une existence de recluse. Va, Louise, tu accompagneras au bal M.me de Montglars et M.lle Emma. Va, et puisses-tu bien t'amuser !

Mariotte entr'ouvrit la porte et annonça M. le marquis de Montglars.

Involontairement le vicomte dirigea un regard furtif vers l'asile où était Bénédict, comme pour s'assurer si rien ne donnerait l'éveil. Puis, tranquille du côté d'un ami, il ne songea plus qu'à l'autre. Sa main avait pressé avec chaleur celle du marquis. Celui-ci entra sans faire de ces démonstrations bruyantes auxquelles son passé avait accoutumé tous ceux qui le connaissaient. Il s'assit entre Louise et son frère, et dit à ce dernier :

— Voici une journée à demie perdue, car elle est avancée déjà et je ne t'avais pas vu. Le temps s'écoule avec une rapidité... J'ignore à quoi je l'emploie... Je ne suis pas content de moi.

— Ne te reproche rien, répondit Alexis. Je ne suis pas de ceux qui comptent et calculent la longueur des visites. Une bonne pensée me suffit.

— Monsieur le marquis, dit Emma, ne soyez pas surpris de me rencontrer ici. J'y apportais une commission de ma sœur.

— Ah ! sans doute, il s'agit de quelque fête?

— Oui, de deux bals pour ce soir ; Louise nous est accordée. J'espère aussi que vous y viendrez.

— La marquise ne vit que dans cette atmosphère... Quant à moi, c'est difficrent. Le bal m'assomme.

— Comme vous êtes changé !...

— Il se peut, ma chère enfant. L'homme change avec les événemens.

Félix se tut. Emma comprit qu'il désirait rester seul en compagnie d'Alexis.

— Louise, dit-elle, si nous faisions un tour de jardin ?

M.lle d'Orban s'empressa de se lever. Par un geste rapide elle avait, avant de sortir, recommandé la prudence à son frère.

Sitôt qu'ils furent seuls :

— Je suis désespéré ! s'écria M. de Montglars, en jetant son chapeau sur le canapé.

— Qu'est-ce donc ? toujours des tourments !

— Parce qu'il y a toujours de l'imprévu.

— Enfin !... Tu m'inquiètes.

— Maria est à Aix !... Elle y est arrivée hier avec cet imbécile de Colmann ?

— Après ?

— Je l'ai rencontrée à la promenade.

— Eh bien ?

— La marquise passait : j'ai lu sur son visage l'ironie la plus mordante. Maintenant, rien ne lui ôterait de la tête que c'est moi qui ai convié cette femme à venir me retrouver.

— Que t'importe, s'il n'en est rien ?

— Que m'importe, Alexis !... Ah ! pour tenir ce langage, tu ne t'es pas rendu compte des agitations qu'il y a dans mon cœur. Ce que je souffre dépasse la mesure des tortures habituelles de l'amour. Je ne veux pas le laisser paraître, je ne le puis même pas. Il faut que je renferme en moi-même mes pensées dévorantes : il faut que je conserve une physionomie calme, afin de ne point devenir un objet de ridicule et de pitié. Tu m'as connu léger, dissipé; tu m'as fait assez de fois la guerre à ce sujet, me reprochant de délaisser Juliette et d'être le seul peut-être à ne pas reconnaître sa supériorité. C'est vrai, je méritais ces reproches, j'en méritais de plus grands encore. Mais combien j'ai expié les torts du passé!... Si je restais indifférent auprès de la marquise, c'est que je me croyais sûr de son affection. Une cruelle découverte, en me détrompant, m'a jeté dans un tout autre ordre d'idées. Juliette avait livré son cœur à un étranger !

— Non ! s'écria le vicomte. Cela n'est pas. J'ai souvent repoussé avec indignation cette accusation injuste. Ma conviction à cet égard demeure inébranlable. Tu méconnais à la fois Juliette et M. Arnaud.

— Ne prononce pas ce nom si tu ne veux me chasser d'ici !

— Tu as le droit de m'exposer tes peines, mais mon devoir est de combattre des imputations qui me semblent erronées.

— Quoi ! oserais-tu soutenir, devant des apparences...

— C'est aussi sur certaines apparences absolument fausses, je le jure, et dont le secret est resté entre Mathilde et moi, que la vicomtesse a suspecté ma fidélité. Les apparences ! Ah ! voilà la base des jugements du monde...

— Quoi ! s'écria Félix avec emportement, me réduiras-tu au rôle d'Orgon ?

— Ne t'irrite pas, je t'en conjure. Si j'étais un conseiller ordinaire, tu pourrais suspecter mes paroles; mais moi, ton frère !

— Ah ! tu as raison, Alexis, et je suis presque indigne de la patience que tu mets à m'écouter. Mais je suis si malheureux !

— C'est déplorable. Qu'y faire cependant ?

— Il n'y a rien à faire; j'ai pris un masque et je ne le quitterai pas.

— Oui, tu joues l'indifférence ?

— Avec un poignard dans le cœur. Sans le savoir, j'aimais Juliette, et je l'ai appris le jour même où se sont envolées mes illusions. Cette révélation d'un trésor chéri et perdu m'a accablé. J'ai mesuré ma faiblesse et j'en ai rougi. J'ai affecté de ne plus intervenir dans l'existence de la marquise, de ne m'associer à aucun de ses plaisirs, de ne plus porter que pour la forme le titre d'époux. Mais, plus elle me croit détaché d'elle, plus je sens que je l'aime...

— Prends-y garde, Félix, l'orgueil te mène hors du droit chemin, et, par suite, ta jeune femme s'en écarte aussi.

— Que veux-tu dire ?

— Je dis que la loyale affection, tes avis, ta prudence seraient nécessaires à la marquise et lui manquent totalement.

— Non, je ne me mêle pas de ses actions.

— Je dis que, pour s'étourdir peut-être sur le vide pénible de sa vie intérieure, M.me de Montglars se précipite avec une ardeur dangereuse vers tous les plaisirs, et qu'elle pourrait y laisser sa santé. N'as-tu donc jamais remarqué ses accès de toux et les rougeurs qui, de temps en temps, colorent les pommettes de ses joues?

— Pardon.

— Et cela ne te donne pas à réfléchir ?

— Que la responsabilité du mal retombe sur l'amant de la marquise.

— Félix !... La marquise étendra bien aussi la responsabilité sur l'amant de Maria.

— Brisons là. Cette discussion m'énerve. Je te reverrai demain , Alexis.

— Le plus tôt possible, j'espère. Réfléchis à notre conversation.

Ils allèrent vers le jardin et firent signe aux jeunes filles de revenir. En ce moment un facteur apportait pour Alexis une lettre timbrée de Paris.

Le vicomte reçut cette lettre avec une émotion marquée.

— Est-ce du ministre de la guerre? demanda Félix... Te rend-on grade et traitement?

— Non : c'est de ma femme.

— Elle ose t'écrire?

— Oui, et d'une manière qui m'honore! Vois...

« Monsieur, j'ai absolument besoin de vous parler. J'attends de vous un service, et je vous connais assez pour savoir d'avance que vous n'hésiterez pas à me le rendre. En conséquence, je me mets en route immédiatement; cette lettre ne me précédera que d'un jour.

» Agréez, etc.   » MATHILDE D'ORBAN. »

— Ainsi, tu consens à la revoir? dit le marquis.

— Ce sera une épreuve douloureuse, mais je la subirai patiemment. Songe, mon cher Félix, que la patience répare bien des maux.

Le marquis emmena sa belle-sœur en disant :

— Vraiment, ce stoïcien-là me met hors de moi!

Alexis s'était empressé de retourner auprès de Bénédict pour le tirer de sa prison.

IV. — LA MAISON D'ENFER.

Des lustres bien disposés, des candélabres chargés de bougies et reflétés dans de grandes glaces illuminent les riches salons du Casino. Là, comme au concert, on a semé les fleurs à profusion. Des tentures d'étoffes en soie et en velours complètent une décoration féerique. Rien n'a été épargné. Sur une estrade avec balustrade à l'italienne, formant le fond d'un salon, sont rangés les musiciens qui vont donner le signal des quadrilles, des valses et de la polka. Les buffets sont amplement garnis. Çà et là un demi-jour mystérieux éclaire faiblement de petits boudoirs tapissés où s'achèveront en confidences les causeries commencées par un regard, où se combineront les projets, où les intrigues se croiseront avec leurs fils déliés. Enfin, en arrière et séparé du reste par une galerie ornée de statues et de vases antiques, le salon de jeu avec son attirail de fortune et de ruine.

Le bal promettait d'être magnifique. Il était dix heures à peu près quand les premières voitures arrivèrent au bas du péristyle. Tout ce que la ville comptait d'étrangers de distinction semblait s'être fait un devoir d'assister à cette fête. En peu de temps, les salons furent envahis, et l'orchestre jeta son puissant prélude, auquel répond si bien le battement de cœur des jeunes filles.

Que de rivalités, que d'animosités allaient se trouver face à face! Que de triomphes pour l'enfer dans l'infidélité des maris, des femmes, des amants! Que de sujets de joie dans le désespoir des uns, dans le désordre des autres, dans tous ces excès élégants du monde oisif, dans tous ces méfaits qui se commettent avec un sourire aux lèvres et des gants blancs aux mains! Ici allaient se perdre pour beaucoup le repos, la sécurité, les ressources de la richesse, et, ce qui est plus précieux encore, les satisfactions de la conscience. Ici que de larmes retenues, que de soupirs et de cris étouffés! L'orchestre allait couvrir tous les bruits par le tonnerre de ses accords; et, quant aux joueurs, une seule voix arriverait jusqu'à eux, celle du banquier.

Passez avec vos fleurs aux cheveux, avec vos perles et vos diamants, belles et nobles dames; passez, jeunes filles aux toilettes plus modestes et aux espérances non moins vives; passez, jeunes gens qui poursuivez un premier roman, hommes mûrs qui recommencez le vôtre, vieillards blasés qui assistez à ce spectacle comme à une comédie. La danse vous convie, le jeu vous appelle; les yeux et l'or associent leurs séductions.

La marquise n'a pas été des dernières à arriver. A sa droite elle a Louise, à sa gauche Emma. Son cercle habituel lui forme une garde d'honneur. Avons-nous à nommer ceux qui le composent? Les cavaliers de concert se retrouvent au bal. Lequel d'entre eux se fût avisé de manquer à ce charmant rendez-vous?

En entrant, Juliette, saisie par la chaleur, avait été prise d'une toux assez forte et obligée de s'arrêter dans un des boudoirs.

— Si nous nous en retournions? avait dit Emma, inquiète et échangeant avec Louise un regard, qui traduisait sa pensée secrète...

— Non, non, répondit vivement la marquise, ce serait faire comme le soldat qui s'enfuit au début de la bataille.

Et dès qu'elle fut remise, elle alla s'installer dans le salon principal, non loin de grandes dames comme elle, la comtesse de Lubenizka, la marquise de Monodero, les baronnes d'Ulstor et de Koppletz, la duchesse italienne Albà di Castelnuovo, cercle aristocratique où la beauté rivalisait avec la richesse des parures. La plupart de ces dames appartenaient aux régions diplomatiques; quelques-unes étaient venues à Aix sous prétexte de rétablir leur santé, mais leur teint florissant donnait un flagrant démenti aux prescriptions d'un docteur complaisant. A peu de distance du cercle rôdaient toutes sortes de poursuivants d'amour, jeunes diplomates, artistes, officiers, hommes de plaisir, hommes de fantaisie, hommes de rêverie, hommes de finance. Ces derniers accordaient de préférence leur attention à Maria, qui se promenait au bras de Colmann, à une ravissante Anglaise, tombée l'on ne sait comment, la coquetterie incarnée, la séduction et la grâce faites femme.

Juliette aperçut Maria; elle porta son éventail à son visage, et dit assez haut à M. d'Arbrissac :

— Voyez!... jusqu'ici!

Le général haussa les épaules en répondant plus haut encore :

— On est inondé partout de ces créatures-là! Si j'étais le maître, je vous les *coffrerais* joliment!

Colmann, qui jusqu'alors triomphait, se sentit mal à l'aise à la vue de la marquise, qu'il ne pouvait saluer. Maria comprit.

— Trouvez-moi une place, dit-elle; nous avons assez marché. Meric, c'est bien. Maintenant, vous êtes libre.

Il l'avait fait asseoir juste à côté de l'Anglaise, miss Alicia Leer. Celle-ci accueillit sa voisine de la façon la plus empressée, d'autant plus peut-être que Maria, sans doute pour se donner quelque relief, glissa dans la conversation qu'elle se rendait en Italie avec l'excellent M. Colmann, ex-banquier, cinq à six fois millionnaire.

Le cercle de la marquise n'avait pas manqué, pour complaire à Juliette, de s'exercer aux dépens de Maria. Albéric n'était pas le moins acharné contre cette dangereuse fille d'Eve. Sa verve lui fournit une tirade, qu'il eût probablement faite dans un tout autre sens s'il se fût trouvé en compagnie des habitués de la rue de Bréda. L'indignation lui était facile : ce n'était pour lui ue du rhythme. D'Écarrieux hochait la tête en souriant; sa pensée évoquait

assez complaisamment les souvenirs lointains et galants de Sophie Arnoult, et d'ailleurs, il se reposait un peu de la haute morale depuis qu'il était hors de portée de sa respectable amie, la duchesse-douairière de Blignac. Quant à de Foncheville, la beauté pittoresque de Maria l'avait frappé. Il faisait bien de la vertu contre Maria, mais en saisissant toutes les occasions de la lorgner; sa parole était au ciel et son regard au diable.

Ernest avait compté sur l'entraînement d'un bal, sur les efforts de son éloquence et sur la puissance de son geste pour produire un effet définitif à l'endroit d'Emma. Son erreur ne tarda point à lui être démontrée : rien ne lui réussissait. Les phrases les mieux combinées se brisaient contre les glaces du cœur de la jeune fille. Emma était polie, mais d'une politesse stricte et qui s'arrêtait juste aux limites de la bienséance; elle semblait chercher à laisser tomber la conversation que de Foncheville s'épuisait à entretenir. Il osa aller plus loin que les banalités du bal et la pressentir sur ses dispositions : M.elle de Neuville fut tentée de le punir en le foudroyant d'un regard; mais, charitable avant tout et ayant à détruire d'un seul coup un rêve doré, elle y mit quelque ménagement. Ainsi elle répondit, mais de façon à ce que M.elle d'Orban n'entendît pas :

— Mon projet est arrêté; ma dot sera pour Louise, et moi je retournerai au couvent où j'ai été élevée.

La stupéfaction d'Ernest ne fut égalée que par son dépit, lorsqu'ayant invité Emma pour la première contredanse, il reçut cette réponse :

— Je vous remercie; je ne danserai pas.

Il salua froidement, et, pour ne pas faire attendre sa vengeance, il courut engager Maria, qui n'avait pas paru insensible à son attention.

La marquise avait accepté la main du général, et inscrit sur son carnet les noms d'une douzaine de cavaliers.

— Je ne danse avec vous, dit Maria à Ernest, que si vous me menez dans le quadrille des marquises.

— Il sera fait selon vos désirs, charmante dame.

Ernest planta Maria juste en face de Juliette. Celle-ci n'exprima aucun déplaisir. Elle se contenta de sourire en glissant un mot à l'oreille du général qui tordit sa moustache grise et se haussa dans son col en enflant ses joues.

— La réputation de vos grâces et de vos charmes était arrivée jusqu'à moi, madame, dit Ernest à sa danseuse.

— Tiens! elle a fait bien du chemin... en passant probablement par les commentaires de madame de Montglars?

— Oh! je vous le jure...

— Ne jurez pas, on s'y brûle la langue. Qu'est-ce que devient le marquis?

— Il a passé au noir.

— Bah! lui que j'ai connu si gai, si gentil!

— Un ours à présent.

— Moins les griffes, j'espère.

— Je ne l'affirmerais pas. Il ne sait plus que trotter; il se rend invisible, reste taciturne ou parle à tort et à travers... C'est la bizarrerie, le caprice, la brusquerie, l'humeur grondeuse ou railleuse... Ce n'est plus le marquis.

— C'est drôle! dit Maria, je vous croyais de ses amis.

— Je voulais épouser sa belle-sœur...

— Et la belle-sœur n'a pas voulu se laisser épouser?

— Précisément. N'est-ce pas qu'elle a mauvais goût?

— Mais oui, répondit Maria.

— Je ne me ferai pas meilleur que je ne suis. C'était sa dot que je convoitais.

— C'est clair. Est-ce qu'on se marie pour autre chose!

— Savez-vous que nous nous comprenons bien, madame?

— A merveille.

— Quel dommage que la contredanse soit près de finir!

— La contredanse, oui, mais non le bal.

— Prenez-y garde, cette aimable parole me donne une espérance...

— Allez demander le reste à mon Argus.

— Qui ça?

— M. Colmann.

— Lui! cet ennuyeux!

— Nous nous rendons ensemble en Italie.

— Vous entreprenez donc un voyage de pénitence?

Maria répondit en riant. Comme elle se disposait à regagner sa place, elle fut assez timidement saluée par un survenant. Elle jeta une exclamation.

— Vous ici, monsieur Delaunay!... C'est fantastique!

— Pourriez-vous m'accorder un moment d'entretien? demanda celui-ci.

— Certainement. Venez, venez. Colmann dira ce qu'il voudra!

Mais Maria se trompait : Colmann ne pensait guère à elle en ce moment. Notre financier s'était engagé dans une conversation suivie avec miss Alicia; il trouvait un charme nouveau à presser de ses discours sans façon une jeune femme au parler naïf, et qui jouait à merveille l'ingénuité, tout en lorgnant les millions qu'on lui avait signalés. Ce qui flattait singulièrement l'amour-propre de Colmann, c'est que l'Anglaise paraissait fort insensible aux hommages des papillons qui tournaient autour d'elle.

Maria avait conduit Stéfane vers un petit boudoir éclairé par une lampe d'albâtre; elle s'y assit à côté de l'artiste sur une causeuse, et ils se trouvèrent aussi isolés que s'ils eussent été seuls dans la forêt la plus profonde. Delaunay avait l'émotion d'un homme qui vient d'accomplir un long voyage avec une pensée fixe, avec un désir brûlant. Il contemplait Maria, comme on contemplerait un joyau égaré, puis retrouvé après bien des recherches laborieuses. Mais sa joie, car il en avait, tenait de la fièvre; elle était inquiète et même triste.

— Comment, monsieur Delaunay, c'est vous!... Franchement, si l'on m'avait fait deviner quelle était la personne que j'allais voir, vous eussiez été le dernier à qui j'eusse pensé.

— J'étais donc bien loin déjà de votre souvenir!... dit-il avec quelque amertume.

— Vous ne me comprenez pas. Mon souvenir vous était acquis, à vous, à votre excellente femme, à votre adorable Henri. C'est chez vous que j'ai passé mes meilleures heures depuis bien des années. Bon petit ménage, dont j'ai tant de fois envié le sort!

— Vous ne m'aviez pas oublié, madame!

— C'était impossible. Ne fût-ce que par égoïsme, je me rappellerais mes anciens voisins. Quant à la surprise que je vous ai témoignée, elle est naturelle : qui pouvait s'attendre à voir M. Stéphane Delaunay, artiste modeste, époux et père de famille, arriver tout droit à Aix, comme un diplomate ou un banquier ?

— Oh ! sans doute, de telles bonnes fortunes ne sont permises qu'à un M. Colmann.

— Il a le moyen de se les procurer ; et vous, monsieur Delaunay, votre désavantage sur lui, c'est d'être tout simplement un homme de mérite.

— Si j'ai tout quitté, si j'ai jeté de l'argent dans ce voyage, si j'ai dû colorer mon départ d'un prétexte spécieux, si j'ai trompé la confiance de ma pauvre Célestine, si j'ai fait tout cela, madame, ça été pour vous, pour vous seule, pour vous qu'il me fallait revoir, pour vous sans qui je ne pouvais plus vivre, pour vous que j'aime comme un insensé !

Cette déclaration l'avait conduit aux pieds de Maria.

Elle frissonna et recula épouvantée.

— Taisez-vous, malheureux Stéphane, s'écria-t-elle, taisez-vous, je vous en conjure !

— Maria ! Je vous aime ! Je vous aime !

— S'il est vrai que m'aimiez, si j'ai sur vous quelque pouvoir, taisez-vous ! Ce que vous venez de m'avouer me cause de l'horreur...

— Quoi ! lorsque vous accordez votre attention à des hommes sans principes...

— Eh ! c'est justement mon excuse. Le marquis était dans la voie du mal ; il gaspillait son temps, son argent. Je l'ai trouvé ainsi, je ne l'ai pas perdu. Colmann s'ennuyait : il ne m'aime pas, non ; mais il a pensé que je serais pour lui une distraction vivante. Qu'est-ce que me font ces hommes-là ! que m'importe si leur existence se consume sans profit, et si leur fortune suit le même chemin ? Ils sont juges de leurs actions, ils en sont responsables, et de même qu'ils me méprisent en me flattant, de même je les dédaigne en les ruinant. La plupart de ces gens du monde sont mariés, il est vrai ; mais quel est le lien qui les unit à leurs femmes ? un lien d'intérêt, un contrat. L'or a cherché l'or ; une affaire !... De part et d'autre le cœur n'a rien apporté, et dans la corbeille de la fiancée il n'y a que des diamants, des dentelles et des cachemires. Vous, au contraire, monsieur Delaunay, quelle différence entre votre ménage et ces maisons de banque ! Votre union s'est fondée sur la tendresse, sur l'estime réciproque, sur la confiance. Cette Célestine, qui est bien la meilleure créature du monde, n'a cessé de veiller sur vous, de vous prodiguer ses soins ; elle a partagé vos peines, elle a souffert de vos souffrances, elle a pleuré les mêmes larmes que vous... Songez-y : avoir souffert et pleuré ensemble !... Et quelle était sa consolation, à cette digne femme ? avec son enfant, c'était vous ! vous toujours ! Tenez, monsieur Stéfane, j'ai commis bien des fautes, — et il y en a que je n'oserais pas avouer ; — j'ai donné le scandale ; j'ai été, en un mot, ce que sont mes pareilles ; mais quand je songe à votre Célestine, à votre Henri, à ces bons êtres qui n'ont que vous, et qui, loin de vous, s'affligent sans doute, tenez, j'aimerais mieux m'enfoncer un couteau dans le cœur que de ne pas vous crier : Allez-vous-en !...

Stéfane se leva, il était pâle. Le remords vibrait en lui.

— Vous me parlez ainsi, dit-il, et j'admire pendant ce temps que vous puissiez unir tant de raison à...

Il s'arrêta.

— Continuez, lui dit-elle ; j'ai eu trop de franchise pour que vous n'ayez pas à votre tour cette même liberté de langage.

— Non, je n'en ai pas la force. Vous m'avez accablé, vous m'avez humilié profondément.

— Quoi, Stéfane, vous ne m'avez pas comprise ! Oh ! je serais bien malheureuse si ma première bonne action n'était pas appréciée ! Moi, vous humilier ! en ai-je le droit ? Et votre femme, est-ce qu'elle a songé à m'humilier quand je venais à elle rafraîchir mon cœur en sa compagnie ? Croyez-moi, monsieur Delaunay, moi qui suis abaissée, je vous ai relevé, oui, relevé à vos propres yeux ; moi qui suis dans l'abîme, je vous ai empêché d'y tomber. Un peu plus, et si j'avais été assez infâme pour accueillir votre amour, que fussiez-vous devenu ? Votre ménage était perdu, votre honneur anéanti ; le désespoir eût pesé sur votre femme, et votre pauvre enfant se fût trouvé peut-être orphelin. Allez-vous-en, monsieur Delaunay, allez-vous-en !

— Oui, oui, s'écria-t-il ; oui, à l'instant même ! Adieu, Maria, adieu.

Maria resta ensevelie dans ses réflexions. Ce devoir cruel avait rappelé à un insensé, c'était sa condamnation à elle ; dans ce qu'elle avait dit, il n'y avait pas un seul mot qui ne pût s'appliquer à son passé. Elle se prit à évoquer des images, rapprocher des souvenirs.... et alors elle sentit des larmes mouiller ses yeux. Mais aussi la satisfaction d'avoir rendu un mari à Célestine, un père à Henri, lui fit du bien. Elle s'était rattachée ainsi à ces bons êtres entrevus quelques moments à peine, et qui peut-être elle ne devait plus rencontrer.

— Ah ! madame, je vous cherchais partout. J'étais en peine de vous.

C'était Ernest qui venait d'entrer et avait reconnu Maria.

— Vous êtes trop aimable, monsieur. Je vais prendre votre bras. Il faut que je retourne auprès de M. Colmann.

— M. Colmann ! Il m'a paru fort occupé de certaine Anglaise...

— Vraiment ! Il tient à ce qu'elle se moque de lui. Laissons-le s'empêtrer dans la galanterie. Est-ce que nous ne rentrons pas au bal ?

— Si nous faisions un tour au salon de jeu ?

— Comme il vous plaira.

Ils suivirent la galerie qui menait à la salle principale. Par une grande glace dépolie ils contemplèrent un moment les danseurs qui tournoyaient dans les méandres d'une polka. L'aspect du bal était très-animé.

— Polkons-nous ?... dit Maria.

— Je suis à vos ordres.

— Ah bah ! j'en ai assez de ce plaisir de tonton ! Allons jouer.

Ernest fit un mouvement et se rejeta un peu en arrière.

— Qu'avez-vous donc ? demanda-t-elle.

— Chut ! Voyez-vous là... au coin de la glace et appuyé sur la cheminée, un homme qui contemple le bal ?

— Oui. Eh bien ?

— C'est extraordinaire ; il a toute la tournure de Bénédict.

— Qui ça, Bénédict ?

— Je vous conterai son histoire.

Presque aussitôt la marquise de Montglars passa de l'autre côté, valsant avec Albéric.

Ayant par hasard jeté un regard vers la glace, elle poussa un cri, chancela et tomba sans connaissance dans les bras de son danseur.

Ce fut tout un événement ; on s'empressa autour de Juliette ; on l'étouffait de soins, on l'accablait de marques d'intérêt. Emma et Louise étaient dans la plus grande anxiété. Mais quand la marquise fut revenue à elle, comprenant la nécessité de maîtriser l'impression qu'elle avait reçue, et, refusant de quitter le bal, elle rejeta sur l'extrême chaleur l'accident qui lui était arrivé...

L'inconnu cependant avait disparu de son poste d'observation. Il errait, hors de la foule, sans doute pour revenir plus tard quand l'émotion serait passée. Un homme l'avait remarqué et suivi, avec prudence toutefois. Cet homme portait des lunettes bleues.

Au bout d'une demi-heure, l'inconnu alla doucement reprendre sa place au coin de la cheminée ; mais s'il revit la marquise, ce ne fut plus que de loin : elle ne dansait plus.

Un nouvel incident était venu dissiper l'agitation causée par l'évanouissement de Juliette. On avait vu Alphonse de Lagrange s'avancer timidement jusqu'au milieu du bal et promener çà et là un regard sans expression. L'explosion de rires moqueurs qui l'accueillaient toujours ne manqua pas en cette circonstance. Le monde, surtout aux jours de fête, n'a point de ménagements ; il raille impitoyablement ce qui lui paraît faire tache sur son fond d'élégance et de splendeur. Alphonse restait incertain, ballotté, sous le feu de la critique générale, ne se doutant pas de son succès.

Louise se sentit le cœur plein de commisération. Elle pria M. d'Arbrissac d'aller chercher Alphonse et de l'amener.

— Franchement, dit-il, cette commission ne me plaît guère. Votre M. de Lagrange m'est très-désagréable. Au concert, il m'a fait perdre la moitié au moins des morceaux. Laissez-le donc pour ce qu'il est.

Sans insister, M.elle d'Orban se promit de trouver un autre moyen. Mais déjà Ernest s'était approché de M. de Lagrange, lui parlant amicalement et l'emmenait. Louise se demanda l'explication de ce mystère, mais ce fut en vain. Ernest, cependant, n'avait pu, en abordant l'héritier idiot, être guidé que par une pensée d'intérêt personnel.

— Emma, dit-elle à demi-voix, comprends-tu rien à cet empressement amical que M. de Foncheville vient de témoigner au pauvre M. de Lagrange ?

— J'ai remarqué, en effet, qu'il s'est emparé de lui.

— Et tu en conclus ?

— Que la salle de jeu n'est pas éloignée, et que M. de Foncheville y conduit tout droit M. de Lagrange.

— Mais c'est un piège abominable !

— Que faire à cela ?... C'est à Aix comme à Bade : sous les dehors poétiques du concert et du bal se cache le jeu dévorant. Avis à la prudence.

— Eh ! comment veux-tu que M. de Lagrange soit prudent ? Tout a concouru à ruiner ses facultés morales.

— J'ai peur alors qu'il ne perde beaucoup d'argent.

— Et c'est ce monsieur de Foncheville qui va l'y pousser ! Oh ! quelle vilaine âme !

— Il veut s'occuper, et comme je l'ai écarté ..

— Le jeu va le dédommager.

L'orchestre retentit ; un quadrille se forma.

— Tiens, reprit Louise, j'ai bien envie de ne pas danser. Si nous profitions de ce mouvement...

— Pourquoi ?

— Pour aller ensemble au salon de jeu.

— Seules ?

— Oui, ou avec M. d'Escarrieux, ce qui nous donnerait une contenance.

— Le sort de M. de Lagrange t'inquiète ?

— Je ne le nie pas. Je plains un agneau parmi les loups.

— Tu as parlé trop tard, dit Emma en souriant et indiquant le chevalier du bout de son éventail. Le galant M. d'Escarrieux est déjà en place avec la baronne de Koppletz. Il n'en manque pas une.

— Eh bien ! passons-nous de lui.

— C'est grave. Courir ainsi seules !

— Et la charité ?

Ce mot décida M.elle de Neuville. Elle se leva, s'enveloppa de sa pelisse de soie blanche, et dit :

— Viens, mon ange.

Les deux jeunes filles traversèrent comme des sylphides le flot des danseurs et celui des curieux, et sortirent de la salle sans avoir été remarquées, tant leur mouvement de retraite avait été bien combiné et rapide. Comme elles entraient dans la galerie, l'inconnu qui avait à peine, depuis le commencement du bal, déserté son coin de glace, ne put s'empêcher de tourner vers elles son visage pâle et son regard d'ami.

M.elle de Neuville resta plongée dans la stupéfaction ; elle éprouva aussi de la joie, mais une joie douloureuse...

Quant à Louise, que Bénédict n'avait pas instruite du projet qu'il avait formé d'aller au Casino, elle ne put s'empêcher de gronder.

— Ah ! que vous êtes imprudent, monsieur Arnaud !... vous qui étiez à Aix en secret !... Songez que toute la ville est ici !...

— Je me suis combattu, mademoiselle ; le vicomte a essayé de me retenir... Je n'ai pas plus écouté ses conseils que ma raison.

— Mon Dieu ! mon Dieu !... vous me faites trembler.

— Rassurez-vous, mademoiselle. Nul ne m'a vu.

— Excepté Emma !...

— Je sais que je puis compter sur l'honneur de M.elle de Neuville, de même que M.elle de Neuville connaît l'étendue de mon dévoûment pour elle et... pour sa sœur...

Emma n'avait pas la force de parler. Elle souffrait à la fois pour elle et pour Juliette. La présence de Bénédict lui avait révélé la cause de l'évanouissement de la marquise. Toutes ses illusions venaient de s'envoler.

— Croyez, murmura-t-elle enfin avec une voix brisée par les larmes, croyez que je saurai garder votre secret.

Et elle ajouta d'un ton plus triste encore :

— Je crains que ce n'en soit plus un pour... tout le monde.

— Quoi ! serait-il possible que madame la marquise...

— Taisez-vous ! de grâce, taisez-vous !... si vous ne voulez causer de nouveaux malheurs, taisez-vous, et partez !

— Partir ! partir encore ! quand l'exil me tuait !

— Et si vous tuez par votre retour celle que cherche votre amitié fatale ?

— O ciel !... vous aussi, mademoiselle Emma, vous aurait-on prévenue contre moi ? auriez-vous prêté l'oreille à la calomnie ?

Emma pressa de ses mains son cœur qui battait avec violence, et répondit d'un accent plein de dignité :

— Je ne crois rien.... je refuserais de croire... mais je n'ai pas ignoré entièrement ce qui est arrivé, et je redoute d'autres éclats.

— Soyez persuadée, mademoiselle, que votre prière est un ordre pour moi. L'estime profonde que vous m'inspirez enchaîne ma volonté.

— L'estime !... pensa Emma.

— Eh bien ! c'est entendu, dit Louise d'un ton amical. Ne tardez pas à aller retrouver mon frère.

— Quoi ! s'écria M.elle de Neuville, c'est chez vous ?...

— Silence !... toi seule le sauras, n'est-ce pas ?

— Ah ! monsieur Bénédict... par pitié pour Juliette... partez !

L'artiste inclina la tête en signe d'acquiescement. Il parut se diriger vers le vestibule; mais une force irrésistible le ramena au lieu où le regard troublé de la marquise semblait le chercher.

Cependant Louise et Emma avaient gagné le salon de jeu. La première personne qu'elles y aperçurent, ce fut Alphonse de Lagrange assis et ayant devant lui une somme considérable. En face était Ernest de Foncheville, et à côté d'Ernest Maria de Rochemore.

La roulette allait sans interruption. Des figures sinistres, absorbées par les chances bonnes ou mauvaises, suivaient, avec des crispations violentes, les alternatives du hasard. Il y avait des imprécations étouffées, il y avait des exclamations de joie. Le râteau entraînait ou ramenait des montagnes d'or ; des fortunes se faisaient en un moment, d'autres disparaissaient aussi vite. Et la roulette allait toujours.

De Lagrange n'avait cessé de perdre, Ernest de gagner. L'ivresse de la fortune montait au front de l'audacieux jeune homme : il mesurait déjà du regard les jouissances de sa vie future, le luxe qu'il pourrait se donner, les plaisirs où il se plongerait. L'or avait allumé la fièvre dans son sang ; une flamme épileptique brillait dans ses yeux. Et Maria souriait de ce mouvement ; elle s'associait à cette opulence toute fraîche, cueillie sur le tapis vert.

Mais, autant Ernest mettait de passion au jeu, autant Alphonse y apportait d'indifférence. Seul, il paraissait ignorer ce qui se faisait. Un croupier lui donnait des avis à voix basse, et de Lagrange obéissait docilement, sans se douter du péril où il s'engageait.

Au fond de la salle et derrière le cercle, l'homme aux lunettes bleues jouissait de ce spectacle ; il riait en caressant sa barbe ; il s'épanouissait à chaque enjeu. Il était confondu parmi les *leveurs*, ces fins limiers qui dépistent et amènent les victimes ; parmi les *professeurs*, ces émérites qui jouent pour le compte d'autrui, sans négliger de glisser quelques napoléons dans leur gousset; et parmi les *moniteurs* qu'on paie pour piquer la carte. Et la roulette allait toujours.

Ce fut alors que Louise s'approcha d'Alphonse et dit en lui touchant l'épaule :

— M. de Lagrange, voilà assez de jeu, ce me semble.

Alphonse s'était levé, docile à cette voix connue.

— Ah ! c'est vous, mademoiselle Louise !... Bonsoir, mademoiselle Louise ! Vous vous portez bien, mademoiselle Louise ?...

— Venez, venez avec nous.

— C'est que je suis bien assis là.

— Oui, mais vous perdez énormément d'argent.

— Vous ne savez donc pas ?... Mon oncle est mort et j'ai hérité... mais j'ai peur de Pierre.

— Pierre aurait raison de gronder si vous perdiez trop. Il faut sortir d'ici.

— C'est ça... Vous êtes bonne, vous !... Oh ! vous êtes bonne !...

— Mon frère est votre ami...

— Votre frère !

— Vous savez, le vicomte Alexis d'Orban.

— J'ai connu ce nom-là.

L'idiot interrogea sa mémoire, mais sa mémoire s'était éteinte.

Sans perdre de temps, Louise le prit par la main, tandis qu'il riait comme un enfant, et elle l'entraîna vers le vestibule. Il répétait machinalement :

— Bonne demoiselle Louise !

M.lle d'Orban remit Alphonse aux soins de son factotum. Elle fut frappée de la dureté avec laquelle Pierre parlait à son maître :

— Hum !... vous voilà !... c'est bien heureux !... Sans mademoiselle, vous y auriez passé la nuit... Si ça le sens commun ! Vouloir aller partout pour être bafoué !... Et votre or, vous ne l'avez pas perdu, j'espère !...

Pierre entraîna rudement Alphonse qui n'avait osé répliquer.

— Quelle dégradation !... dit Emma. Et pas de remède !...

— Qui sait !... dit Louise à son tour. Ah ! que je le plains !... As-tu remarqué, mon Emma, l'air de dépit de M. de Foncheville ?

— J'ai remercié Dieu d'avoir cette nature étroite et violente.

— Moi, dit Louise, j'ai été d'abord l'objet de ses assiduités.

— Avant que la vicomtesse se fût ruinée !...

— Tout juste.

— O ma Louise, quel abîme que le monde ! Retournons auprès de ma sœur qui doit commencer à s'inquiéter de notre absence.

— Emma, c'est convenu, pas un mot sur Bénédict.

— Va, ce n'est pas d'aujourd'hui que je connais l'importance d'un secret.

Elles ne retrouvèrent pas l'artiste dans la galerie et se plurent à penser qu'il était parti, mais Bénédict les apercevant de loin, s'était jeté derrière une colonne.

Quant à Ernest, la chance avait cruellement changé à son égard. Furieux de voir M. de Lagrange lui échapper, il commença à jouer d'une manière plus distraite. Il perdit une première fois : ce n'était rien ; une seconde : rien encore, il avait tant gagné ! Plusieurs coups malheureux affaiblirent successivement ses ressources. Le vertige le prit, sa vue s'éblouit, ses tempes battirent avec force, il voulut fuir... Il se retourna pour entraîner Maria ; ce ne fut pas Maria qu'il aperçut près de lui, mais Faustin Gournet.

Un domestique du Casino avait remis à Maria un petit billet écrit au crayon et conçu en ces termes :

« Ma chère amie,

»J'ai besoin de votre indulgence ; mais vous êtes femme d'esprit, et vous saurez comprendre. J'allais avec vous en Italie pour fuir l'ennui ; or, l'ennui ne paraissait pas me quitter, malgré les charmes de votre compagnie. Il se trouve que miss Alicia semble devoir être plus habile pour combattre ce mal. Le souffrant a toujours droit de changer de médecin. Excusez-moi si je pars cette nuit, et veuillez accepter en bon souvenir la *propriété* du petit hôtel où, à Paris, je vous avais offert l'hospitalité.

    »Votre affectionné,   »COLMANN. »

Maria ne prit que le temps de parcourir ce billet. Elle s'élança dehors et arriva juste à propos pour voir l'ex-banquier prêt à monter dans sa voiture, où déjà miss Alicia Leer était installée. Elle le retint.

— Une minute ! dit-elle. J'ai à vous rendre votre cadeau. Reprenez votre hôtel.

Elle lui jeta les débris de la lettre, puis elle ajouta :

— Bon voyage !... Vous vouliez fuir l'ennui, mais vous le portiez joliment avec vous, mon cher !... Me voilà bien débarrassée !...

Ces mots achevés, elle rentra tranquillement au bal.

Revenons à Ernest que la vue de Gournet avait pétrifié d'étonnement. Gournet — qui ne riait guère — se mit à rire.

— Ah ! ah ! mon cher monsieur, vous pensiez trouver une autre personne à votre gauche. Mais rassurez-vous, c'est aussi un autre ami.

— Je suis désolé, je perds !

— Combien ?

— Le sais-je ?... peut-être dix mille francs !

— Une bagatelle. Continuez, persévérez.

— Mais la chance a tourné...

— Pour un instant. Vous la ramenerez.

— Vous croyez ?

— J'en suis sûr.

— Alors, j'essaie.

Ernest gagna.

— Qu'avais-je dit ?... s'écria Gournet.

Ce fut le dernier coup heureux. La fortune sembla s'acharner contre Ernest. Il était fou de rage. Tout son or avait disparu. On lui permit de jouer sur parole, il perdit trois mille francs.

Alors, il sentit un froid de glace. Il se leva en chancelant ; Gournet dut le soutenir.

Lorsqu'ils furent hors du pandémonium :

— C'est fini, dit de Foncheville. Je suis un homme tué, je n'ai pas cette somme !

— Ne vous inquiétez pas, je la possède, moi, et je vous la prêterai.

— Vous, monsieur !

— Pourquoi pas ? Vous verrez par là que je vaux bien votre marquis de Montglars, qui n'avait que de grands mots au service de ses amis.

— Oh ! je vous rendrai cela, croyez-le. La roulette ne me sera pas toujours adverse.

— Je l'espère bien. Réparez votre trouble, et que nul ne s'en aperçoive. Il faut être beau joueur, c'est la première condition, et puis ne parlez de moi à personne.

En quittant Ernest, Gournet se disait avec une satisfaction profonde :

— C'est fini, le voilà joueur pour toute sa vie !

....

A une demi-heure de là, Bénédict, ayant passé une soirée de contemplation, c'est-à-dire ayant par ses yeux donné à son âme tout le bonheur qu'elle pouvait savourer, songea que la prudence et le devoir lui commandaient de s'éloigner enfin. Il sortit à regret de ce Casino où il avait revu Juliette après une si longue et si cruelle séparation. Hélas ! la reverrait-il jamais ?

Il eût soin de prendre des détours avant de regagner la maison du vicomte. Mais quelles que fussent les précautions de Bénédict, un homme l'avait suivi de loin, rasant les murs pour n'être pas aperçu.

Avons-nous besoin de dire que cet homme était Faustin Gournet?

V. — L'ASPIC.

Dès le lendemain matin, le marquis de Montglars reçut cette lettre, qui n'était pas anonyme :

« Monsieur le marquis,

»Celui qui, autrefois, pour venger la morale, écrivit à M.me de Montglars et l'instruisit de votre petite intelligence avec la brillante Maria, celui-là s'adresse à vous aujourd'hui pour vous donner un avis amical.

»On l'avait cru mort, et bien des gens s'étaient réjouis de sa perte, car la franchise soulève la haine sur son passage.

»On se disait donc : « Ce fâcheux, ce loup, ce misanthrope n'existe plus, et »c'est bien fait. »

»Il existe, au contraire, prêt à confondre ses ennemis.

»Quant à vous, qui l'avez poursuivi aussi de votre inimitié, il vous pardonne, et il vient vous en fournir une preuve.

»Il y a, de par le monde, un faux sage, un hypocrite, qui se nomme Bénédict Arnaud.

»Ce Bénédict, qui défendait l'honneur de la marquise après l'avoir volé ; ce Bénédict n'a pu supporter une plus longue absence.

»Ce Bénédict a reçu un accueil hospitalier chez le naïf vicomte d'Orban. Voilà son adresse exacte.

»J'espère que vous serez reconnaissant de cet excellent avis à votre dévoué

        »FAUSTIN GOURNET. »

Deux révélations étaient contenues dans cette lettre foudroyante. Gournet vivant encore ! — Bénédict à Aix !

Quoi ! ce Gournet qui avait répondu à l'amitié par un premier acte d'infâme trahison ; cet homme sombre et malfaisant, ce fantôme du mal, cette espèce de démon enfin, il existait ; et il était là, avec son insatiable soif de vengeance ! Et peut-être, en même temps qu'il annonçait au marquis la présence à Aix de Bénédict, avait-il adressé à la marquise quelque commentaire sur l'arrivée de Maria... C'était l'enfer ouvrant soudain son cratère et éclairant l'horizon de ses flammes sinistres.

Et, d'autre part, comme s'il ne suffisait pas d'avoir à combattre une haine, Bénédict venait ranimer une douleur cuisante, réchauffer un ressentiment qui n'était que trop vivace. Bénédict à Aix ! Oh ! c'était pour Juliette qu'il y était venu, c'était pour elle qu'il avait tout bravé !... Et quelle preuve plus forte de son amour que cette entreprise hardie ?

« S'il n'aimait pas Juliette, qu'avait-il besoin de se rapprocher de nous ?

»Mais il l'aime ! il l'aime !... Il n'a pu se passer de la voir ! Il est venu m'insulter !...

LES MASQUES D'OR. 39

»Il l'aime et elle l'aime aussi ! Et moi, moi le mari, moi qu'on a accusé d'inconstance, moi qui ai joué un rôle d'indifférent, moi malheureux, je n'ai plus le droit de revendiquer un cœur que j'ai paru dédaigner !

»Ah ! misérable Gournet ! dès que tu te montres, il faut donc que les larmes ou le sang coulent !...

»Eh bien ! ce sera un drame de plus. J'irai, oui j'irai détromper Alexis, dont la bonne foi a été surprise ; j'irai... quoi faire ?... Mon ennemi n'est-il pas libre d'habiter aussi cette ville ! J'irai néanmoins... »

Au déjeuner, M. de Montglars dût s'imposer de grands efforts pour se contenir. Il parlait en termes couverts et polis.

— Vous êtes-vous bien amusée, madame, à vos deux bals ?

Cette question surprit et inquiéta un peu Juliette. Le marquis n'avait pas l'habitude de s'informer ainsi des plaisirs de sa femme.

— Je vous remercie, dit-elle. Ces bals étaient ce que sont toujours ces fêtes.

— Ce qui ne vous empêche pas d'y retourner sans cesse.

— Il faut bien s'occuper.

— Oh ! c'est vrai.

— J'y ai vu beaucoup de monde, mais un monde assez mêlé.... jusqu'à une certaine Maria que j'avais aperçue à la promenade et que notre ancienne connaissance, M. Collmann, conduisait avec orgueil. C'est incroyable ! ces créatures-là se glissent partout.

Félix sentit le trait dirigé à son adresse :

— Vous auriez pu aussi, dit-il, y voir une autre ancienne connaissance à nous....

Juliette pâlit, mais fit bonne contenance.

— Ah ! qui donc ?

— M. Bénédict Arnaud.

— Quelle idée !

— Rien d'étonnant à cela. Votre artiste est à Aix. Il ne serait donc pas impossible qu'il fût venu au Casino.

— Je n'ai pas à m'occuper de ses actions, et, s'il lui convient d'habiter cette ville, je pense, monsieur, que vous aurez le bon goût de ne point vous en formaliser.

— Certainement , ce ne sont pas mes affaires. Mais vous n'oublierez pas non plus, j'espère, que nous ne connaissons plus M. Arnaud.

Trouvant qu'elle ne répondait pas assez vite, il reprit sa phrase en fronçant le sourcil.

— J'avais entendu parfaitement, dit Juliette avec dignité, et j'avais peut-être la même prière à vous adresser , au sujet de la personne que j'ai vue au bal.

— Eh ! madame, si j'ai eu des torts, ne vous ingéniez pas à m'en supposer de nouveaux.

— J'en suis bien éloignée, croyez-moi, et rien ne me serait plus agréable que le retour de notre bonne intelligence d'autrefois.

Félix, à ces mots, éprouva une émotion involontaire. Mais cette impression fut de courte durée : le marquis était devenu incrédule comme les gens méfiants. Il hocha silencieusement la tête.

M.elle de Neuville, qui n'avait rien dit encore, jeta alors ces paroles de conciliation :

— Si vous saviez comme ma sœur est sincère !...

— Comment donc ! mais en douter serait une injure. Moi aussi je fais des vœux pour que l'harmonie la plus parfaite revienne entre nous. Croyez, marquise, que je n'y épargnerai aucun effort.

L'entretien roula ensuite sur des sujets insignifiants. L'orage était dans l'air, et Juliette, ainsi qu'Emma, en furent convaincues lorsqu'elles virent que M. de Montglars, immédiatement après le déjeuner, se disposait à sortir. Vouloir le retenir, c'eût été faire un aveu ; un aveu, c'était une bataille.

Juliette attendit que son mari se fût éloigné. Pour ne pas souffrir de retard, il n'avait pas donné ordre d'atteler. Cette circonstance était caractéristique.

Seule avec sa sœur, la marquise pressa Emma contre son cœur en jetant des cris et en fondant en larmes.

— Mon Dieu ! mon Dieu ! qu'as-tu, Juliette ? Tu m'effraies... Ces scènes-là te tueront. Je t'en supplie, calme-toi.

— Me calmer !... Oh ! n'as-tu pas deviné ce qui va se passer ?

— Attends un peu. Ce ne sera peut-être rien.

— Quoi ! ne sens-tu pas que M. de Montglars vient de nous quitter avec les dispositions les plus sombres, et que, s'il sort, c'est pour se mettre à la recherche de M. Bénédict ?

— Rien ne me le prouve.

— Tout me le prouve, à moi ! Emma, Emma, ils se verront ! Il y aura une querelle, il y aura une provocation, il y aura encore un duel !... cette fois entre mon mari et...

— Et notre ami, dit M.elle de Neuville, voulant épargner à sa sœur l'ombre d'une pensée hors du devoir.

— Oui, un ami, un ami sincère, un homme honorable, qui n'a rien à se reprocher, un homme qu'on a couvert d'un blâme immérité, une âme pure, un cœur d'artiste !

— Juliette, Juliette ! reviens à toi !... Tu t'oublies !

— Et moi, non plus, je ne me reproche rien. Ai-je manqué à mes serments ? Y a-t-il eu une parole que l'honneur pût désavouer ? Quand j'étais là, près de lui, qu'est-ce qui m'avait amenée ? La reconnaissance ! O mon Dieu ! vous le savez, vous !... et vous me jugerez, et vous me pardonnerez, le monde entier dût-il se lever contre moi !...

A ces paroles véhémentes succéda un accès de toux.

— Ma sœur reviens à toi... Ne te livres pas à ces combats intérieurs. Tu y succomberais.

— Tant mieux ! murmura Juliette d'une voix presque éteinte. Ne plus vivre, c'est ne plus souffrir.

Emma sonna Fanny et recommanda la marquise à ses soins.

Au même instant, une pensée lui vint et la fit tressaillir.

— Chère sœur, dit-elle en anglais, pour n'être pas comprise, rassure-toi. J'ai conçu un projet qui te sauvera ou qui sauvera aussi... notre ami. Repose-toi sur ma prudence ; mais laisse-moi agir ; il n'y a pas une minute à perdre.

Aussitôt elle courut à sa chambre prendre un chapeau et un châle, descendit rapidement, se jeta dans la première voiture de remise qu'elle rencontra, et donna ordre au cocher de la conduire à l'adresse du vicomte d'Orban.

C'est là qu'elle était certaine de trouver le marquis.

M. de Montglars avait mis peu de temps à franchir la distance qui le séparait de la demeure du vicomte. Il sonna vivement. Mariotte vint ouvrir et recula étonnée en voyant l'air de violence que trahissait sa physionomie.

— Votre maître y est-il ? demanda Félix, d'un ton brusque.

— Oui, monsieur ; certainement, monsieur...

Par la réponse timide de la servante, le marquis jugea qu'il laissait trop paraître son agitation. Il s'efforça donc de se dominer, afin d'arriver adroitement à la connaissance de la vérité.

Justement Alexis était avec Bénédict qui pour la dixième fois lui retraçait ses impressions de la soirée et qu'il catéchisait à ce sujet. Averti par Mariotte, il accourut en ayant bien soin de fermer la porte de communication. Louise était descendue et avait reçu le marquis.

— Mille pardons, mon cher, dit ce dernier, de te déranger de si bonne heure. Tu étais occupé sans doute, car tu es un travailleur, toi !

— Jamais tu ne pourrais me déranger, mon cher Félix. Pas de cérémonie. Sois le bien venu.

— Je reconnais là ton amitié sincère.

— Ce n'est pas d'aujourd'hui qu'elle t'est connue. Mais qu'as-tu donc, Félix ? tu parais souffrir.

— Rien... un mal de tête.

— Cependant...

— N'insiste pas. C'est une misère. Mademoiselle Louise n'a-t-elle pas été au bal d'hier ?

Et sans attendre la réponse :

— C'est un plaisir bien fatigant !... Quelquefois sans sortir de chez soi l'on y a une compagnie plus agréable.

Louise et Alexis échangèrent un regard.

— Oui, poursuivit le marquis, une conversation intime a tout autrement de charme que cette mêlée de gens qu'on est obligé de subir, qu'on suit d'un œil indifférent et qu'on ne reverra jamais pour la plupart.

Une seconde fois le frère et la sœur s'entre-regardèrent.

— Il est certain, dit Louise, que je préfère à toutes les soirées, a tous les raouts, une simple lecture que me fait Alexis.

— Je voudrais bien que la marquise pensât de même.

— Ne te plains pas, dit Alexis, madame la marquise aime le monde, j'en conviens ; mais tu lui en as toi-même donné le goût ; et d'ailleurs, la jeunesse passe si vite... si vite...

— Sans doute elle passe, répliqua M. de Montglars ; mais, auparavant, elle mène son cortège de coquetterie, d'enivrements, d'erreurs... Et qu'est-ce qui suit ? les regrets et les remords.

— Voyons, voyons, reprit le vicomte en s'efforçant de surmonter son inquiétude, tu es sombre comme une tragédie. Voilà ce que c'est que le mal de tête. Il faut te distraire, il faut bannir les idées noires.

— C'est vrai, j'ai besoin de me distraire. Si j'examinais avec toi tes collections ?

— Tu flattes mes goûts.

— De ce côté, dit le marquis en indiquant la porte du corridor, tu dois avoir des curiosités, des raretés. Fais-moi donc pénétrer dans ce sanctuaire.

— Il n'y a rien par là... dit vivement Alexis.

— Rien, vraiment ?

— Qu'une chambre en désordre. Par conséquent, il est inutile...

— J'ai compris. Ecoute, Alexis, au nom du ciel, ne commets pas la plus grande des iniquités pour un gentilhomme, ne mens pas.

— Qui te fais supposer ?...

— Ton trouble et mes informations. Tu me dis qu'il n'y a rien dans cette chambre, et qu'elle est en désordre, et je te dis, moi, qu'il y a dans cette chambre quelqu'un qui se cache.

— Quand il serait vrai ? s'écria le vicomte. L'hospitalité est chose sacrée, et j'en remplirai les devoirs.

— Quand il serait vrai !... Oh ! c'est la vérité. Voilà une lettre, une lettre de l'infâme Gournet, qui semble sortir de l'enfer pour me torturer.

— Cet homme existe encore !

— Il est ici !... mais il n'y est pas seul, et deux ennemis me sont revenus à la fois. Quelle différence entre eux, cependant ! Que Gournet vive ou soit mort, peu m'importe. Celui que j'ai sujet de haïr, celui qui a osé venir à Aix pour me braver, mais qui n'a pas le courage de son action, puisqu'il se cache comme un lâche, celui-là, c'est M. Bénédict Arnaud !

— Plus bas ! plus bas !... dit le vicomte avec angoisse. Entends-moi. Suis-je capable d'un procédé déloyal ? Eussé-je reçu sous mon toit M. Arnaud si j'avais supposé qu'il fût animé contre toi de quelque mauvaise intention et si je n'avais su combien son âme est noble ?

— Belle raison ! Il te trompait, l'indigne, comme il m'a trompé moi-même !

La porte du couloir s'ouvrit, Bénédict parut, et dit en se montrant :

— Non, monsieur le marquis, je n'ai trompé personne, pas plus vous que le vicomte.

— Ah ! vous sortez enfin, monsieur !... J'avais cru que vous vous tiendriez renfermé et j'admirais votre prudence. C'est vous !... Il ne vous a pas suffi de payer ma confiance de la plus odieuse ingratitude ; vous vous glissez encore dans la ville que j'habite afin de m'apprêter de nouveaux chagrins, de nouvelles humiliations.

Et comme Bénédict se taisait devant une accusation aussi brusque :

— Répondez, que venez-vous chercher ici ? quelles sont vos intentions ? Si vous étiez un honnête homme, auriez-vous recours au mystère ?

— Le Ciel m'est témoin, monsieur...

— N'invoquez pas le Ciel ; vous l'outragez.

— Je vous ai écouté patiemment, vous devez m'entendre de même. Je le répète donc, le ciel m'est témoin que pas plus autrefois qu'aujourd'hui je n'ai tramé de complot contre votre honneur. Votre honneur m'a toujours été cher et sacré. J'ai eu pour vous l'affection la plus dévouée, la plus reconnaissante. Accueilli en frère dans votre maison, j'eusse été incapable de payer votre confiance d'ingratitude. Je ne l'ai pas fait. Vous pouvez ne pas me croire ; je lis dans vos regards que vous ne me croyez pas ; c'est pourtant la vérité ; je l'atteste de la manière la plus solennelle. Des apparences s'élèvent contre moi et contre la personne que vous accusez ; mais n'ajoutez pas foi si aisément aux circonstances ; dites-vous qu'il y a eu, en cette occasion, une simple manifestation d'amitié ; dites-vous qu'il y avait des cœurs émus, à la veille d'un départ, à la suite d'un drame : pour des coupables, il n'y en avait pas. Vous jouer ! mais il faudrait pousser la duplicité jusqu'aux extrêmes limites ; il faudrait, par une combinaison de ruses, abuser aussi M. le vicomte, qui m'a tendu les bras lorsque j'étais isolé, triste, errant. Déjà parjure envers vous, je je serais aussi envers lui : à une faute première, je joindrais le mensonge, la duplicité. Ah! monsieur, vous ne me connaissez pas : si ma conscience se faisait des reproches, ce n'est pas une courte distance, c'est l'Océan tout entier que j'eusse mis entre nous. Je suis revenu parce que l'amitié m'était nécessaire, parce que la solitude me pesait, enfin parce que je pouvais revenir la tête haute.

— Vous ne m'en imposerez pas par ces belles phrases de rhéteur. Je sais que le vice a toujours langue dorée.

— Ménagez vos expressions, je vous prie.

— Loin de les ménager, j'en voudrais trouver de plus fortes encore, et elles seraient encore au-dessous du mépris que vous m'inspirez.

Les traits de Bénédict se contractèrent. Alexis trembla, et, saisissant la main de l'artiste :

— Contenez-vous, dit-il; j'ose espérer que le marquis ne tardera pas à regretter cet éclat et à sentir qu'il doit du respect à l'hospitalité que je vous ai offerte.

— Moi! s'écria Félix avec une fureur croissante, je ne regrette qu'une chose : c'est de n'avoir pu déjà faire justice de ce misérable !

— Monsieur, dit Bénédict, j'ai été d'abord sensible à vos injures : ce sont les seules de ce genre qui m'aient été adressées ; vous pouvez continuer maintenant : elles glisseront sur moi sans m'émouvoir ; car, plus elles ont de violence, moins elles m'atteignent.

— Je conçois; vous vous enfermez dans le rempart de votre austérité, comme tout à l'heure vous vous enfermiez dans cette chambre. Ah ! je parviendrai bien à renverser ce système de philosophe intrigant. Si vous n'êtes pas le dernier des hommes, vous me suivrez sur le terrain.

— Une provocation ! Je m'y attendais. Il y a deux mois passés, monsieur, un fait semblable faillit vous amener au plus déplorable des fratricides. Aujourd'hui, le combat que vous me proposez aurait une autre conséquence non moins fatale, et que je veux prévenir.

— Laquelle, s'il vous plaît?

— Vous devriez la pressentir. Mais je parle, puisque vous m'y obligez. Eh bien ! monsieur, examinez l'état de faiblesse où est arrivée madame la marquise, et dites-vous qu'un événement aussi violent pourrait donner le coup de la mort à madame de Montglars.

— Ah ! oui... Vos jours lui sont si précieux !

— Vous torturez ma pensée...

— Et vous, monsieur, vous avez torturé ma vie. Je ne me paie pas de vos raisonnements. Voulez-vous vous battre, oui ou non ?

— Félix, je t'en conjure !... murmura le vicomte.

— Monsieur le marquis !... dit Louise.

— Laissez-moi. C'est à lui seul que j'ai affaire. Monsieur Arnaud, répondez : Voulez-vous vous battre, oui ou non ?

— Non, dit Bénédict.

— Une troisième fois, dit le marquis faisant un pas en avant, voulez-vous vous battre ?

— Non, monsieur.

— Alors, recevez ce stygmate de honte !

La main de Félix effleura la joue de Bénédict.

Le vicomte s'était élancé, croyant que Bénédict allait riposter. Celui-ci ne bougea point. La rage aveuglait le marquis.

— Laquais ! s'écria-t-il, tu n'es pas sensible à un soufflet !...

— Mon courage est connu... Vous pouvez me frapper encore... Je suis résolu à vous pardonner.

En ce moment, M.elle de Neuville entra, haletante, hors d'elle-même.

Sa vue arrêta Félix, qui toujours avait ressenti du respect pour cette noble nature.

Emma se plaça résolûment entre le marquis et l'artiste.

— Viens-tu, dit Félix, protéger le traître que j'ai châtié?...

— Qu'avez-vous fait, mon frère, et combien vous serez fâché de votre violence !

— J'ai rempli mon devoir d'époux outragé.

— Oh ! malheur à nous !... J'arrive trop tard, moi qui apporte la vérité...

— Que voulez-vous dire, Emma?

— Mon frère, mon frère, c'est un aveu, un aveu que je contenais en mon cœur, mais qui doit s'en échapper... Ecoutez-moi, vous n'avez pas été outragé, vous ne l'avez jamais été... c'est un rêve.

— Quoi ! n'a-t-il pas justifié les accusations de la vicomtesse?

— C'est un rêve.

— Emma, viens-tu m'irriter encore !

— Je viens vous ouvrir les yeux. Il m'en coûte, mais l'intérêt de la vérité est plus puissant que les ménagements du monde. Si M. Bénédict multipliait ses visites à l'hôtel, c'est qu'un motif tout particulier l'y appelait.

— Je sais lequel.

— Vous ne le savez pas. Il y avait, à côté de Juliette, une personne qui avait fixé son attention, entendu ses paroles timides, ses projets d'union, ses regrets des obstacles que sa naissance pourrait mettre à un mariage ; et cette personne, qui avait accueilli avec émotion son aveu honorable et craintif, cette personne aimée de Bénédict et qui aime aussi Bénédict, c'est moi !...

La fureur du marquis fit place à la stupéfaction et à un certain regret de l'excès qui avait précédé. Une déclaration si nette, si formelle et en même temps si délicate, pouvait-elle être repoussée? Si Bénédict avait cité le nom d'Emma et invoqué cet amour secret, Félix eût pu rejeter au loin sa confidence et y voir une offense de plus. Mais c'était Emma elle même, c'était un ange plein de pureté et de dignité, c'était elle qui revendiquait le cœur de Bénédict. Comment lui dire, à elle, qu'elle en avait menti? Félix n'avait plus une parole.

Quant à Emma, épuisée par cet effort de dévoûment qui avait tant coûté à sa pudeur en lui arrachant la vérité, elle avait caché son visage dans le sein de Louise.

Bénédict était resté partagé entre l'admiration et la douleur, lui qui ne devinait qu'à moitié.

— Merci, dit-il, mademoiselle. Vous avez daigné faire pour moi le plus grand de tous les sacrifices. Ma reconnaissance sera éternelle. Oui, nous avions rêvé un bonheur impossible... et vous me rendez cette justice que, ne me dissimulant aucun des obstacles que le sort m'opposait, je gardais le silence, et n'avais songé qu'à m'éloigner... Si j'ai été imprudent en revenant là où vous étiez, c'est surtout à vous qu'il appartient de me blâmer... car votre paix a été troublée. Je n'abuserai pas de l'aveu que vous avez daigné faire... Ceux qui ont entendu en respecteront le secret. Quant aux obstacles dont je parlais,

ils sont devenus tout à fait insurmontables depuis que la main du marquis s'est levée sur ma joue. Adieu ! oubliez-moi, mademoiselle Emma... oubliez-moi tous!

Sa voix expira dans un sanglot. Bénédict se précipita vers la porte de son petit appartement, où il courut se réfugier.

Le marquis essuya ses yeux humides de larmes, se frappa le front d'un air désespéré; puis, écartant doucement le vicomte et Louise, il dit à sa belle-sœur, consternée et muette de douleur :

— Viens, ma pauvre enfant.

VI. — MATHILDE.

Les émotions de la journée ne devaient pas se borner à la scène qui venait d'avoir lieu.

D'abord Bénédict, insensible aux consolations du vicomte, se tint renfermé deux heures dans sa chambre, repassant au fond de sa pensée les paroles violentes, les menaces, la provocation du marquis, et enfin l'affront sanglant qu'il en avait reçu. Il s'examina lui-même, il sonda sa force, sa patience, et, en appréciant le dévouement fraternel d'Emma, il se dit qu'une telle conduite voulait être imitée, et que son abnégation devait répondre à l'héroïsme de la jeune fille.

Dès ce moment, sa détermination fut prise.

Il se leva pour aller retrouver Alexis et lui ouvrir son âme.

Mais le doux fantôme de Juliette le ramena à sa place avec de nouvelles irrésolutions.

Bénédict venait de se représenter la marquise pâle, fatiguée de sa vie mondaine, perdant sans cesse un peu de son énergie fébrile, livrée aux reproches amers de M. de Montglars.

Il se disait avec désespoir :

« Qu'arrivera-t-il quand je ne serai plus là?

» Fleur brillante, je l'ai revue, je l'ai admirée dans ce bal. Peut-être était-ce son dernier jour d'éclat; peut-être, déjà languissante, était-elle à la veille de fermer sa corolle et de se flétrir...

» Me sera-t-il donné de la revoir?

» Ah ! si cette apparition avait été un adieu !...

» M'éloigner et ne plus rien savoir... C'est impossible ! c'est impossible ? »

Ainsi parlait la voix de la passion.

A son tour, la voix de la conscience se fit entendre.

Elle disait :

« Il y a eu assez de trouble, assez de malheur.

» Veux-tu, par la persistance de ton séjour, être un sujet continuel de dissension ?

» Si tu aimes cette femme, aimes-la pour elle et non pour toi.

» Emma t'a montré le sacrifice dans toute son étendue, Emma qui s'est compromise afin de sauver sa sœur.

» Fuis de nouveau pour t'associer à cette pensée généreuse.

» Ne songe pas à la santé de la marquise. Une action imprudente avancerait plus le terme de ses jours que tous les plaisirs du monde.

» Pars cette fois sans te retourner en arrière ; pars pour ne plus revenir. Si tu veux garder ton amour; tu ne saurais mieux le prouver. »

L'artiste accepta cette leçon intérieure.

Aussitôt il se prépara à partir, et quand il se montra aux yeux surpris du vicomte et de Louise, il était complètement prêt à se mettre en route.

Alexis y fut trompé.

— Mon Dieu ! dit-il, je crains, mon ami, que la réflexion n'ait paralysé vos bonnes résolutions de pardon et d'oubli. Est-ce que vous avez l'intention de vous présenter chez le marquis et de relever son cartel?

— Vous ne feriez point cela, n'est-ce pas ? dit Louise avec perplexité.

— Mes chers amis, répondit Bénédict en portant un doigt à sa joue, le soufflet reçu est encore chaud, mais je l'ai pardonné et je m'efforcerai de l'oublier. Le ressentiment ne pénétrera pas dans mon cœur ; je me borne à plaindre celui qui a été assez malheureux pour descendre à cette violence.

— Oh ! je vous reconnais-là!... dit vivement Alexis; mon amitié, ma confiance avaient été bien placées. Cependant, Bénédict, achevez de me tirer d'inquiétude : pourquoi êtes-vous prêt à sortir?

— M.lle de Neuville m'a dicté mon devoir...

— Votre devoir?

— Oui, un départ... sans retour.

Cette déclaration affligea le vicomte.

— Un départ !... encore !... Non, je ne le souffrirai pas. Vous auriez l'air d'avoir peur.

— Soyez tranquille à cet égard · le marquis sait par expérience que je ne crains pas une balle de pistolet; quand il me jetait l'épithète de lâche, il était certain que je ne le méritais pas.

— Raison de plus pour que vous restiez. Emma vous a couvert de sa protection, de son voile d'innocence.

— Bonne Emma !

— Je sermonnerai Félix, je le ramènerai doucement, j'agirai sur son esprit... Nous obtiendrons votre union avec sa belle-sœur.

— Voici ma réponse, dit Bénédict.

Et indiquant de nouveau sa joue :

— Celui que M. de Montglars a souffleté ne peut devenir son beau-frère. Adieu, mon cher vicomte. Adieu, pour le repos de tous. J'espère que, moi parti, le calme reviendra. Adieu ; je retourne à Chambéry.

— Attendez, Bénédict, attendez... vous me brisez le cœur. Je ne puis me séparer ainsi de vous.

— Eh bien !... encore une preuve d'amitié. Reconduisez-moi jusqu'à l'auberge où nous nous sommes rencontrés.

— Ah ! j'étais heureux alors... Je croyais vous posséder longtemps.

— Cher vicomte, vous posséderez le meilleur de moi : mon souvenir.

· Ils allaient s'éloigner, lorsqu'une chaise de poste attelée de quatre chevaux se fit entendre devant la maison.

Mariotte accourut. L'étonnement se peignait sur ses traits.

— C'est une dame qui dit qu'elle est la femme de monsieur.

— Mathilde ! s'écria M. d'Orban.

— Mon frère, dit Louise, c'est à votre tour à être patient.

La vicomtesse entra, en tenue de voyage. Derrière elle était Saint-Marquet, muni, comme autrefois, de son énorme portefeuille. La fascination qu'il savait exercer sur l'esprit de Mathilde donnait à l'inventeur un air d'importance.

Alexis fit à sa femme un accueil empressé, mais il frémit d'indignation en voyant Saint-Marquet.

— Je vous attendais, madame, dit-il.

— Ah! vous avez reçu à temps ma lettre?

— Oui, madame. Mais, je l'avoue, j'étais loin de penser que la vicomtesse d'Orban se ferait accompagner par monsieur.

Il désigna Saint-Marquet avec une sorte de dédain.

Celui-ci se raidit devant cette marque d'aversion.

— J'ignore, dit-il, ce que monsieur le vicomte peut avoir à me reprocher, et j'ose affirmer que ma conduite a toujours été celle d'un galant homme. On n'est que trop disposé à mépriser les inventeurs. Depuis Galilée, Bernard de Palissy, Fulton...

— Il suffit, monsieur, interrompit Alexis. Vous m'obligerez en m'épargnant vos tirades.

— Mes tirades! Niez donc le mouvement et le progrès!

— Ce qu'on ne peut nier, c'est que, par vos détestables conseils et pour nourrir vos absurdes entreprises...

— Monsieur le vicomte!...

— Plaît-il?

Saint-Marquet baissa la tête.

— Je continue, dit Alexis. C'est que madame, bercée par vos chiffres pompeux, entraînée de projet en projet, ait jeté dans des chimères ruineuses, cette fortune que son père lui avait gagnée par un travail de quarante ans; cette fortune dont elle était si fière, et qui s'est dispersée lambeau par lambeau. Voilà votre œuvre. Quand madame n'avait qu'à jouir de son rang sans se préoccuper d'augmenter des biens déjà considérables, vous êtes venu avec un langage mielleux; vous avez étalé des plans que je qualifierai d'insensés; vous lui avez fait accepter vos sottises; en un mot, vous l'avez perdue!... Vainement j'essayais quelques timides remontrances : on ne m'écoutait pas, on me rebutait, on suspectait mon désintéressement, et l'on n'avait d'oreilles et d'égards que pour un fripon!

— Monsieur le vicomte.

— Oui, un fripon. Vous qui osez vous présenter ici, et que j'aurais déjà chassé à coups de canne, sans le respect que je conserve pour madame...

— C'était bien la peine de se déranger! murmura Saint-Marquet en regardant Mathilde avec mécontentement.

— Un dernier mot, reprit Alexis, et je ne m'occuperai plus de vous. Estimez-vous heureux que je ne vous aie pas recommandé à la justice. Il y a des articles dans le Code contre l'escroquerie.

— Madame la vicomtesse, dit vivement l'inventeur, je ne puis plus y tenir... Permettez-moi de vous aller attendre dans la chaise de poste.

Quant Saint-Marquet fut sorti, Mathilde s'exprima ainsi, avec un accent dont la modération frappa de surprise les assistants :

— Je conçois, monsieur, votre irritation. Il y a eu entre nous de tristes malentendus, des dissentiments que je regrette et que le temps réparera, j'espère. Je comprends également que la vue de Saint-Marquet vous soit désagréable. N'ayant point approuvé mes entreprises, vous ne sauriez aimer l'homme qui me les a inspirées. Il a du mérite cependant; et, si je doutais de sa probité, je lui eusse fermé ma porte. Non, il n'a pas voulu me tromper. Sans doute, nous avons rencontré des obstacles, nous avons éprouvé des échecs; mais tout peut se réparer : encore une mise de fonds, et notre œuvre est sauvée!

— Ces fonds, où sont-ils? Qu'est devenue votre maison de la rue de Castiglione? votre ferme de Beaugéry? votre château du Mesnil?... De la fumée, madame, de la fumée!

— Il me reste cent mille francs.

— C'est vrai, il vous reste cent mille francs, juste de quoi avoir un modeste revenu et être à l'abri du besoin. Il vous reste la bouchée de pain de ceux qui ont été millionnaires et se sont perdus dans les abîmes de la spéculation. Il vous reste de quoi vivre, non avec faste, mais avec une certaine dignité. Après cela, madame, que vous restera-t-il?

— Comment? mais je ne compte pas les perdre.

— Pardon; vous comptez les remettre à M. Saint-Marquet, n'est-ce pas?

— Sans doute... c'est un dernier coup de collier.

— Oui, la dernière dépouille qu'il vous enlèvera.

Le caractère altier de Mathilde reprit le dessus.

— Monsieur, dit-elle, vous me faites payer cher le service que je suis venue vous demander.

— Telle n'est pas mon intention. Jamais, madame, vous n'avez su apprécier ma sincérité et ma délicatesse. Personne moins que moi cependant n'était attaché à votre fortune. Mes conseils n'émanaient que de ma tendresse pour vous. J'ai beaucoup souffert, et pas une fois je n'ai eu la consolation d'être compris. Au moins ne pourrez-vous pas, en cette occasion plus qu'autrefois, vous plaindre de ma résistance : je n'ai rien empêché, je n'empêcherai rien aujourd'hui. Il vous faut ma signature, je vous la donne. Avez-vous apporté l'acte nécessaire?

— Le voici, monsieur.

Mathilde tendit le papier d'une main tremblante.

Le vicomte s'assit à son bureau, lut tranquillement l'acte et le signa avec calme.

— Maintenant, madame, dit-il, je vous ajourne à un mois.

— Oh! je triompherai!... s'écria-t-elle, et j'espère, vicomte, que vous ne refuserez pas une partie de la fortune que je vais regagner.

On échangea des adieux polis, mais froids. Cinq minutes après, la chaise de poste reprenait la direction de Paris.

— Allons, dit Alexis, laissons la courir à sa ruine.

— Mais que ferez-vous? demanda Bénédict.

— Je travaillerai.

— Et vous ne me permettriez pas de partager avec vous mon petit revenu?

Le vicomte répondit en pressant la main de l'artiste :

— Je travaillerai.

Bénédict regarda une dernière fois la chambre où il avait espéré trouver quelque repos, prit affectueusement congé de Louise qui descendit jusqu'à la porte de la rue, et s'éloigna avec le vicomte.

À peine avaient-ils fait cinquante pas, qu'ils aperçurent un homme qui fuyait, tête nue, les cheveux épars, devant un autre homme au visage menaçant.

Le premier criait : — au secours!... sauvez-moi!... j'ai peur de Pierre!

Et le second : — Arrêtez-le!... c'est un idiot!...

La foule s'amassait; parmi les curieux se trouvait Faustin Gournet qui applaudissait en disant :

— Laissez! laissez... c'est le stupide héritier qui s'est vendu pour quatre-vingt mille livres de rente.

Et l'on entendait ce cri déchirant :

— Au secours!

Et cet appel jeté d'une voix féroce :

— Arrêtez-le!

Alexis reconnut Alphonse de Lagrange.

— Alphonse!... dit-il en s'avançant.

A son nom, à cet accent d'ami, l'idiot s'arrêta.

— C'est moi, Alexis d'Orban, ne crains rien.

Et s'adressant à Pierre :

— Que voulez-vous? dit-il.

— Le ramener à la maison.

— Pourquoi l'a-t-il quittée?

— Pour un rien; parce que je l'empêche de faire des folies.

— Parce que vous le maltraitez!... Tenez, il a l'oreille en sang!

— Ah? parbleu! pour un petit coup... faut-il tant clabauder?

— C'est votre maître, entendez-vous? S'il ne jouit pas de toute sa raison, vous ne lui en devez que plus d'égards et de ménagements. Prenez garde qu'il n'ait encore à se plaindre. Mon cher Alphonse, écoute-moi; je suis ton ancien camarade. Retourne chez toi avec ton domestique; tu n'as rien à craindre.

De Lagrange cependant s'était accroché à M. d'Orban. Il murmurait d'un accent de terreur :

— Non, non, prends-moi... prends-moi... J'ai peur de Pierre!

— Vous voyez! dit sévèrement le vicomte; si vous ne vous étiez pas permis de le maltraiter...

Le valet répliqua insolemment :

— Qu'est-ce que vous voulez? vous n'êtes pas mon maître!

— Et Alphonse n'est plus le vôtre : car moi, au nom de mon ami, je vous chasse.

— Ça ne se passera pas comme ça!

— Pierre a raison, disait Gournet à la foule.

— Des menaces! dit le vicomte avec mépris. Je ne vous donne qu'un conseil... C'est de partir sans résistance. Vous avez assez longtemps pillé et maltraité ce malheureux.

Pierre tourna les talons en fermant les poings avec rage sans écouter Gournet qui le suivait pour l'exciter contre les aristocrates.

Alexis et Bénédict étaient revenus jusqu'à la maison, du seuil de laquelle Louise avait été témoin de toute cette scène.

— Tiens, sœur, dit le vicomte, au moment où nous perdons notre cher Bénédict, le ciel veut que l'asile d'amitié s'ouvre à une autre infortune. Voici Alphonse de Lagrange : je te le recommande. Il restera avec nous jusqu'à ce que je lui aie trouvé des domestiques parfaitement sûrs.

— C'est bien, mon frère; mais si vous vous éloignez, n'est-il pas à craindre que ce méchant Pierre...

— Non, non, sois tranquille. Chez les gens de cette sorte, la brutalité n'a d'égale que la lâcheté. Maintenant, en route, mon cher Bénédict.

— Ah! s'écria l'artiste, j'envie le sort de cet aliéné. Il ne sait plus rien de la vie!

Alphonse de Lagrange ne fut pas plutôt chez M. d'Orban, qu'il s'épancha dans une joie enfantine. Il allait, venait; il touchait à tout, et il répétait sans cesse :

— M.lle Louise est bien bonne... M.lle Louise est bien bonne!

Puis :

— Mon oncle est mort, et j'ai hérité.

Mais il ajoutait :

— Je n'ai plus peur de Pierre.

— C'est un progrès, pensa Louise.

La jeune fille s'était mise à broder; de temps en temps elle jetait un regard sur Alphonse qui, assis en face d'elle, s'amusait à tirer, mêler et casser les fils d'un écheveau.

Tout à coup, Louise s'arrêta dans son travail. Une idée lui était venue, et cette idée la dominait en illuminant son esprit.

Elle s'élança hors du salon et monta dans sa chambre, où elle s'agenouilla sur son prie-Dieu en joignant les mains :

— O mon Dieu! dit-elle, est-ce vous qui m'inspirez? Est-ce votre ordre suprême qui parle en moi?... Il me semble que je puis tenter la plus noble des entreprises, relever une de vos créatures, réveiller une âme endormie! il me semble que cette tâche ne serait pas au dessus de mes forces. Mon Dieu! Inspirez-moi, soutenez-moi... Prêtez-moi la patience et la persuasion. Ah! je le sens, si vous le voulez, je guérirai ce malheureux.... Il ne vous connaît plus : je le rendrai à votre amour!...

FIN DE LA TROISIÈME PARTIE.

QUATRIÈME PARTIE.

I. — LETTRES ET CONFIDENCES.

Le vicomte d'Orban à Bénédict Arnaud.

9 août.

Huit jours se sont passés depuis le moment de notre nouvelle et bien triste séparation, huit jours qui, au contraire, nous eussent vus réunis, travaillant, devisant ensemble, sans l'incident pénible qui a déterminé votre départ, mon cher Bénédict. Nous causerions, le matin, dans cette chambre retirée et artistique qu'on avait arrangée pour vous; le soir, dans ce jardin où des allées sinueuses et des ombrages touffus appellent la promenade et la rêverie. Nous serions-là tous deux, tandis que j'y suis seul maintenant, triste comme toujours, plus que toujours, et en outre mécontent de vous. Je devrais bien l'être de moi aussi, et me reprocher mon manque de fermeté. Si, dès votre arrivée, je vous avais démontré sérieusement les conséquences funestes que pouvait entraîner votre visite au Casino, en plein bal; si je vous avais conjuré, dans votre intérêt, de n'y pas aller affronter les regards, peut-être seriez-vous encore avec nous, et votre cœur ne serait pas brisé. Ah! folle précipitation des désirs! Tous nous sommes ainsi faits : nous n'envisageons que le but sans examiner les moyens, le terme du voyage sans mesurer la longueur de la route. Vous vous fussiez dit : « J'attendrai pour revoir ceux que j'ai aimés. » Et peut-être les eussiez vous rencontrés souvent, à ces heures où l'on n'est pas inondé de lumière et exposé à l'examen des curieux.

Je vous gronde, cher Bénédict, et si je ne craignais de vous affliger, — vous l'êtes assez déjà ! — je gronderais bien davantage. Ah! que de bonnes heures perdues par votre faute — et par la mienne!

Maintenant, c'est un regret de plus. Nous y sommes habitués, n'est-ce pas ? L'un et l'autre nous avons manié la douleur, comme ces jongleurs de l'Inde qui font voltiger les cimeterres et les poignards, et les ressaisissent par la lame aussi bien que par le manche.

A cet égard, je ne crois pas que Dieu impose une part égale à tous les hommes. Il en est qui succomberaient trop vite. Notre douleur dépend d'ailleurs un peu de nous, de notre caractère, selon que nous l'acceptons plus franchement ou bien que nous cherchons à lui opposer la distraction et la frivolité.

Je sais, quant à moi, que j'eusse rougi de ne point contempler mon mal en face. Je n'eusse pas été digne de cette espèce de grandeur héroïque qu'il y a dans la ruine successive des illusions et des espérances. Une même souffrance peut élever ou abrutir; il s'agit seulement de se tenir droit ou de se courber devant elle.

Écrivons-nous, puisque nous ne pouvons plus nous voir, au moins de quelque temps. Jetons à travers la distance ce pont qui réunit les âmes séparées. Vous êtes à Chambéry, je suis à Aix. Soyons ensemble par la pensée, par l'amitié.

Presque chaque jour j'ai été chez M. de Montglas, dans la maison splendide qu'il occupe et qui devrait être le siége du bonheur, si le bonheur pouvait se juger sur les dehors de la magnificence.

Il faut que je vous parle franchement.

La marquise n'est déjà plus cette jeune femme qui, fatiguée, il est vrai, par la vie parisienne et les plaisirs de l'hiver, était arrivée ici un peu languissante, mais jouissant encore d'un éclat de beauté hors de toute comparaison. A présent, une journée pour elle équivaut à un mois; puisse une journée ne pas équivaloir bientôt à une année... Cela vous inquiétera ; mais je me suis promis d'être sincère, et d'ailleurs, il me serait impossible de tenir un autre langage. M.me de Montglars a ce sourire lumineux et intelligent qui fait mal; car il semble, en traversant des joues amaigries, être allumé par le feu de la fièvre, et il donne au regard un éclat factice, trop vif pour être durable. La marquise ne sort plus à cheval, et, durant de longues heures, elle reste étendue sur un lit de repos, tandis que la bonne Emma lui fait la lecture. Au reste, pas une plainte sur son état de faiblesse, sur sa toux fréquente; elle salue le mal comme les gladiateurs saluaient le glaive qui, sur l'ordre du peuple-roi, s'abaissait pour les frapper. Elle reçoit la souffrance en grande dame sans perdre rien de sa sérénité, sans s'apitoyer sur elle-même. Quand il lui faut interrompre sa sœur; elle s'excuse ; puis elle se remet à écouter aussi tranquillement que si une sorte de fer brûlant n'avait point traversé sa poitrine...

Ces détails sont cruels, mon cher Bénédict, mais je dois vous les donner. Plus tard, vous auriez le droit d'accuser un silence qui vous aurait laissé ignorer de telles circonstances.

Le soir venu, les choses changent de face. Cette femme languissante, et qu'on dirait l'ombre d'une ombre, se ranime soudain, se redresse, reprend sa beauté, se couvre de satin, de dentelles, de fleurs, et part pour le bal. A chacune de ces fêtes, elle laisse quelque chose de sa force : c'est presque dépenser sa vie en riant. Si l'on hasarde un conseil prudent, elle oppose son ennui; lui démontre-t-on qu'il y a danger pour elle à affronter cette ardeur des bougies et ce tourbillon des danses, elle répondque c'est là son champ de bataille, celui où il convient de tomber. Hier encore, il s'agissait d'un dernier bal que doit donner la princesse de Kaunitz, avant de partir pour Saint-Pétersbourg. Le médecin objectait à M.me de Montglars sa fatigue, n'osant dire son épuisement; Emma se joignait avec tous les ménagements possibles aux prescriptions du docteur; ses larmes parlaient autant que ses prières. Jusqu'ici, cependant, Juliette a résisté... Elle tousse en s'écriant qu'elle est en état d'assister à ce bal. Je ne puis mieux comparer ce rapprochement d'atonie et d'éclat, de pâleur et de roses, qu'à ces obsèques usitées en Italie, et qui montrent à visage découvert quelque jeune fille au teint livide avec sa couronne, son voile et ses bijoux de fiancée.

Encore une fois, pardonnez-moi, cher Bénédict. Je devrais insister moins sur ces détails navrants ; mais défendez donc à l'esprit d'épancher ce qui le préoccupe !

Consulté par moi, invoqué par Emma, le marquis s'enveloppe dans le silence et l'inertie. Il prétend que sa sollicitude serait un ridicule. Il ne blâme rien, n'approuve rien non plus, enfin ne discute rien. Il laisse faire. — Qui n'est pas aimé, dit-il, ne doit pas étaler d'amour. — Déplorable réserve que je combats, mais en vain.

Plus que jamais, Félix s'isole du monde avec un sentiment farouche dont j'aurais lieu de m'étonner si je ne connaissais les motifs qui l'ont dicté. Rarement il s'était montré au Casino : il n'y a plus remis les pieds depuis qu'il y a rencontré une certaine Maria, son ancienne maîtresse, qui, venue par hasard à Aix, s'y plaît en raison des triomphes qu'elle obtient parmi les désœuvrés et les niais fastueux. Le marquis a aperçu cette femme au bras de M. de Foncheville, un jeune homme intelligent qui n'était pas sans fortune, mais qui, je le crains pour lui, descend vers la dégradation. M. de Foncheville allait jouer... Il joue chaque soir et toute la nuit.

Voilà où nous en sommes tous avec notre peine secrète. Vous avouerai-je ma faiblesse? Je suis inquiet, très inquiet, pour la vicomtesse. Que fait-elle? qu'est-elle devenue? Où en sont les dernières ressources qu'elle est venue arracher à mon affection? Je n'ai pas de ses nouvelles. Dans mon anxiété, j'ai écrit à M. Mornand, mon notaire : je le prie de s'informer, et j'espère être instruit par lui. Mais qu'aura-t-il à m'apprendre?... Je tremble de recevoir la lettre que j'ai provoquée.

Ainsi va la vie. Nous voulons savoir, et quand nous tenons la vérité renfermée dans une lettre, nous n'osons briser le cachet.

Il n'y a parmi nous que ma Louise qui soit contente, chère enfant! parce qu'elle est occupée. Et quelle occupation que la sienne! *L'orthopédie d'une âme!*

Vous vous rappelez le pauvre Alphonse de Lagrange, que nous avions recueilli momentanément pour le soustraire aux brutalités de son domestique. Il fut installé dans votre chambre, mon ami. Au penseur succéda l'idiot, à votre rêverie le bruit machinal, le mouvement sans motif. Le lendemain, je

voulus chercher pour Alphonse des valets fidèles et éprouvés ; comme je lui annonçais mon intention, il s'attacha à moi en suppliant. Il persiste à ne pas nous quitter. Il y a plus : on ne peut pas le décider à sortir. La société de Louise est son unique besoin. Imaginez alors la pensée qui est venue à ma sœur : guérir ce malheureux, qui eut autrefois de l'intelligence et s'est peu à peu atrophié dans le vide d'une existence uniforme d'où la lecture, le travail et la distraction étaient bannis. Louise a commencé par le faire asseoir près du piano où elle jouait des morceaux brillants : peine perdue : il n'entendait pas. Elle a pris un poème et lui a lu quelques passages ; il ne comprenait pas. Alors elle s'est mise à réfléchir et s'est tracé tout un plan pour son malade. Le piano est condamné, les livres sont réservés pour l'avenir. Louise fait de l'enseignement par la parole. Elle est infatigable dans sa charité. Ses sujets de conversation, elle les gradue méthodiquement. Quelquefois, je ferme les yeux, et il me semble que ma sœur est avec un petit enfant à qui elle inculque des notions élémentaires sur Dieu, sur le monde, sur la création, sur les planètes, sur l'air, sur la mer, sur la religion. La jeune fille s'est transformée en mère vigilante, de même qu'Alphonse est redescendu à l'état de petit garçon. J'admire avec quel soin, quelle adresse, cette parole se fait simple, enfantine et claire. Notre Louise pourra devenir une excellente institutrice primaire; elle-même me dit parfois en riant : « Cet apprentissage me sera utile. » Il faut vraiment que Dieu lui donne de grands secours pour qu'elle puisse non-seulement poursuivre, mais songer à poursuivre une œuvre semblable qui ne lui permet pas d'espérer un résultat : Quand je rouvre les yeux et que je considère l'élève, enfant par l'esprit et homme par l'âge; quand je surprends dans son regard cette indécision et sur ses lèvres cette contraction de l'hébêtement, je crains que ma Louise ne se soit vouée à une tâche au-dessus de ses forces humaines. Parfois, malgré sa douceur, elle est obligée de se montrer sévère, de menacer l'auditeur distrait; elle a inventé des peines. Autre chose : elle a imaginé de faire acheter des jouets instructifs: *l'enfant* s'amuse et il étudie par les doigts. Assis devant une table, tandis que Louise parle tout en brodant, il arrange ses cartes mobiles, son Jardin-des-Plantes, son jeu d'architecture, que sais-je? Il a six ans, il recommence la vie. Louise est satisfaite; elle trouve qu'il *s'applique*, elle lui promet des *bons points*.

En voilà bien long sur ce sujet. Il m'a reposé de ce qui précédait. Ah! mon cher Bénédict, c'est encore la présence et la société du malheureux de Lagrange qui me fonṭsentir avec plus de force votre absence et mon regret. Quelle distance entre vous et lui, et combien j'ai perdu lorsqu'il m'a fallu vous dire adieu et vous voir suivre en sens inverse cette route de Chambéry qui vous avait amené vers moi !

Votre ami dévoué,
ALEXIS.

II. — BÉNÉDICT ARNAUD A ALEXIS D'ORBAN.

Août.

Cher vicomte,

Quelle douloureuse impression m'a causée votre lettre ! Ce n'était pas assez des inquiétudes de mon esprit, toujours porté à s'exagérer le mal ; j'ai vu que ce tourment d'une pensée condamnée à se creuser elle-même dans l'ennui de la solitude, n'atteignait pas la réalité. Ainsi, lorsque, de retour à ma Thébaïde, je repassais dans mon souvenir ce que j'avais aperçu à la hâte ; lorsque je mesurais à travers la distance les catastrophes qui pouvaient survenir encore, je n'allais pas au delà de ce qui est.

Oh ! mon cœur est déchiré !

Une ardente sympathie m'emporte vers cette ville si proche où je vous ai laissé, où j'ai laissé tant d'affections; je voudrais m'élancer ; je m'accuse d'inertie, de lâcheté... Je fais quelques pas et je m'arrête. Ma promesse me cloue à cette place. J'ai juré de ne plus revenir ; j'en ai fait le serment entre vos mains, et si je manquais à ce vœu sacré, je deviendrais indigne de votre amitié, indigne même d'une souffrance qui fait à la fois mon désespoir et ma consolation.

Votre lettre m'appelle et mon serment me retient. Mon esprit est fixé à Aix, et il faut que mon misérable corps soit prisonnier à Chambéry ?

Oh ! s'il était possible que l'âme, dégagée de son enveloppe matérielle, reçût de son créateur la faveur immense de voltiger, invisible et libre, autour des êtres chéris, je voudrais mourir, mourir tout de suite...

Elle souffre donc aussi! *Elle* dépense donc ses dernières forces dans le vertige et l'enivrement des fêtes! *Elle* se pare donc pour tomber bientôt peut-être au sein de son triomphe! C'est horrible, empêchez cela. Bon Alexis, montrez-vous donc dévoué, ami courageux. Je sais qu'il est difficile de faire entendre la vérité, de combattre des goûts, des habitudes. Cependant ayez cette force. Courez, ne perdez pas de temps, exhortez M. de Montglars à sortir de son système passif, conjurez la marquise de se ménager ; s'il est nécessaire, commandez-lui : parlez, priez, ne négligez rien ! Puisque vous entrevoyez le danger, votre devoir est d'apporter le remède. Par pitié ! empêchez la marquise d'aller encore à ce bal !...

Déjà, au Casino, j'avais son état et j'avais frémi. Pourtant, je me faisais illusion : la marquise était si belle ! sa grâce était si parfaite ! son sourire si rayonnait !

Huit jours ont donc suffi pour accélérer les progrès de la souffrance. Mon Dieu ! si c'était ma faute! Si la marquise avait connu, ne fût-ce que par des mots voilés, la lutte terrible qui a eu lieu chez vous !

Oui, c'est moi, moi misérable qui ai apporté un trouble nouveau à cette noble existence, moi qui n'ai pas su contenir mes désirs, moi qui n'ai connu de l'amitié que son côté d'égoïsme!... Oh ! je me déteste !

Une lettre, cher Alexis, vite une lettre qui me rassure.

J'ai lu avec attendrissement tout ce que vous m'avez dit de M.elles Emma et Louise. Quels anges sur la terre ! La vertu ne pouvait emprunter des traits plus beaux et plus touchants. Votre sœur a entrepris une tâche dont le succès me semble comme à vous impossible. Ne négligez pas cependant de m'apprendre s'elle obtient quelque progrès : Dieu a réservé à ses saints le don des miracles.

..... Comment ! la marquise vit ainsi sur un lit de repos, pâle, inerte, en proie à la fièvre!... Est-ce qu'on n'appellera pas les meilleurs médecins de Paris ? Il faut absolument que vous agissiez. Ferez-vous moins pour le salut de M.me de Montglars que ne fait M.elle Louise pour l'intelligence d'Alphonse de Lagrange ?

Une lettre, je vous en supplie, une lettre !

Bien à vous,   Bénédict.

III. — ALEXIS A BÉNÉDICT

Ah! pauvre, pauvre Bénédict! quelle révélation est sortie du désordre de votre pensée!...

Voilà donc votre secret connu! Ce que vous aviez caché à Juliette, au marquis, à moi votre ami, et sans doute aussi à vous-même, vous l'avez confessé, dans un de ces moments où la douleur arrache des aveux et où la parole s'échappe de l'âme sans passer par les lèvres...

Vous aimez la marquise de Montglars!

Et Félix n'avait pas tort de s'abandonner aux fureurs de la jalousie. Vous n'aviez rien dit, mais il savait tout, parce qu'il était intéressé à deviner.

Quant à moi, je doutais; je me plaisais à penser qu'on vous avait calomnié; je vous voyais victime et non coupable; je vous entourais de l'auréole de la persécution. Votre chagrin se doublait et s'ennoblissait, à mes yeux, de ce qu'il avait d'immérité. Faut-il vous le dire? Depuis l'aveu que m'a apporté votre lettre, le marquis a grandi dans mon estime. Injuste, sa jalousie faisait de lui un tyran; fondée, elle en fait un homme qu'on doit plaindre; car il subit le plus affreux des supplices, une torture auprès de laquelle la vôtre est un lit de roses. Vous, Bénédict, votre solitude est embellie par la poésie: si vous vous croyez aimé, — et j'espère qu'il n'en est rien, — vous pouvez évoquer à tout instant une image chérie qui vous apparaît avec le sourire aux lèvres et des fleurs au front; vous pouvez emporter partout cet idéal presque divin et poursuivre ce dialogue sublime des âmes qui ne séparent ni les temps ni les lieux. Mais lui, au contraire, il a devant lui la personne dont le cœur devrait lui appartenir; il la voit, il la tient en sa possession inquiète, il n'ose s'éloigner d'elle, et il se dit qu'à l'heure même où il est là, cette femme qu'il aime vous peut-être sa pensée, son affection, ses regrets à un absent!

Plaignez-vous donc, maintenant! Il y a ici deux amours et deux êtres malheureux: mais, supplice pour supplice, le vôtre est préférable...

...... Je reprends ma lettre; je m'aperçois que j'ai été bien sévère.

Je vais me rendre immédiatement chez M.me de Montglars. Tout ce qu'il sera possible de faire pour l'empêcher d'aller à ce bal, je le ferai, n'en doutez pas. Si l'intérêt que nous portons à la marquise n'a pas la même cause, puisse-t il avoir le même résultat!

Votre ami,

ALEXIS.

IV. — BÉNÉDICT A ALEXIS.

Non, le marquis ne s'était pas trompé: cet amour que j'avais enfoui au fond de mon cœur et que vous venez de découvrir, je l'éprouvais et n'avais cessé de le combattre. Votre austérité de principes le condamne, mais votre bonté l'excusera. Vous ne pouvez, d'ailleurs, rien me dire que je ne me sois dit déjà. Dès le premier jour que je me suis senti atteint, j'ai sérieusement combattu. Quand j'ai cédé, ce n'a été qu'en m'imposant le silence. Il fallait que la nécessité de ce secret me fût démontrée pour que je me sois caché de vous, pour que je ne me sois pas soulagé en vous faisant des confidences. Je me taisais, et ne croyez pas que je me sois plu à m'abandonner à cette passion fatale. Il n'y a pas eu un moment où je ne me sois efforcé de la surmonter. Au Casino même, quand je contemplais la marquise, il me semblait que mes regards étaient ceux d'un frère, et certes ils ne contenaient pas moins de pitié que d'amour.

C'est fini, je l'aime, et je dois l'avouer. Oserai-je jamais, après cela, me représenter devant vous?

Soyez indulgent, cher vicomte; ne m'accablez pas, puisque je souffre.

Je l'aime, c'est vrai. — Mais j'ose dire que pas une de mes actions, pas une de mes paroles, ne l'en a instruite. Jamais dans l'ennui de l'exil je n'ai conçu l'idée coupable de lui écrire, de me rappeler à son souvenir. J'étais mort pour elle, je le savais bien; il me suffisait qu'elle fût vivante pour moi. Je n'ai donc pas franchi cette ligne rigoureuse où cesse le devoir. Ma pensée, je l'ai gardée; ma torture, je l'ai voilée. D'espoir, je n'en avais pas, — je ne voudrais pas en avoir.

Telle est ma déclaration sincère. Peut-être me rendra-t-elle votre estime, dont j'ai autant besoin que d'air et de lumière.

Quant à la position de M. de Montglars, permettez-moi de n'être pas de votre avis sur ce qu'elle a de cruel. A mon sens, le marquis est son propre ennemi. Devenu sérieux en prenant pour point de départ un jugement hâtif, il a, comme tous les hommes orgueilleux, exagéré des griefs qu'il n'a pas eu soin d'approfondir. Si, au lieu de se mettre de côté et de se déclarer étranger à l'existence de sa femme, il l'avait observée, étudiée avec discernement, il eût reconnu bien vite et très-facilement quelle âme noble et pure il y a chez la marquise. Pour être tout entière aux fêtes, elle n'en est pas moins irréprochable; c'est une étoile qui jette son rayon sans que l'éclat en soit jamais altéré. Par cette analyse patiente et réfléchie, M. de Montglars eût donc acquis la conviction qu'il s'était trompé. Il eût pu me réserver son ressentiment, et ne pas l'étendre à une femme qui a tous les droits à sa confiance. — Il est malheureux, dites-vous? — Ah! que j'envie son sort! Chaque jour, il peut voir la marquise, lui témoigner son intérêt, lui prodiguer ses soins, et, s'il ne le fait pas, il est coupable. En présence d'une santé affaiblie, toute ombre ne doit-elle pas s'effacer? Quelle plus belle occasion de déployer de la générosité! Si j'étais M. de Montglars, je voudrais tomber aux pieds de cette poétique malade; je voudrais l'entourer de tendresse, je voudrais confesser mes torts et en obtenir le pardon. Celui qui a le nom de Maria dans la conscience, celui qui a livré tant de nuits au débordement des orgies, celui-là est bien venu à se faire accusateur?

Mais il ne m'appartient pas non plus d'accuser, et le silence que j'avais gardé jusqu'ici me convient seul. Je ne demande que l'oubli. Puisse mon nom, s'il a été une cause de discorde momentanée, périr dans la mémoire du marquis et de la marquise! Puisse surtout M.me de Montglars retrouver la santé de son âge, reconquérir l'affection de son mari et accepter impunément des plaisirs cette distraction sans cesse variée qui remplit les jours et empêche le cœur de s'égarer!

BÉNÉDICT.

V. — ALEXIS A BÉNÉDICT.

Cher ami, il me semble que j'assiste à un drame dont je dois, cloué dans ma stalle, suivre toutes les péripéties pour en faire ensuite l'exposé. Heureux, en comparaison, le journaliste qui étudie des fictions! Sur le drame il met de l'esprit, et il n'a qu'à reprendre les personnages qu'il a vu se mouvoir la veille. Moi je les quitte, le cœur navré, acteur avec eux par l'affection, et je tremble de les retrouver pour ressentir en même temps de nouvelles émotions.

La marquise n'a pas écouté nos avis prudents. Peut-être, Emma, Louise et moi eussions-nous réussi à la détourner de son projet d'aller au bal, c'est-à-dire d'aller chercher une fatigue de plus. Successivement, nous y avions employé toute notre éloquence. Juliette était pensive, hésitante; elle pesait nos paroles, elle s'interrogeait et semblait demander à son plus ou moins de force si nous avions raison, et si réellement le temps de la retraite était venu pour elle.

Un mot imprudent de Félix a détruit notre œuvre. Cet homme-là ne sait rien faire jusqu'au bout: calme en apparence, violent au fond, il attend d'abord dans l'impassibilité, puis il bondit et précipite un dénoûment: trop peu ou trop tôt, voilà sa façon d'agir. Il s'est écrié tout à coup: « Oh! si c'était M. Bénédict qui vous conseillât de rester, vous résisteriez moins. » Juliette est devenue d'une pâleur de suaire. Puis, sans répondre, et avec une dignité de grande dame offensée, elle a sonné sa femme de chambre et lui a dit: « Vous disposerez tout pour ma toilette de ce soir. »

J'ai emmené Félix, afin de prévenir un éclat. C'était un soin inutile: déjà le marquis avait repris son système de passivité, regrettant d'avoir pu en sortir, même un moment.

Le soir, à dix heures, je retournai chez de Montglars. Louise était inquiète et m'avait prié de renouveler ma visite. On me fit entrer dans le petit salon, où il y avait une grande psyché bien éclairée par des candélabres, Juliette était debout. Je l'admirai. D'Escarieux l'inévitable, M. de Tirpenne et M. d'Arbrissac étaient arrivés quelques instants auparavant. Ils devaient conduire la marquise; quant à Emma, elle avait sollicité et obtenu la faveur de rester à la maison, et elle paraissait tout heureuse d'être dans sa robe montante, en simple taffetas gris acier. Félix n'était pas là afin de ne rien blâmer et de ne rien sanctionner non plus; sur sa terrasse, il fumait en compagnie de deux diplomates allemands.

M.me de Montglars me fit de la main un signe amical et me dit:

— C'est fort aimable à vous de m'avoir réservé une seconde visite. Ce serait bien plus aimable encore si vous nous accompagniez au bal; mais de pareils sacrifices coûteraient trop à votre austérité.

Elle se regardait dans la psyché qui nous renvoyait son visage pâle et altéré, mais ravissant de grâce et d'expression.

— J'ai été un peu tourmentée par le rhume, dit-elle, mais je crois que l'affection s'était exagéré le mal. Il me semble que je serai ce soir assez bien. Le pensez-vous, messieurs?

Vous devinez que les courtisans ne manquèrent pas de se récrier. Jamais ils n'avaient vu la marquise plus belle. A leur sens, M.me de Montglars était la reine des eaux. J'abrège ces compliments dont la fadeur me dégoûte.

Juliette cependant ne trouva l'encens ni trop abondant ni trop grossier. Elle s'assit tandis qu'on mettait les chevaux et passa en revue les détails de sa toilette, qui était d'une fraîcheur incomparable. Elle regardait ses bracelets, son éventail de Watteau, les roses pompon jetées sur sa jupe de crêpe bleu céleste: on eût dit un pastel du siècle dernier, détaché de son cadre. Chacun admirait; mais moi, j'étais triste en assistant à cette espèce d'analyse minutieuse des moyens de plaire. Je ne pouvais m'empêcher de songer à la souffrance à côté de l'éclat, et de me demander à quoi aboutissent les vanités de ce monde. — « Pauvre femme! me disais-je, comme elle s'attache à la vie par les dehors les plus brillants! et comme, pour elle, ces salons sont une serre chaude où la fleur s'épanouit hâtivement et s'étiole de même!... Combien de temps pourra durer ce mouvement jusqu'ici sans halte ni repos?... » Plus j'entendais rire, causer et applaudir, plus je me sentais affligé, muet et réservé. Néanmoins, je tins bon jusqu'au moment où la marquise partit.

En regardant à travers une fenêtre, je m'aperçus que Félix s'était penché au balcon de la terrasse, et qu'il avait suivi de l'œil jusqu'au bout de la rue la voiture de sa femme. Cinq minutes après, il vint me retrouver. Il avait son chapeau à la main. — Alexis, me dit-il, j'ai à te prier de m'excuser. Je t'ai laissé seul; mais il y avait avec Juliette des gens qui me déplaisent... Ah! tout le monde, hors toi et Louise, me déplaît... Je suis maintenant sombre et taciturne.... Se peut-il qu'on change ainsi!... Que faut-il pour métamorphoser un homme? Une heure, une pensée. Chacun de nous contient en soi plusieurs êtres qui, dans des périodes diverses, se succèdent sous un même visage. On devient l'héritier de sa propre jeunesse, de sa joie, de ses propres illusions, sans pouvoir accepter l'héritage. Voilà bien de la philosophie... et bien des banalités! n'est ce pas? ajouta le marquis en souriant.

Il me ramena jusque chez moi où ma Louise était en grande conférence avec M. de Lagrange.

Ici, il y eut une preuve frappante des progrès de notre malade d'esprit. Alphonse commença par considérer très attentivement M. de Montglars; puis il lui tendit la main en lui disant avec cordialité: — « Tiens, c'est Félix! » Louise était enchantée. — Voilà du terrain gagné! s'écria ma sœur; nous reconnaissons nos anciens camarades! Ce fut tout, cependant: Alphonse retourna à sa table où il était très occupé à construire un château avec des morceaux de bois. — Vous avez donc entrepris, dit le marquis à Louise, d'opérer une guérison? — Je l'essaie. — Tâche chrétienne, sans doute, mais bien difficile. J'avance, cependant. Il y a huit jours, M. de Lagrange ne vous eût certainement pas reconnu. » A l'appel de son nom, Alphonse tourna la tête, et, rencontrant le regard de Louise, il sourit avec confiance. Louise reprit: « J'obtiens, maintenant, des réponses plus suivies; je lui fais entendre de petites mélodies; il les écoute avec plaisir, mais avec quelque attention. »

Nous nous établîmes à causer tous trois. Félix était distrait. Il avait sur les lèvres des paroles qui semblaient hésiter à sortir. Nous le pressâmes affectueusement. « Je n'en coûte, dit-il alors, et c'est un reste de mauvaise honte; mais j'abjure ce sentiment timide, et je veux me montrer à vos yeux tel que je suis. Il y a quelque temps, ici même, avait lieu une scène violente; en votre présence je m'abandonnai à un transport de colère et me livrai à un de ces actes qui demandent du sang. Je n'écoutai qu'une sorte de fureur sans frein, et je vous affligeai, car c'était vous offenser, c'était méconnaître la sainteté inviolable de l'hospitalité. Ce que j'eus le malheur de faire, je le désavoue, je le déplore, et je vous supplie de me pardonner. »

Un tel langage dans la bouche d'un homme que j'avais connu si léger, si vain de son rang et si inaccessible à tout conseil, c'était pour moi presque du miracle. Je restai stupéfié; la généreuse Louise s'était empressée de prendre les mains de Félix en disant: « Si nous avons regretté ce qui s'est passé, ça été surtout pour vous, en même temps que nous souffrions pour un autre ami; car nous ne vous séparons pas dans notre affection. » Elle ajouta en appuyant: « Et dans notre estime. » Le marquis reprit doucement: « Je n'ai point changé d'opinion sur les torts envers moi de cet ami. J'ai la douleur d'être obligé de le condamner, de le haïr après l'avoir chéri... Mais, quoiqu'il en soit, je regrette au plus haut degré l'emportement que j'ai montré. Ce jour-là, je suis descendu au-dessous de ma condition, de mon caractère. Je vous ai affligés, choqués peut-être, mes bons amis. »

Tandis qu'il parlait ainsi, ses yeux s'étaient remplis de larmes. Je fus extrêmement touché de son émotion, et j'embrassai Félix en l'assurant que je n'avais aucun ressentiment de cette scène ; que si elle m'avait affligé, en effet, son noble aveu réparait cette violence. Je saisis cette occasion pour essayer de vous défendre. Au fond, je craignais de réveiller l'impétuosité de cette nature véhémente ; mais je fus agréablement surpris en voyant que le marquis ne témoignait aucune colère et qu'il se bornait à garder le silence, conservant son opinion, il est vrai, mais respectant la mienne.

Au moment où j'embrassais Félix, M. de Lagrange tourna vers nous un regard étonné. Cette circonstance m'a frappé. Le pauvre garçon est donc moins en dehors du monde réel ; il comprend donc de mieux en mieux !

Un nouvel embarras se lut alors sur le visage du marquis.

J'allai au-devant d'un aveu difficile. — « Écoute, dis-je, tu ne nous as pas ouvert ton cœur pour le refermer tout de suite. Si tu as besoin de l'épancher, n'hésite pas.—Je te remercie de me mettre à l'aise, me répondit-il. Ton indulgence va m'être tout à fait nécessaire.—Voyons.—Je désirerais... c'est un enfantillage, c'est une faiblesse... je désirerais aller au bal où est Juliette.—N'est-ce que cela ? Mais tu m'enchantes !... C'est une bonne pensée que cette pensée-là ! Cours à ce bal ; ta place est auprès de la femme. Prouve que tu ne veux pas davantage rester étranger à ce qui se passe autour de toi, et que le vrai protecteur, le guide de M.me de Montglars lui est rendu. — Non, Alexis, tu vas trop loin : si je désire aller à ce bal, ce n'est pas pour m'y montrer. — Là, encore le fâcheux naturel qui reprend le dessus ! Comment ! au lieu de paraître dignement, tu te bornerais à te glisser derrière la galerie ! Mais, en vérité, tu aurais l'air de surveiller ta femme ; or cette démarche, à laquelle j'applaudissais d'abord, aggraverait plutôt qu'elle n'aplanirait vos griefs mutuels. Voyons, as-tu peur de... de M. Bénédict? Il m'a juré qu'il ne reviendrait plus ; et l'homme qui a supporté patiemment le plus grand des outrages, peut-être, cru sur parole. — La crainte que tu me prêtes n'existe pas, dit Félix, mais considère qu'il me serait bien difficile de garder en public une contenance auprès de la marquise, lorsque depuis si longtemps nous avons isolé les unes des autres nos actions. — J'ignore, repris-je, si tu as vis-à-vis du monde des engagements à cet égard ; mais les meilleurs sont ceux que l'on contracte vis-à-vis de sa conscience. Si un reste de tendresse, si la voix de l'honneur t'entraîne vers la marquise, tu serais sans excuse de ne pas suivre cette impulsion généreuse. — Je vais me consulter... L'inspiration du moment fera beaucoup... Je ne garantis rien, Alexis. Qui me dit d'ailleurs que Juliette se soucie de mon retour ? Elle n'est pas sans savoir que cette maudite Maria, au lieu de partir pour l'Italie, s'est installée à Aix, où elle vit dans le luxe et tient une cour plénière. — Méprise cette Maria et ne t'occupe plus d'elle. »

Il nous quitta et nous restâmes à parler de lui.

Ce matin, j'avais une inquiétude vague. J'ai couru chez le marquis. M.me de Montglars était au lit avec la fièvre. M.elle Emma est venue me recevoir. — « Eh bien ! lui ai-je dit, voilà donc votre sœur encore malade ? — J'en suis désolée ; ces plaisirs-là nous coûteront cher. — Ce bal du moins aura eu son utilité. — Laquelle ? — Hier, votre sœur a eu une surprise bien inattendue. — Une surprise ?... — Oui, la présence de son mari. — Elle ne m'en a pas dit un mot ; ce qu'elle n'eût pas manqué de faire, si, en effet, elle eût vu le marquis. D'ailleurs, ils ne sont pas rentrés ensemble.

Je n'ai point insisté et je suis revenu triste. Ah ! rien n'est changé. Félix, malgré ses résolutions de concorde, malgré ses regrets, a conservé ce funeste amour-propre qui défend de faire le premier pas. Il avait bien été au bal, mais en cachette et sans reprendre ce beau privilège d'époux dont il devrait être fier. Ce bal n'a donc pas rendu à Juliette son mari, il n'a fait qu'accroître sa fatigue.

Maintenant, mon cher Bénédict, je me demande avec effroi où nous allons...

Votre ami,

ALEXIS.

VI. — BÉNÉDICT A ALEXIS.

J'avais prévu ce qui est arrivé, et je n'ai pas besoin de vous dire que je le déplore. Ah ! pourquoi le marquis ne peut-il trouver en lui-même une générosité complète ! pourquoi faut-il que, ramené vers sa femme par un secret sentiment, par une sympathie en quelque sorte instinctive, il ne puisse pas se déterminer à bannir toute prévention !... J'accepterais pour moi sa haine, même injuste, mais je voudrais que son amour pour elle fût doublé ; je voudrais qu'il lui témoignât une ardente et continuelle sollicitude. Puisse-t-il connaître enfin le prix du trésor qu'il possède ! Rassurez-le de nouveau, quant à mes résolutions ; dites-lui que je n'y manquerai pas, quoiqu'il arrive ; au besoin, donnez-lui cette promesse en votre nom. Ce n'est pas moi qui compromettrai votre parole.

Cher Alexis, il se passe en moi d'étranges choses : j'ai apprécié les regrets que le marquis a témoignés au sujet de sa violence, et mon pardon n'avait pas attendu l'expression honorable de ces regrets. Si ma joue est chaude encore du soufflet qui lui a été infligé, j'ai dit que cette peine m'était due : je n'ai pas eu jusqu'au bout le courage de me dominer, et la main de l'époux m'a flétri. Eh bien ! à toute faute son châtiment ; j'ai reçu le mien. Que le ressentiment périsse de mon côté.

Cependant, ce n'est pas de moi que vous devez parler au marquis. Je vous en ai prié déjà. Nul retour n'est possible ; il est à désirer même, dans l'intérêt de M.me de Montglars, qu'un jour son mari ne se souvienne plus qu'il a existé un Bénédict Arnaud. Travaillez avec ardeur à la réconciliation complète.

La fin de votre lettre me prouve que vous n'avez pas un moment à perdre. Une vie nouvelle peut seule ramener la précieuse santé de la marquise : cette vie sera dans l'affection de M. de Montglars, dans ses soins vigilants et dans sa sollicitude. Ne négligez rien et prenez en main une direction ferme. Je vous estime heureux d'être appelé à remplir une telle mission, heureux de rapprocher ceux qui n'eussent jamais dû être désunis.

BÉNÉDICT.

VII. — ALEXIS A BÉNÉDICT.

Grandes nouvelles, mon cher ami. Le ministre m'a répondu enfin : il me rend mon grade en m'invitant à rejoindre mon régiment d'ici à deux mois. J'avais besoin d'une vie active, et peut-être bien des maux eussent-ils été prévenus si je ne me fusse retiré l'indépendance, et la force de volonté en m'éloignant d'une carrière de mouvement, de devoir et de discipline. Ma tête se relève quand je songe que je porterai de nouveau ce noble uniforme ; je me surprends à m'en réjouir, comme l'élève de Saint-Cyr qui se voit en rêve, passant avec son épaulette. On n'a jamais fini d'être enfant.

Et, comme si le Ciel voulait compenser jusqu'à un certain point les peines trop nombreuses que j'ai supportées, j'apprends d'autre part que l'indemnité due à ma famille pour la fortune de mon grand'oncle va m'être réglée sur la dette d'Haïti. Ceci concerne Louise ; car moi, ma solde me suffira amplement. Dieu merci ! ma Louise aura une dot et pourra se marier selon son cœur. Je sais bien qu'elle ne paraît pas incliner vers le mariage ; mais les grandes résolutions en ce genre se dissipent parfois devant un regard. Il en est des sympathies comme des antipathies : le moment où naissent les unes n'est pas loin du moment où cessent les autres.

Excusez-moi de vous écrire en style d'homme satisfait. Ma lettre sera une note discordante dans le triste concert de vos pensées ; mais quand on n'est plus habitué à la joie, on a peine à en réprimer l'élan.

Tout à vous,

ALEXIS.

VIII. — M. MORNAND AU VICOMTE D'ORBAN.

Vous m'avez chargé, monsieur le vicomte, de prendre des informations exactes sur l'emploi que M.me la vicomtesse d'Orban a donné aux derniers débris de sa fortune. Je viens aujourd'hui m'acquitter de cette commission que j'ai remplie avec tout le zèle d'un ami, et je regrette de n'avoir pas à vous présenter la vérité sous de riantes couleurs.

Ce n'est pas à vous que j'apprendrai quelle confiance aveugle M.me la vicomtesse avait ajoutée aux pompeuses promesses du sieur Saint-Marquet. Sans doute, il se trouve aujourd'hui des savants qui font progresser l'industrie, des travailleurs intelligents qui transforment la matière avec une habileté prodigieuse ; mais l'homme dont je parle n'est qu'un utopiste creux, frotté d'un vernis scientifique et n'ayant à son service que des idées impraticables. Il a abusé de la crédulité des gens naïfs, épuisé bien des petites bourses, et, le jour où son étoile lui a fait rencontrer M.me d'Orban, il s'est promis de tailler largement dans une fortune qui paraissait colossale. Je ne m'étonne pas que M.me la vicomtesse, avec son esprit aventureux et ennemi des conseils, ait subi d'abord l'influence du sieur Saint-Marquet ; seulement, ce qui me surprend, c'est qu'elle ait continué de croire à des billevesées qui coûtaient déjà si cher.

Vous l'avez vue presque ruinée, on pourrait dire ruinée. De retour à Paris, elle reprit chez moi les cent mille francs que je lui remis en gémissant..., et j'apprends que ces cent mille francs n'existent plus.

Cette somme a été engouffrée comme le reste dans des entreprises tellement absurdes, que je rougirais d'en retracer le titre. Tout est fini : M.me la vicomtesse n'a plus rien, Saint-Marquet s'est sauvé en Belgique, et je soupçonne qu'il ne s'en est pas allé les mains vides.

Déjà les huissiers se sont mis en campagne pour faire vendre le mobilier de M.me d'Orban. J'ai couru chez elle, afin de lui offrir l'assistance de mes soins, et plus encore. Dans sa douleur, dans sa honte, elle n'a pas voulu me recevoir, elle ne veut voir personne, elle passe ses journées à maudire Saint-Marquet et à se maudire elle-même.

J'ignore, monsieur le vicomte, si vous interviendrez dans cette triste situation. On n'a pas besoin de rappeler les devoirs de l'humanité à celui qui, comme vous, a donné si longtemps l'exemple de la patience et de la douceur.

Daignez agréer, etc.
MORNAND.

IX. — LE VICOMTE ALEXIS A M.me LA VICOMTESSE D'ORBAN.

Qu'ai-je appris, madame ? L'homme auquel vous aviez accordée votre confiance, l'homme qui vous avait entraînée dans ses folles utopies, a achevé de vous ruiner, puis a pris la fuite ! Telle a été la fin de tant de rêves, que je n'avais cessé de déplorer !

Ce dénouement m'a affligé sans me surprendre. Je m'y attendais.

Mais ce que je ne puis supporter, c'est l'idée de la situation pénible où vous vous trouvez. Une femme qui a reçu mon nom doit-elle se voir en butte aux privations et être exposée aux poursuites des huissiers ?

Cela ne sera pas, je ne le permettrai jamais. En même temps que l'épreuve, Dieu a envoyé le remède. Une somme, dont la liquidation était en souffrance depuis un demi-siècle environ, m'est enfin échue : je la destinais à la dot de Louise ; car elle m'était inutile, puisque je reprends le service. Cette somme sera divisée en deux parts : l'une pour vous, l'autre pour ma sœur. Veuillez m'apprendre où je dois vous faire parvenir cet argent qui malheureusement ne vous rendra pas votre opulence d'autrefois, mais vous assurera du moins un sort convenable.

Consolez-vous, Mathilde ; tâchez de donner le calme à votre esprit si impressionnable : les émotions tuent, et nous n'en avons que trop souffert ensemble.

Votre affectionné,

ALEXIS D'ORBAN.

X. — MATHILDE D'ORBAN AU VICOMTE ALEXIS.

Je ne sais comment vous répondre, monsieur, comment vous exprimer l'attendrissement que m'a causé votre lettre. Plusieurs heures cependant se sont écoulées avant que j'aie pu me décider à écrire à mon tour. Aujourd'hui, il me faut reconnaître une bien longue erreur, je n'ai pas la consolation d'accepter ma disgrâce avec résignation.

Non, la résignation n'est point dans mon cœur. Je suis effrayée moi-même de mon indignation à l'égard du misérable qui m'a trompée ; je n'ose plus me montrer nulle part ; j'attends avec terreur la visite de ces gens de justice qui s'abattent comme des oiseaux de proie sur les derniers débris après les désastres.

Quelle chute ! grand Dieu ! Et c'est moi qui l'ai voulu !

Ah ! si vous aimiez la vengeance, vous pourriez ici en goûter toute la douceur. Mais non : vous venez de me prouver que l'âme d'Alexis d'Orban est inaccessible à ces mesquines considérations qui font mouvoir le monde.

Est-ce à dire que je doive, que je puisse accepter vos bienfaits, quand une séparation volontaire a mis un abîme entre nous ? C'est impossible : j'ai méconnu votre caractère et blessé souvent votre dignité... Et maintenant, je recevrai de vous un partage qui appauvrirait votre excellente sœur, je diminuerais les chances pour Louise d'un établissement honorable ! Dans ma conscience, ce serait manquer à la délicatesse. Le malheur, en me frappant, m'aura du moins donné la raison que je n'écoutais pas assez.

Je vais songer aux moyens d'échapper aux plus dures nécessités de la vie. Gardez votre petit patrimoine, mon bon Alexis, et agréez l'expression de ma profonde reconnaissance.   MATHILDE.

XI. — LE VICOMTE ALEXIS A Mme LA VICOMTESSE D'ORBAN.

J'ai eu tort, Mathilde, et ma conduite n'est pas tout à fait celle que j'eusse dû venir.

Non, ce n'est pas de l'argent que j'ai à vous offrir, mais le partage égal de la vie et des affections. Il ne convient pas que deux époux soient éloignés l'un de l'autre quand ils n'ont qu'à se reprocher de ces nuages dont le temps efface le souvenir. Ne vous imputez pas entièrement ce qui a eu lieu ; je ne suis certes pas à l'abri de tout reproche.

Un seul moyen s'offre à nous de réparer les années perdues. Bien des années nous restent ; traversons-les ensemble dans une sainte union.

Je vous attends, ma chère Mathilde, je vous attends et le plus tôt possible. Rien ne peut vous arrêter ; nos bras vous sont ouverts ; si vous m'aimez encore... venez.   ALEXIS,

XII. — ALEXIS A BÉNÉDICT.

J'ai aujourd'hui un miracle à vous annoncer, mon cher Bénédict.

Alphonse de Lagrange est rendu à la vie réelle ; il a repris sa raison, sa pensée, sa dignité ! Cette intelligence perdue est retrouvée ! Cette âme est reconquise ! L'œuvre cruelle d'un vieillard égoïste a été détruite par une jeune fille dévouée ! Louise a refait Alphonse de Lagrange !

Je ne pourrais vous détailler ces soins de chaque minute et même toutes les inventions auxquelles ma Louise a dû recourir. Tantôt la méthode était trop enfantine, tantôt elle était trop forte. Ce qui avait été utile la veille ne pouvait plus servir le lendemain. Parfois le malade s'ennuyait ou s'irritait, ou enfin se fatiguait à vouloir comprendre. Cet esprit avait été tellement abattu, tellement obscurci, que le relever et y faire pénétrer la lumière semblait une tâche impraticable. J'ai vu des jours où tout était à recommencer. Une autre que Louise se fût rebutée ; mais plus les difficultés croissaient, plus ma sœur puisait d'énergie dans la foi du succès. Elle avait dû prendre sur Alphonse une autorité douce, mais ferme. Il n'en fallait pas moins pour obtenir l'attention, commander le silence ou détacher d'un cerveau épaissi la pensée confuse qui n'en pouvait sortir. Les réponses devinrent moins graves, plus précises ; elles perdirent ce caractère puéril qui les marquait. L'étude ne fut plus une contrainte, mais, peu à peu, une distraction, un plaisir, un besoin. Alphonse en vint à prendre les livres lui-même ; après quelques moments il les rejeta ; mais il les avait pris, et c'était beaucoup. Une page le conduisit à deux, puis à trois. Il en fut de même pour la musique. D'abord il n'écoutait pas, il ne distinguait pas les sons. Louise le fit asseoir au piano et lui dirigea les doigts sur le clavier. Il reconnut alors les notes par la vibration des cordes : les sons s'étaient transmis à son oreille par sa main. Cette épreuve ayant été plusieurs fois répétée, Louise recommença à jouer. Nous eûmes la certitude qu'il entendait, lorsqu'il voulut chanter les airs, en même temps que ma sœur les exécutait. L'éducation par la musique seconda puissamment l'éducation par la lecture et la parole. Celle-ci s'adressait directement à l'intelligence, celle-là aux nerfs qu'elle réveillait en les touchant : la musique était la récompense du travail, et j'espérai beaucoup, il y a peu de temps, quand, à la suite de l'air de Mozart : *Il mio tesoro*, j'aperçus des larmes dans les yeux d'Alphonse. — Hier, Louise prit *les Harmonies* de Lamartine. Elle ouvrit au hazard et lut cette divine inspiration :

«Encore un hymne, ô ma lyre !
Un hymne pour le Seigneur !
Un hymne dans mon délire,
Un hymne dans mon bonheur ! »

L'attention d'Alphonse me parut extraordinaire. Son regard surtout s'attacha fixément sur Louise, au moment où, d'une voix vibrante, elle jetait ces vers :

«J'étais né pour briller où vous brillez vous-même,
Pour respirer là-haut ce que vous respirez,
Pour m'enivrer du jour dont vous vous enivrez,
Pour voir et réfléchir cette beauté suprême
Dont les yeux ici bas sont en vain altérés ! »

Alphonse suivait sur le visage de Louise tous les mouvements, toutes les accentuations de la poésie. Ses lèvres étaient frémissantes, il y avait encore des larmes dans ses yeux... Il ne dit rien cependant et prit congé de nous. Mais sa main, en pressant la mienne, semblait exprimer des choses inconnues.

Ce matin, Alphonse, levé de bonne heure, entra dans le salon où était Louise. Il entrait grave et silencieux. Du doigt il lui indiqua le piano. Louise y courut : elle joua une partie de la symphonie en *ut* de Beethoven.

Tout-à-coup elle est arrêtée par un cri. Ce cri, c'est Alphonse qui l'a poussé... Il étend ses bras, il secoue la tête, il respire ; sa poitrine se soulève, ses yeux cherchent le ciel. «Je vois, dit-il, j'entends, je comprends ! » Louise s'élance, déjà de Lagrange est à ses pieds. Il pleure, il rit, il prend les mains de ma sœur, il les couvre de baisers et de larmes. «Louise ! Louise ! dit-il encore, Louise, mon ange sauveur ! mon amie ! ma seconde mère !.., Et il ne se lasse pas de répéter ce nom avec toutes les expressions de la joie et de la reconnaissance.... J'entre. Alphonse se précipite dans mes bras...

Tous trois nous avons pleuré ensemble.

Oh ! que ce moment m'a payé des peines du passé !

Louise se mit à genoux ; une prière fervente s'échappa de son cœur. Elle offrit à Dieu l'hommage de son œuvre, le tribut de cette âme régénérée qu'elle est parvenue à lui rendre.

La bonne journée, Bénédict, la bonne journée !

Alphonse est totalement transformé ; il sourit avec mélancolie quand il se rappelle ce qu'il a été, et il dit, en montrant Louise : « Je ne crains plus rien ; voilà ma sauve-garde ! »

Ma satisfaction ne sera complète que si vous me rassurez à votre égard.

Votre ami dévoué,
ALEXIS.

XIII. — BÉNÉDICT A ALEXIS.

Oh ! oui, la bonne journée ! la bonne journée !... Je suis confondu d'admiration devant l'œuvre de M.elle d'Orban ; moi aussi je tombe aux pieds de votre angélique sœur, et je m'écrie : « Vous avez été inspirée de Dieu ! »

J'ose croire également, pour ma faible part, que Dieu m'a dicté la résolution dont je vais vous entretenir. J'attendais que ce projet fût mûr ; à présent, ma conviction est arrêtée ; je puis m'expliquer.

J'ai décidé vis-à-vis de ma conscience que je me retirerais à la Grande-Chartreuse pour m'y enfouir et terminer mes jours sous la robe de religieux. Dans ma conviction, quand l'amour a produit de trop violents orages, quand il a brisé le cœur par une étreinte mortelle, ce n'est pas une nouvelle affection de même nature qui doit lui succéder et qui peut le guérir ; il n'y a que l'amour de Dieu qui opère cette œuvre bienfaisante. Les fatigues de ce monde nous appellent vers ce port. Là viennent expirer tous les bruits de la terre. Ambitions déçues, espérances perdues, rêves de la jeunesse, tout se concentre là, tout y vient chercher l'oubli.

Voilà l'asile que j'ai choisi ; ne me parlez pas d'un art auquel je ne suis plus propre, d'une gloire qui ne me séduit plus. Ces chimères ont fait naufrage dans mon cœur ; je les repousse, j'aspire à ma cellule.

Puisque Dieu a opéré un miracle en faveur du pauvre de Lagrange, peut-être daignera-t-il m'être aussi secourable. Comme votre ami, je suis une intelligence malade ; c'est de la foi que j'attends mon salut. Ayez soin, mon ami, en jugeant ma résolution, de ne pas vous mettre seulement au point de vue du monde, car vous ne pourriez me comprendre.   — A vous,
BÉNÉDICT.

XIV. — ALEXIS A BÉNÉDICT.

Si votre vocation est profonde ; si une voix d'en haut parle distinctement en vous et vous crie : « Pars ! détache-toi entièrement du monde ! » en ce cas, vous devez obéir sans que rien vous arrête, et malheur à qui vous dissuaderait !...

Mais il n'est pas impossible que votre résolution soit précipitée ; que, croyant étouffer votre passion, vous l'emportiez au contraire toute palpitante dans un lieu de paix et de mortifications, et que là, loin de s'éteindre, elle bruisse bien davantage par le contraste du calme de ceux qui vous entoureront.

C'est pourquoi, mon cher Bénédict, prenez-y garde avant de frapper au seuil de la Grande-Chartreuse, et demandez-vous bien si vous vous êtes assez sérieusement interrogé.

Remarquez que je mets de côté notre affection et l'espoir que nous avions de vous voir un jour réuni à nous. Toute question personnelle doit s'effacer lorsqu'il s'agit de grands intérêts.

Maintenant, j'appelle votre attention sur le billet ci-joint, qui me cause un véritable embarras ; il est d'Alphonse, et je le transcris :

« Mon cher Alexis,

»C'est un ressuscité qui fait entendre sa voix. J'étais égaré, un bon ange m'a ramené dans le droit chemin ; je succombais, il m'a soutenu. J'ai été régénéré par ses soins.

»Je ne puis lui faire agréer l'expression de ma reconnaissance : ici la reconnaissance serait au-dessous du bienfait.

»Mais l'œuvre de ta bonne Louise resterait incomplète si à l'intelligence refaite ne se joignait le bonheur assuré. Que mon guide daigne m'accompagner durant le reste de ma vie. Je te demande sa main ; je te la demande avec supplication.

»Peut-être lui répugnera-t-il d'épouser un homme qu'on appela l'*idiot* ; mais, en relevant cet homme au niveau du monde, elle lui a prouvé un intérêt qu'elle ne saurait lui retirer qu'à la condition de le rendre plus à plaindre qu'il ne l'était naguère.

»Je t'écris, car je n'ose parler, et j'attends ta réponse avec anxiété.

»Ton camarade,   »ALPHONSE DE LAGRANGE. »

Franchement, cette brusque demande en mariage m'a affligé. Je comprends la reconnaissance d'Alphonse et je ne m'étonne pas que l'amour se soit révélé en même temps que l'intelligence chez celui que ma sœur a transformé. Mais n'ai-je pas lieu de craindre les méchantes interprétations du monde ? Que dira-t-on tout d'abord ? On dira : « M.elle d'Orban a visé à une grande fortune. » Ainsi ses soins, son dévouement ne seront attribués, dans l'opinion générale, qu'à un misérable calcul. Cette idée me serait insupportable. L'honneur la repousse. Me voilà donc presque obligé de refuser à Alphonse la main de ma sœur, parce qu'il a le défaut d'être trop riche. Donnez-moi cependant votre avis, mon cher Bénédict ; en matière de délicatesse, vous êtes de ceux qu'on peut consulter le plus utilement.

Et puis, pensez bien à ce que je vous ai dit sur vos projets de retraite.

Mathilde ne m'a pas répondu : son silence commence à m'inquiéter.

Tout à vous,

ALEXIS.

XV. — BÉNÉDICT A ALEXIS.

Si je pouvais m'intéresser encore aux choses de ce monde, rien ne serait plus capable de m'y rattacher que la conduite honorable de votre ami de Lagrange. Je n'envisage pas comme vous les conséquences de sa demande en mariage. Parce qu'il est riche, devez-vous le repousser, et faut-il vous soucier à ce point de l'opinion ? L'œuvre de votre sœur n'était faite qu'à demi : sans doute M. de Lagrange a recouvré l'intelligence ; mais il a conservé nécessairement une sensibilité nerveuse qui serait froissée aux premiers chocs. Que Louise, avec le titre sacré d'épouse, continue de veiller sur lui. Elle aura dignement employé sa vie. Quant à moi, après m'être bien examiné de nouveau, je crois devoir persister dans ma résolution. Déjà je me sens plus tranquille ; la société ne m'apparaît plus qu'à travers une sorte de brume lointaine. Mes idées se calment en s'élevant ; elles m'emportent vers la source du vrai bonheur. J'ai aussi la joie de penser que votre sort s'est amélioré. Puissiez-vous, avant mon départ, avoir à m'apprendre que tout péril est écarté de *celle* qui, aujourd'hui, n'est plus qu'une sœur à mes yeux !

BÉNÉDICT.

XVI. — STÉFANE DELAUNAY A BÉNÉDICT.

Sais-tu, mon cher Bénédict, que j'ai eu furieusement de peine à découvrir ton adresse ! Tu tournes donc à l'anachorète ? Et tes travaux, malheureux ! Dans six mois l'ouverture du Salon : ton Christ y était attendu... Mais bah ! tu as laissé là la peinture, comme si le talent avait le droit de dédaigner l'art. Et puis, pendant ce temps, il arrivera des infirmes, des crétins qui, avec de grands effets de couleur et une certaine furie de brosse, attraperont le succès que tu méprises ! Ma parole, cela me fait enrager !

Mais que je te remercie donc, mon bon et cher camarade ! Grâce aux lettres que tu as écrites en ma faveur sans m'en avoir prévenu, les portes se sont enfin ouvertes devant moi. Aux Beaux-Arts, on m'a commandé une toile de dix mètres pour le musée de Rouen. *J'irai revoir ma Normandie !* Bref, je pioche du matin au soir, et je ne m'en plains pas. A présent, j'en viens à un aveu, et je vais te faire mon *med culpâ*. Tu ne te douterais jamais d'une chose : c'est que moi, Stéfane Delaunay, artiste rangé, époux et père, j'ai eu mon moment de folie, ma fièvre d'amour. J'ai été stupide. Oui, mon cher Bénédict, et encore, tu me l'avais prédit.

Je n'ai pas besoin de te rappeler certaine personne qui habitait le premier étage de ma maison. Ebloui par son luxe, par sa grâce facile, par sa beauté ; en un mot, tenté par le diable, je me lançai dans la passion. Célestine m'observait en silence ; elle cachait ses larmes ; et moi, moi misérable, je n'étais pas touché de la peine que je causais à une si bonne créature. Je fis plus : j'avais quelque argent, je pris un prétexte, je partis pour Aix où était la personne en question. J'arrive, je cours, je tombe devant Maria comme un événement, et me voilà débitant ma page de roman échevelé.

Eh bien ! Bénédict, c'est ici qu'il faut que je rende justice à cette femme. Une autre aurait pu être flattée de cette preuve d'amour : Maria en fut effrayée. Elle montra du cœur. Elle ne songea qu'à Célestine et à Henri. Elle me fit entrevoir mon ménage abandonné, perdu, ruiné, ma carrière compromise, enfin tout le mal qui peut résulter du désordre où je me précipitais. Confondu d'étonnement, plein de remords, j'ai quitté la ville en toute hâte, et je suis revenu à Paris. Ah ! si tu savais comme ma pauvre Célestine était contente ! et en même temps quelle discrétion elle a montrée ! Pas une question sur ce voyage impromptu, pas un reproche, rien d'amer. Durant la route je m'étais sermoné, je m'étais dit mille injures ; si je n'étais pas radicalement guéri, j'étais du moins bien corrigé ; et plus d'une fois tes avis prudents s'étaient offerts à ma mémoire. Mais c'est toujours ainsi : on ne se rappelle les conseils que lorsqu'enfin on veut en profiter.

Et toi, cher camarade, te tiendras-tu plus longtemps exilé de Paris ? Tu te dois à ceux qui t'aiment ; c'est te dire que nous t'appelons à grands cris et que nous t'attendons avant la chute des feuilles.

Tout à toi,   STÉFANE DELAUNAY.

XVII. — BÉNÉDICT A STÉFANE.

Les feuilles seront tombées probablement, mon cher Stéfane, avant que je vous aie revus. Bien des projets se sont croisés dans ma tête, et je me suis arrêté à un plan définitif qui ne me permettra pas de revenir de sitôt à Paris. Te dire ce que je compte faire, cela m'est impossible. Cependant, une fois encore, ne m'attends pas pour cet automne.

Il y a plus, mon cher Stéfane, tu m'obligerais si tu voulais bien, à tes heures, t'installer dans mon ancien atelier et terminer mon grand tableau qui, tu le sais, est très-avancé. Nous avons étudié ensemble ; tu me vaux bien : ce que j'ai eu de plus que toi, ç'a été quelque chance. Je ne doute donc pas que cette œuvre ne gagne beaucoup à être achevée par toi. Soigne par dessus tout l'expression des têtes et tiens la couleur générale dans une gamme paisible. Voilà toutes mes recommandations. Je vais écrire aux Beaux-Arts pour que la commande soit transférée à ton nom. Puisse ce travail t'être utile ! N'hésite pas à t'en charger. Prends, si tu veux, ma proposition pour un testament qu'on exécute avec un empressement religieux.

Je joins à cette lettre une disposition que j'ai faite en faveur de ton petit Henri. Sur ce point encore, tu devras obéir docilement à l'amitié. Il sera bon qu'Henri, en abordant la vie, n'ait pas à essuyer ces misérables difficultés qui amortissent le courage, étouffent l'énergie et peuvent finir par dégrader le caractère. Il importe de n'avoir pas à mesurer le pain de chaque jour ; car ce pain amer, on l'arrose de trop de larmes. C'est pour moi une douce pensée que ton fils choisira librement sa carrière et aura le plus puissant des moyens de réussite, c'est-à-dire du temps devant lui.

Présente l'expression de ma vive sympathie et de mon profond respect à ton honnête et digne femme, que je félicite du bonheur intime dont elle jouit désormais.

Ton camarade dévoué,   BÉNÉDICT.

XVIII. — ALEXIS A BÉNÉDICT.

Les hésitations et le silence de Mathilde me ménageaient une surprise. Au lieu d'une lettre, c'est Mathilde elle-même qui nous est arrivée ce matin. Votre étonnement sera égal au mien. Après les tristes scènes du passé et lorsque je m'étais retiré si meurtri de la lutte, pouvais-je m'attendre à ce dénoûment, et surtout aux paroles et à la conduite de la vicomtesse ?

Mathilde a montré de la dignité, de l'esprit de conciliation. L'épreuve du malheur l'a transformée. Ainsi cette femme qui ne voulait pas croire que les sources de sa fortune puissent jamais tarir, est convenue de la fragilité du bien qu'on ne sait pas ménager ; cette femme, qui n'admettait aucun conseil, s'est fait elle-même tout haut les plus durs reproches. Elle n'eût rien accepté d'un bienfaiteur ; l'époux a reparu.

Périsse le souvenir des heures d'orage ! — « C'est d'aujourd'hui, me suis-je écrié, que nous commençons à vivre ! » Tout était expliqué, dès que la confiance et l'intimité remplaçaient le soupçon et la froideur. Au même instant,

Louise a donné une nouvelle preuve de cette fermeté de caractère qui assure le bonheur. Elle a présenté à ma femme Alphonse de Lagrange, qui, depuis quelques jours, attendait notre décision avec une profonde anxiété, et a dit : « Je suis d'autant plus heureuse de votre arrivée que je vous aurai à côté de moi dans une circonstance bien importante, lors de mon mariage. — Vous allez vous marier ? » Louise a fixé son regard sur Alphonse, qui semblait à demi-mort, et elle a répondu en souriant : « Oui, avec un honnête homme, qui a tout récemment demandé ma main... avec M. de la Grange. » Pourrais-je vous exprimer la joie d'Alphonse !... Il n'espérait plus, et Louise lui accordée !

Pardonnez-moi de vous retracer ces scènes de famille à vous, cher Bénédict, qui déjà vivez seul et rêvez une solitude bien plus absolue encore. J'ai maintenant de tristes détails à vous donner.

Tandis que Mathilde reposait, j'ai couru chez de Montglars. J'avais hâte de lui fournir la preuve de notre réconciliation. La marquise était souffrante, très-souffrante même.... Félix m'a reçu. Il paraissait en proie à un violent chagrin. C'est alors que, le jugeant préparé à l'oubli, je n'ai pas craint de lui parler de vous. Oui, Bénédict, j'ai pensé, quand vous voulez quitter le monde, que le marquis devait en être informé, car il a contribué à cette désolante résolution. Et ce qui prouve combien j'avais raison, c'est que Félix était consterné en apprenant cette nouvelle. Il a dit avec douleur : « Sans mon emportement, sans l'outrage qu'il a reçu, jamais M. Arnaud n'eût pris un parti semblable... »

Ainsi, jamais de félicité complète. Mes ennuis ont cessé, la vicomtesse m'est revenue transformée, ma Louise va achever dans le ménage une œuvre de patience et de dévoûment, et lorsqu'il y a désormais tant d'intérêt dans mon existence, il faudra que j'assiste au spectacle navrant de la souffrance morale et de la souffrance physique chez mes meilleurs amis !

Ah ! si du moins je pouvais encore voir vos mains s'unir !... Mais non, elles sont séparées, et tout est fini !

Votre ami sincère,   ALEXIS.

XIX. — BÉNÉDICT A ALEXIS.

Septembre.

Cher Alexis,

J'accepte ces mots : « Tout est fini ! » Ils conviennent à ma position, à ma pensée, à mes vœux.

Puissent-ils ne pas s'appliquer à la personne que je ne dois plus nommer ! Puisse cet astre brillant n'avoir point passé, comme un de ces météores qui illuminent un moment l'horizon et ne laissent aucune trace de leur apparition fugitive !

Ah ! je m'en irais sans regret et détaché de toute chose si je n'étais obligé d'emporter cette crainte...

Mais j'ai accepté le sacrifice, il faut que je parte.

Voici donc ma dernière lettre. Elle vous porte l'adieu du reclus volontaire. Adieu à ceux qui m'écoutent et à ceux qui ne peuvent m'entendre !

Adieu !... Quelquefois, je le sais, vous parlerez de moi, mes chers amis ; et moi, oh ! croyez-le, je prierai pour vous !

BÉNÉDICT.

XX. — LA PRIÈRE DE JULIETTE.

Le jour même où la dernière lettre, — celle de Bénédict, — était jetée à la poste, Alexis, de plus en plus inquiet des résolutions de son ami, prit le parti d'aller chez le marquis avec Mathilde. Il avait à faire sanctionner sa vie nouvelle, à donner par lui-même l'exemple de la concorde. Il espérait que cet exemple serait compris de Félix et de Juliette, et mettrait fin à d'affligeants dissentiments.

Félix était en conférence avec le docteur qui venait de lui confier ses craintes sérieuses. Accablé, mais n'osant prendre qu'une part détournée aux souffrances de la marquise, il écoutait silencieusement l'arrêt qui lui brisait le cœur.

Soudain deux voix connues frappent son oreille. La porte s'ouvre : le vicomte paraît ; Mathilde l'accompagne, tout émue.

— Madame la vicomtesse ! s'écria Félix. En vérité, je crois rêver.

— Oui, mon ami, dit Alexis en souriant ; oui, la vicomtesse m'est rendue. Les nuages se sont dissipés, nous sommes à présent ce que nous eussions dû toujours être. Et fasse le ciel qu'il en soit partout de même !

Cette insinuation embarrassa M. de Montglars. Après un moment de réflexion, il dit au médecin :

— Croyez-vous, docteur, qu'il ne soit pas dangereux pour madame d'avoir cette même surprise, agréable sans doute, mais qui pourrait lui agiter les nerfs ?

— Je suis persuadé du contraire.

— En ce cas, voudriez-vous bien nous annoncer ?

Au bout de quelques minutes, le docteur sortit de la pièce voisine, où il introduisit les visiteurs avec M. de Montglars.

Juliette était étendue sur un lit de repos. Près d'elle était une petite table ronde en palissandre, supportant des fioles, des flacons, un verre de cristal, une tasse de porcelaine, pénibles accessoires d'une maladie. Les rideaux étaient à demi-fermés ; et dans un fauteuil, non loin du lit, se tenait M.elle de Neuville qui ne quittait plus sa sœur.

Quel changement s'était opéré chez la marquise ! On eût eu peine de la reconnaître ! Cette femme, naguère si charmante, si enviée et si admirée, ne tenait plus à la vie que par ce fil imperceptible qui peut se rompre d'un moment à l'autre. Sa voix affaiblie ne s'échappait plus qu'avec effort ; et il fallait que Juliette eût été bien belle pour l'être encore après tant d'épreuves combattues vainement par les soins de l'art et le dévoûment de la tendresse.

A la vue d'Alexis et de Mathilde, Emma s'était levée avec empressement, faisant signe à sa sœur de ne point parler. Elle embrassa avec effusion la vicomtesse.

— Vous voilà enfin, dit Emma en contemplant Mathilde, et lui tenant les deux mains. Que je vous embrasse de nouveau, pour Juliette comme pour moi.

— Chère Emma ! répondit Mathilde d'un accent qui trahissait son trouble, vous êtes bien la personne la plus généreuse du monde. Quand je venais ici avec crainte...

— Et pourquoi? Croyez-le : nous vous avions gardé toute notre affection.

— Certes oui; ma chère vicomtesse, murmura Juliette, s'efforçant de réprimer l'accès de toux que lui coûtèrent ces simples mots.

Les assistants échangèrent rapidement un regard de consternation.

— Ne parle pas, dit Emma, tout en faisant prendre à la marquise quelques gorgées de potion.

La jeune fille revint s'asseoir entre M. et M.me d'Orban. Ses yeux brillaient d'amitié.

— Ah! dit-elle, vous ne pouviez, madame, nous surprendre plus agréablement. Vous étiez bien désirée. M. le vicomte voulait nous cacher son affliction, mais il n'y réussissait pas. A présent, vous lui êtes rendue; il va être heureux.

— Oui, ma belle, répondit Mathilde, je m'efforcerai de faire revivre ce bonheur effacé. Je m'afflige seulement de n'avoir rapporté à Alexis qu'une ruine consommée. Pourquoi faut-il que l'expérience de sa noblesse d'âme nous coûte si cher !

— Rassurez-vous à ce sujet, interrompit Alexis, on ne paie jamais trop cher la paix du foyer...

— C'est selon, dit amèrement le marquis.

M. d'Orban se retourna d'un air affectueux vers M. de Montglars. Il jugea que le moment de la franchise suprême était arrivé. Accusant même tout bas ses retards timides, il aborda de front la confidence qu'il avait à faire maintenant devant la marquise, et que Félix n'avait sans doute pas transmise à sa femme.

— Mon ami, dit-il, j'ai reçu de M. Arnaud une lettre qui sera la dernière. Le temps est venu, peut-être, où ce nom doit être prononcé et où tu dois l'entendre de sang-froid. Les circonstances ont beaucoup de gravité, et notre responsabilité à tous est engagée dans le sort d'un infortuné. Je ne te blesse pas, j'espère ?...

— Continue, reprit le marquis, en observant avec anxiété les traits de Juliette, qui avait dominé toute émotion.

— Il s'agit pour M. Arnaud, et madame l'ignore probablement, il s'agit de renoncer au monde, à l'art, à la gloire, à l'avenir, et d'aller s'enfouir à la Grande-Chartreuse.

Juliette tressaillit; Emma avait fait un mouvement vers elle comme pour lui présenter sa tasse, mais, en réalité, afin de la cacher.

— Cette résolution, je l'ai combattue aussi énergiquement qu'on peut le faire quand on écrit et quand, d'ailleurs, on a à ménager un cœur blessé et une conscience exaltée. Je n'ai pas réussi, et il ne serait pas impossible, à l'heure où nous parlons, que Bénédict eût accompli sa première station... Je vous le demande ici, dans la sincérité de ma pensée, permettrez-vous que ce sacrifice ait lieu? Mon cher Félix, tu as sous les yeux un exemple vivant de réconciliation. Ce que Mathilde et moi nous avons fait, d'autres peuvent le faire à leur tour.

— Et s'il était trop tard ?... s'écria tristement M. de Montglars.

Alors la marquise dit avec autant d'autorité que de douceur :

— Jamais il n'est trop tard pour les bonnes déterminations. Mes amis, je désire être seule avec mon mari.

— Avec moi, madame ?...

— Oui... Félix; oui, avec vous.

Emma, très-inquiète de ce qui allait arriver, reconduisit le vicomte et la vicomtesse.

M. de Montglars était debout en face de sa femme, les yeux fixés sur le tapis.

— Approchez-vous, dit Juliette, asseyez-vous près de moi. C'est bien.

Elle le regarda avec compassion, oubliant sa propre souffrance pour plaindre un : âme agitée.

Il sentit ce regard. Aussitôt le rempart de froideur polie derrière lequel il s'était si longtemps retranché, s'écroula. L'homme reparut avec les palpitations de l'amour et les angoisses du désespoir.

— Juliette ! Juliette !... Laissez-moi vous dire... Tenez, je vais vous ouvrir enfin ce cœur malade, vous révéler mon secret. Ah ! comme ce secret a pesé sur moi ! Il m'oppressait... Mais vous allez le connaître...

— Je le connais déjà... Vous m'aimez encore !

— Si je vous aime !... Jamais je n'ai mieux senti combien je vous aimais qu'au jour où, par un détestable orgueil, j'ai joué cette comédie odieuse de l'indifférence et de l'isolement. Eh bien ! aujourd'hui j'ai besoin de m'humilier, de descendre de ce piédestal d'amour-propre... Nous sommes là, ensemble, sans témoins... oh ! je suis désespéré !

— Pauvre Félix !

— C'est elle, grand Dieu ! qui me plaint ! Vous me pardonnez donc?

— Je n'ai de reproches à faire qu'à moi seule.

Le marquis devint sombre; la jalousie reparaissait.

— Ecoutez-moi attentivement, reprit Juliette, et sachons employer les moments. Ils sont précieux pour moi, qui bientôt vous quitterai.

— Me quitter, vous, Juliette !... c'est impossible ; Dieu ne le permettrait pas !...

— Ecoutez-moi; ne pleurez pas, de grâce !... cela m'ôte de la force... et j'en ai si peu !...

— Tu me tues par ce langage !

— Vous avez pu avoir des torts, mais le ciel m'est témoin qu'ils n'ont jamais produit en moi la moindre irritation. Je sais que les gens du monde, livrés de bonne heure au plaisir, en contractent l'habitude ; mais je savais aussi qu'après quelques années de légèreté, vous me reviendriez. Je n'ai donc pas attendu le jour où nous sommes pour vous excuser à cet égard. De mon côté, j'ai eu le tort grave d'aller chez M. Arnaud...

Elle s'arrêta. Félix n'avait pu se défendre de contracter les sourcils.

— Mais si j'y allais, c'était par reconnaissance, par admiration. J'obéissais à une inspiration funeste : du moins le motif qui m'avait entraînée était-il pur. Si vous ne me croyez pas, vous ne croirez jamais rien. Je me cachai, c'est vrai... Eh ! qui s'en étonnerait? A peine étais-je chez M. Arnaud, que je condamnais moi-même ma démarche. Encore une fois, regardez-moi bien quand je vous atteste que j'étais, que je suis restée digne de votre nom.

Cette déclaration arracha de doute du cœur de M. de Montglars.

— Vous l'attestez; je vous crois, Juliette.

— Cela ne me suffit pas ; je serais bien égoïste si je m'occupais seulement de ma justification. Il est une autre personne que je dois défendre. Vous la nommerai-je ?

— C'est inutile.

— Cette personne est complétement innocente de l'accusation qu'on a élevée contre elle. Jamais celui qui fut et qui méritait de rester votre ami ne m'a fait entendre un mot que l'honneur pût réprouver. Je veux que vos mains s'unissent de nouveau en signe de conciliation.

— Oh ! qu'exigez-vous, Juliette ?... Cette main l'a frappé au visage !...

— Il a supporté l'outrage, n'est-ce pas?

— Oui.

— Vous le voyez, le pardon était dans son cœur. Ah ! si vous voulez que ma mort soit douce...

— Par pitié ! ne parlez pas de mort!

— Eh bien ! empêchez M. Arnaud d'accomplir cette espèce de suicide qu'il médite; courez à sa recherche ; pressez-le ! Je veux le revoir avec vous ; sinon la pensée que nous avons concouru à faire son malheur empoisonnerait les dernières heures qui me restent.

Félix s'était levé et paraissait se consulter.

— Ami, vous n'hésitez pas, j'espère ?...

— Non, Juliette, non, je n'hésite plus. Dans quelques instants, je serai chez Alexis, et je réponds d'avance qu'il se mettra immédiatement en route avec moi.

— Partez, et que Dieu vous seconde !

Il fallut peu de temps au marquis pour faire ses préparatifs et se rendre auprès du vicomte. Celui-ci ne mit pas moins d'empressement à partir. Mais tandis qu'en toute autre circonstance il se fût réjoui à l'idée de revoir Bénédict, il ne pouvait que répéter :

— Rencontrerons-nous celui que nous allons chercher? Et, au retour, retrouverons-nous celle que vous venez de quitter?

XXI. — L'AUMONE AU JOUEUR.

Tandis que la consternation régnait chez M. de Montglars, toute une cour de frivoles désœuvrés entourait Maria, qui, mettant à profit l'absence de Juliette, avait pris décidément le haut du pavé. On citait les toilettes, les raouts, la voiture de Maria ; la mode recevait son mot d'ordre; ses fantaisies étaient des lois, ses observations frondeuses des arrêts sans réplique. L'adroite Maria ne dédaignait aucun hommage et jouait avec les déclarations, les soupirs, les doux billets, comme un enfant avec le pantin dont il tire les fils. Il n'y avait pas jusqu'à de Foncheville, qu'elle n'accueillît pour en faire son factotum. Ernest était devenu méconnaissable : à sa fierté un peu composée, mais de bon goût, avait succédé quelque chose d'inquiet, tantôt une sorte de violence, tant de l'humilité qui faisait mal à voir. Bercé dans un rêve continuel de fortune facile, caressant par la pensée le désir les chances qui tournaient contre lui la plupart du temps, il avait perdu l'habitude du travail et la véritable activité de l'esprit.

Gournet l'avait bien dit ! Une heure au jeu produit toute une vie de joueur. »

De nouveau, débiteur envers la roulette, Ernest, après n'avoir obtenu de Maria que cette vague réponse : « C'est bien malheureux ! » était allé promener son ennui du côté même où, pour la première fois, il avait rencontré Gournet. Les résolutions les plus violentes se croisaient dans sa tête.

Gournet l'avait suivi à courte distance, presque au sortir de la maison de Maria. Il le laissa s'engager dans le bois. Sûr alors que l'entretien n'aurait pas de témoins, il appela de Foncheville.

Celui-ci se retourna tout surpris. A l'aspect de l'homme qui l'avait entraîné au jeu, un tressaillement de colère; mais en même temps la pensée lui vint que cet homme, cause première de son embarras, pourrait l'aider à se relever. Il imposa silence à un ressentiment naturel et courut presser la main qui l'avait poussé à l'abîme.

Il y avait chez Gournet un air de raillerie impossible et le ton de supériorité que donne la possession de l'argent vis-à-vis de celui qui va le demander. Un seul instant lui avait suffi pour reconnaître où en étaient les affaires d'Ernest, et, de même qu'il avait dit autrefois : « Désormais, M. de Foncheville appartient au jeu, » de même il se disait à cette heure : « Maintenant il m'appartient. »

De part et d'autre l'entretien fut abordé franchement.

— Vous paraissez triste. La chance a tourné?

— Elle persiste à être mauvaise !

— Et vous persistez à la poursuivre ?

— Il faut bien que je regagne ce que j'ai perdu.

— C'est juste. Et votre perte dernière, quelle est elle ?

— Quinze cents francs.

— Sur parole ?

— Sur parole.

— Ça devient intéressant.

— Ne riez pas, morbleu !

— Oh ! je n'en ai point envie, mon cher.

— Ne voyez-vous pas, Gournet, que je suis l'homme le plus malheureux de la terre ! où trouver cet argent ? Si je l'avais, je suis certain que je regagnerais.

— Certain ?

— Sans nul doute. J'ai fait des calculs positifs à cet égard. En attendant, je me trouve dans le plus cruel embarras.

— Adressez-vous au marquis de Montglars... Il est riche.

— M'adresser à lui, quand j'ai vainement sollicité son alliance !

— Rien de mieux, au contraire ; s'il a refusé sa sœur en mariage, c'est qu'il vous jugeait trop pauvre. Il ne s'étonnera donc pas que vous ayez besoin d'argent.

— Mais c'est à peine si j'oserais me présenter chez lui.

— Osez... et ces quinze cents francs sont à vous.

— Il me les prêterait ?

— Probablement non.

— Alors, qu'est-ce que vous me dites?

— Le prêteur sera encore moi.

— Vous ! tant de générosité...

— Halte-là ! je n'accepte pas ces compliments. Je ne suis point généreux, et je ne donne qu'à bon escient.

— Oh ! je vous rendrai cela.

L'incrédulité se peignit sur les traits de Gournet.

— Faisons mieux, dit-il; supposons que vous ne me rendrez pas ces quinze cents francs.

— Vous me placez dans une situation délicate....

— Cet argent vous est-il nécessaire?

— Indispensable.

— Comptez-vous le trouver ailleurs ?

— Hélas ! non.

— Alors pas tant de façons, et économisons le temps. J'ai mes conditions à poser.

— Parlez.

— Vous n'avez jamais prononcé mon nom devant M.me de Rochemere ?

— Jamais. Vous me l'aviez assez recommandé !

— Et je vous le recommande encore. Une fois, je fus malgré moi présenté à cette femme par le marquis : elle me déplut souverainement.

— Bah ! elle est charmante !

— Vous trouvez ?... Enfin, pour elle, je n'existe plus... au moins, jusqu'à nouvel ordre.

— Quelles sont vos autres conditions ?

— Je désire avoir des nouvelles précises de ce qui se passe chez les de Montglars. Il faut que vous m'en donniez dès aujourd'hui.

— Moi?

— Il le faut absolument.

— Mais...

— C'est à prendre ou à laisser. Voulez-vous?

— Puis-je refuser?

— La maison est à dix minutes d'ici : allez-y de ce pas, je vais vous attendre. Certains bruits me sont arrivés déjà, et je désire en avoir par vous la confirmation ou le démenti.

— Suis-je assez humilié !... se disait de Foncheville en courant exécuter l'ordre de Gournet. Cet homme, qu'au fond je ne puis souffrir, il me commande en maître ! Il faut que je tende la main pour qu'il y laisse tomber son aumône !

Ces réflexions pénibles conduisirent Ernest jusqu'à la porte du marquis. Là, il ne trouva qu'un domestique, qui l'empêcha d'entrer.

— Monsieur le marquis est-il visible?

— Monsieur est parti.

— Ah ! il retourne à Paris?

— Je l'ignore.

— Madame la marquise ?

— Madame est malade.

— Mademoiselle de Neuville ?...

— Mademoiselle ne quitte pas sa sœur.

Ernest ne pouvait insister ; il allait se retirer, le désespoir au cœur, lorsqu'il vit le domestique se ranger respectueusement pour laisser passer un visiteur qui descendait l'escalier. C'était le chevalier d'Escarrieux.

L'aspect du geôlier qui vient lui ouvrir la porte de son cachot ne cause pas plus de joie au prisonnier.

— Hé ! c'est vous, mon cher monsieur !... dit le chevalier, qui éprouvait le besoin d'épancher ses confidences. Suis-je assez heureux de vous rencontrer, au sein du chagrin que j'éprouve ! Pouvez-vous, M. de Foncheville, m'accompagner un instant ! Je vais m'inscrire chez M.me de Kaunitz, une femme charmante qui part, malheureusement... Toutes les bonnes maisons commencent à se fermer... C'est désolant ! bientôt l'on ne saura plus où dîner.

— En effet...

— J'étais venu ici à la sollicitation de M.me de Montglars... Pouvais-je lui rien refuser ? Une personne si délicieuse !... une table si exquise !... Ah ! maintenant je ne suis pas à m'en repentir. Ma respectable amie, M.me la duchesse de Blignac, m'avait bien averti... sans compter ce que me disaient M.me la marquise de Montdésir et M.me la baronne de Bois-Clairant...

— Ces dames n'avaient que trop raison.

— Au fait ?... Mais nous y sommes, nous y sommes, mon cher monsieur ! Je me demande chez qui je dînerai ce soir... c'est épouvantable !

— Oh! certainement, dit Ernest, cherchant un moyen de tirer le chevalier du chapitre personnel où il se plaisait si fort. Mais pourquoi ne dîneriez-vous pas chez le marquis ?

— Chez le marquis?... ô ciel !... quand la maison est sens-dessus-dessous !

— Vous vous exagérez peut-être le mal ?

— Je n'exagère jamais. J'aurais plutôt même une tendance à voir les choses en beau.

— On ne le dirait pas.

— Quoi ! ai-je lieu d'être rassuré, quand M.me la marquise est en danger? Une maladie de poitrine qui ne lui laisse plus une heure de répit.

— Alors, il est étrange que M. de Montglars ait choisi ce moment pour s'éloigner.

— Tiens ! vous saviez...

— Je sais tout.

— Cependant, M.elle de Neuville m'avait bien recommandé le secret.

— Oui, pour d'autres que pour moi, qui suis un ancien ami.

— C'est juste. Alors, elle vous a dit...

— La cause du départ du marquis.

— N'en soyez donc plus étonné. Cela pressait. Il fallait se rendre en toute hâte à Chambéry, y chercher M. Arnaud qui s'y est retiré, courir après lui, le rattraper en chemin et l'empêcher d'aller se faire moine à la Grande-Chartreuse. M.me de Montglars ne veut pas entendre parler d'une telle folie. Elle est si excellente, M.me de Montglars ! En ce moment, le marquis vient de partir pour aller prendre M. d'Orban qui doit l'accompagner et...

— Au revoir, chevalier, au revoir !

— Quelle mouche vous pique?... Attendez donc!

Ernest était déjà loin ; et le chevalier stupéfait continuait encore ses commentaires, lorsque de Foncheville arriva au lieu du rendez-vous. Il instruisit rapidement Gournet de sa découverte.

Gournet jeta un cri de joie et pressa la main d'Ernest en y déposant la somme promise.

— Venez, dit-il d'une voix animée, rentrons en ville. Pas un moment à perdre. Il faut que moi aussi je parte !...

Le jeune homme eut l'éclair d'une bonne pensée.

— Vous ne méditez rien de nuisible, j'espère, contre vos amis d'autrefois ?

— Ne vous inquiétez pas. Je ne les connais plus. Vous avez votre argent ; rappelez-vous que je puis encore vous être utile, mais gardez-moi bien le secret... Ne parlez de moi à personne.

— A personne, c'est entendu.

De retour à son hôtel, Gournet donna impérieusement les ordres les plus précis ; et, comme il payait grassement, on lui obéit avec zèle. Dix minutes s'étaient à peine écoulées, qu'une chaise de poste l'emportait à toute vitesse.

Il avait crié au postillon :

— A Chambéry !

XXII. — ENTRE LE CIEL ET L'ABÎME.

Après avoir dit adieu enfin au monde des vivants, Bénédict s'était acheminé vers le Guiers avec l'intention de prendre un guide aux Echelles et de se faire conduire à la Grande-Chartreuse, que trois lieues seulement séparent de ce bourg.

Bénédict était loin de se douter qu'un ennemi le suivait à la piste, avec l'instinct subtil de la haine. Derrière lui, avait marché constamment l'ombre de Faustin Gournet.

Aux Echelles, l'artiste se reposa peu de temps ; il demanda un guide au maître de l'hôtel où il était descendu ; puis, après une légère collation, il se replongea dans ses pensées.

Mais il s'était promis de la fermeté d'âme, et vis-à-vis de lui-même il renouvela ce serment.

Alors son regard chercha la direction du monastère, et le courage lui revint.

Faustin Gournet était arrivé. En quelques moments, sur ses informations précises, le maître du lieu l'instruisit de la présence et du dessein de Bénédict. Alors, avec un art infini, Gournet sut capter la confiance de cet homme et du guide Antoine.

— Vous ignorez, dit-il, à qui vous avez affaire. Cet étranger, qui est mon cousin, a eu des peines cruelles à supporter. La force lui a manqué pour lutter contre le chagrin. Tout à coup il s'est dérobé à notre tendresse, et, laissant une femme et des enfants éplorés, il a fui pour courir à la Grande-Chartreuse, où il veut prendre la robe de religieux. Si vous y consentiez, je prendrais le costume de ce brave homme et servirais de guide à mon parent. En route, je me ferais reconnaître de lui, et peut-être ce témoignage de dévouement agirait-il puissamment sur cet esprit malade.

L'hôtelier et Antoine s'entre-regardèrent.

— C'est grave ce que vous me proposez là, monsieur, dit le premier.

— C'est grave, répéta le second.

— D'abord, vous ne pouvez connaître le chemin...

— Pardon, je le sais par cœur. Et puis, je n'aurai pas besoin d'aller bien loin. A l'entrée même de la montagne, je trahirai mon incognito. Je garantis le succès. Et voyez quel service vous aurez rendu ! C'est toute une famille qui vous sera éternellement reconnaissante.

Quelques pièces d'or présentées adroitement appuyèrent ces paroles. Gournet décida ses auditeurs, et bientôt il eut endossé le costume complet du guide. Il avait eu soin de faire sauter sa barbe, et il s'était rendu méconnaissable.

Ces apprêts avaient eu lieu avec tant de diligence que Bénédict, lorsqu'il sonna pour s'informer si on avait exécuté son ordre, reçut cette réponse :

— Monsieur, le guide est là.

— Bien ! dit-il d'une voix ferme, partons !

Le guide prit les devants ; Bénédict le suivit machinalement, la tête baissée. Il n'était pas disposé à lui adresser la moindre question, et c'est aussi ce que Gournet avait prévu.

Ces deux hommes marchaient d'un pas mesuré, l'un appuyé sur un long bâton ferré, l'autre sur une canne légère.

Lorsqu'ils s'engagèrent dans la montagne, Bénédict se retourna une dernière fois vers Aix et la Savoie, où étaient restés son amour, sa force, son inspiration, tout ce qu'il avait eu d'élevé, de puissant, de généreux ; en même temps il songea au triste dénouement que lui avaient fait pressentir les lettres du vicomte.

— Allons, se dit-il, poursuivons ce pèlerinage au bout duquel sera le repos. Ma vie déclinait avec celle de Juliett . A la mort physique de la femme aimée s'unira ma mort morale ; à un deuil je joindrai un sacrifice. Ah ! que tout regret expire en moi. Ferme-toi, ô mon cœur, aux arrière-pensées du monde. Savoure ici l'avant-goût de la solitude. Tu m'apparais, grandeur de Dieu, magnificence sauvage du désert. Adieu à vous, cités de la terre où la lutte est sans trêve, où la douleur ne trouve pas de merci. Seigneur Dieu, mon maître suprême, s'écria-t-il, je vais à toi !

— Pas encore !... dit le guide en se retournant soudain et se mettant au milieu du chemin , qui dans cet endroit n'avait guère que six pieds de large et était bordé à droite et à gauche par des précipices taillés à pic.

Des rochers grisâtres fermaient l'horizon. Presque sous les pieds des voyageurs un torrent s'échappait avec fracas d'une fente de glacier ; plus bas , un rideau de sapins et de hêtres trois fois séculaires s'étendait comme un voile qui arrêtait la vue.

C'était une scène toute pleine de grandeur et de mystère.

— Pas encore !... répéta le guide, soulevant son bonnet fourré et laissant voir les traits de Gournet.

Si jamais apparition fantastique s'accorda avec l'aspect terrible du paysage, ce fut bien en cette occasion , où un défi menaçant venait d'être jeté et suivi d'un éclat de rire tel qu'il pourrait s'en échapper des lèvres de l'ange déchu.

Bénédict demeura muet de stupéfaction. Dans cet homme qu'il contemplait, il croyait toujours voir un simple guide... Et pourtant ses yeux lui disaient que cet homme était Faustin Gournet. Par quel miracle était-il là, seul , en face de son ancien adversaire ? La haine a-t-elle donc plus de persévérance que l'amour lui-même ? Non, c'était impossible...

Un instant Bénédict crut qu'il devenait fou.

Cependant Gournet ramena Bénédict au sentiment réel des choses, en disant d'un accent de triomphe :

— Ah ! vous alliez à la Grande-Chartreuse, mon maître? Vous n'y êtes pas encore, et, si le sort m'est favorable, vous n'y arriverez jamais. Regardez-moi bien. Vous doutiez d'abord... mais, à présent, j'espère que vous ne doutez plus. Je suis Faustin Gournet, et j'ai l'honneur de vous saluer.

Bénédict avait trop de dignité et trop de détachement de la vie pour ne pas reprendre sa fermeté d'âme et ne pas repousser ainsi un défi insolent :

— Oui, je vous reconnais. Vous êtes l'homme malfaisant qui abusa de l'amitié du marquis, l'homme altéré de sang qui voulait le combat et que je pus châtier. Quelque odieuses que soient vos paroles, je me réjouis de ce que la mort vous a épargné. C'est un poids de moins sur ma conscience.

— Je m'en réjouis bien plus que vous encore, vous pouvez m'en croire; non que je sois attaché à la vie, mais parce que j'entrevois en ce moment une vengeance possible... Et c'est chose si douce que de se venger !... Vous m'accusez d'avoir trahi la confiance du marquis : c'est trop fort, mon cher monsieur ! Vous avez mieux fait, vous, quand vous lui avez pris sa femme ?

— Misérable calomniateur !...

— Pas d'injure, s'il vous plaît. Nous voici à la onzième heure, et le dénouement est proche. Il ne s'agit plus de contester des faits, mais de régler un compte ancien. Ici, il n'y a que le désert et nous. A nous deux, maintenant.

Ce disant, Gournet tira une paire de pistolets des larges poches de sa veste.

— Vous voulez m'assassiner !... s'écria Bénédict. Faites, monsieur, vous me rendrez service.

— Moi, vous assassiner !... vous vous trompez fort. Je vous hais, c'est vrai... Du jour où je suis sorti de mon lit de souffrance, je n'ai plus aspiré qu'à vous loger, à mon tour, une balle dans la poitrine : mais il y a loin de là à vouloir vous frapper en lâche. Écoutez. Voici, pour vous, un pistolet...

Il posa l'arme sur l'angle d'un quartier de rocher.

— Pour moi l'autre pistolet. Nous allons nous placer chacun, en face, au bord du précipice. Nous tirerons en même temps, et le blessé roulera dans l'abime... Tous deux peut-être... mais qu'importe !... Tel est mon plan : décidez-vous !

— Non, dit froidement Bénédict, je ne m'associerai pas à votre pensée infernale. Que vous ayez médité ce plan, je le conçois. Mais que vous espériez m'entraîner à agir à votre guise, cela ne sera pas. Je suis prêt à mourir. Pressez la détente de votre pistolet.

— O rage ! cet homme me défie et me brave. Il prétend que j'ai toujours rêvé le mal. La trahison m'a fait ce que je suis. En m'apercevant que ma bonne foi et ma loyauté étaient payées par l'infidélité, le mépris, l'ingratitude, j'ai jugé qu'il n'y a sur la terre que vice et infamie.

— Et c'est pour cela, répliqua l'artiste, que vous avez agi en infâme ! Finissons-en, monsieur : vous vouliez une victime, elle est devant vous.

— Vous refusez de combattre ?

— J'attends votre balle.

Bénédict avait croisé ses bras et levé son regard vers le ciel.

L'éclair de la férocité s'alluma dans les yeux de Gournet.

Mais le bras qu'il étendait est rabattu soudain. Un homme a bondi vers Faustin Gournet, avec l'agilité d'un chamois. C'est le guide Antoine. Trois autres personnes accourent essoufflées, le marquis, le vicomte et Alphonse de Lagrange.

Par le choc imprévu de son bâton, Antoine avait fait tomber le pistolet qu'il ramassa aussitôt et lança à la volée dans le précipice. Puis il saisit et secoua rudement Gournet.

— Ah ! gredin !... C'est donc pour cet usage que tu m'empruntais mes hardes et mon état !... Voilà comme tu étais le *bon* cousin de mon voyageur !... Ah ! bien ! on m'eût fait un joli parti, à moi !... Si je ne me retenais, je te ferais rouler à quatre cents pieds !...

Cependant, Alexis, Alphonse et Félix étaient arrivés.

— Dieu soit loué !... dit le vicomte ; le crime a été prévenu !... Cher, cher Bénédict !

Alexis embrassa l'artiste qui s'imaginait de rêver de nouveau et regardait fixément le marquis. Ce dernier le regardait aussi, et semblait ne pas oser s'approcher.

— Tout à l'heure, dit Alexis à Bénédict, je vous expliquerai notre présence. Commençons par nous délivrer de la vue de cet homme.

Il montra Gournet qui se débattait sous l'étreinte puissante d'Antoine, et lui adressant la parole :

— A vos anciens méfaits, vous avez joint le guet-apens. Mais si vous aimez la vengeance, cette passion nous est indifférente. Personne ne vous craint... Allez, lâche, qui écrivez des lettres anonymes !... Votre punition, c'est notre mépris et votre impuissance.

Gournet rugit, mais ne répliqua rien. Tout était fini pour lui dès que son entreprise avait échoué.

Il tourna le dos et descendit rapidement la pente de la montagne, seul et sous le poids de la malédiction de tous, comme Caïn lorsqu'il fuyait à travers les déserts.

Alors seulement Alexis put aborder l'œuvre de la réconciliation.

— Bénédict, dit il, voici M. de Montglars qui, jusqu'à présent, était rempli contre vous de la plus violente animosité. Je n'ai pas besoin de rappeler les pénibles scènes qui ont eu lieu, et M. de Montglars a connu, de son côté, la profonde tristesse qui vous a conduit sur le chemin de la Grande-Chartreuse. Mais un être souffrant a attesté votre innocence : Félix a cru à votre innocence sur le bord même de la tombe... Il lui a été commandé de partir en toute hâte avec moi, et le bon Alphonse a voulu se joindre à nous. Notre mission est de vous ramener à Aix...

— A Aix, grand Dieu ! dit Bénédict, tournant en arrière un regard de regret. Ah ! mon ami, laissez-moi poursuivre ma route ; j'allais vers le port, laissez-moi y entrer. Il me suffit que l'ange de bonté et de pudeur ait rendu de moi ce témoignage favorable. Je partirai consolé.

— Non ! dit vivement le marquis, il n'en sera pas ainsi, monsieur Arnaud ; j'ai promis solennellement à Juliette de vous ramener.

— Est-ce possible !... murmura Bénédict les larmes aux yeux. Quoi ! la haine s'est calmée !

— Ah ! dit Félix, il en coûte trop de haïr. La colère a des excès qui brisent le cœur.

Il ajouta en s'inclinant et passant une main sur sa poitrine :

— Monsieur Arnaud, je me suis cru mortellement offensé par vous, et mon ressentiment n'a pas eu de mesure. Voulez-vous me pardonner ?

Alphonse et Alexis jetèrent un cri de joie. Mais ils virent Bénédict rester grave et immobile devant le marquis.

— Monsieur de Montglars, répondit Bénédict, il y a eu entre nous un saint témoignage qui vous a amené ici ; comment ne vous pardonnerais-je pas si vous me dites que vous le croyez ?...

— Mon ami ! murmura le marquis.

Puis une étreinte silencieuse unit ces deux hommes, qui avaient tant souffert l'un à cause de l'autre.

Pas un trait de cette scène n'avait échappé à Alphonse, qui y prenait le plus vif intérêt, et dont l'intelligence semblait d'autant plus pénétrante, qu'elle était restée engourdie plus longtemps.

— C'est bien, dit à son tour le vicomte, nous finirons mieux que nous n'avons commencé. Mais il faut retourner à Aix sans perdre un instant. Nous sera-t-il donné de retrouver vivante encore notre pauvre malade ?

— Alexis, tu me désoles ! dit le marquis.

— Oui, elle vivra encore ! s'écria Bénédict avec inspiration. Mes pressentiments me l'assurent.

Les cinq hommes se mirent aussitôt en devoir de descendre la montagne. Ils marchaient en silence, mais leur pensée parlait pour eux.

XXIII. — LA FIN DE L'ORGIE.

Quelle fureur agitait Faustin Gournet tandis qu'il précipitait son retour vers la ville d'où il était parti avec l'espérance de se venger et où il rentra sous le poids d'un opprobre mérité !

— Ah ! se disait-il, j'ai échoué misérablement ; mais le moment est venu de me montrer là où je pourrai parler en maître. Le calcul de ma vie n'aura pas été perdu. J'ai à faire rougir la honte elle-même... Démon de la luxure, je te tordrai de mes mains, je te foulerai sous mes pieds !...

Tandis que naguère il ne traversait qu'en cachette les rues d'Aix, cette fois il les suivait la tête haute. Son projet le soutenait.

Une des premières personnes qu'il rencontra fut de Foncheville. Il eut besoin d'appeler Ernest, qui ne le reconnaissait pas.

— Est-ce bien vous ? dit Ernest. Vous avez donc sacrifié votre grande barbe ?

— Oui, et je n'en suis pas plus avancé.

— Je ne vous comprends pas, mon cher Gournet.

— Je me comprends.... cela suffit.

— Vous êtes sombre.

— Je n'ai pas lieu d'être gai.

— Moi non plus, dit Ernest en soupirant.

— Encore des pertes ?

— Encore, hélas !

— Diable ! vous n'avez pas de chance.

— J'en aurai un jour. Oh ! croyez-le, j'en aurai, et alors je m'acquitterai envers vous.

— Oh ! je vous donne quittance. J'ai eu de vous ce que je voulais.

— Quoi donc ?

Un sourire sarcastique passa sur les lèvres blêmes de Gournet, qui ne répondit pas.

— Je n'ai plus qu'un moyen de sortir d'embarras, reprit Ernest. Vingt fois il s'est offert à ma pensée, vingt fois je l'ai rejeté comme déshonorant et indigne de moi ; mais la nécessité me presse, et je vais l'employer.

— Peut-on vous demander de quoi il s'agit ?

— Vous m'avez rendu trop de services pour que je me cache de vous. Ce moyen consiste à aller trouver M.me de Rochemore.

— Maria ?

— Oui, Maria, et à lui proposer ma main. J'ai un nom et elle a de l'or. Ces femmes-là ont la rage d'être épousées.

— Eh bien ! c'est assez ingénieux !

— Alors vous croyez que j'ai raison de tenter l'entreprise ?

— Sans doute.

— En ce cas, je cours chez Maria. Justement, elle vient de rentrer.

— Dans votre intérêt, vous ne ferez pas mal de m'emmener. Je pourrai vous appuyer auprès d'elle.

— Mais vous m'aviez tant recommandé de ne lui parler jamais de vous...

— Aujourd'hui, ces ménagements sont inutiles.

— Allons, partons.

— Vous commencerez par entrer seul; quand les choses seront préparées, j'entrerai à mon tour, et j'espère vous servir.

— Toujours le même ! s'écria Ernest, toujours obligeant !

De Foncheville avait libre accès chez Maria. Il fut admis avec son compagnon qui resta dans l'antichambre et prêta l'oreille.

Maria était seule. De Foncheville bénit ce hasard.

— Tiens, c'est vous, mon petit ? dit-elle. Vous arrivez bien; je me suis affreusement ennuyée ce matin... J'avais pour vis-à-vis de promenade lord Armwood Dudley et le conseiller autrichien Schlipwarter, un homme dont le nom suffirait pour donner la migraine. Quels blonds fades que ces gens du Nord !

— Je conçois, charmante Maria, que les hommages finissent par vous sembler insipides. Cette éternelle redite de l'amour a dû dissiper toutes vos illusions.

— Une redite, c'est le mot. Je n'y crois plus, je ne crois plus à rien. Un jour, j'ai rencontré une honnête femme qui m'a tendu la main... C'est la seule compensation des fatigues de ma vie. Je n'en rêve ni n'en attends d'autre.

— Quoi, madame, se peut-il qu'à votre âge, avec tant d'attraits, vous ayez renoncé à des jouissances plus calmes, mais non moins douces pour l'amour-propre ?

— Expliquez-moi ce logogriphe; je suis trop paresseuse pour deviner.

— Je voulais dire, belle Maria, que si un gentilhomme, charmé de votre grâce, vous demandait de vous épouser...

Maria partit d'un grand éclat de rire.

— Seriez-vous ce parfait gentilhomme ?

— Pourquoi pas ?

— Ah ! mon cher, vous voulez plaisanter. Vous avez engagé sans doute un pari, et vous venez gagner un déjeuner.

— Nullement.

— Quoi ! vous parlez sérieusement ?

— Le plus sérieusement du monde. Je vous aime et vous prie de m'agréer comme mari.

— Eh ! j'en ai déjà un... mari ! et c'est bien assez de celui-là !

Ernest demeura comme pétrifié. Sa dernière espérance venait de s'envoler.

— Oui, reprit la jeune femme, je ne m'en vantais jamais parce qu'il n'y a pas de quoi se vanter. Mais vous forcez ma franchise. J'ai le malheur d'avoir quelque part, je ne sais où, un mari, un ours ou plutôt un tigre. Dieu merci, ce monstre m'a débarrassée de lui...

On frappa à la porte.

— Qu'est-ce?... dit Maria étonnée.

— Ah! c'est un de mes meilleurs amis... Il m'avait promis de m'appuyer de son crédit auprès de vous.

— J'ai le regret de ne pouvoir vous exaucer. Mais faites entrer votre ami.

On frappa une seconde fois,

— Entrez, monsieur, dit Maria.

La porte s'ouvrit lentement. Gournet parut.

À sa vue, Maria jeta le cri d'épouvante d'une victime sans défense, qui aperçoit le poignard levé sur elle.

— *Lui!... lui!...* Sauvez-moi, Ernest, sauvez-moi!...

Elle se réfugia auprès de Foncheville; puis comme Gournet se dirigeait vers elle, le visage sombre et le regard fixe, elle se mit à parcourir en tous sens le salon dans une course folle, jusqu'à ce qu'elle tombât sur un canapé, la tête cachée entre ses mains.

— Qu'y a-t-il donc? dit Ernest. Je ne conçois pas votre terreur.

— Ce qu'il y a?... s'écria Gournet, qui semblait se plaire à causer des tressaillements nerveux à Maria. Ce qu'il y a? Deux mots vont vous l'apprendre. Cette créature est ma femme.

— Votre femme!...

— J'ai eu le malheur de lui donner mon nom, qu'elle a répudié, il est vrai; j'ai eu la faiblesse de l'aimer; j'ai eu la stupidité d'avoir confiance en elle. Mon nom elle l'a flétri; mon amour, elle s'en est jouée; ma confiance, elle l'a trahie. Une première faute l'a conduite à la dépravation... Je pardonnais cependant; j'attendais de ma patience un retour et un remords. Mais cette femme ne devait pas s'arrêter en si beau chemin: elle a fui avec un amant. Je pouvais la poursuivre; la loi me donnait des droits absolus sur elle. Je préférai la laisser continuer ce cours de débordements, j'attendis. Oh! comme alors je changeai de nature! Je pris en haine tous les hommes; je ne vis plus que leurs vices et leurs bassesses; je ne m'appliquai plus qu'à leur nuire. Je comptais leurs larmes; je les savourais. Artisan du mal, oui, parce que le mal m'avait frappé; promenant la haine, parce que j'avais été perdu par l'amour!.. Vous qui êtes ici, mon petit monsieur, j'ai payé trois à quatre mille francs la volupté de faire de vous un joueur!...

— Vous êtes un gueux!... s'écria Ernest en colère. Et, ma foi! je ne m'étonne pas que madame vous ai rangé parmi les Sganarelles.

Gournet fit un geste de menace.

— Ah! vous ne m'effrayez pas, moi!... Je vais vous signaler partout.

— À votre aise, dit Gournet. Je ne me défends de personne. Allez, monsieur, retourner à vos cartes, et bien de la chance! Il est inutile de faire mine de rester. Je suis le maître ici. Sortez!...

De Foncheville jeta un dernier regard sur cette Maria qu'il ne pouvait s'empêcher de plaindre, et il s'éloigna sans saluer Gournet.

— À nous deux, madame, dit celui-ci, après avoir soigneusement fermé la porte. Nous avons quelques arrangements à prendre, au bout d'une si longue séparation.

— Que voulez-vous de moi?

— Ce que je veux?... Votre présence dans mon logis, parbleu!

— Jamais!

— Oh! jamais, c'est un peu fort. Vous êtes ma femme, et je vous ordonne de rentrer sous le toit conjugal.

— Plutôt mourir!

— Bah! on parle toujours de mort, et on ne se tue pas. Vous vous êtes assez amusée; il est temps de faire pénitence.

— Tyran!

— Ménagez vos expressions. Mes malheurs ne m'ont pas rendu patient.

— À quoi vous servira-t-il d'avoir avec vous une femme qui vous déteste?

— C'est mon plaisir, à moi. Nous échangerons de jolis petits témoignages de haine mutuelle.

— Au secours! au secours!

— Ne criez pas: j'ai là mon acte de mariage.

Cependant les domestiques étaient accourus. Gournet les toisa d'un regard méprisant.

— Que demandez-vous? dit-il. Votre maîtresse ne s'appelle pas M.me de Rochemore, elle s'appelle tout simplement M.me Gournet, et elle est ma femme. Je vous congédie, apprenez cela. M.me Gournet a des bras et peut bien se servir elle-même.

Maria se tordait en désespérée.

Un rayon d'espoir lui revint tout à coup: lord Armwood Dudley et le conseiller Sehlipwarter étaient entrés.

— Sauvez-moi, messieurs! s'écria-t-elle.

Les deux étrangers se mirent en devoir de protéger Maria contre Gournet. Mais celui-ci revendiqua hautement son titre et ses droits d'époux. Il fallut que les visiteurs se bornassent à un compliment de condoléance.

Encore une fois Gournet resta seul avec sa femme dans cet appartement somptueux, naguère le séjour des fêtes et de la dissipation, maintenant désert et attristé.

Gournet procéda à une inspection minutieuse; il fit une ample collection de poésies, de lettres, de petits billets parfumés, et, ayant allumé une bougie, il brûla tout ces papiers. Maria suivait ses mouvements d'un œil morne.

— Voilà, dit-il d'un air satisfait, une première besogne achevée; à présent, il me reste à vous apprendre mes résolutions. Vous connaissez la maison que je possède dans le Finistère, au bord de l'Océan...

— Votre chaumière!

— Ce sera désormais votre demeure et la mienne.

— Oh!

— Une jolie solitude, loin de tous les regards indiscrets. Là, on peut rêver à l'aise, et vous aurez le loisir d'évoquer vos charmants souvenirs de folie.

— Quel sera votre avantage de me tenir prisonnière?

— Comptez-vous pour rien la satisfaction d'être témoin de votre ennui? Ah! vous pensiez en avoir fini avec moi!... Non, non, après les souillures, il y a un jour pour le châtiment. Votre supplice, madame, ce sera de m'avoir sans cesse en face de vous, de ne pouvoir vous distraire de la monotonie des heures, de n'avoir pas autre chose que vos devoirs à accomplir.

— Eh bien! dit énergiquement Maria, vous aurez, vous, le supplice de ma haine!

— Ah! peu m'importe: à la haine de la femme répondra le mépris de l'époux. Et n'espérez pas m'échapper. Je ferai bonne garde. Adieu, Mabille; adieu, Opéra; adieu, bois de Boulogne!... Tendre brebis échappée, vous allez rentrer au bercail!

Maria s'était levée d'un air d'indifférence.

— Que voulez-vous? dit Gournet avec méfiance.

— Moi? rien. Je ne puis pas toujours rester assise.

— C'est juste. Le salon est assez grand pour que vous vous y promeniez.

La jeune femme alla s'appuyer sur le marbre de la cheminée. Elle se regarda dans la glace, comme si elle adressait un adieu à cette beauté qui l'avait perdue.

Tout à coup elle franchit rapidement l'intervalle qui la séparait de sa chambre à coucher, où elle entra, fermant la porte et tirant le verrou. Gournet crut à un projet d'évasion: furieux, il se mit en devoir d'enfoncer la porte, qui était solide et résista.

— Ouvrez, madame, ouvrez! criait-il.

De peur que l'appartement n'eût une double issue, il descendit précipitamment l'escalier et alla se poster en sentinelle dans la rue, devant la maison.

Au bout d'une heure, n'ayant vu aucun mouvement, il remonta. L'appartement était ouvert, ainsi que Gournet l'avait laissé.

Effrayé, ou plutôt soupçonnant une ruse, Gournet s'avança avec précaution.

Maria était rentrée dans le salon.

Elle était étendue sur le canapé, immobile, pâle, presque inanimée.

Quel contraste entre cette malheureuse femme, telle que Gournet la retrouvait, et celle qui, le matin encore, écoutait, le sourire aux lèvres, les discours fleuris des hommes à la mode!

Le silence n'était troublé que par les gémissements que la souffrance arrachait à Maria.

À l'aspect de Gournet, ses traits se contractèrent par une expression d'aversion et de défi.

Il s'était avancé vers elle comme pour la secourir.

— Malheureuse, dit-il, vous vous êtes empoisonnée!...

Elle l'arrêta du geste.

— Laissez-moi, murmura-t-elle, laissez-moi mourir tranquille. J'ai voulu vous échapper... je sens que j'y ai réussi... Oh! quelle torture!...

Le pied de Gournet rencontra quelque chose: c'était un flacon qui avait été plein d'opium.

— Oui, je vais mourir...

— Au secours! s'écria Gournet hors de lui.

— C'est inutile. N'avez-vous pas renvoyé tous mes domestiques? D'ailleurs, je ne veux pas être secourue... Ne m'approchez pas! je vous le défends. Puisse ma mort peser sur votre conscience!... J'emporte ma haine!...

Quelques contractions suivirent ces derniers mots; puis ce fut fini.

Que restait-il de cette femme, qui n'avait pas su se résigner au devoir, et avait glissé sur la pente des plaisirs, pour tomber enfin dans l'abîme!

Gournet, puni aussi de sa dureté, voyait lui échapper les satisfactions de la vengeance. Il avait tué Maria autant qu'elle s'était tuée elle-même.

Longtemps il la contempla d'un œil fixe. Ensuite il s'occupa de la déclaration légale et du soin des obsèques. Quand il eut terminé cette tâche, il se demanda s'il ne quitterait pas tout de suite cette ville d'Aix où il avait une existence si agitée.

Mais alors il pensa au marquis de Montglars.

— Non! se dit-il, dans cette maison il y aura sans doute bientôt un deuil... Il faut que j'en réjouisse mes regards. J'ai besoin de savoir que d'autres sont malheureux...

XXIV. — LES ADIEUX AU MONDE.

La vie, on l'a dit cent fois, est un champ de contrastes. Si nous avons vu le désespoir aux prises avec la fureur, le vice châtié, la lutte des passions ardentes, un dénouement terrible terminant une suite de désordres, nous avons maintenant à assister à une scène d'émotion concentrée: c'est la fin recueillie d'une existence brillante et qui s'éteint dans la prière et la résignation.

Lorsque Félix fut de retour à Aix avec Bénédict, Alexis et de Lagrange, ce fut lui qui se présenta le premier chez la marquise. Il fut épouvanté de l'altération qui s'était produite sur ses traits en un si court espace de temps. La parole lui manqua d'abord: ses yeux seuls exprimaient ce que sa pensée avait d'affliction. Juliette eut besoin d'être plus forte que lui.

— Soyez tranquille, dit-elle, mon ami, je ne vais pas mal. Apprenez-moi tout de suite si vous avez réussi.

— Parfaitement, répondit-il; en chemin, sur la montagne qui conduit à la Grande-Chartreuse, nous avons rencontré Bénédict.

— Vous a-t-il écouté?

— Je crois bien; l'ordre venait de vous.

— Ah! mon ami, c'était de Dieu; car Dieu n'accepte pas les sacrifices imprudents, irréfléchis. Et avez-vous ramené M. Arnaud?

— Il est là. J'ai dû attendre pour vous le présenter.

— Qu'il entre! qu'il entre!... Je n'ai pas de temps à perdre.

— Juliette, vous serez conservée à notre affection.

— C'est beaucoup, que j'aie pu retenir jusqu'à votre retour mon dernier souffle de vie.

Félix pencha tristement la tête.

— Je vais donc le prévenir, dit-il.

Le docteur et Emma étaient dans la chambre. La marquise pria le médecin de la laisser quelques instants avec Emma et Bénédict.

Celui-ci parut, conduit par M. de Montglars, qui sortit aussitôt. Bénédict tremblait de tout son corps. Il eut besoin de s'appuyer sur le dossier d'un fauteuil.

Juliette le regarda et lui donna son dernier sourire. Puis elle lui fit signe d'approcher.

— Ami, dit-elle, vous voici enfin!... C'est bien. Je suis consolée... Pas de retraite, Bénédict; j'ai mon projet sur vous... Viens aussi tout près, mon Emma!...

Elle les contempla tous deux.

— Bons êtres! Je ne vous sépare pas dans mon affection... Il ne faut pas que vous soyez séparés en ce monde... Vous m'obéirez, n'est-ce pas?

— Oui!... oui! s'écria l'artiste en s'agenouillant.

Emma imita Bénédict.

— Eprouvés tous deux par le cœur, branches que l'orage a secouées, vous devez vous soutenir mutuellement... Vos vertus réunies seront un touchant exemple... Bénédict, Emma, je vous fiance devant Dieu !

Bénédict tressaillit, Emma cacha son visage dans son mouchoir. Juliette attendait.

— Ah ! madame, dit alors Bénédict, si mademoiselle de Neuville y consent, je vous montrerai encore, en cette occasion, le respect et le dévouement d'autrefois.

— Ma sœur, demanda la marquise, te devrai-je cette joie ?

— Je t'obéirai, murmura Emma, à qui le bonheur causait une sorte de remords.

— Eh bien ! Bénédict, Emma, promettez-vous de vivre l'un pour l'autre ?... Dieu me permet de vous unir. Donnez-vous la main.

Ils se donnèrent la main. Juliette avança ses doigts amaigris et les bénit.

Félix était entré doucement avec Alexis, Alphonse et le docteur. Ils partagèrent la prière des fiancés... fiancés par la mort !

M.me de Montglars étendit sur eux tous sa bénédiction ; puis, affermie comme elle l'était depuis la veille par les secours de la foi, elle exhala son âme sans plus d'effort que n'en met l'enfant à s'endormir.

Emma et Bénédict ne s'étaient pas relevés.

Le marquis laissa s'échapper un cri d'épouvante et se précipita sur le bord du lit, appelant, conjurant et ne recevant plus de réponse.

— Oh ! ma vie... oh ! ma vie... tout est perdu !...

Le surlendemain eurent lieu les obsèques de la marquise.

Le deuil marchait lentement ; les panaches se balançaient sur le triste char qui emportait celle qui avait été la belle, la brillante, l'adorée Juliette de Neuville, marquise de Montglars. Après les autres voitures drapées de noir, venaient les équipages, puis une foule nombreuse de pauvres, chacun un cierge à la main.

Gournet savait l'heure où le cortége passerait par la rue. Il se jeta plutôt qu'il ne se mit à une fenêtre pour savourer ce spectacle ; et en même temps, ces paroles de haine, ces ardentes vociférations s'échappèrent de sa poitrine soulagée :

— Ah ! les voilà, les grands, les heureux, les puissants de ce monde ! les nobles ! les millionnaires ! les fastueux ! les importants ! les insolents !... Ils s'acheminent le front baissé vers l'égalité, où il ne leur sera donné que d'occuper six pieds carrés. La réparation est arrivée, la justice se montre, le niveau s'établit. Ils pleurent là-bas, ils vont consumés et muets... Ah ! que c'est bien fait, et comme je m'en réjouis !... Eh bien ! qu'êtes-vous devenus, bals, fêtes splendides, plaisirs de chaque jour, ivresse, vertige, passions, conquêtes ?... Un peu de poussière !... — Qu'est-ce que tous ces comédiens du monde ?...— Ce qu'ils sont ?... autant d'êtres misérables qui cachent leurs rides, leurs larmes, leurs plaies sous des masques brillants.— Et qu'est-ce que ces doublures du visage ?... des *masques d'or !...*

———

Et moi, lecteur, permettez-moi d'achever, permettez-moi de vous arracher à ces paroles sombres, à ces tableaux pénibles ; et, s'il y a des masques, de vous dire ce qu'ils sont et quels visages ils cachent. Ce sont les fausses apparences du bonheur, tel que les hommes le conçoivent et le rêvent, d'un bonheur qui se forme de tous les dehors du plaisir, du luxe et de l'éclat, d'un bonheur qui luit un moment et s'enfuit dès qu'il s'est montré. Le monde voit passer tant d'existences qu'il envie sans songer que, sous cette enveloppe extérieure, il y a des blessures cruelles ; que de ces yeux si animés il tombe des larmes brûlantes, aux heures de la solitude et du recueillement.

Mais croyez-vous que Bénédict et Emma, consolateurs du marquis, n'aient pas trouvé le bonheur qui naît de la pureté et qui se ravive dans une teinte de mélancolie au sein des souvenirs d'orage ? Un nom est resté entre eux, et ce nom est un culte.

Croyez-vous que Stéfane et Célestine n'aient pas grandi par le travail et l'union ?

Croyez-vous que Louise et Alphonse de Lagrange n'aient pas continué d'offrir le touchant spectacle, l'une du dévouement, l'autre de la confiance ; et qu'Alexis n'ait pas recommencé la vie auprès de Mathilde, fortifiés tous deux par la leçon de tant d'épreuves ?

Les *masques d'or* sont tombés. Ce qu'il reste, après les jours d'agitation, c'est la réalité d'une existence où il ne faut prendre l'illusion qu'à dose modérée, et où les meilleures et les plus longues joies reposent sur les satisfactions de la conscience.

FIN.